殺人喜劇の13人

芦辺　拓

京都にあるＤ＊＊大学の文芸サークル「オンザロック」の一員で，小説家を目指している十沼京一は，元医院を改装した洋館「泥濘荘《ぬかるみそう》」で，仲間とともに気ままに下宿暮らしをしていた。だが，年末が迫ったある日の朝，メンバーの一人が館の望楼から縊死《いし》体となって発見される。それをきっかけに，サークルの面々は何者かに殺害されていく。犯人は「泥濘荘」の中にいるのか？　暗号や密室，時刻表トリックなど，本格ミステリへの愛がふんだんに盛りこまれた，名探偵・森江春策初登場作にして本格ミステリファン必読の書。第１回鮎川哲也賞受賞作。

登場人物

十沼京一……D＊＊大学ミニコミ誌サークル「オンザロック」の会員、推理小説マニア。泥濘荘住人
鋳田敏郎……「オンザロック」の会員、少女マンガ愛好家。泥濘荘住人
小藤田久雄……同、落語好き。泥濘荘住人
堂埜仁志……同、温厚なまとめ役。泥濘荘住人
海淵武範……同、全国紙の編集局編集補助アルバイト。泥濘荘住人
蟻川曜司……同、毒舌で皮肉屋。泥濘荘住人
野木勇……同、サークルの良心。泥濘荘住人
瀬部順平……同、映画マニア。泥濘荘住人
須藤郁哉……同、内気で惚れっぽい。泥濘荘住人
日疋佳景……同、軽薄で長広舌癖がある
水松みさと……同、サークルのアイドル
堀場省子……同、十沼の恋人
乾美樹……同、蟻川と日疋に思いを寄せられる

加宮朋正……………Ｄ＊＊大学法学部三年生。みさとの恋人
森江春策……………「オンザロック」の客員執筆者。十沼の友人

殺人喜劇の13人

芦辺　拓

創元推理文庫

THIRTEEN IN A MURDER COMEDY

by

Taku Ashibe

1990

目次

殺人喜劇の13人

「重要な手がかりを、決して読者から隠さないことを厳粛に誓いますか？」

地球の反対側の探偵作家クラブにみる入会の宣誓――この古典的な問いに、筆者はこう断言するものです。「誓います」

しかし、どんなにフェアであろうとしても、読者の不利は否めません。たとえば犯行経路は現場を踏まずには特定しづらく、あまりにも機械的なトリックは推理のしようがないでしょう。まして、登場人物によって語られない背後の事実があるに及んでは。

本篇では、その解消を試みました。それらのハンデを物語に先立ってピックアップし、解明へのヒントを読者に供しようというのです。題して、

五つの flash back ――または
綴じ違いの断章

古びたドアが軽く歯軋りをたてながら、ゆっくりと閉じられようとしていた。

四人の若者が、その動きを見守っていた。とてつもなく重大な瞬間の立会人に、任命されたような真剣さだった。

やがて扉が閉まりきると、奇妙な仕掛けが彼らの前にさらけ出された。扉の下端のすき間から伸び上がり、またそこへ戻ってゆく一筋の糸。それが、この手品の主役であった。

くすんだ真鍮《しんちゅう》のドアノブの上には閂《かんぬき》というか、横にすべらせる差しこみ錠があり、さらに上方には赤錆《さ》びた画鋲《がびょう》が止められていた。

下端から右斜め上の画鋲に伸びた糸は、そこで下向きに方向転換し、閂の抓《つま》みをちっぽけな輪差《わさ》で引っかけ、さらにノブの根元を伝って再びドアの下に向かう。そう、それはまさに、ミステリ黄金期をしのばせる〝糸とピンの密室〟トリックそのものだった。

「いいか？　始めるぞ」

ドアの向こうで、くぐもったような声がした。

「いいとも」

四人は、異口同音《いくどうおん》に答えた。ややあって糸の両端が引かれ始めると、画鋲と閂、それにノブを結ぶ「く」の字がしだいに扁平《へんぺい》になってゆき、それに押されて抓みが右へ移動し始めた。

くの字が直線に伸びきってしまうかしまわないうちに、閂は脇柱の穴にゆるゆると差し入れられ、やがて静止した。

と、ノブを通っている方の糸がより強く引かれ、抓みが錠前の切り欠きにはまり込んだ。

画鋲の方の糸が急にゆるみ、抓みの輪差が外れたかと思うと、そのままグイグイ引っ張られ始めた。扉の下から一方の端が顔を出し、画鋲とノブを通って扉の下に吸い込まれていってし

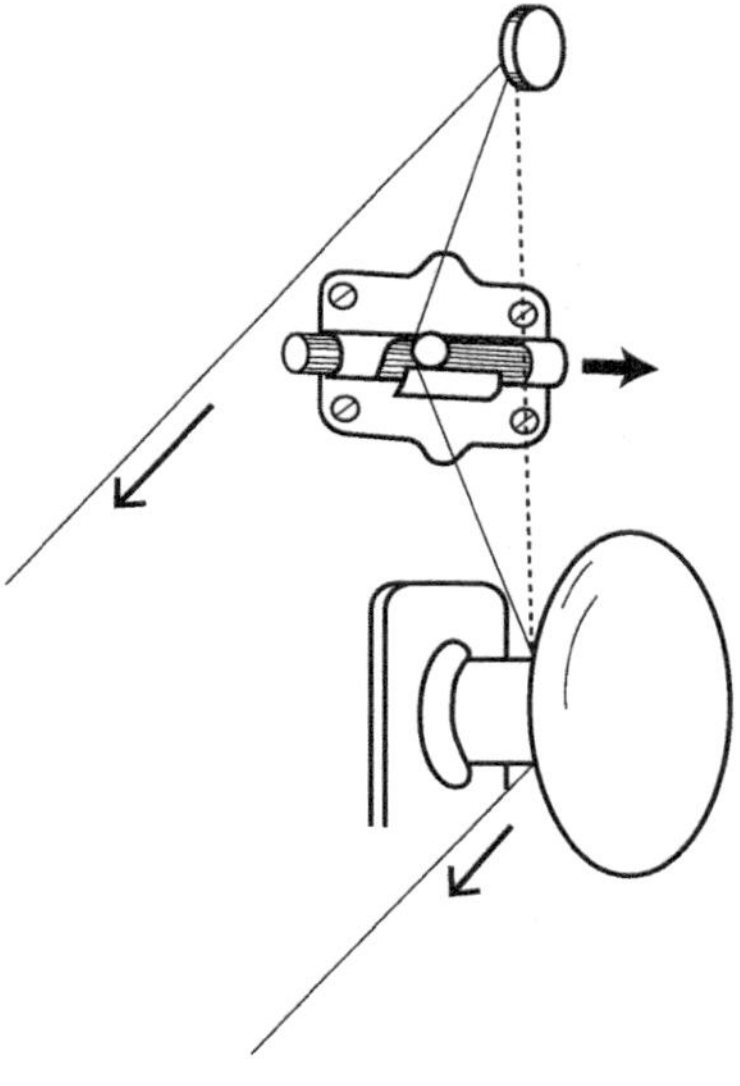

まった……。

　しばらくは、誰もが無言だった。ふいに、扉のこちら側の一人が乾いた笑い声をたてた。

「築何十年のボロ家ならではの芸当だな。ええ、堂埜《どうの》？」

「蟻川《ありかわ》の言う通り、あんまり建てつけがよすぎて一分のすき間もなかったら、こう巧くいかんかもしれんな。が、とにかくこれが」

　声をかけられた方はあごをなで、言葉を続けた。

「……これが第七の殺人のからくりというわけだ。で、残った画鋲の始末は――」

「第七の殺人、ね」

　蟻川はグロテスクな滑稽さで、くりかえしてみせた。と、ドアの向こうからいらだたしげなノックの音が立て続けに響いた。

「おい、いいかげんに開けてくれよ。おれだけ締め出しをくわせるつもりか？　お前らが知恵を貸してくれというから……閂を外してくれよ。おい、野木《のぎ》！」

「締め出された方が幸いかもね、実際……」

　第三の若者の声が、半ばは本気でうらやましそうに扉の向こうにかけられた。

×　×

　ガタン！　ひどい衝撃が、男子学生ども四人の心臓にアイスキューブを山盛り流しこんだ。けたたましいブレーキ音が耳をつんざき、車室をシェイカーがわりに、彼らをいいように揺すぶった。

それがどうやら収まったとき、四人が四人とも、同じところに視線をねじ向けた。今ひとりの同乗者、それもなかなかの美少女の方へと。

女は――彼らのお手軽なアイドルは、もうほとんど放心状態だった。心だけでなく、しなやかな肢体から生気を全て抜き取られたように、彼女はシートにうずもれていた。

「……おい！」

だいぶたってから、おびえたような、しかし頓狂《とんきょう》な叫びが車内に響きわたった。

叫びの主は泳ぐようにドアの取っ手に手をのばし、生まれて初めてそうするみたいなぎごちなさでドアを押し開いた。

「はっ、は、早く……」

彼が干からびたのどでそう言い、半身を自動車から乗り出させたときだった。凄まじい悲鳴が、女の口からほとばしった。体とは正反対の、幼女のような泣き声だった。

黙らせろ！　低い声が別の座席から起こり、汗ばんだ手のひらが彼女の口に飛びついた。太い指先が頬に食いこみ、金切り声が断ち切られたようにやむ……ほんとに黙らせるつもりなら、もっとほかの部分を絞め上げればよかったろうが。

――車は再びエンジンを始動させると、あわてふためいたように車首をめぐらし、走り出した。この町はずれの空き地に急停車して、三分と少しの出来事だった。

「窓からだって?」

彼らは不得要領な顔で、いっせいに素人探偵の言葉を聞き返した。

「なるほど、窓からね」

堂埜が小さな声でくりかえした。

「窓からだってさ」

蟻川が大声でうながすと、野木はおもむろにペンを持ち直して、

「わかったよ。……ええ、第四の殺人における犯人の侵入経路は窓から――と。しかしいいのかね。おれたち、こんな探偵ごっこやってて……」

「うるさい」

素人探偵は初めて声を荒らげたが、急に気弱そうになると言葉を続けた。

「それを言ってくれるなよ。……こっちだって、相当恥ずかしがりながらやってるんやから」

×　　　×　　　×

「……発生は午後六時ごろ、その直後に犯人は、先ほどの第一回脅迫電話を被害者宅にかけてきたものと思われます。言い忘れましたが、被害者の父親はその会社――みなさんご存じの出版・映像グループのジェネラル・プロデューサーとやらを務める一方、人事担当の最重職でも

あるそうで。まあ、それはともかく、右の経過から判断して、身代金目的の誘拐事件と考えて、ほぼまちがいないと思われます」

府警の刑事部長はそこまで言うと、すべりのいい口に小休止をくれて周囲を見渡した。

本部庁舎の記者室。その折り畳み椅子を埋めたクラブ加盟各社の面々から放たれる質問の矢を、上級職試験通過組の余裕でかわしきると、刑事部長は一段とゆったりした口調で続けた。

「で……つきましては、報道各社のみなさんの相互間において、もろもろの活動を自粛する申し合わせをしていただきたいんですな。それもできるだけ早急に」

「それは報道協定の要請ですか、正式な?」

幹事社の古株記者が立ち上がった。

「そう受け取ってもらってけっこうです」

刑事部長はうなずくと、広報担当者に合図して会社の数だけのプリントを配らせた。

「私よりずっと場数を踏んだ古強者《ふるつわもの》のお歴々に今さら説明でもないでしょうが、これにある通り、協定締結後は犯人の逮捕、被害者発見など、私または一課長が捜査を公開してさしつかえないと判断するまで、一切の取材・報道活動を控えていただくことになります。その間の事件経過の発表については別に――」

×　　　×

首筋への容赦ない一撃、口へ鼻へと押し当てられた甘ったるい薬品の匂い……そして闇。

助けて！　暗くよどんだ空気の底、冷え切った床に横たわりながら、彼女はまぶたを開いた。だが叫びは猿轡《さるぐつわ》の内に封じられ、しびれた体をいかによじろうと、きつく絡んだ縄は一センチの自由も許そうとはしなかった。

と、かすかに耳を打つリズムに彼女は遠のきかけた意識を取り戻した。足音が遠く、いや、近く――ふいに、床の高さに白い輝線《きせん》が走った。隣室の灯りがついたのだ。やがて扉を叩き、揺さぶる音が大きく、そして強く……。

I

序章　奇人が集った愛の園

地下レストランの片隅に響く歌声が、女のそれに変わった。

（「歌って死ねるなら」、か）

おれはそうつぶやくと、耳をそばだてた。好きな曲だ。少女っぽい声質と歌がちぐはぐだが、それもまあご愛嬌というところだった。

むろんプロの歌い手ではない。京都市上京区《かみぎょうく》河原町《かわらまち》今出川《いまでがわ》なるこの店に、そんなものを雇う予算はなさそうだし、それはその一角を借りて、ささやかな忘年会を催している、われわれＤ＊＊大学ミニコミ誌サークルにしても同様だった。

（しかしどうだ、この戦場なみの食いちらかしようは……）

テーブルの上を、早くもショボついた目で見渡しながら、おれはつぶやいた。縦横に飛び散ったクラッカーの紙テープは十字砲火のあと、あちこちに転がるシャンペン壜《びん》は、さしずめ弾の尽きた鉄砲というところだった。

だが、それも今は休戦状態といえた。メデューサ号の乗客たちは年内いっぱいとは言わぬまでも、故郷の家に帰り着くまでの食いだめ作業を中断し、しごく幸せそうに耳を傾けていた。

来た早々マイクを握らされ、クリスマスツリーを背にしているのは水松《みずまつ》みさと。うれしいことにわがキャンパス有数の美少女であり、なおうれしいことにはわれらがミニコミ&実験的文芸雑誌「オンザロック」の正会員である。

ただ一つ残念なのはすでに彼氏持ちなことだが、幸いにもその相手方である加《か》宮朋正《みやともまさ》の姿はここにない。キザではしこくて、そして何よりラッキーすぎる、あの加宮の野郎は。

（今、神戸《こうべ》と姫路《ひめじ》の間ぐらいか）

おれは腕時計を見ると、つぶやいた。（あいつ、いつも〈彗星《すいせい》3号〉で帰省するって言うてたっけ。19時57分新大阪《しんおおさか》発、都城《みやこのじょう》行きのブルートレインで……）

おれが今日二箱目のセブンスターをくわえたとき、誰かが隣の空き椅子に腰掛ける気配があった。――バサバサ髪に薄アバタの南瓜面《かぼちゃづら》の主は錆田《さびた》敏郎《としろう》、むろん同じミニコミ・サークルの仲間だ。

「遅かったやないか。バイトが延びたのか」

「あ、や、ちょっとな」

錆田はちょっと口ごもった。北国産のせいでもないだろうが、もとからがそう饒舌《じょうぜつ》な奴じゃない。おれはニヤリとすると続けた。

「また、少女マンガの新刊でもあさってたんと違うか。四条《しじょう》河原町の駸々堂《しんしんどう》、図星やろ？」

「いや、もうちょい先……」

錆田の答えの続きは、盛大な拍手にかき消された。みさとの歌が終わったのだ。

こういうときは、いつもひょうきんな役割を引き受ける小藤田《ことうだ》久雄《ひさお》が立ち上がる。さっき披露した古典的珍芸・立体紙芝居の続きをやるのかと思ったら、壁ぎわまで移動して灯りのスイッチを入れた。

「えー、余興もゲームもだいたい出つくしたようで……では会長、どうぞ」

「ども」

小藤田のテノールに間のびしたバスを重ね、落ち着きはらったお馬さんといった感じの堂埜仁志《ひとし》が、ゆったりとした口調とともに立ち上がった。

彼こそわれらが会長、温厚このうえないまとめ役である。おれたちが初めて同好会として旗揚げしたときには、いっそ〝象徴〟の地位を彼のために制定したらという動議すらあったほどの人格者だ。

「……われわれもあと三か月少々で四年生。こういう形のパーティーはこれが最初、次はまた当分先になりそうですが、まだ時間はたっぷりあります。どうか、おしゃべりなり何なり存分に……ん？　海淵《かいぶち》、時間はたっぷりあるっていってるのに」

民芸品なんかによくある一刀彫りみたいな顔の主が、それに見合ったいかつい体軀を縮めるようにして出てゆこうとするのに、会長どのが声をかけた。

「いや、それが」

海淵武範《たけのり》は片手拝みしながら堂埜を振り返ると、小さな目を片一方つぶってみせた。

「こっちの方に時間がないんだ」

「ああ……新聞社のバイトか？」

小藤田久雄が遠慮がちに助け舟を出すと、海淵はうなずいて、

「それなんだ。どうしても代わってくれって言われてしまったんだ」

そう、一刀彫り君はさる全国紙の編集局にバイトに行っているのだった。

正式には「編集補助員」。古くは〝コドモ〟〝坊やさん〟と呼んだが、今では〝バイト君〟というそうだ。味わいのないことだが、確かに海淵に関しては、コドモだの坊やだのいう呼び名はふさわしくなかった。

「じゃみんな、よいお年をな」

「おいおい、まだ顔突き合わすこと、あるだろうが」

蟻川曜司《ようじ》が、ふだんのギョロリとした目を笑いと微醺《びくん》に細めながら茶々を入れた。安シャンペンでは量も味も、アルコール度数も彼のような呑んべには満足できないだろうが、いつもの毒舌《どくぜつ》、皮肉屋ぶりを薄める役には立っているようだった。

いつだっけ、何かの集まりでテーブルにつくなり、あいつは言った。

「十沼《とぬま》（おれのことだ）だけは食い物を別勘定にしてもらわなけりゃ、割り勘じゃあ……」

ならお前は自分の飲み代をだな——と言いたいところをぐっとこらえておいた。

とにかく海淵は、みんなの拍手と余ったクラッカーの炸裂音に送られて、この店《プランタン》を出て行った。

これからご苦労なことだが、新聞社は大阪・キタにある。*三条《さんじょう》から京阪《けいはん》特急に乗るなら淀屋《よどや》

橋《ばし》まで四十五分、も少し行って阪急《はんきゅう》でなら梅田《うめだ》まで三十八分、あと考えられるのは……いや、とりあえずはバイト、がんばってきてくれたまえ。

（一《ひ》ィ、二《ふ》ゥ……、三《み》ィと）

海淵武範が去ったあと、おれは終盤にさしかかった宴をあらためて見渡し、のろのろと指を折った。おれを含めて――十三人。

不吉？　いや、変に懐かしい数ではある。どこの学校にもある怪談や、夢中で読んだ少年雑誌の恐怖特集なんかを、その数字は思い出させるのだった。

十三人。おれは苦笑し、壜底からかき集めたシャンペンをあおり続ける鋳田を残してテーブルをぐるりと回った。ひどくふさぎこんでいるのが気になったが、声をかけることはしなかった。

「ところで瀬部《せべ》、またフィルム取り寄せたんだって？　よくまあ金が続くな」

向かいの席では野木勇《のぎいさむ》が、浅黒い顔にかけた眼鏡に軽く手をやりながら、一つ置いて隣の瀬部順平《じゅんぺい》に話しかけていた。

瀬部はちょっと誇らしげに、伸びた前髪をかきあげて、

「まあ、これだけはな。われながら病気だとは思うけどね。金一一九ドル也、題して『ケンネル殺人事件』、一九三三年、ワーナー・ブラザース製作」

「なあに、それ？」

間の席に腰かけながら、水松みさとが耳ざとく訊き、ちょっとおれの顔を見た。――この手

の話題なら、こっちのもんだ。

「『ケンネル殺人事件』、ヴァン・ダインのファイロ・ヴァンス探偵シリーズ第六作。密室と二重殺人、ナイフで刺し殺されたあとでピストル自殺した男と殴られた犬……こんなもんで、どう？」

「ありがとう、でも犯人の名前は黙っていてね」みさとは、いたずらっぽく笑った。「で、それを映画にしたものなわけですかぁ、瀬部さん？」

「そうそう」

瀬部順平は、うれしそうにうなずいた。

仕送りとバイト料のありったけを映画につぎこむのが、彼の病気だった。といっても劇場用のフィルムを8ミリにプリントしたもので、それをはるばる海外の業者に注文しているのだ。

「でも、そんなことはどうでもよくて、監督がマイケル・カーティズというのが楽しみでね。実は何やかんや忙しくって、まだ見てないんだけれども」

大した通ぶり方だが、なら『トレント最後の事件』をサイレントで映画化したやつが発売されたら、またうまくあおってやろう。「おい、買わないのか？　ハワード・ホークス若き日の監督作品やぞ」とか言って……。

「見るならカンパよこせよな、十沼」

とたんに見透かしたように、瀬部順平がぎろりと辛辣《しんらつ》な視線を投げてきた。コレクター根性というのか、そこにはユーモアのかけらさえなかった。

「……わかった、わかったよ」

と、おれが不承不承うなずくより先に、野木が、しんそこ感心したように言った。

「フィルムか。なるほどねえ……おれも何か集めようかな」

その一言が、気まずくなりかけた空気のガス抜きとなった。まっこと野木勇こそは、わがびがセリ出し気味なのと、いささかアルコールの影響を受けやすい点を除けば、だが。

「オンザロック」の良心だ。性格まことに良好、一寸見《ちょっとみ》には秀才タイプですらある。やや歯並
蟻川曜司の毒舌が本調子でないのと同様、野木勇もまだ鴨川《かもがわ》を泳ぎ渡る気配を見せない。たぶん、まだ酒の量が足りないせいだろう。

それにしても、故郷で評判の好青年をそんな風に変えたのは、やっぱりわれわれなのだろうか。おれなんかいまだに下戸《げこ》なのに。

(あの、最初のコンパのときに、あんなに飲ませなかったら、ひょっとしたら……)

ひょんなところでの反省が、おれを回想に招き入れた。そう、今日と同じく一年生のあのときも、おれが写真係だった……。

まあ世間並みに目をむき、歯軋りし、大半が一浪の末に入った大学で、おれたちはしだいに寄り集まった。内部進学組ばかりが妙に幅をきかせる中、白けきりたいのをグッとこらえ、今思うと滑稽なほど意地になって、いろんなことに手をつけてきた。

といっても大したものはない、右の親睦コンパ主催に大学祭への出店、旅行に雑誌創刊といったお決まりのメニューだが、その極め付けはやはり〝泥濘荘《ぬかるみ》〟――おれたちの共同下宿だろ

う。

何気なく口走った思いつきが右から左、すぐ実行に移される。確かにそんな時期ではあったが、あのときは仰天した。

灼熱《しゃくねつ》の京都御所内グラウンドでの体育実技でヘトヘトになったおれの耳に、それは天啓のように響いた。

「この前の、ほらみんなで一軒借りたらって件、手ごろなのがあったぜ。大学《ガッコ》から十五分、もとは小さな病院だったというんだが――どうだ、今日帰りに？」

――ガタリ！　何かの倒れる物音におれは短い回想から覚め、さっきいた席を見た。寝転んだ酒壜をそのままに、錆田敏郎は相変わらずグラスを口に運んでいた。そこへ、

「やれやれ、ちょっと飲みすぎたかな」

と言いながら、髪を七三に分けたお地蔵さんといった感じの須藤郁哉《すどういくや》がハンカチで手をふきふきやってきて、その隣にすわった。

お地蔵さんというアダ名が気の毒ならば、白鳳《はくほう》の往古《むかし》を思い起こさせる、とでも言い換えようか。どっちみち、こう一文字に口の大きなホトケ様なんていやしまいが。

須藤は二、三度錆田を突っついたが、まるで反応がなかった。気まずそうにポケットから赤いタータン柄のケースを取り出すと、中のキャンディだかキャラメルだかを口に投げ入れた。

やがてあきらめたように向き直ると、蟻川や堂埜、小藤田らの話に聞き入り始めた。

「ねえ、エラリー・クイーンの映画なんかは手に入らないんですかぁ？」

ましても水松嬢の御下問だ。いかにミステリに関しては自信があっても、これは専門外である。で、瀬部コレクターに一切の回答をゆだねることにした。

「ええっと、クイーンをねえ、見たいわけだ」

瀬部はちょっと口ごもり、常よりいっそう顔を脂ぎらせながら、

「映画は……ああテレビならあったたな。見るのなら、そいつの放映を待つしかないね。はっは、そう言や十沼、いつか悔しがってたじゃないか。関西《こっち》じゃ放《なが》送してくれないって」

とんだところでおハチがこっちに返ってきた。瀬部が言うのはジム・ハットンがEQに扮し、「刑事コロンボ」のウィリアム・リンクとリチャード・レヴィンソンがプロデュースしたシリーズだ。東京で以前放映されたそれは、いっこうに上方《かみがた》のミステリファンたちの渇をいやしに来てくれはしなかった。

「はっは、それが見たんやな、おれは」

おれはしかし余裕しゃくしゃく、瀬部の口真似を交えながら言ってやった。日本有数の伝統を誇るミステリ・クラブ〈P・A《パーフェクトアリバイ》の会〉ともなれば、例会で見たいものを全国の会員網から取り寄せることなど易々たるものだ。そして、おれもその会員なのである。

「あれはものすごくよくできてた。けどおかしかったのは、EQ役者の背が高すぎて、親爺さんのリチャード・クイーン警部や推理のライバルたちとつりあいがとれないんやな。特にファイロ・ヴァンスそっくりのライバルなんか……」

おれはハッとして口をつぐんだ。どうも、ことミステリ方面の話題となると怒濤《どとう》の如く舌が

滑り、あげく周りを白けさせることになる。実際、これで何人友人を失ったことか！

「し、失礼しましたあっ」

おれは後ずさりし、唐突にそう口走ると、安住の地を求めてまたテーブルを回った。野木が眼鏡の奥から、あきれた目で見送っていた。

そして水松みさとは、始終びっくりしてるような円《つぶ》らな瞳をさらに見開いていた。

何せわが「オンザロック」をただちに芸能プロに改組、正統派アイドルとして売り出そうという動議も出たほどで、彼女のかわいさは保証つきだ。それがサークル外の、しかもあんな奴に攫《さら》われようとは、お人好しぞろいの予想外だったらしい。

あんな奴？　あいにく本人はこの場にいないが、彼を知らない読者《あなた》も、人生のどこかで彼のような人間には出会ったはずだ。誰であれ何であれ、フッと薄笑いを浴びせて意気阻喪させ、そのくせ自分はいいところを持ってゆく男——加宮朋正に。

何だかんだあって、加宮はみさとを手に入れた。唯一おかしかったのは、服装に一分のすきもなく、全てを見下したようにキャンパスを闊歩《かっぽ》する彼の肩に、それ以来彼女謹製の弁当（これは毎朝、丸い保温ケースに入れて届けられた）がブラ下がるようになったことだった。

席に戻り、錆田はと見れば、もう正体なくテーブルに突っぷしてピクリとも動かなかった。まるで——まるで、死んだように。

と、誰かの手がおれの服のすそを軽く引っ張ったかと思うと、間近で声がした。

「あのう、ちょっと……十沼さん、ちょっと京一《きょういち》ったら」

堀場省子《ほりばしょうこ》だった、声の主は。百六十センチの身長（おれのせいでハイヒールをはくのを自粛しているようなのは気の毒なことだ。ちなみに水松君より三センチ高い）と体重××キロ（これはもっとあってもいい）の主でもある。

全く、籤引《くじび》きで席を決めたりせず、最初から恋人どうしはいっしょにしてくれりゃいいのに気の利かない。まあ、それはともかく、省子はかたわらの手提げ袋からスケッチブックを取り出しながら、

「イラストができたんだけど……いちおう目を通してもらえない？」

「えっ、もうできたの。すごいな」

おれは思わず声をあげた。頼んであったイラストを、もう描きあげてくれたとは。それも、いつものわれわれのミニコミ誌用のじゃない、おれの初作品集となる自費出版探偵小説本のための挿絵なのだ。ありがたかった。

やはり競争率一・〇〇倍の難関を越えて結ばれた恋の絆《きずな》は強い。だが、おれはすぐにもスケッチブックを開きたい気持ちを抑え、言った。

「あとで見せてもらうよ。ここで開いて、酒やゲロがかかったらもったいない」

そのとたん、すぐ後ろで開けられたビールのしぶきが景気よくふりかかってきた。おれは表情を押し殺し、続けた。

「こんな具合にね。……こら、笑うな！」

やっぱり、十三という数字に問題がある。省子から借りたハンカチで後頭部をぬぐいながら、

おれは真剣に考えたものだ。

そういえば、うち何人を紹介しただろう。一《ひ》ィ、二《ふ》ゥ——まだ三人、名前も出てないのがいる。まあいい、さっき堂埜が言った通り、まだまだ時間はたっぷりとあるんだから……と考えた折も折、

「えー、では、ぼちぼち予約した時間も来ましたんで……」

われらが会長、堂埜仁志が立ち上がり、おごそかに宣したものだ。

「この辺で、お開きっちゅうことに……。じゃあ十沼、写真頼むわ」

会長の頼みとあっちゃ、しかたない。数少ないオーナー・カメラマン（みんな京都《こっち》へは持ってきていないので）としての役目を果たすべく、愛機を持って立ち上がった。

「よォし、みんな並んで……そうそう。——ほんなら、おれ、ちょっとトイレに行ってくるからな」

さすがに仲間のよしみ、同じテレビ世代だけあって、定石通りにコケているのを尻目に、おれは小走りにお手洗いへと急いだ。別に受けを狙ったのではなく、本当に水分を摂りすぎていたのだ。

「——！」

勢いよく男女共用のドアを開けたとたん、おれは立ちすくんだ。

（な、なんや！）

なんやも何もない、いくらピカピカに掃除が行き届いているとはいえ、便所の片隅で抱き合

っている男と女が、おれの視線に飛びこんできた。

と、女の大柄な体——省子はもちろん、水松みさとよりずっとセンシュアルな——が傾《かし》ぎ、二人の顔があらわに見えた。その男の方が、女の顔を見つめたまま、

「おいおい須藤よ、また戻ってくるなんてわざとらしいぞ。それとも便所に、例のアメ玉入れでも忘れたか？」

皮肉っぽく言うと、ひょいっと顔を上げた。とたんに、何ともスケべったらしい垂れ目を気《き》障《ざ》なメタルフレームの眼鏡の中でしばたたく。

「何だ……十沼か」

「時間だぞ。そっちの方もお開きにしてもらいたいんやけどな、日疋《ひびき》」

われながら何とイヤミなと思ったが、日疋佳景《よしかげ》の方は一向感じないようにニヤリとすると、

「わあったよ、わあった」

と、お相手の乾美樹《いぬいみき》から体を離した。

この図々しさがこいつの身上なのだろうが、同好会費か雑誌代、せめて今日の割り前ぐらい払ってくれれば、こうもムカつきはしないものを……と、会計担当にかわり怒っておく。

一方の乾美樹は（おお、これで紹介のノルマを二人も果たしたぞ）さっきも言った通りの肢体の持ち主で、彼女が入会申し込みに来たときは、水松みさとのときと同様おれが応対したのだが、うちのサークルを何か別の団体とまちがえて来たのかと思ったぐらいだ。

それはともかく、さすがに美樹の方は気まずそうに目をそらしたが、それは羞恥のためか、

自分の本性を見られたと思ったせいだったろうか……。

さてそれから三分後、みんなの居並ぶ前で、おれは撮り終えたフィルムを巻き上げていた。

記念写真のあとは、おめでたくも締めくくりの大合唱。けっこう前の歌だが、同世代が一斉にガナるといえば、いつもこの「心の旅」――高校の文化祭でもキャンプ場でも、予備校の仲間とでも大学祭、炉端焼き屋であろうとも。

そしてむろん、その恒例は忠実に実行された。今夜、すなわち十二月二十二日と二十三日のはざまにも。

歌詞はうたう、旅立ちの前夜の恋人との刻《とき》を。

祈りましょう、おれたちめいめいに、そんなお人好しの女性が見つかることを。それはともかく、あと数百日のオーダーでキャンパスから追放の身の上になる今となっては、何度この歌を歌えるだろうか。

（そういえば）

おれはいささか感傷的になり、あの日のことを思い起こしていた――。


「こいつぁ骨董品だ」

初めて〝泥濘荘〟――むろん、まだそんな名はついていなかったが――の前に立ったとき、蟻川曜司は苦笑まじりに言ったものだ。振り向きざま、極太《ごくぶと》眉の端をグイと下げると、

「ほんとに、十沼が見つけてきたんじゃないんだな、ここ？」

「な、何でぇな?」

聞き返すおれに、小藤田久雄がかわって答えた。彼特有の控え目な微笑を浮かべながら、

「つまり、その、アンティークというか、ま、早い話が怪奇趣味なところがね」

「好きなこと言いやがって、ほんまに」

おれはムッとしながらも、言ってやった。

「ほんなら、もと医院ていうのは誰の趣味だ?　よりによって、診療科目が産……」

「まあまあ、いい趣味やないか、よく見てみれば」

と、横あいから須藤郁哉がおれの口をふさぎにかかる。野木がその続きを引き取って、

「早いとこ、中を見ようぜ。話がヤバくなる前にさ」

「よし来た」

しごくのんびりと、堂埜仁志が古びた鍵束をポケットからつかみ出した。——一日に二十時間眠ると噂され、〝寝たきり老人〟の異名を奉られた彼こそ、もと医院を選んだ趣味の持ち主だったかもしれない。

ふと見ると、瀬部順平が左右の親指と人さし指を四角に組み合わせ、まるでシネカメラの構図を決めているように玄関を凝視していた。確かに絵になる建物ではあった。

臼羽《うすば》——ペンキのはげかけた木製の切り抜き文字が、玄関庇《ひさし》の上でそう名乗っている。

黒ずんだ石塀のかたわらの立て看板には、臼羽医院、内科・小児科うんぬんとあり、扉の上部には渋い色の扇形欄間《ファングラス》。

外壁はあまり見かけなくなった下見板張りで、おまけにマンサード式の屋根の上には、ちょこなんと三角帽子をかぶった塔屋というか望楼《ぼうろう》が乗っかっている、と来た。

あと足りないのは狂人科学者《マッド・サイエンティスト》か機巧《からくり》仕掛けか、それとも殺人だったろうか。まさかね。

――古びて固くなっているのか、鍵がなかなか回らない。見かねて、石頭とバカ力には定評のある海淵武範が手を貸した。だが開かない。

「どっかにミシン油でもないのかな?」

錆田敏郎が分厚な漫画本の包みを胸に、きわめて正当な、しかしこの場の役には立ちそうにない意見を差しはさむ。と、そのとたん、はじけるような音とともに施錠が解けた。

「開いた……!」

それがまあ、新たな始まりというわけだった。


――古い歌は終わった。思いっきりガナったあとの軽い興奮の中、誰もがすぐにここを出ようとせず、話し続けていた。

みんなまだ四、五日は帰省しないはずだったが、この雰囲気は格別に去りがたいものがあるらしかった。

まだ質・量ともに足りない呑んべども、舞踏病の発作が起きた奴、え? もう鴨川を泳ぎたくなったって――と、それぞれ二次会の相談もまとまりかけたとき、須藤郁哉の声が妙に甲高く、ざわめきの中に響きわたった。

「いや、そやから、さ」

白鳳のホトケ様ご本人はしかし、自分の声の大きさに全然気づいていないようだった。

「年明け早々にある、第一回就職ガイダンス、あれ、みんなどうするのかなあって……」

その瞬間、水でもぶっかけたような沈黙が広がった。

まるで最大のタブー、思い出してはならない傷痕をつついたように。数秒後、モラトリアム人間どもはバタバタと、オーバーを引っつかむや夜空の下へと駆け出していった。

「そ、そいじゃよいお年を」

「あ、ああ、それじゃな」

「さいなら、みんな！」

あわただしく交わされたあいさつのあと、堀場省子がおれの後ろから来て、言った。

「行くでしょ？　喫茶店」

そう、下戸連にとっては、むしろ二次会のコーヒーが楽しみなものなのだ。だが、おれはもっと別の理由からあわててうなずいてみせた。就職ガイダンスよりはるかに重大なことを思い出したのだ。おれは省子に答えた。

「ああ、喫茶店でもどこでも……近くて、トイレがありさえすればね」

＊　一九八九年十月五日、鴨東線《おうとう》の開通で京阪電車は叡電《えいでん》・出町柳《でまちやなぎ》まで接続された。もし、この時点で三条が終点ならば、これはそれ以前の物語ということになる。

** 「トレント大事件」(一九二九)。一九九九年に国立フィルムセンターで開かれた〝ハワード・ホークス映画祭〟で上映された。

*** このジム・ハットン主演、米NBC制作のテレビシリーズは、一九八三年四月四日、関西でもサンテレビで放映が開始された。もし、この物語がそれ以降のものならば、語り手はそのことを知らなかったのだろう。なお、ここで言及されるライバルとは、ジョン・ヒラーマン扮するサイモン・ブリマー。

第一章　翼手竜の鳴く夜には

——まずは、荒々しく波立つ海の景色だ。

一隻の豪華なクルーザーが、帆を詰開《クローズホールド》きに、いっぱいに風をはらんでそこを突っ切ろうとしている。

空は翳《かげ》りかけ、天を突くマストと円い水平線に区切られた一画には長くちぎれ雲が……と思ってよく見れば、それは人間の顔。憂いに満ち、口元にかすかな冷嘲を含んだプロフィールだ。

画面の上方に、達筆で記されたタイトルは「惨劇の帆」——。

まるまっちい指が、ひどくなごり惜しそうにスケッチブックのページを繰る。

と、今度は一転して、エッシャーばりの怪奇にして不条理な建築の図。

恐ろしげなゴシック式の尖塔《せんとう》のあたりに、一癖ありそうな人々が二重焼きのように描かれている。こちらは、題して「空中庭園殺人事件」。

ひゅう！　しんそこ感心したような息音とともに、指の主はさらに次の場面を開こうとする。

このうえなくすがすがしい気分で喫茶店のボックスに戻ってきたおれは、皺《しわ》くちゃのハンカチをポケットにねじこむと抜き足差し足、いきなりそいつの背中をどやしつけてやった。

「おいっ！」

相手は奇声をあげ、そのまま三センチばかり飛び上がった。おれは、びっくり目玉の堀場省子に渋面をつくってみせると、

「困るなあ。せっかくのイラストなんやから、僕に最初に見せてくれないと」

そう、それはさっきも話に出た、おれの自費出版短篇探偵小説集のための挿絵だった。その彼女の労作をだよ、おれに先んじて見るなんてのは、こりゃ初夜権《ジュス・プリマエ・ノクテイス》の侵害に匹敵する重大犯罪であって……。

「なあに、そのジュスなんとかって？」

省子が首をかしげ、きょとんとおれを見た。――失敗《しま》った。心の中でつぶやいただけのつもりが、興奮のあまり口に出してしまっていたのだ。

（な、何たる失態……それもこれも、こいつが悪い）

おれは、権利侵害の張本人に反省をうながすべく、にらみつけてやった。だが、相手はニヤリと片目をつぶってみせながら、

「ごめん、ごめん。せっかくやから、一冊予約させてもらうよ。もちろん、お二人さんのサイン入りでね」

相手――紹介が一番最後になったが、「オンザロック」誌の客員執筆者・森江春策《もりえしゅんさく》は、おれと同様、あまりスマートとはいえない体軀をゆすり、ボサボサ髪をかき上げながら言った。

「いや、そういう問題じゃあなくてだな……え？」

おれは声を荒らげかけ、森江の温顔《おんがん》を見直した。

「い、いや、それはどうも、お買い上げありがとうございます」

そのとたん、この喫茶店に移った連中——堂埜、蟻川、日疋、それに乾美樹——が、いっせいにコケた。一度ならず二度までも、お約束に忠実に。

「惨劇の帆」（海洋推理）
「空中庭園殺人事件」（本格謎解き）
「白か黒かババ色か」（記者物《ブンヤ》）
「闇に蠢《うごめ》き夜歩く」（猟奇）
「橋の上と橋の下」（人生派）
「兜率曼陀羅《とそつまんだら》殺人」（超論理パズラー）
「奴児哈赤《ヌルハチ》の盾」（歴史推理）
「間違えられたアリバイ」（倒叙）
「煌《きらめ》ける魔都の死」（都会幻想）
「ヨグ・ソトートの地所」（クトゥルー譚）
「丑《うし》ノ刻《とき》劇場」（捕物帳）
「石の枷《かせ》」（SFミステリ）
「蓄音機館の密室」（不可能犯罪）

四六判二段組み　約二九〇ページ　総タイトル及び定価未定。

「なるほど、これが収録作品か。定価未定というのが、ちょっと怖い気がするけど。キャンセルは……あかん？　しゃあないな」

森江春策は、おれが差し出すメモを見ながら、コーヒーカップ片手に言った。

「どれも一癖ありそうな題名やね。とりわけ、この九番目のカガヤける魔都というのは……」

「キラメける魔都、ですッ」

えらい剣幕で、堀場省子がすかさず訂正した。

だが次の瞬間、その剣幕が堂埜たちばかりか、店じゅうの視線を集めてしまったことに気づくと、わが恋人は急に真っ赤に顔を染め、うつむいてしまった。

「おい、気をつけろ。コーヒーがこぼれるぞ」

突然の叱責に、あっけにとられている森江に忠告すると、おれは「煌ける魔都の死」の内容を説明し始めた。

――これは萩原朔太郎《はぎわらさくたろう》の詩に登場する〝愁い顔の探偵〟の世界であり、おれの稲垣足穂《いながきたるほ》への傾倒を嗅ぎつける人もあろう。ゼラチンペーパーの月、セルロイドの夜空の下、探偵はボール紙の街衢《がいく》を駆けてゆく……。

「いや、なるほど、恐れ入った」

森江はうやうやしく、しかし断固としておれの話をさえぎった。

「それでわかったよ」

「わかったって何が？　題名の由来がか」

「それだけやなくて、何で堀場さんが決然として、僕のカガヤけるという読みを訂正したかをさ」

森江は、まだ顔を赤らめ、面を伏せたままの省子を見やると言葉を続けた。

「つまり、この九番目の作品の頭文字は〝ギ〟であって、〝ガ〟ではならないという……」

「へ、へえ、それが？」

遠山《とおやま》の金《きん》さんに問いつめられた悪徳商人のように、おれはシラを切った。だが内心では、

（畜生、もう見破りやがったか！）

森江は省子からスケッチブックを受け取ると、それをゆっくりと繰りながら、

「そやから、『惨劇の帆』のサ、『空中庭園殺人事件』のク、『白か黒か……』のシ、こんな風に題名のアタマの文字を順々に拾ってゆくとやね……」

（ちぇっ、やっぱりか。またしても森江にやられた！）

「サ・ク・シ・ヤ・ハ――サクシャハトヌマキョウイチ、**作者は十沼京一**――と、こうなる。みごとに並べたもんや、実際……」

言い当てたのを得意がるより、こっちの工夫に感嘆してくれているようすだ。だが、今度はおれが彼の言葉をさえぎる番だった。

「いや、いくらおほめにあずかっても、だな」

相手が森江なのを幸い、おれは呑んだくれのように愚痴《ぐち》った。

「おれの書くような趣向は、どこのどんな懸賞にも出しようがない。何というか、あんまり古風すぎて……」

「や、そうかもしれんが、いや、あの」

森江はぽろりと本音をもらし、あわてて続けた。

「それも一時、いつかは、ほら誰かも言うてたように〝技巧的な、あまりに技巧的なミステリ〟が息を吹き返すときが来るって」

「そうなるかな、いつかは」

顔を上げるおれに、森江は力強く、

「なるとも。それも僕らと同年代の手になる――そう、ややこしい名前のついた館で起こる怪《けっ》体《たい》なトリックづくしの連続殺人なんて推理小説が本屋にあふれる日がきっと来る」

「そやな。そう、もし、そうなったら！」おれはひときわ声を高めた。「――さぞかし、ウンザリするやろうな」

「はァあ？」

なぜだか、急にガックリとなった森江に、おれは続けて、

「ともあれ、こう毎度お見通しでは……正直なとこ、お前さんのアタマがうらやましいよ」

「さあ、うらやましがらなきゃいかんのは、どっちかな。さてと」

森江は省子を見、妙なことを言うとだしぬけに立ち上がった。銀灰色《ぎんかいしょく》のコートを羽織り、今

まで気づかなかったが、奇妙にふくれあがったショルダーバッグを肩にかける。

「そんじゃ、ちょっと旅に出るもんで……」

「今ごろからぁ？」おれはあきれて声をあげた。「相変わらず驚かされるな、君には。すると何か、ブルートレインでご出立《しゅったつ》というわけか」

「いや、ふつうの座席急行で……。行き先？　北の方へふらふらとね」

森江春策は照れ臭そうに笑うと、蓬髪《ほうはつ》をかきあげた。おれは苦笑し、コーヒーカップを高々と差し上げながら、

「……これだ。気まぐれぶりも相変わらずか。ま、何にしても気をつけてな」

「行ってらっしゃい」

省子が言い、ほかの連中も口々に送別の辞を告げた。餞別《せんべつ》を包むには性急すぎる旅立ちだった。そんな金があればの話だが。

（そうそう、さっさと行ってらっしゃい、だ）

おれはおれで、腹の底でかろうじて最後の砦《とりで》だけは守り得た満足をかみしめていた。

森江春策は大学入学以来、省子と並ぶ（彼女と出会う以前は唯一最大の）おれの小説の愛読者だった。ただ省子と違って、森江はおれのトリック、趣向の全てを看破した。その点では、まるでありがたくない友達でもあった。

今夜も、奴はおれが脳漿《のうしょう》と貯金のありったけを絞った作品集に秘めた趣向の一つを、いとも簡単に言い当てた。

〃作者は十沼京一〃――だが、それを誇るあまりか、もう一つの方には気づかなかったらしい。

そうとも、そう簡単には見破られてたまるものか。

「あ、そうそう」

おれがほくそ笑んだとたん、森江春策はくるりと踵《きびす》を返した。いったん店の自動ドアまで開けておきながら、またひょこひょこ席に戻ってくると卓上のメモを取り上げて、

「これの、今度は題名の末尾の音を拾ってゆくとやね……帆《ホ》、事件のン、カ、ク――**本格探偵小説**となる。* 二重の意味で恐れ入ったよ、こっちも。やっぱりミステリはここまでやらんとね。十沼、これでプロにならなかったら怒るぞ。ほんなら行ってきます」

にっこり笑うと、今度こそ夜闇と寒風の中へ出て行った。

（畜生、何が〃あ、そうそう〃や。コロンボ・シリーズはもう終わったぞ！）

おれは地団駄《じだんだ》踏みたいのをグッとこらえ、軽くタップを刻むのにとどめた。

もし、これで悪気の一オンスでも含まれてたら、とっておきのトリックでブチ殺し、鉄壁のアリバイに守られたうえで跡形もなく死体を始末してやるのに。全く命冥加《いのちみようが》な野郎だ。

へっくしょい！　派手なクシャミの音が、ドアごしに聞こえてきた。

おれはプッと噴き出しかけると、セブンスターの新たな一本に火をつけた。命冥加にして小憎ったらしい頭脳の持ち主が――ほら、遠ざかりながらもう一発。

気まぐれ男の旅立ちを見送ってからしばらくして、おれたちも何枚かのコインを置いて喫茶

店を出た。

「で、これからどうする？」

おれは省子と他の四人を見回し、訊いた。

「おれたちは、もうちょいブラブラしていくよ」

堂埜仁志がゆっくりと答えた。蟻川曜司がそのあとを引き取って、

「まだ、ちょっとばかし飲み足りんしな」

「……な！」

ニヤケ顔の日疋佳景がいささか泡を喰ったように同意した。

美樹の腰に手を回そうとして払いのけられたのが、おれの位置からはっきりわかった。ついでに、彼女の瞳と蟻川の目玉が何か信号を交わしあっているのも。

「十沼は、どうすんだ？」

蟻川が、ふいにおれの顔をのぞきこんだ。おれは交信傍受の現場を押えられたような気がしてドギマギしながら、

「お、おれ？　むろん堀場君を送っていくよ。イラストの稿料もまだやし……」

「送るのがイラスト代がわりィ？」

日疋が露骨にせせら笑い、またぞろ美樹の体に手をのばしかけた。

次の瞬間、手の甲をもう一方の手でこすりつけながら言葉を続けた。寒さのためではなく、ひっぱたかれたあとをいたわるためだった。

「ま、それもいいだろ。じゃ、おれたちゃボチボチ行くぞ」

「ほいじゃな、十沼」堂埜も言った。「何なら、省子ちゃんを送ったあと落ち合う場所を決めとこうか?」

会長のご厚意に、おれはしかし丁重に首を振った。アルコールもカフェインも十分だったし、またどこかの店のトイレで変な場面を見せつけられちゃたまらない。

美樹のお相手が「オンザロック」公認通りの蟻川か、それとも今夜おれが発見した日疋か、ひょっとしたら両方との濡れ場を見られるかもしれないが。

とんだ三角形についてゆく堂埜こそいい面の皮だが、逆に彼がいるから大丈夫だともいえる。会長殿はああ見えて、万事よくご存じなのだ。

「ところで、ほかの連中はどこ行ったんだろな」

おれのひそやかな讃辞も知らず、堂埜は変わらぬ悠長さで言ったものだ。

「またいつも通り麻雀か?」

「あいつら近ごろ、あればっかだもんな」

日疋が嗤《わら》い、蟻川があとを引き継いだ。

「そうそう、毎日毎日、しかも例会やってる隅っこで、フケて麻雀屋に行く相談始めやがって。あれしか楽しみねぇのか、あいつらは。そりゃ、オレだってやるけどさ、麻雀は」

——この十月ごろから、われらが創造集団の中に、あまりといえばあんまりお定まりの麻雀病が蔓延し、これもよくあるケースだがサークル活動にも支障をきたすに至った。

たとえば瀬部は、あんなに自ら映画を作りたがってたのに、今は既製のフィルム漁《あさ》りと牌《パイ》いじりにしか興味をなくしている。げに麻雀憎し、かくて生涯パイに触れぬ誓いをたてたおれは、聖職者が娼婦を指弾する辛辣さで、

「ま、しかし今日は無理やろ。加宮が居《お》れへんもん。肝心カナメの、あの諸悪の根源がな」

そう、加宮朋正——あのいやったらしい内部進学野郎、金ばなれのいいのだけは「オンザロック」会計担当にかわりほめてやるが、ひとがゼロから生み出した同好会を麻雀のメンツの草刈り場にしたうえ、水松みさとまで奪い去ろうとは。

おっと、最後のこれはおれ以外の連中が憤《いきどお》っていることだが。

「おいおい、三人麻雀って手があるぜ」

蟻川がふっと笑った。

「それに、野木か須藤のどっちかが、連中といっしょに行ったんじゃないのか？　まあまあ、そう興奮すんなって」

「だ、誰が興奮を……」

おれが反駁《はんばく》しかけたとたん、省子が服のすそを引っ張った。

——む、この心配りあってこそ、将来、大推理作家の妻もつとまろうというものだ。大いに満足して、おれは舌鋒《ぜっぽう》をおさめた。いや、それにしても蟻川め……。

「え、おれがどうしたって？」

つぶやきを聞きつけ、けげんな顔の蟻川を、日疋と堂埜がせきたて、紅一点を加えた四人は

河原町通の方へと去った。

彼らの姿が見えなくなってから、おれは省子に向き直った。

「ありがとう。心から感謝するよ。いや、ほんまの話」

——そのあと、堀場省子を京都市内の自宅まで送り届けてしまうと、おれは急にひとりぼっちになった。算術的には当たり前の話だが、心理的にはやはりさびしかった。

寒風は生き物のようにうなり、地球の寒冷化に逐《お》われた恐竜の怨《うら》みの声のようにも思われた。闇の彼方《かなた》を透かせば、いもしない同類と鳴き交わしつつ飛ぶ翼手竜《よくしゅりゅう》の姿も見えたかもしれない。昔「凍《い》てつく古都の犯罪」なる短篇で描いた如く、夜の京都を独り歩くのは嫌いではない。それが盛り場から離れ、名所旧跡もないつまらない街角でもだ。

だが、こうえげつなく冷え込まされてはたまらない。おれは闇の冷たさをたたえた鴨川べりをオーバーの襟を立ててひたすら歩き続けた。

おれはセンチメンタリストじゃない。センチメンタルになるのは、消えた雑誌のことを考えるときぐらいのものだ。ある年の五月末を最後にふっつりと消息を絶った探偵小説専門誌のことを考え、四年半にわたる至福の時間が終わり、同時におれのペンの遠い目標が失われたことを思い起こすとき……。

(ええいっ泣くな、十沼京一！　涙をふけ、ついでに鼻もかむとしよう。どうせ考えるなら、もっと他のことだ。たとえば……)

たとえば、懸案の「オンザロック」特別号の件はどうだ。手書きオフ印刷ばかりじゃ情けないというので、一度は活版、せめてタイプ打ちでという至極《しごく》もっともなプランである。だがこの案、永久に宙に懸かりっぱなしになりそうだった。

もはや同人誌を気軽に活字で埋められる時代ではない。印刷屋はどこも空恐ろしくなるような手間賃をふっかけてくるし、といってここ二、三年ささやかれ出したワード・プロセ何とかは三、四百万もしてとても手が出ず、そのうえごく粗《あら》い印字ときている。

そう、いつだったか大学の地下生協をのぞいたら何やら嵩高《かさだか》い代物があった。

貼り紙に曰く〈ミニコミづくりに最適！〉——文字盤の上に突き出たアームを望む字に合わせボタンを押すと、ガチャリンコンとその字が紙に打たれるという仕掛けで、早い話が新型の電動邦文タイプライターだった。よく事務所なんかで見かける旧来の手動式のは手に余るが、これなら扱えそうだった。ただ、お値段四〇〇、〇〇〇円というのが少々……。

〈サークルの後輩への贈り物にいかがですか？〉そりゃそれもけっこうだが、こっちとしちゃプレゼントしてくれる先輩がほしかった。

いや、何の話だっけ……要するにおれは、ちょっとした障害にでくわすと、たちまち一切が雲散霧消《うんさんむしょう》してしまう今の状態を嘆いてみたかったのだ。それこそくだらん、おれにしてからが自分の作品集に注ぐ金と労力を、その特別号に回す気はさらさらないのだから。

そこまで考えたとき、どえらいクシャミが口をついて出た。寒気はいよいよ身に迫り、何本セブンスターを灰にしたって体は温められそうにない。

かくして涙と鼻水の痕をかすかにとどめ、「泥濘荘」の門前に到着したとき、おれの総身は超伝導現象でも起こしそうなほど冷え切っていたのである。

泥濘荘には、まだ誰も帰っていないようだった。一瞬、一階の窓に灯りを見たように思ったのは、たぶん通りを駆け抜けた車のライトの反映か何かであったろう。

おれはポケットから我ら共同生活者めいめいに配られた鍵を選び出すと、玄関扉を観音開きに開けた。ポケットの奥底には鍵がもう一本、これはおれの部屋専用の分だ。

さて、入って正面奥は旧医院時代の待合室、がらんとした中に古びてあちこちはらわたの出かかったソファが横たわっている。

その手前、玄関三和土《たたき》を入ってすぐ右が元の受付兼薬局、その内側が診察室だった。調度やなんかは昔のままだが、今はおれたちの会議室というか集会室になっている。

診察室の外壁に沿って右に曲がる。いつもなら廊下の中途で左へ、診察室の対面の階段を上り、二階の自室に向かうところだが、今日はそのまま奥へ進む。ぶるっと胴震いすると、おれはつぶやいた。

（風呂だ、まずは風呂風呂……）

廊下の奥は左に台所つき食堂、右に容貌魁偉《ようぼうかいい》な少女マンガ愛好家・鋳田と大阪でのバイトに去った海淵の部屋がある。目指す浴室は食堂の奥、建物の北東隅だ。おれは風呂釜に火を点けるべく、廊下のドン詰まりの木戸の固い締まりを外した。

けたたましい音とともに木戸を開けたとたん、突き刺すような寒風がどっと吹きこんできた。

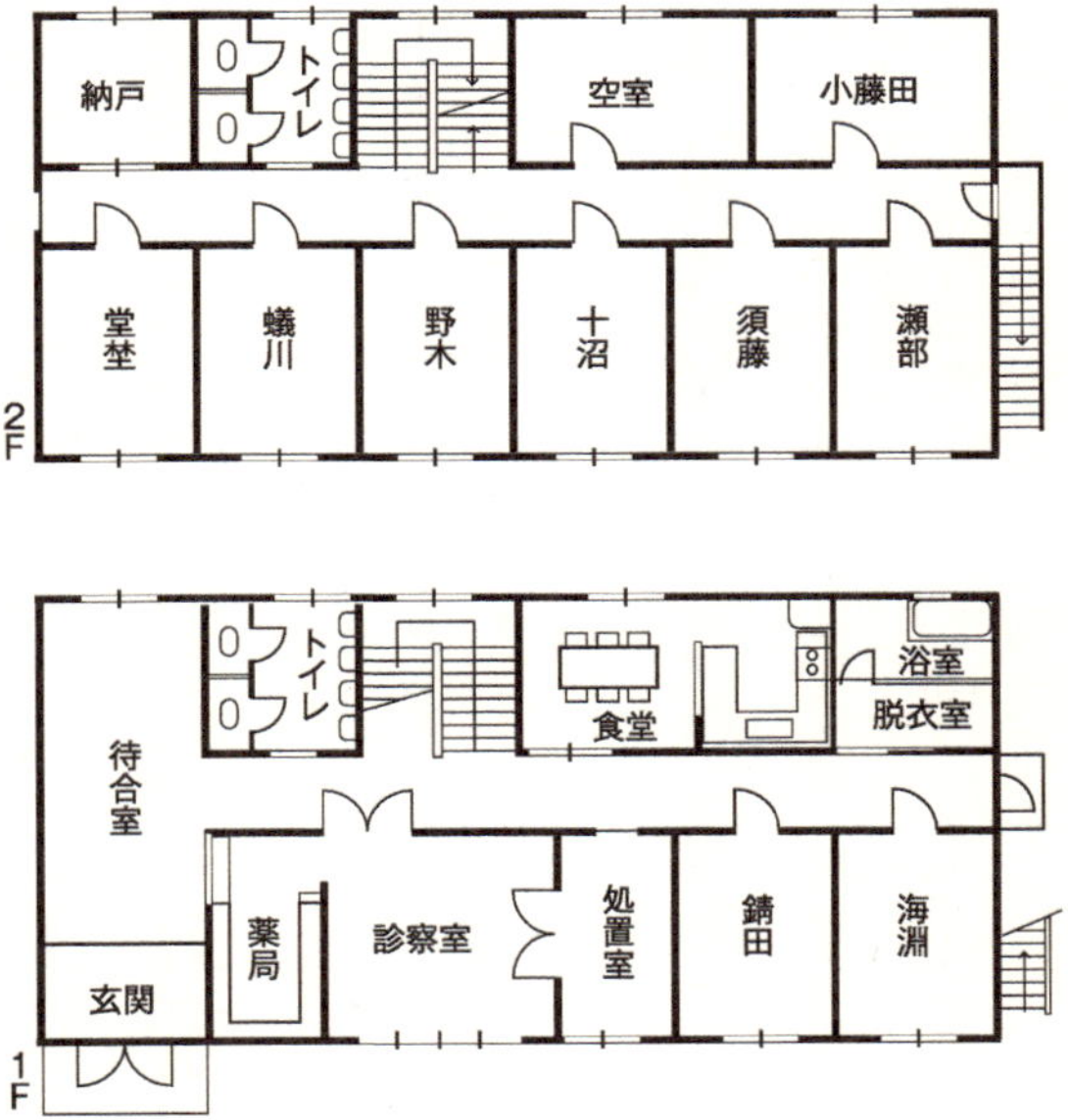
納戸
トイレ
空室
小藤田
堂埜
蟻川
野木
十沼
須藤
瀬部
2F
トイレ
食堂
浴室
脱衣室
待合室
薬局
診察室
処置室
鋳田
海淵
玄関
1F

たまらずにそむけた視線の先で、二階へと延びる木製の外階段が生き物のようにかすかに揺れていた。凍てついたような冬の星空をバックに、それははるか成層圏にまで続く梯子段のように見えた。

釜に火を入れ、廊下を取って返すと屋内の階段をドタドタと駆け上がる。――二階は、一階同様東西に延びた廊下をはさみ、トイレや納戸、それにおれのを含めて七人分の部屋が並んでいる。

部屋の割り振りは西端から堂埜、蟻川、野木、おれ、須藤、瀬部。小藤田の部屋だけが北側に面しているが、他の室に比してやや広いということで納得願っている。

なお内階段はそのまま上に続き、屋根裏を経て例の三角帽子型の望楼に出られるようになっていて……ええい面倒だ、あとは挿図を見てくれ。

――三十分後、おれは冷たくぬれそぼった風呂場のタイルを踏みしめて、やさしく湯気を上げる浴槽へと突進していた。

風はいっそう強くなったようで、おれの背にした窓がガタガタと音をたてた。窓は取っ手状の掛け金を外して、斜め上へ跳ね上げる式のやつだ。

その上方にある通気桟からのすき間風が、低く口笛を吹く。多少気にはなったが、わざわざ浴槽の縁に立って抓みをいじくる気にはなれなかった。そのかわり、後ろに体をねじ向けると壁のガスコックを水平にし、火をいっぱいに大きくした。

それにしても、とおれはようやく五体が解凍されるのを感じながら、考えた。古い建物とは面白いもんで、この浴室の扉にも、ちゃんと閂だか差し込み錠だかがついている。

こんなとこに板の間稼ぎが出やしまいし——いやいや、よくタダ風呂に入りに来る日疋あたりがやらかさないでもない。もっとも、それなら浴室の外、一畳ほどの脱衣室の引き戸の方につけるべきだろう。

ともあれ、さらに三十と数分後、おれはいささか湯冷め気味の体を自室の寝床にもぐりこませていた。枕元には少女マンガ単行本が一山、かの錆田コレクションの一部だ。えっ、推理小説から宗旨変えしたのかって？

ことの起こりは、おれが「二八七議席は殺しの許可証」なる自作で、古びた建物の中に突如オトメチックにきらびやかな部屋があるのを〈別冊少女ポンポンポンダリア増刊スーパーデラックス」の巻頭カラーページが、かび臭い法律書の間に挟まったような……〉と、適当に雑誌の名を挙げて表現したのに、錆田敏郎がクレームをつけてきたのに始まる。

「それは、どっちかというと地味な雑誌だよ。読者の年齢層も高いし、挙げるんなら別の雑誌の方がいいな。たとえば……」

そう奴は言い、おれの謎解きミステリに対するのと匹敵する情熱でもって、おれの蒙《もう》を啓《ひら》き偏見を解きにかかった。

なまじブームだっただけに、金輪際手にするつもりはなかったおれだが、錆田の折伏《しゃくぶく》にあってとうとうとある二巻物を読んでみた。むろんみっちり酷評し、あわせて本格推理小説の優越性を鼓吹《こすい》するつもりだった、が……。

何だ、こりゃあ！　おれは一読茫然となった。こりゃれっきとしたビルドゥングスロマンじゃないか。作者は二十代初めらしいが、はたしておれに自分の中学から浪人時代までを、これだけのものに書けるかと訊かれたら、かぶりを振るしかあるまい。

全くおれは、今まで何をしてたんだろう。おれはいささか奴を見直すと同時に決意した、今しばらくは錆田師匠についてこの分野の研究に励んでみるべきだと。

で……借りてきたコミックス。ベンヤミン曰く、本と娼婦はベッドに連れ込むことができる点において共通する。少女マンガはさしずめ、どんな種類の娼婦にあたるか知らないが、さすがにお床入りの気分も格別である。

少し前、誰かの帰ってきたらしい音がした。ぼちぼち酔いどれども――ふられ男たちのご帰館らしいが、とてもつきあっちゃいられない。おれは早々に布団をひっかぶった。

――時に23時40分、加宮の乗った寝台特急〈彗星3号〉が、尾道《おのみち》を発《た》ってまもなくのことだった。

＊　あっさり見破られたのも当然かもしれない。ジェレット・バージェスは七十年も前〈神秘博士アストロ〉が探偵役の短篇集で、題名の頭字を拾うとTHE AUTHOR IS GELLET BURGESS、最後の字ならFALSE TO LIFE AND FALSE TO ARTとなる趣向を用いているし、こうした題名の列挙を暗号に仕立てた例も、火野葦平《ひのあしへい》「詫び証文」や筑波耕一郎《つくばこういちろう》の長篇など数

多い。

＊＊　シャープがビジネスショーに初の日本語ワープロを出品したのは一九七七年。翌年、東芝が商品第一号「JW－10」を発表、価格は六百三十万円だった。ちなみにこの舞台となる年度のワープロ出荷数は二千五百台。

第二章　泥濘荘検屍法廷

寝ぼけ眼《まなこ》の真ん前に、平家《へいけ》ガニみたいに皺を寄せた足の裏があった。

「!………!」

寒風につれ、かすかに揺れる一対のそれを間近に、おれののどは世にも不思議な音をたてた。

床の上には、見覚えのある一対の下駄があった。

「………か?」

かろうじてしぼり出した、自分でも意味不明の声に、小藤田久雄はしかし、ゆっくりとうなずいてみせた。かたわらの野木勇がそれを引き取って、

「おれが見つけたんだ……朝一番に、ここへ空気を吸いに来て……そしたら」

そしたら、これがぶら下がっていたというのだ。おれは死人を前に、死に物狂いで二人に言った。

「そ、そやけど、何でまたこんな……さ、鋳田が、まさか――?」

――最初から話そう。

明けて十二月二十三日、午前七時のこと、どえらい音がおれを眠りから引きずり出した。激

しく執拗《しつよう》なノックに開けたドアの向こうにあったのは、野木と小藤田の奇妙に歪んだ顔だった。脂汗を垂らして押し黙る野木にいきなり腕をつかまれ、あとは、いやも応もなかった。

「足、足、足宙に浮いたぁる、足宙に……」

うわごとのようにくりかえす小藤田を横目に、確かに彼は落研《おちけん》出身だが〝夢八〟はレパートリーにあったかしらんといぶかりながら、三角屋根の望楼に上らされたおれは、そこで錆田敏郎と対面した。いつになく早寝したのが禍《わざわ》いし、冴え返る神経をビシビシと打つ寒風の中、パジャマに半纏《はんてん》を引っかけただけの格好で。

一方、錆田のスタイルは、なかなか堂々としたものだった。おれなんか買いもしなかった詰襟の制服上下に巨軀を包み、彼は直立不動の姿勢でおれたちを迎えてくれた。

欠点といえば、いささか風に揺られ気味だったことと、校章も美々《びび》しい制帽が妙な具合にひん曲がっていることだが、これぐらいは仕方のないことだった。

寒風に吹かれ、錆田がおもむろに回転運動を披露する。制帽の後ろに、荷造りにでも使うような荒縄の大きな結び目があった。

そこで輪差をなした縄は頸部をめぐり、再び結び目を経てそのまま三角錐の頂点（むろん内側の）へと鉛直線を描いているのだった。

――縊死《いし》。それも、典型的すぎるほど典型的な縊《くび》れ死に方だ。絞首刑？　いや、どちらかと言えば西部劇に出てくる私刑《リンチ》を思わせる荒涼さだった。

「どうしたんだ……朝っぱらから」

背後から声とともに、堂埜仁志と蟻川曜司が床の揚げぶたを持ち上げ、ひょっこり半身をのぞかせた。

後者が十八番《おはこ》の「大都会」を朗々とやらかすときの声量を思い出したおれは、あわてて両耳を押えたが遅かった。想像より数倍どでかい叫喚《きょうかん》が、冬の朝空に響きわたった。

「一一九……いや警察への電話は、まだ？　よし！」

かすれ声ながら、頼もしいところを見せた堂埜会長が一階に走った。電話は一回線だが、旧・診察室と台所つき食堂の二台が切り替えスイッチで使えるようになっている。

彼に続き、自室に取って返そうとしたおれは、廊下のど真ん中で瀬部と出くわした。

これまでどこにいたのか、やっと騒ぎに気づいたらしい瀬部順平は、おれをながめると例のごとくの調子で、

「どうした、えらいあわてようだな。おまけに何だ、その格好……」

おれはムッとしながらも、こう切り返してやった。

「まあ、親兄弟が首をくくったときも、そうして構えているこっちゃな。とりあえずは今、錆田も喜んでるよ、この真上でね」

えっと息をのむのをしりめに、自室に駆けこみかけたとき、急に思いついたことがあった。

おれは瀬部を呼びとめ、ふだんなら命令なんか聞きそうにない相手に、言った。

「待った！　納戸に小さな脚立《きゃたつ》があったな。大至急そいつを引っ張り出してくれ」

大急ぎで着替えを終え、あやうく凍死を免れたおれは、まだ茫然としている瀬部から脚立を

受け取ると、そいつをガチャつかせながら階段を駆け上がった。

――その時分になると、ぽちぽち前の道路を行く人たちがこの朝の珍景に気づき、立ち止まってながめ出す物好きも出始めた。

(ようし……)

おれは意を決し、いささかガタつく足を脚立の段に掛けた。

作家志望者としての好奇心? まさか、そこまで悪趣味じゃない。ただ、このまま振子みたいに揺れている奴をなすすべなく見上げているのに我慢がならなくなっただけのことだ。

「お、おい、大丈夫かぁ?」

震え声の小藤田を手で制して、間近に対面した錆田の死に顔は、もともと魁偉な容貌と相まってとてつもなくグロテスクなカリカチュアを連想させた。口はあんぐり歯並みをのぞかせ、極限まで見開かれた両眼は、顔の前に受け皿でも差し出してやりたくなるほどだった。

脚立には上ったものの、死体降ろしがおれ一人の手に負えるわけはなく、しかるべき筋の処置が済むまで現場保存を心がける必要もあった。おれはそろそろと足を下ろしかけた。

と、そのときだった。

異臭が、おれの鼻粘膜をかすかになでた。甘い、何やら危険な香り――。

(エーテル?)

貧弱な嗅覚の記憶カタログの中から、ようやくその名に思い当たったときだった。ふっと頬に触れた風とともに、その香りは消え失せた。まるで、水中の砂金が手をすり抜けるようで、あとはいくら鼻をヒクつかせても、もう痕跡すら嗅ぎ出すことはできなかった。

おれは、あわてて首を振った。振って、ある危険な想像を払おうとした。

（ま、まさか……きっと死出《しで》の旅に香水でもつけていやがったのさ。あいつは独得の美学をもってた。エーテルやなんて、そんな……）

「おーい、おおーい、どないしたぁ……」

下界からのえらく間の抜けた呼び声に、視線を転じると、地上にたまり始めた人だかりの中で、須藤郁哉が腕を振り、こっちに呼びかけていた。

「早いとこ上がってこい、この馬鹿！」

蟻川が本邦初公開のテナー大絶叫を披露したことも忘れ、いや、たぶんその照れ隠しに口汚く罵《ののし》った。

しかし実際、下から見れば格好の見世物であったことだろう。海賊船の見張り台みたいに狭苦しく、見ようによっては鳥籠みたいな三角屋根の下に若いもんが押しあいへしあいして、首吊り人のお守りをしているときては。およそ校祖・飯島堯《いいじまぎょう》先生にお目にかけたい状況ではなかった。

おれは脚立を下り、望楼の赤錆びていやにガタガタする手すりにもたれかかると、モノトーンの街の頭上に広がる爛れたような空を見上げた。

やがてサイレンの雄叫《おたけ》びと回転灯の紅い光芒《こうぼう》が黒い瓦の波間を突っ切ってきた。年の瀬のとんだ死体騒ぎも、これにて終結。誰もがそう考えた、はずだった、が……。

ぞろぞろと階段を下りがけに、おれは望楼の真下にある屋根裏部屋の薄闇を透かし見た。もちろん、誰もひそんでいるわけはない。

映画狂・瀬部の〝飛び地領〟であるここには、破風《はふ》窓の鎧扉《よろいとびら》のすき間から射しこむ光条の中、彼ご自慢の光学・磁気式8ミリ映写機が、そのフィルム・コレクションとともに、騒動などまるで無縁なように鎮座《ちんざ》していた。

「キレイなホトケさんや」

頭の薄禿《うすは》げた警察医が感心したようにくりかえしたのだけを、ひどく印象に残して、所轄の×京警察署の一行は去っていった。

いや、決して寡黙《かもく》だったわけじゃない。ただ、くたびれた白衣の先生を真ん中に、ときに苦笑さえまじえて交わされた言葉は、あまりに小さく、ルーティンワークの憂鬱《ゆううつ》に満ちていた。

おれの作品、たとえばアリバイ物の「振子の齟齬《そご》」やら連続殺人を扱った「段倉《だんぐら》家の惨劇」に登場する素人探偵よろしく、その鳩首協議《きゅうしゅきょうぎ》にクチバシを突っこむことなんか、できるわけはなかった。

――頸部《けいぶ》の索溝《さくこう》に明瞭な皮下出血、縄の位置と一致。ごく定型的な縊死体。

――顔面にチアノーゼ見られず、目にも溢血点なし。したがって絞殺を偽装したものではなく、正真正銘の自縊とみてよい。

――死亡推定時刻は、昨夜十一時三十分以降、およそ一時間弱の間。

死体はすでに運び出された。たぶん京都のどこかで荼毘《だび》に付され、故郷である日本海沿いの小都会に帰ることになるのだろう。

当然ながら、そこから駆けつけた親族との応対こそ最も苦渋に満ちたものだった。

「動機、ですか。はあ、僕らにも全然心当たりが……い、いえ、別段悩んでるようなようすは……はい、ホントにいい奴でした、敏郎君は。いつも法律書に読みふけって、僕たち仲間の中で、司法試験に挑戦できるのは彼だけだろうなんて……はい」

そんな具合に口ごもり、汗を垂らしてのおれたちのしゃべくりに聞き入り、いちいちうなずいてさえくれながら、親たちは送り出されていった。さきほどの出来事だ。

——少女マンガフリークであるとともに梅棹忠夫《うめさおただお》・民族博物館館長の信奉者でもある錆田は、前者の分析集成に後者の方法論を導入していた。

その研究成果は膨大なオープン・ファイルや京大式カード、ファイリング・キャビネット等等の『知的生産の技術』用品一式に整理されていた。だが、それらは今やいっしょくたに梱包され、彼の情熱がたぶん永久に陽の目を見ることはないことを予想させた。

そして今、その彼の死体発見から八時間が過ぎた。混乱と恐慌の八時間であった。

となれば誰も彼もがぐたりと疲れきり、主なき部屋の対面、食堂の椅子上に打ちしおれていたのも、無理のない話だった。

集まった顔ぶれは、第一発見者として野木、そして堂埜がわれわれの代表として警察に行っているほかは、おおむね昨夜のパーティーと同じである。むろん、大阪へバイトに行った海淵と気ままな旅に出た森江春策は除いての話だ。

男どものていたらくを見かねてか、水松みさと、そしてわが堀場省子がお茶の用意を始めてくれた。となると面白いもので、あまり家事には縁のなさそうな乾美樹まであわてて手伝いに加わり、やがて湯気を立てたカップがめいめいの前に並べられた。

だが、それらの熱い液体に力を得て始まった会話は、故人を偲《しの》ぶものとしてはおよそアホらしさをきわめたものだった。

「かわいそうに、例の連載がいいとこだって言ってたのに。ヒロインの前に父親らしい人影が現われて……続きを見なきゃ、死にきれんだろう」

「墓前には、愛読してた雑誌のバックナンバーを供えてやろうな」

「それより田渕由美子《たぶちゆみこ》の新作を読ませてやりたかった。前作からかなり間があいてたからな」

おやおや、そろいもそろって何たる隠れファンぶりだ。おれは、ひそかに文芸の未来を案じた——この調子では、将来出る予定のおれの著書など買ってくれそうにはない、と。

だが、無理はなかった。あんな寒々とした死にざまを思い起こすのではなく、できるだけ能天気な話題で友人を弔いたいのだ。

実際、あのご対面は今思い出してもゾッとする。文字通り宙に浮いた足の下には、長年見馴れた奴の下駄、それから……。

それから？　いや、それだけだ。どうした、何か足りないものでもあるというのか？

足りないものは——あった。首くくりの必需品、踏み台だ。

いや待て。警官たちは面倒臭そうに、しかし聞くべきことはちゃんと聞いていった。荒縄の出所（屋根裏の隅っこに同じ品が一巻きあって、そこから切ったとわかった）、パーティーで別れてからの足取り（こいつは誰も知らなかった）、それから錆田本人に関するデータについても。だが、踏み台のことは取りたてて詮索しなかったじゃないか？

理由は簡単、警察はおれが持ってきた脚立を自殺用のそれだと解したのだ。

（だとすると……）おれの脳裡《のうり》をつぶやきが走った。（あのとき、おれが脚立を持ってくるまで、あそこに何もなかったとしたら、錆田は何を踏み台にして首をくくったんだろう。手すりをかわりに使ったのか？）

おれは望楼の手すりが軽くもたれるだけでぐらついたのを思い出した。あの老朽ぶりでは、とても錆田の体重を支える踏み台にはなれそうもない。

（それに、あのエーテルの残り香……あれがもし、荒縄の輪差に首を突っこむ前に嗅がされたものやとしたら？）

お定まりの偽装自殺への疑惑。小説では何度となく読み、おれ自身書きもした場面だ。

だが、このミステリの中で生かし、また殺される将棋の駒には、おれの見知った顔がついているのだ。ひょっとしたら、おれもその将棋盤の上に乗せられているのかもしれない。

だが、いったい誰が？　あの巨体をあそこまで引きずり上げるのは、並の力じゃできっこない。エーテル（とはまだ断定できないが）で眠らせたとしても、どうやって嗅がせるんだ。

少女マンガを読んではいても、あいつはなかなか力持ち、何とかいう拳法道場に通っていたという話を聞いたことがある。それが、むざむざやられたりするだろうか。

「おい、みんな……」

のどに詰まったしこりを、無理やりのみ下して出た声は、われながら滑稽なほどかすれていた。

「聞いてくれ、緊急に話し合いたいことが……その、錆田の件で」

まるで忌まわしいものの名を口にしてしまった、そうとがめるような視線がいっせいに返される……そのときだった。

だしぬけにペタペタという足音がしたかと思うと、人をバカにしきった声が無遠慮に響きわたった。

「よう……。錆田の野郎が望楼で首吊ったって本当か？　にしちゃ、外から死骸が見えなかったけど」

日疋佳景だった。さっき〝おおむね昨夜のパーティーの顔ぶれ〟と書いたのは、こいつを除いては、の意だった。文字通りの招かれざる客は、薄色眼鏡の奥の垂れた目尻にこぼれ落ちそうな好奇と嘲弄《ちょうろう》をたたえながら、

「どうやら少々遅すぎたらしいな、見物に馳せ参じるのが。全く残念――おやぁ、女の子たちまでおそろいかい。こりゃあいいや、ボクも一杯もらおうかなっと」

常に聞くもの全てのムカッ腹を立てさせずにはおかない日疋の饒舌は、しかし今日に限って二十秒ともちはしなかった。

「このゲス野郎！」

蟻川の口から罵声が飛んだかと思うと、海淵の石頭と並んで定評のある拳骨が、ニヤケ男の顔面にめりこんだ。

「やめてぇ！」

乾美樹が痛切に、その実まんざらでもなさそうに悲鳴をあげる。おれたちは、梶川与惣兵衛《かじかわよそべえ》の役どころを演ずるべく、あわてて二人の間に割って入った。ただし、あまり熱心にではなく。

＊

数分後、おれたちは冬の午後の光がさしこむ通称ミーティングルームで、思い思いの席を占めていた。そこは臼羽医院時代の診察室で、黄ばんだ解剖図譜や古風な調度、年を経て鈍く輝く医療器具などが、おれたちを取り囲んでいた。

場所を変えるよう提案したのは、蟻川と日疋に手当てをするため、もう一つは先ほどのおれの疑問を聞いてもらうためだった。もともと編集会議だの合評会だの、少し構えた集まりになるときはここを使うのが通例なのだった。

「つまり、錆田の死は自殺じゃないかもしれない——お前さんは、そう言いたいわけだ」

おれが話し終えて——もっともエーテル臭のことだけは、はっきりしないうえに何かヤバい気がして黙っておいた——だいぶたってから、瀬部が考え考え口を開いた。

「で、昨夜の自分たちの行動を、今ここで洗い直そうというわけか」

「そ、それなら、もう警察にしゃべったよ。みんな、そうだろう——な、な?」

小藤田久雄がきょろきょろ周囲を見回すと、早口に言った。彼のいやな気分はよくわかったし、女性陣の感情も考えなければならなかった。

で、可能な限り明るく、何かのゲームにでも誘うかのような調子で、

「う、うん、警察にはな。けど、おれたち同士はお互いの行動を知り尽くしてはいないやろ? まして、ここに帰り着いた前後だけじゃなく、《プランタン》を出てからの詳細となると……。アリバイ調べ? いや、とんでもない。単なる確認、そう確認や」

「検屍法廷《インクエスト》だな、早い話が」瀬部順平がふっと笑いをもらした。「ヒッチコックの『レベッカ』なんかに出てくる、あれだ。それも面白いかもしれん」

映画マニアらしい言い草だった。デ・ウィンター夫人に関する公判は自殺ということでケリがついたが、さて今回はどうなるだろうか。

「よし、開廷だ」

蟻川曜司が軽く机をたたいた。部屋の隅に皮肉な視線を投げると、

「むろん異存はありませんね、傍聴人殿?」

「勝手にしろ」

日疋は、まだ血のにじんだ口の端を手の甲でぬぐうと、吐き棄てた。

「じゃあ、まず……おれたちから」

「いや、おれからだ」

瀬部が言いかけたとたん、蟻川がすかさず手を挙げた。

「何せあまりカッコのいい話じゃないもんで、早いとこすましちまいたいんでね」

「ああん？　まあ……いいだろう。勝手にしろ」

出鼻をくじかれた瀬部がうなずくのをしりめに、彼は傍若無人《ぼうじゃくぶじん》にしゃべり始めた。

「十沼は、あのあともおれたち四人がいっしょに行動したと思ったかもしれないが、そうじゃない。お前が省子ちゃんを送っていってすぐ、こいつ——日疋が急に用事を思い出したとか何とか言いだしてフケやがった。で、おれと堂埜とで美樹を……いや乾君をいつかのディスコに案内したんだが、彼女、ほんの半時間かそこらで席を立っちまった——これまた唐突に門限がどうとか言いだしてさ」

いつしか乾美樹に向けられた蟻川の視線は、なめるようにその肉体の上をめぐった。ただささえ皮肉な顔つきが酷薄そのものに凍てついて、目玉だけが妙に生きいきと躍動していた。

「まあ、話といってもこんなもんだ。で瀬部、鑄田はお前らともいっしょじゃなかったんだな」

蟻川の問いに、瀬部はかぶりを振ってみせて、

「いや……おれと小藤田だけだ。あとから野木の奴と合流したけどな。野木は最初、お前といっしょだったんだろう、須藤？」

「ああ、途中まではな」

瀬部に促された須藤郁哉はスイカの種みたいな目をさらに細め、ポケットから例のキャンディケースを取り出した。おれが一個所望と指を伸ばしたが、ふたは寸前でパチリと閉じられた。

須藤はつまんだ一粒を口に放りこむと、意味ありげに腕を組んでみせて、

「木屋町《きやまち》辺の店でちょっと飲んで、そのあと別れた……いや、はぐれたと言うた方がいいか。いや、まいったよ、実際」

口をもぐもぐやりながらのもったいぶった表情が、どうにも滑稽だった。

「あいつは、あれでも自分の顔にかすかながら自負を持ってるんだ」——いつか本人不在の折、小藤田が何かの拍子に明かしたとき、居あわせた全員が「えッ」と叫んだきり、たっぷり三分は絶句したことがある。ちなみに、このけちんぼからドロップの一個、ガムのひとつかけでも分捕ってやろうという試みは、おれも含めいまだに成功していない。

「しかし、置いてきぼりにされた以上しかたがない、あいつを探しがてら、えんえん歩き回ったあげく終夜営業のコーヒーショップで寝こんでしもたわけさ。はぐれたのは、そう、十一時前……」

——須藤に関して、ついでにもう少し。ふだんの彼は一見内気そうな外見通り、手あかのついた駄洒落《だじゃれ》一つも言えないが、一転ヤバい立場に追いこまれると、大昔の日活無国籍アクションの登場人物も顔負けに格好をつけだすという癖がある。

ちなみに須藤を追いこむ二大元凶は、奴自身のほれっぽさと浪費癖だそうだ。

瀬部は、しかし別におかしがりもせずうなずいた。

「ははあ、そのあとだな。野木が、四条かいわいの深夜喫茶でおれたちと出くわしたのは……なるほど」

それから小藤田の方をかえりみて、

「だいぶ酔ってたみたいだったよな。あれが、十二時過ぎてたっけ」

「さあ……どうだったか」

元落研部員の記憶は、あいにく〝くっしゃみ講釈〟の喜《き》ィ公《こう》なみに頼りないものだった。小藤田はただでさえ気の弱そうな風貌に困惑を浮かべながら、

「だけど、三人そろってここに帰ってきたのは一時ちょい過ぎだった。それは確かだ」

「すると、おれとあまり変わらんな。こっちもご帰館はそんなもんだった。いや、一時半近くなってたかな」

「ちょっと待ってよ、『おれと』ですって?」乾美樹が急に聞きとがめたように、顔を上げた。「蟻川ちゃんは堂埜さんといっしょに帰ってきたんじゃなかったの」

「いいや、おれ一人だよ。それが、どうかしたか?」蟻川はこともなげに否定した。「おれがボチボチ引き揚げようかって言ったら、悪いが先に帰ってくれって……何でも、麻雀屋を二、三軒のぞいてくるとか言ってたな。今朝訊いたら、瀬部たちと久々一戦交えるつもりだったが、結局見つからなくて二時ごろ戻ったって言ってたが」

蟻川は、記憶をたどるように指を折ったが、ふいに皮肉な視線を横ざまに走らせると、

「……もっとも堂埜ならともかく、ここの住人でもないうえに、勝手に途中でどこやらにしけこんだご仁のアリバイまでは引き受けかねるがね」

その意地悪い眼差しの先にあるのは、日疋佳景のニヤケ面だ。やはり、あのあと両人の間で

出し抜き合いっこが演じられたらしい。

さっきの喧嘩も原因はどうやら……と感づくまもなく、日疋の顔面に朱が散った。

「まあまあ、とりあえず今までのところ、まとめてみようや」

おれはあわてて言った。このときほど、堂埜仁志という男の人徳というか、存在感を痛感したことはなかった。さすがは、往年の名ワンゲル部員だけのことはあると言いたいが、まあ、これはあまり関係ないか。

余談だが、堂埜の奴、ロープでの登攀《とうはん》なんか堂に入ったものだそうで、全く人は見かけによらない。ともあれ、いてもいなくてもいいような人がいないと、まとまるものもまとまらないのがニッポン社会というものらしかった。

二一：〇〇　《プランタン》解散
二一：三〇　喫茶店解散、日疋去る
二一：五五　省子帰宅
二三：一五　十沼、泥濘荘帰着
二三：三〇　美樹、蟻川・堂埜と別れる
二三：〇〇　須藤、野木とはぐれる
〇：〇〇　野木、瀬部・小藤田と合流
一：〇〇　瀬部ら、蟻川帰着

二：〇〇　堂埜帰着

実際はもっと荒っぽい走り書きだ。この手の表は重要な意味を秘めているように映ると見え、サインペンがチラシの裏を走るにつれて誰もが腰を浮かし、顔を寄せ合った。

もっとも、女の子たちは別だ。終始、彼女らは言葉少なだった。

正直おれは、彼女らにはこのうっとうしい儀式に参加してほしくはなかった。結局は彼女らも故・錆田も「オンザロック」の仲間だという意見に押し切られたのだが……。

ここに奇妙な事実があった。つい言う機会を失してしまったが、おれが昨夜、就寝前に聞いた誰かが帰ってきた気配の件だ。

もし、みんなが嘘をついているのでなければ、その誰かとはいったい誰だったんだろう。錆田か？　いや、いっそこう書き加える必要がありはしないか。

二三：三〇？　錆田・絞刑吏《こうけいり》到着。ただちに絞首刑執行さる

そんな中、日疋佳景がふいに口を切った。

「すると……おいおい、みんな、そうにらむなよ。おれにだって発言の機会をくれなくちゃ。——すると、ちょっと面白いことになるな。つまり、パーティーが終わって即単独行動に移ったのは、みさとちゃんと錆田の二人だけということに……」

「ひどいわ。何が言いたいんですか」

水松みさとはきっと顔を上げ、叫んだ。

年も上なら、二十センチ近く上背のある日疋に必死に抗議するさまは、図体のでかい野犬に立ち向かう勇敢な子犬を連想させた。

「いや、なあに」日疋はへらへらと笑うばかりだった。「ほんの思いつきさね」

何て言いがかりだ。蟻川に行状をあげつらわれた腹いせを、こんな見当違いに向けるとは。みさとにどんな動機があるというのか。第一、こんなに華奢《きゃしゃ》な彼女にどうやって錆田の巨体をあの高さに吊るせたというのだろうか。

（――待てよ）おれはふとつぶやいた。（お互いの行動の把握ばかりで、かんじんのその疑問を全然検討してなかった。滑車かウィンチか、純粋に人力のみだったのか。そう、おれの旧作「迷宮の死角」では……）

「待って」

と、日疋の放言をさえぎったのは、何と堀場省子だった。彼女は長めのボブカットをふりたてんばかりに抗議の姿勢を見せながら、

「残念やけど、日疋さんの言うようなことは成り立ちませんよ。わたしが家に着く前に、みさとちゃんから電話があったって聞いて、彼女のマンションにかけ直したらちゃんと出たもの」

見ろ、この友情を、この理路整然たる説明を。乾美樹などは、さも愉快そうに成り行きを見守っているというのに。

ついでながら、大阪の高級住宅街のお嬢様であるみさとは、自宅と京都のけっこうなマンションに半々に住んでいる。

加宮朋正が、その〝特典〟を行使しないことを彼女のために祈ろう。マンションといっても女子学生専用の相当管理の厳しいところらしいから、今のところ大丈夫のようだが。

「……ありがとう」

水松みさとは、半泣きになりながら言った。トモくん（むろん、加宮朋正のことである）さえいれば、こんな男におちょくられずにすむのに、と悔しがっているようでもあった。

もっとも、日ごろの加宮の性格の悪さのツケを彼女が払わされている気味もなくはなかった。

ともあれ、結局のところ日疋の暴言は、奴自身のバカさかげんをみんなに再認識させただけだった。当然の報いとして、限りなく冷たい視線が彼に集中した。

「……っ、……！」

舌打ちとも歯軋りともつかぬ音をもらすと、だしぬけに日疋は席を蹴り、足取りも荒々しく診察室を出ていってしまった。

と、そのとき窓の外に気配がして、「な、何だぁ？」と聞き覚えのある声がガラスごしに響いた。玄関前で、飛び出してきた日疋とニアミスしたらしい。

やがて疲れきったような足音が二組、三和土を上がってきた。

足音はいったん廊下を行きかけたが、おや？　といぶかる声とともに立ち止まった。ややあって、ドアの間からひょいとのぞいた二つの顔が、

「おまえら、いったい何やっとるんだ?」

外の空気に点じられた薄墨が、しだいにその色を濃くしようとしていた。

あきれ顔の堂埜仁志と野木勇を招き入れると、おれたちはこれまでのあらましを物語った。踏み台の件に言及するや、野木はハッと何かに気づいたように堂埜の方を見た。だが、堂埜はハイライトに火を点けながら、いつもの茫洋とした表情のまま、

「そうか」

軽くうなずいただけだった。ややあって、ゆらゆらと立ち昇る紫煙《しえん》に焦《じ》れたように、野木がそのあとを続けた。

「実は×京署からここへ戻る途中、薬局のおばちゃんが声をかけてきたんだ。何でも昨夜、鋳田を見かけたとか言って……ほら、あの角の店さ」

そう聞くまでもなく、おれはその薬局――弓なりにPHARMACYと記した下に、右から隷書《れいしょ》で屋号を並べた看板の、いかにも京都らしくハイカラ趣味をとどめた店を思い浮かべることができた。むろん、そこの主である老夫婦の顔もだ。

「あのおばちゃんが、鋳田の姿を?」

おれがたずねるのとほとんど同時に、小藤田がいつもおびえているような目をパチパチさせながら、

「い、いつごろのこった、そりゃあ?」

「時間ははっきりしないらしいんだが、十一時以前なのはまちがいないらしい。そのあと大将と店番を交代したとかでな」

「ふう……」小藤田は、安心したようにため息をついた。「それなら少なくとも幽霊じゃないな」

冗談としたら、あまり趣味がいいとは言えなかったが、それでも軽い笑いがおれたちの緊張を解きほぐした。と、蟻川が口を開いて、

「そりゃ、あそこは通り道だし、遅くまで開いてもいるから、鋳田が通りかかるのを目撃したって不思議はない。まして生前の姿となればな。で、それがどうかしたのか?」

たたみかけるような調子に、野木はちょっと口ごもりながら、

「いや、見かけただけじゃなく、奴が店に入ってきて、買い物をしていったって言うんだが……」

「買い物? いったい何を?」

異口同音に吐き出される疑問符とともに、誰もが身を乗り出した。

「それが……」

野木は急に言葉を濁し、堂埜の顔をうかがった。それを受け、堂埜はムズがゆいような、何ともいえない表情で唇をヒクつかせると、ぼそりと言った。

「浣腸薬と……コンドーム」

「浣腸薬にコンドームだぁ?」

おれは思わず、叫び出していた。いや、おれだけではない。下手なドラマの演出そのままに、口という口がいっせいに二つの尾籠《びろう》な単語を、神聖な検屍法廷にまきちらしたのだ。

突拍子もない叫びが引いた後に沈黙が広がり、やがてそれも、そこここにわき起こるグロテスクな笑い声にとってかわられた。

かくして十二月二十三日午後四時に十数分を余し、泥濘荘検屍法廷は閉廷した。これから死のうという男が、なぜそんな取り合わせの買い物をする必要があったのかどうかという疑問を残したままで。

第三章　暗がりに影を落とすもの

——あたりは真の闇。

そのただ中を貫くように、一五〇Wのハロゲン・ランプの発する光がまばゆい白い剣となってレンズから噴き出していた。

そのかたわらに腰かけた影法師の口から吐き出される煙草《たばこ》の煙が、映写機のファンに吸い寄せられてはまた宙に撒かれ、光の帯に無数のきらめく光点を加えるのだった。

ここは屋根裏部屋。銀幕ならぬ安物のスクリーンに映し出されているのは、時代がかった白黒の映像だ。すでに妖しげな東洋骨董を写したオープニング・ショットは終わり、内蔵スピーカーからはタイトル・テーマが鳴り響いていた。

ワーナー・ブラザース映画
及びヴァイタホーン社製作
ウイリアム・パウエル
再演《リターンズ・アズ》　ファイロ・ヴァンス　ｉｎ

〝ゲンネル殺人事件〟
S・S・ヴァン・ダイン作
監督　マイケル・カーティズ
脚本　ロバート・N・リー&ピーター・ミルン
潤色　ロバート・プレスネル

……………………………

――話を戻そう。結局何もわからないままに錆田の死に関する審理を終えたおれたちは、三三五々解散した。

女の子二人は自宅へ帰り、おれは堀場省子に昼食としては遅すぎ、夕飯にしては早すぎる食事をおごるべく外へ出た。むろん予算の関係上、お手軽なものではあったが、そのあとおれたちは停留所までの道を話しながら歩いた。

「全く今日はとんだことに巻きこまれたなあ。おまけにあんな話し合いにまで参加させて……やっぱり君らは先に帰るべきやったよ」

「ううん、かまわないわ。――それより、昨日の話の続きなんだけど」

「昨夜の話……というと?」

「今度のあなたの作品集、まだ全体の表題が決まってなかったでしょ。それでね……ちょっと思いついたんやけど」

「本の表題、そうそう忘れてた、収録作のどれかから採るか、別に総タイトルを考えないかんかったんやね。で、何かええのがあった？」

「うん……。あの、笑わんといてね――『13の殺人喜劇』」

「『13の殺人喜劇』……それはいい、あの中の全部が全部、純粋のコメディかどうかはともかく、お涙頂戴物は一つもないからな」

「うれしいわ、気に入ってもらえて。じゃあ今度までに題字のロゴデザインも作っとくね」

「ありがたしかたじけなし、未来の……」

「えっ、未来の、なに？」

「へっ？　い、いやあ、それより今年も押し詰まりましたなぁ……それにしては暑いけど。おっ、バスが来たよ」

てな会話を交わしつつ彼女を見送り、戻ったのが五時前ごろ。だが、ほかの連中の姿は診察室や食堂一帯にはなかった。いつもの量だけが取り柄の学生食堂へメシでも食いに出たのか、部屋に戻るかしたらしい。

（しゃあないな）

そうつぶやいて、二階の自室に引き揚げようとしたときだった。おれは、急ぎ足で屋根裏への、つまり展望楼に通じる階段を上っていく瀬部順平の姿を目撃したのだ。

あの話し合いのあとで、何を思い立ってか〝現場〟再訪とは。しかも気むずかしげに腕組みして……。だが何のことはない、昨日も話題に出たフィルムを鑑賞しようとしていただけのことだった。

しかしおれには、瀬部の気が知れなかった。確かにここは彼の映写室だが、ほんの少し上で友人が縊れて死に、ほんの何時間か前までその死体がぶら下がっていたことを忘れたのか。

そんな場所で灯りを消し、たった一人で古いフィルムに見入る——不謹慎だとか言う前に、その鈍感さが理解できなかったのだ。

たぶんトーキー方式を冠したのだろう〈ヴァイタホーン・オーケストラ／指揮　レオ・F・フォーブスタイン〉などとあるのも大時代なロールタイトルが尽きると、いつか見た「四十二番街」と同じように劇中の抜粋ショットに名前入りでキャストが紹介される。そう、こんな具合に……。

ウィリアム・パウエル……ファイロ・ヴァンス
メアリ・アスター…………ヒルダ・レーク
ユージン・パレット………ヒース部長刑事
ラルフ・モーガン…………秘書レイモンド・リード
ロバート・マクウェイド…マーカム地方検事

物語は、ロング・アイランドの愛犬品評会にファイロ・ヴァンスが参加する場面から始まった。さっきRETURNS ASとあったのは、パラマウントでウィリアム・パウエルがこの前に三本、同じ役を演じたかららしい。

確かにこの口髭のダンディ俳優ほどの適役はないな――いつしか画面に見入ってしまい、独りうなずきかけたときだった。だしぬけに音楽が途切れ、映像が闇に溶けた。

ぎょっとして映写機の方を振り返ったおれの耳を、影法師の怒号が聾《ろう》した。

「誰だ！　そこに隠れてるのは――ははん、十沼だな。出てこいっ」

手近の灰皿をつかんで投げつけそうな勢いに、おれはやむなく両手を挙げ、奴の前に出た。

「わかった、わかった。そう怒るなよ」

おれはムカつきを押し殺しながら、せいいっぱい愛想よく言った。だが、瀬部順平はますます癇《かん》にさわったように声を荒らげて、

「何をこそこそのぞき見してやがった。はん……それとも何か、鋳田が首を吊ったからって、おれが自分のフィルムを見ちゃいかんとでも言いたいのか。へん、知ったことか。おれの金でおれが買ったもんだ。文句があるか」

そうまで毒づかれると、かえって引き下がるわけにはいかなくなった。ハイそうですか、ではあんまり業腹《ごうはら》だ。で、できるだけおどけた調子で、

「じゃあ……せめていっしょに見させてくれよ。何なら、あとで入場料代わりに何かおごらせてもらうからさ」

「ごめんだね」

にべもない返事とともに、瀬部は階段を指さした。

「とっとと出てってくれ」

カチッと音がして映写機のファンが動き出し、再びスクリーンは白と黒の映像で満たされた。

「いいじゃないか、別に——ちょっとぐらい」

わざと未練たらしく言いながら、おれは後ずさりした。

スクリーンからの照り返しと映写機からもれる光を受け、彼の顔はグロテスクに歪んで見えた。それが単なる光のマジックでないことは、すぐに実証された。

「出てけ……うせやがれっ」

憎悪にねじくれた口が、罵声を吐きかけてきた。

とても正気の沙汰とは思えなかった。おれは舌打ちすると、早々に屋根裏のキネマ館をあとにした。なおもわめき続ける瀬部の怒号を背中に聞きながら。

「消えろ、二度とツラ見せるな！」


すごすごと階段を下り、二階に出たとたん、風のせいだろう、パタリと音がした。

見ると、廊下奥の外階段に通じる扉に貼られたポスターの中から、一時代前の令嬢風の美女が、おれに微笑《ほほえ》みかけてきた。

彼女は、この扉にずっと留められたきりの保健ニュースか何かのモデルである。昔の新進映画女優らしいが、よくわからない。

自分の部屋のドアを開けながら改めて見ると、四隅はちぎれ、あるいは円く赤錆がうつり、下に張られたラシャは、すっかり色が飛んでしまっていた。

ちなみに、ここは内側から簡単な差し込み式の戸締まりができるだけなので、就寝時や留守にする前に気がついたものが施錠することにしている。したがって、ちょいと遅帰りのときに気まぐれを起こし、外階段から入ろうとしようものなら、締め出しを食ったあげくはるばると玄関へ回り、手持ちの鍵で入り直さねばならないことになってしまう。

（そや）おれはひざを打った。（昨夜は、ここの戸締まりはどうなってたやろ。いや、ここだけやなく玄関の方も調べんといかん）

お嬢さん、ありがとう——ポスターの彼女に一礼し、くるりと踵を返すと、おれは階段を下り始めた。

鋳田敏郎を絞首台に引きずり上げた人物は、いったいどういう経路をたどったろう。入るときは鋳田の鍵で彼といっしょに、という手があるにしても、出るときはどうする。玄関か外階段か、どれかを開け放したままで出ていくほかなかろう。それとも……？

（それとも、出ていく必要はなかった、か）

おれはふとわいて出た危ない考えに立ちどまり、ブルブルと頭を振った。そこまで話を進めるには、データも脳細胞の準備も不足しすぎている。

と同時に思い出した、肝心かなめの代物と場所を調べ忘れていたことを。

ふと耳をすますと、先刻まで絶えていた人の気配が、階下から立ち昇ってきていた。

外から戻った連中は大半、食堂にたむろしているようだった。おれは一階に下りると、元の待合室に積まれた雑誌でも読みに行くような顔で、そのまま診察室に入り、黄ばんだカーテンで仕切られた狭い薬局に体をすべりこませた。

錆田がやすやすと絞首台に登らされたのも、エーテルを嗅がされ、昏睡《こんすい》状態に陥った果てであったとすれば、うなずけなくもない。とすると、その出所は？　絞刑吏が仮に地の果てからやってきたにせよ、一番の手近であるここ旧・臼羽医院の薬局を疑ってかかるのが当然だろう。あってはならないことだが、管理がルーズだったためか、廃院時の手続きに不備があったのか、かつての医薬品類がかなり残されていた。

逡巡《しゅんじゅん》があった。だが一瞬、おれの鼻粘膜をなでて去った芳香について、あの医者も警察官たちの口からも言及がなかったところをみると、彼らが来たときには、もう大気の中に溶け果てていたのに違いない。

ということは、この問題を追及できるのは、今のところおれ一人しかいない、わけ、だ……。

おれは当てもないままに、すすけたようなガラス壜の行列を見回した。エーテルらしき壜は発見できなかったが、むろんそれはここから持ち出されたことを意味しない。

もともと何がここにあったかわからない以上、何が持ち去られたのか、盗みがあったのかすら断定できはしないのだった。第一、あの匂いがエーテルやら何やらさえ知れてはいない。

しかし、このまま引き下がる気にもなれなかった。探偵小説ではたいがいそうであるように、底板のホコリなり壜の跡なり、何か手がかりが見つかってもよさそうなもんではないか。おれは半畳ほどの空間に、やみくもに視線を走らせ続けた。

薬局の棚は段ごとに【普通薬】【劇薬】などの色あせた紙票《レッテル》が側板に貼ってあり、右側が袋戸棚風の小さな保管庫になっていた。その、他と同じくニス塗りのはげかけた扉の紙票には白抜きで字体もおどろおどろしい二文字がすわっていた――【毒薬】

扉の掛け金には、錆の浮いた数字錠がかろうじて引っかかっているだけだった。おれはポケットからボールペンを取り出すと、その先で恐る恐る触れてみた。とたんに錠はけたたましい音をたてて床に転がり、軽い軋みとともに扉が半開きになった。

冷やした肝を温め直すのに、数秒かかった。医家の毒薬といえば、昇汞《しょうこう》かモルヒネか、それとも――？

奇妙な期待と、漠然とした恐怖とを背筋にまとわりつかせながら、おれは開いたすき間から視線を這いこませた。自作中篇「野蛮の家」の毒殺魔のように。

（…………）

おれは独り、ため息をついた。

――空っぽ。そう、文字通りそこには何もなく、空虚な薄暗がりだけが、かび臭い空気とともにあった。

おれはもう一度、ため息をついた。錠前がいつからこういう状態だったのか、それがわからない以上、ここにもエーテルと同じ論理が適用されることはまちがいなかった。

（さて、お次は……尋問か、ふう！）

診察室を出たおれは大きく伸びをし、次いで食堂に足を向けた。

折から廊下を通りかかった小藤田久雄とすれ違ったが、彼は手真似も大仰にブツブツつぶやき続けるおれに、気弱そうな視線を投げながら階段を上っていった……。

「玄関の鍵？　むろん自分で開けて入ったぞ。いや、ちゃあんと掛かっていたとも」

会長こと堂埜仁志は、質問の意図を解しかねるように首をかしげた。

「おれが帰ってきたときは、小藤田か瀬部が開けたんじゃないか。よく覚えてないけど。二階の外階段に出る扉かい？　うん、おれが錠を外したよ。朝一番に起き出したもんでね。で、その少しあとで鋳田がああなってるのを見つけたわけだ」

野木勇は盛んに眼鏡に手をやりながら、これまた明快におれの臆測を粉砕してくれた。

(そうか、小藤田か)おれはひそかに舌打ちした。(さっき聞けばよかったな)

鋳田敏郎の死体発見前、最後に泥濘荘の門をくぐった男と、最初に朝の目覚めを体験した男。まずこの二人の証言からしだいに網を狭めるつもりだった。さて、お次は……。

「帰ってきたとき、どこから入ったって？　玄関からに決まってるだろうが。どうやってだと？　そりゃ鍵を鍵孔に突っ込んでグルリと回してノブをこう……ええ、鍵はかかっていたか、入ったあとちゃんと閉めたかだぁ？　決まってんだろう、いいかげんにしろ！」

蟻川曜司はそう答え終わるや、いきなり椅子を蹴るとバタバタと駆け出した。行く手を見守れば、トイレだった。道理で質問中、いらだたしげにひざを揺すっていたわけだ。

ともあれ結局、玄関と外階段の扉が未施錠だった瞬間はついに見出せなかった。あとは瀬部、それに自室に引っこんだらしい小藤田にも訊くつもりだが、これはどうやら徒労に終わりそうだった。

「おい、ボクには訊いてくれへんのん？」

またぞろタータン模様のケースをポケットから出しながら、太平楽《たいへいらく》な顔で質問を催促してきたのは須藤郁哉だった。

コーヒーショップで寝ていたという彼の言い草も疑えば疑えることだったが、この際は関係なかった。それより必死の脳漿搾《しぼ》りを面白がっているようすに、おれはいささかムッとして、

「お前さんは朝帰りやから、今んとこ関係ない。アリバイが必要になったら呼ぶから、あっちへ行ってててくれるか。ほれ、行った行った」

突き放してやると、須藤はパチリとケースを閉じ、不得要領な顔で退散していった。

――確かに、みんなからはおれが滑稽に見えたかもしれない。だが、おれにしてみれば、踏み台に薬局での買い物という明瞭な反証がありながら、その結果として疑惑が胸に広がるのを自覚しながら、誰もが自殺の線を捨てきれずにいるのがおかしく思えた。

それはどんなときも警察をオールマイティと信じるゆえであったろうし、何より仲間内に〝殺人〟の存在を認めたくないためでもあったろう。

（ふむ、とりわけ、この壁は厚い……）

ひそかに嘆じたとき、脳裡にひらめくものがあった。おれは期待を抑えつつ、堂埜と野木に

向き直った。

「ところで錆田の衣服——身辺でもいいんだが、鍵が紛失してたとか、警察ではそんなことを問題にしてなかったか」

鍵は前にも書いた通り、玄関用の共通の鍵とおのおのの部屋の二本を各自が持っている。かなり古めかしい型のものなので、鍵孔に合致させるだけならともかく、形から何からそっくりなものを偽造させるのはむずかしい。

錆田の持ち分の鍵が身辺から消えていれば、犯人が脱出—施錠のために奪っていったことになりはしまいか。むろん偽装とも考えられるが、とりあえずは犯人は鍵を持たない外部者ということになって、われわれ仲間内を疑う事態は避けられる……。

だが、野木はいともあっさりと、

「ああ、それなら警察で見せられたよ。あんたらの友達のポケットから出てきたもんやが、確かに二本とも彼の鍵かってね。『ええ、僕らのと同じ奴です』って答えといたけど」

「そう、そうだったのう」

堂埜が相づちを打った。

さすがはプロフェッショナル、素人が気づくようなことを見落としはしないようだ。もっとも、彼らには何もかも自殺の傍証として映るのだろうけれども。

こうなると——以前に誰かの鍵をスリ取るとかして複製を用意したのかもしれないし、速断は禁物だが——外部者が凶行後、錆田の鍵を使って脱出した線は考えにくくなった。

再び犯行現場にとって返し、ポケットに投げこんだ？　となると、いよいよ犯人は荘内の人間でしかありえなくなるし、となれば初めからそんな必要はなくなってしまう。

「すると、やね……この、つまり……」

「おいおい十沼、まだ続けてんのかよ」

新たな質問をひねり出そうとするおれに、横あいから蟻川曜司の笑いを含んだ声とともに、ぎょろりと鋭い視線が浴びせられた。

彼は手をふきふきテレビに歩み寄ると、スイッチを入れた。ちょうど六時四十分台のニュースの時間で、聞き覚えのあるテーマ曲が鳴り終わるところだった。

「だいたい、さっきから何が面白くてコソコソ聞き回ってる？　書く方はあきらめて、いよいよ興信所にでも就職かい」

（しまった）おれは後悔のほぞを噛んだ。

山梨県の生んだ最大の皮肉屋、骨の髄までのリアリストである蟻川曜司。まして今、生理的欲求を解消したばかりで、このうえなくさわやかな気分の彼が、おれの探偵ごっこを黙って見過ごすわけはなかった。

蟻川は〝一票の重み〟格差に対する違憲判決を報じる画面を横目で見ながら、

「貴様にゃ解いてもらわなくちゃならん問題があるはずだぜ、とびきり重要な、しかも貴様にお似合いの問題がな。浣腸薬とコンドームの謎、あいつが解けないいんなら、貴様の推理作家志望も見込みはねぇな」

日疋の皮肉が単なる放言なら、蟻川のは寸鉄《すんてつ》人を刺すの感があった。その切れ味で、仲間の死をパズルもどきにもてあそぶたぁ何たる死者への冒瀆《ぼうとく》——とでも難詰されたら相当こたえたろうが、この程度の毒舌なら平気だった。

「あいにく、適任なのはもっとほかにおりそうやからな。あの二品の愛用者は」

あまり冴えた返答でもなかったが、頭をめぐらし、答えてやった。と、そのとき。

〝寝台特急でD大生の死体発見——宮崎〟

振り向きざま視野の片隅に映じた、ブラウン管上の見出しが、おれを強烈に引きつけた。

いや、おれだけではない、この場の全員がハッと視線をテレビに注ぐ中、近ごろはもっぱらお笑い芸人として忙しいアナウンサーが、ひどくまじめくさった顔を画面に現わした。

〈きょう正午前、新大阪発、都城行きの寝台特急列車《ブルートレイン》〈彗星3号〉の車内で、若い男の人が刃物で刺されて死んでいるのが発見されました。宮崎県警の調べによりますと、この人は京都のD＊＊大学法学部三年で……〉

「おい！」

蟻川が声を荒らげ、ブラウン管を指さした。

「まさか……」

野木がうめくように言い、テレビの前にかがみこむ。次いで、どたどたと奥から走り出てき

替わった。

た須藤が、

「どうした、いったい何ごとや」

と、その彼の鼻先で、画像がアナウンサーの顔からあざやかな青をバックにした写真に切り替わった。

「ふわあぁ……んがぐぐっ」

そのとたん、驚きのあまりか須藤は、たまたまくわえていた菓子の包み紙か何かの紙切れをゴックンとのみ下してしまった。

「あいつじゃ！」

堂埜が珍しくたかぶった声音で叫ぶのと同時に、おれの心臓はのど元まで跳ね上がった。

被写体もさることながら、その写真自体、記憶にあるのがショックだった。確かにどこかで見たことが……そうだ学生証だ！

おれはもう一度、ちっぽけなモノクロームの肖像を見、その同性の目からはどう転んでもいけ好かないキツネ面に添えられたテロップを読み返した——〝殺された加宮朋正さん〟

第四章　遠く時刻表の遙か

〈……京都のＤ＊＊大学法学部三年で、宮崎県都城市出身の加宮朋正さん、二十一歳とわかりました。家族の話などによりますと、加宮さんは京都の下宿先から帰省のため、昨夜七時五十七分に新大阪を発つ彗星3号に乗車したものです〉

自分の声が、たった今どんなパニックを起こしつつあるか、まるで素知らぬ顔でアナウンサーは淡々と原稿を読み続けた。

「どういうことだ、奴は確か、帰省するって……」

野木勇の近ごろめっきり酒焼けした顔が蒼ざめ、眼鏡の奥の目が痙攣するようにまたたいた。

一方、蟻川曜司は皮肉で冷徹な表情のまま淡々と、

「だから、その帰省途中に殺《や》られたんだよ」

そこへ須藤郁哉が、仏像面《づら》に似合わない息せききった表情を浮かべながら、

「で、でも、おれ、きのう学食であいつとＢランチ喰ったけど、確かに生きてた……」

「きのう学食で貴様とＢランチを食ったら、今日、寝台特急で死ねないってことはなかろう。まして殺人だぞ」

蟻川は小藤田のお株を奪って落語〝近日息子〟のような理屈をこねた。

〈同列車は東海道《とうかいどう》・山陽《さんよう》・日豊《にっぽう》本線を通り、十六時間をかけて新大阪―都城間を走るブルートレインとして、鉄道マニアの間で人気があります。また年末の帰省ピークを目前に控えてのことでもあり……〉

画面は一転して、どこかの山辺をゆくブルートレインに切り替わり、次いで南国の駅がテロップ入りで映し出された。

そして夕餉《ゆうげ》どきの視聴者のおなぐさみにと、狭苦しい現場からの中継映像までもが流された。ブラウン管の中に顔を突っこめば、血痕や死体搬送のようすだって見られたかもしれなかった。

「そ、そやけど……」

須藤は、なおも信じられないようにつぶやいたが、その点はおれも同様だった。と、堂埜が唇に指を当てて、

「しっ、聞けよ。大事なとこだ」

〈加宮さんの死体を発見したのは同列車の車掌で、十一時五十分の都城到着を控え、けさ旅客寝台を解体中、3号車を見回っていて、レインコートのままB寝台下段の壁に寄りかかっている乗客を見つけ、揺り起こそうとして出血に気づいたとのことです。付近の病院で調べたところでは死亡は昨夜十時半ごろ。直接の死因は背中に突き刺さった果物ナイフようの刃物で、柄《え》の部分は外れたらしくなくなっていました。刺されたのは、死亡から二時間以内と思われ……〉

「内出血死らしいのう」

堂埜仁志が、長い顔の長いあごをなでながら、ぼそりとつぶやいた。

「しかし、どういうことだ、柄がないってのは？」

須藤が気味悪そうに首をかしげる。

「そういう仕掛けにしてたんやないか。ズブリと刺したあと、犯人はズラかる。やられた方は抜くに抜けず……」

「よせよ、おい。こんなときに」

野木が顔をしかめ、いい気になって推理をひねり出すおれを眼鏡の奥からたしなめた。当の須藤までが非難がましく口をとがらせて、

「そうだ、やめろよ。イヤな奴でも友達のことやないか」

「何だ、そっちが訊くから……」

おれだって言いたくはなかった——そう言いかけてやめた。確かに反論の余地はなかった。

「死亡したのは昨夜十時半ごろか。すると……」

「たっぷり数時間は知られずに転がってたわけだ。おい、誰かその辺に時刻表……」

つぶやくような野木に続いて、蟻川が何か思い立ったようにふりむいたとたん、

「おいっ、いいかげんにせい」

堂埜がいつにない厳しさで、みんなを制した。

〈なお、乗務員の話では、走行中、特に異常はなかったとのことですが、捜査本部では寝台特急内での殺人事件とみて乗降客を中心に調べる方針です。では、次のニュース……〉

みんなの手がいっせいにスイッチにのびた。アナウンサーは悲鳴をあげる暇もなく、画面から抹殺された。

しばらくの間、空白のブラウン管とおそろいの沈黙がおれたちを支配した。だいぶたってから、堂埜が重い口を開いた。

「……どうする、水松君に知らせるか?」

「無理だよ。どう言えっていうんだ。できんよ、いくら積まれたって」

蟻川が珍しく弱気なところを見せた。とたんに須藤が、

「誰が積むもんか、お前なんかに……」

ムキになったように声を荒らげたが、そういえば以前こんなことがあった。

何を思ったか蟻川が、仕送り直後の一万円札をひらつかせて須藤の室に赴き、「先月の分が余った。貸してやるから好きに使ってくれ」と握らせたのだ。須藤も須藤で、それをすぐ使わねばいけないような錯覚に陥り、とあるあやしげな場所に飛びこんでその金を蕩尽《とうじん》してしまった。

思うに蟻川は、そんな結果を予想していたフシがある。そこが奴の辛辣なところなのだが、哀れにも須藤はあくる日以来、その辛辣きわまる借金取りに責め立てられるはめとなった。

しかも、月に何度かはケバケバしい看板の下、薄暗がりに足を踏み入れずにはいられない悪癖に、しっかり取りつかれながら。

おれがそんなことを思い出すと同時に、須藤は急にわれに返ったように声をひそめた。

「いや、そんなことはええか。それより……」

「か、彼女ならもう知ってるさ、たぶんニュースでも見て。お節介はやめた方がいい。それに、あそこのお袋さんは苦手だし――」

野木はつい本音を出しつつ、ふとおれを見た。

「ま、どうしてもと言うなら、十沼……」

「と、とんでもない。いくらおれが彼女んちへの電話連絡係でも、そればかりはお許しを」

ブルルと首を振るおれに、須藤はうなずいて、

「そ、そやとも。いや、それより、ボクぁこの件でまた警察が来るんやないか、と……」

「いくら何でも、そりゃないだろう」野木は言下に否定した。「加宮の奴は、夕方に京都を発って、列車の中で死んでたんだろう。関係ないよ」

そいつは、多分に希望的観測だな――おれがそう思ったとき、

「待て待て、これを見ろよ」

蟻川は、時刻表をポンとテーブルの上に置いた。こんな彼は、二年のときの英会話授業での回り持ち発表“Show & Tell”以来だった。

「〈彗星3号〉の新大阪駅入線から発車までにだいぶ余裕があるとすると、加宮のあとからついて行き、寝台に乗り込んだところでズブリとやって、すぐさま新幹線で取って返せばいい。ええっと、新大阪発19時46分の〈ひかり510〉なら20時05分の京都着、19時58分の〈ひかり78〉でも20時17分着、そのあと《プランタン》に来ればいいわけだよ」

「誰のことを言ってるんだ。まさか……」

須藤があえぐように言い、やや震える手で開けたケースの中身を口に運んだ。

「誰のこと？　むろん錆田のことさ。おっと」

パタリ！　惜しいところでお菓子の相伴《しょうばん》にあずかりそこねた蟻川は、手を引っこめると言葉を続けた。

「加宮は当然在来線を使ったろうから、京都を発ったのは遅くとも七時ごろ。犯人が――むろん京都の人間だとしてだが――新幹線で加宮に先回りして新大阪で待ち伏せしようとすれば19時17分発の〈ひかり159〉、遅くとも19時29分発の〈ひかり161〉には乗らなきゃならない。みんな、その時間帯のアリバイは――あるな？　パーティーは七時過ぎから始まったんだから。だがあいつは別だ。みんな覚えているだろう、あいつが相当に遅れて来たことを」

「つまり、錆田の死は……加宮を殺した自責の末の……自殺じゃとでもいうのか」

堂埜が聞き取れぬほど低い声で言った。

「まあ、そこまでは断定できんがね」

「おい、ちょっと待てよ」

だしぬけに野木が、蟻川の言をさえぎった。

「お前、何を聞いてたんだ？　言ってたろう、『刺されたのは、死亡から二時間以内』って。つまり殺られたのはブルートレインの中なんだ。そう、八時半以降――時刻表見せろ、ええっと、神戸発が20時36分だから、その手前あたりだ」

「そうじゃ、それに」堂埜が思い出したように言った。「鋳田は確か昨日、食堂の洗い場のアルバイトに行ってたはずじゃ。ひけるのはいつも八時前だと言ってたから、多少は遅かったかもしれんが」

――遅かったやないか、バイトが延びたのか、また、少女マンガの新刊でも……。

おれは鋳田敏郎との会話を思い出した。思い出すと同時に、間近に最も苦手とする時刻表アリバイ崩し談議（おれが初めて鉄道ものに挑んだ「近鉄特急《ビスタカー》殺人事件」は、もう読んでくれましたか？）が、いともやすやすと交わされるのに耐えきれず、脳がクラクラした。何より、おれには話の大前提がまだのみこめてはいなかったのだ。

「しかし、また何で加宮が……その、殺されたのか、第一そいつが、おれには……」

そう、たとえとびきり嫌なやつにしろ、そう簡単に殺されていいわけがない。だが蟻川のセリフは、そんなおれの考えをズバリと断ち割るものだった。

「この中で、水松みさとがほしくない奴がいるか？」

驚いたことに、反論の声は一つとしてあがらなかった。あきれたもんだ、それとも単におれが甘ちゃんだったのか。そういえば、わが堀場省子との仲をうらやましがってくれるものは誰もなかったっけ。……そうだ！

「おい、どこ行くんだ？」

やにわに立ち上がり駆け出したおれに、須藤が驚いたように尋ねた。

「どこへ、やて？」

おれはふりかえると、自分自身にも説明しがたい感情にかられながら答えた。
「このニュースをたたきつけて、目を覚ましてやらなきゃならん相手のとこへさ」

もう映画は終わってもいい時分だったが、瀬部順平はまだ自室に戻っていなかった。なら、引きずり下ろしに行くまでだ。

水松みさとをめぐる暗闘なんかはほかの連中に任せて、何が何でもあのエゴイスト、自分の城に閉じこもった男に、この事実を伝えてやらずにはいられなかったのだ。

屋根裏への階段を一気に駆け上がった。もう灯りはついてるかと思ったら、天井の切り穴の奥はまだ真っ暗、映写機のファンが響き続けていた。

ひょっとして、今日は二本立て興行か？　いや、そんなことを考えてる場合じゃない。おれは暗闇の中に顔を浸して、

「おい瀬部、大変なことが起きた。映画見てる場合やない。加宮が……」

だが、案に相違して、中からは何の応えもなかった。一瞬のいやな間の後、おれはとびきりの音量で続けた。

「おい、いるんやろ、返事しろっ」

――返事はなかった。聞こえるのは、８ミリ映写機のモーター音だけだ。ふいに不安がおれの脳裡をよぎった。おれはもう一度叫び、暗闇へと足を踏み入れた。

「お、おい瀬部っ！」

映写機は、まだ回り続けていた。だが、スクリーンは文字通りの空白で、アパーチュアの形を映じた矩形の中には、ただ真っ白な光があるだけだった。

不審に思って映写機を載せた台の方に歩み寄り、目を凝らすと、機械の前方のアームにかけられた四〇〇フィート・リールはすでに空っぽ、とうにフィルムを送り出す役目を終えて、ただもう目まぐるしく回転しているだけだった。

一方、後方の軸にはまった巻き取りリール——送り出し側にあるのと同じだった——は回転を止め、映写し終わったフィルムがびっしりと巻きついていた。むろん、それには何の不思議もない。

不思議なのはいまだ灯りもつけず、そればかりか映写機のスイッチを切ろうともしない瀬部だった。さっきの態度を考えれば、おれが入ってきたとたん怒鳴りつけてもおかしくないのに……。

(うっ、これはがまんできん……)

ふいに嗅覚細胞を襲った腥《なまぐさ》い臭気に、思わず鼻を押えてよろめいたときだった。何かが足に引っかかり、おれはぶざまに床に転がった。危ないところで、足元の組み木の床と熱烈かつ強引にキスするはめになるところだった。

痛さより情けないのが先で、おれは顔をしかめながら立ち上がろうとした。だが、とたんに何かヌメッとしたものに足をとられ、片方のひざをしたたかに床にぶつけた。

今度は痛さが全てに優先した。半泣きになりながら再度身を起こし、差しのべた手が照明の紐に触れた。ありがたい！　おれは立ち上がりざま、そいつを勢いよく引っ張った。

グロー球の紫色のウィンク、そして気をもませるような間のあとで、年を経た蛍光灯がそれでもせいいっぱい明るく輝きわたった。

そして、その光は全てを等しく照らし出した——おれがつまずいたのが、他ならぬ瀬部順平の足であり、足をすべらせたのもまた、彼の血潮であること、その切り裂かれたのどの傷の深さから、苦悶にねじ曲がった指の角度、側頭部を床に打ちつけ、ひしゃげたように転がる死体の姿態まで一切を包み隠さずに。

その瞬間、生まれて初めての金縛り状態がおれを襲った。恐怖と驚愕に四肢を硬直し、何より困ったことには声が出なくなってしまった。

ということは、この死体発見をみんなに知らせるどころか、助けさえ呼べないのだ。もっとも、小刻みになら動けもしたし、状況の観察に何ら支障はなかった。

いずれにせよ、実際にはわずかな時間——ひょっとしたら一分にも満たない出来事だったが、その間におれが見、考えたことは驚くべき数に上る。以下、それを記そう。

——瀬部は、映写機の右側に腰かけて半世紀前の殺人物語を楽しんでいたところをやられたらしい。暗闇といっても、目さえ慣れればスクリーンからの反映や映写機の内部からもれる光で、位置も姿勢も察知できるのは、おれ自身体験した通りだ。

そして、いきなり背後からぐさり！　ずさっ、びしゅ！

（ううっ、こらあかん）

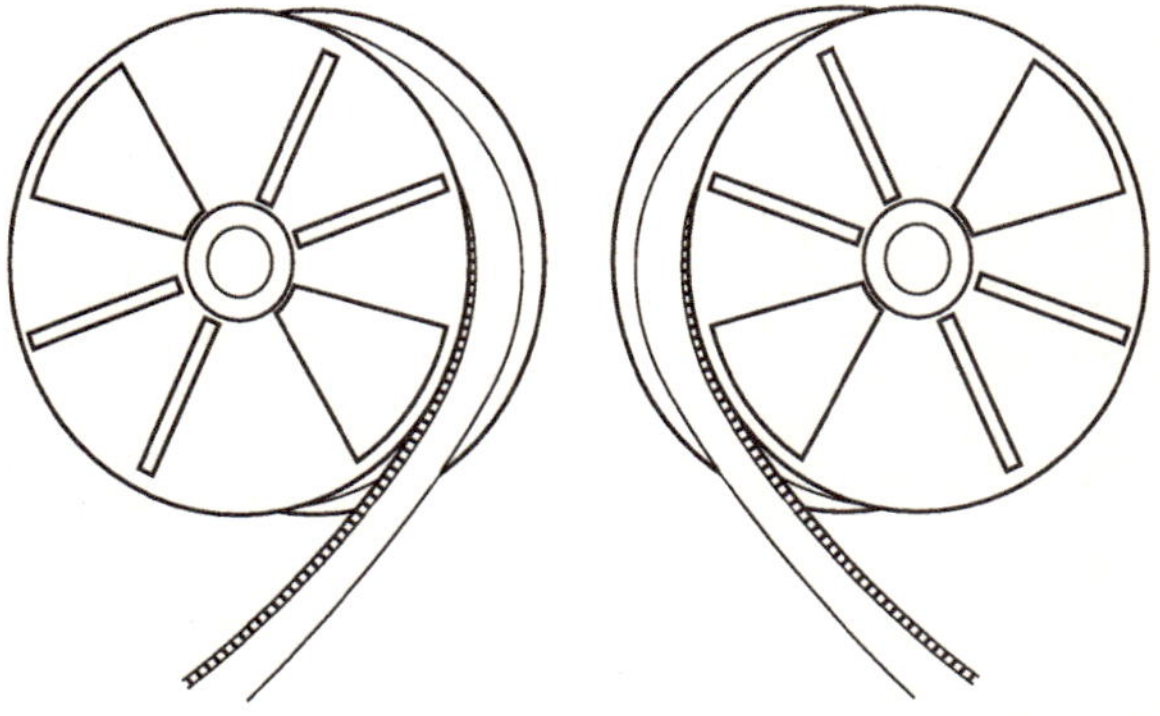

映写前のフィルム

映写後のフィルム
（巻き取りリール）

想像したとたん、まるでそれが現在目前で行なわれたかのような悪寒《おかん》が襲った。おれはあわてて死体から顔をそむけ、映写機を載せた古びた樫《かし》のテーブルに目を転じた。

一歩まちがえば、倒れかかる瀬部のためにメチャクチャになっていたかもしれない台上は、惨劇が信じられないほど、その直前のようすをとどめていた。おれはまだ悲鳴が出ないのを確認すると、おもむろに視線をめぐらした。

——台の上には、直径十八センチ弱の透明なプラスチック製のリールが二つと、映写機に付属してくる巻き取り用の一回り大きな黒いリールの計三つが並んでいた。透明プラスチックのものは映写機にかかった二つと同じものだった。

おれも8ミリカメラを扱ったことはある。だから見分けられたのだが、台の上のリールはどれもフィルムを巻き取ったままの状態だった。

これで見ると、瀬部はふつうそうするように一巻見終わるたび付属品の黒リールから透明リールにフィルムを巻き戻したのではなく、次々空いたリールを巻き取り軸にはめてゆき、あとでまとめて巻き返すつもりだったらしい。

と、ふいに轟々《ごうごう》というモーターのうなりが耳についた。冷静に観察していたようでも、肝心のことを失念していた。なおも一秒二十四齣《こま》のリズムで光と夢を吐き続ける機械のことを。おれは、折よく持ち合わせたハンカチで映写機のスイッチをOFFに回し、ランプを消した。空のリールはしばらく無意味な回転を続けていたが、やがてそれも力尽きた。

「おや……?」

つぶやくと、おれは停止したリールに目を凝らした。プラスチックの表面に、黄色い文字が読み取れたのだ――ダーマト鉛筆らしい稚拙《ちせつ》な筆記体で〝Reel・4〟。

同じような文字は他の透明リールにもあった。巻き取り軸にはめられたやつには〝Ree1・2〟、台上のには〝1〟と〝3〟という具合に。たぶん、フィルムの製造元が箱詰めの便宜のため書いたものだろう。

では、その箱はと探せば、映写機の後ろにきちんと重ねられていた。タイトルを書いた側面を見ると、下から順に1から4までナンバーがふってあった。四巻物である。

一口に8ミリといっても、いろいろある。たとえば富士フイルム製のシングル8はポリエステルベースのため薄く、四〇〇フィート・リールでもその一・五倍、四十分ぶんは巻けるが(ただし一秒十八齣として)、輸入フィルムは全て厚手のスーパー8、しかもトーキーは磁気帯をコーティングしてあるうえ、齣の回転数も多いので、せいぜい一巻二十分ぐらい。この「ケンネル殺人事件」*は上映時間七十三分とパッケージにあるから、全四巻で計算が合うわけだ。

(第四巻——ラスト・リールか)

おれはもう一度、送り出しリールの〝Ｒｅｅｌ・４〟の文字をながめながら、独りごちた。

(つまり瀬部は少なくとも、このフィルムを映写機にかけるまでは生きてたということやな)

奇妙な感慨がおれをとらえた。だが、それは長く続かなかった。さらに別の発見が視線を吸いつけたのだ。こいつは……？

正直、これが何の役に立つのかは自分でもわからなかった。だが、この目前に撒き散らされた証拠も手がかりも、もうまもなくプロフェッショナルたちの手に引き渡されてしまうという思いがおれを猛烈に駆り立てた。

とっさの知恵でハンカチを広げると、それをメモ代わりにボールペンを走らせた。

錆田の死は他殺ではと疑い始めたとき生じ、加宮殺害の報を聞いたとき、おれを突き上げたもの。今、瀬部の惨殺体を目前にしながら、それが何かはっきりわかった。

笑わないでくれ、そいつは〝怒り〟だった。何なら〝正義感〟としようか？　いずれにせよ、当節はアナクロな物語の中にさえない代物だ。

——いくつかの数字を書き終え、ポケットにねじこもうとしたハンカチが、ぽろりと灰皿と吸い殻の散乱する床に落ちた。幸い血の海への着水は免れた。

だが、それを拾おうと、ぎくしゃくと身をかがめたとき、瀬部の白目がまともにおれをにらみつけてきた。そのとたん新たな恐怖の発作が、地震の揺り戻しのように襲いかかってきた……。

弾かれたように身を伸ばすと、おれは水たまりから這い上がった犬みたいにブルルンと頭を振った。もう一刻もここにいたくはなかった。

ハンカチのメモを読み返し、一息吸いこむと、おれはのどをちょっともんでみた。そして軽く発声練習のあと、ようやく声帯が呪縛から解放されたと知るや、一世一代の大音声とともに全力疾走を試みた。

「ひ、ひ、ひ、人殺しィーっ！」

＊　この映画の8ミリ版は当時、米マイルストーン社製があり、作品的評価とともにフィルムの保存状態がよいためか、その後しばしばビデオ化・ＤＶＤ化されている。

第五章　枕に中毒《あた》って殺された

「こりゃひでぇ！」

先頭切って瀬部順平の惨殺現場に一歩踏み入れるや、蟻川曜司はそう叫び、あわてて口を覆った。おれの一世一代の絶叫は、たちまち非常呼集としての効果を発揮し、荒々しい足音が屋根裏部屋への階段を突進してきた。

「あんまりだ……」

つぶやくなり、うッとうなって駆け出したのは野木勇。須藤郁哉はヒャアとか何とか奇態な声をあげ、一方の壁に張りついた。

やがて堂埜仁志が馬面を変に白っぽくしながら、苦しげに口を切った。

「今、見つけたんじゃな。灯りは？――十沼が点けたのか。映写機もつけっぱなしだった……うーん」

「お、おい考えてる場合かよ」

「そ、そうだ、そんなことより」

あわてきった声が、会長の沈思黙考をさえぎった。

「警察だ、一一〇番に料金先払いで……」

「ボケてる場合か」おれは目をひんむいてあきれた。「ただ一一〇番でええんやがな」

「わかってる、警察に」

おれはうなずいた。「うん、一一〇番して」

「んで、こう言う――ポリさんを大至急、殺し一人前分」

「あほっ、こんな奴らやとは思わなんだ。あああっ」

おれが絶望の雄叫びとともに、髪をかきむしったときだった。どえらい大音響が、死体の前の五人男の度肝を抜いた。

Dongaragatcha, garagatchan!! 初代・桂春団治《かつらはるだんじ》の〝へっつい盗人〟のオーバーな擬音をまさに彷彿《ほうふつ》させる一大クラッシュが階下から轟《とどろ》いてきたのだ。

それが号砲であったかのように、おれたちはアタフタと階段を駆け下りた。

「何だ、今のは?」

「外だ――どうやら庭の方らしい」

「よし、ひとっ走り……」

さっきの汚名を返上しようとしてか、野木が駆け出そうとしたときだった。

「待った! みんな離れるな」

だしぬけに堂埜が叫び、動揺を鎮めようと手を挙げた。

「待つんじゃ……それより、誰か足りなかないか、そうだ、誰か一人――」

ほんとだ、確かに一人足りない――何かの童話みたいに、そう思い当たった瞬間、おれたちは一場の活人画と化した。

泥濘荘住人9名マイナス大阪でバイト中1名マイナス死人2名（首吊り・刺殺各1）イコール6名……しかるに現在5名。

点呼の要領を決めておけば、よかったかもしれないが、今さら遅かった。

だが、いるべき頭数のうち誰がいないのか、その引き算の答えはすぐに出た。おれたちはほぼ同時にお互いを指さしあい、叫んだ。

「……小藤田だぁ！」

三十秒後、おれたちは二階の北側、例の微笑む美女を右にした扉の前で、いささか貧弱な人垣をつくっていた。大音響の正体もさることながら、この騒ぎの中で一向姿を現わさない友の安否を確かめるのが先決だ。それが、われらが会長の決断だったのである。

「小藤田！」

「小藤ォ田っ！」

おれたちは、口々にその部屋の主の名を呼んだ。旧式で、向こうが見通せる鍵孔をのぞきもし、何度もノックをくりかえした。

「どうした、返事しろ、してくれっ」

――返答はなかった。

「畜生、どうしやがったんだ……」

かわるがわる真鍮製のノブを力いっぱいガチャつかせる。おれもやってみたが、扉はひと揺らぎもしなかった。蟻川が額をひとぬぐいして、吐き棄てた。

「駄目だ……中から鍵かけてやがる」

「ほな、どこか外出したんと違うのか」

おれの言葉に蟻川は首を振った。身をかがめ、ライターで扉と脇柱の間を照らしてみせる。

「見ろ、鍵もだが、掛け金を下ろしてる。おれやお前の部屋についてるのと、確か同じ代物だが、これがかかってて中にいねぇ道理はない」

「小藤田、いるんだろっ、開けろ！」

野木が一瞬生じた空白を恐れるように、ひときわ強く扉を殴りつけた。

いつも思うことだが、夜の二階廊下には一種独得の薄気味悪さが漂っている。もと病室が並んでいた履歴がそうさせるのか、それとも決して暗くはないが頼りなげな灯りと、同じような扉の連続が巧まざる演出となっているのか。

そう、いつだったか海淵武範が、彼自身は一階の住人だが言っていた。

〝夜、いや黄昏《たそがれ》どきでも、人気《ひとけ》のないときにここを通るのはちょっと気色悪いな。そう何て言うか、今にもバルタン星人が出そうな感じで〟

あいつらしいブッ飛んだ表現に噴き出しながら、おれは自分の見解を加えたものだ——〝全く一人のときはな……まるでクモ男爵の館《やかた》みたいで〟

だが、今夜は一人ではなく、まして円谷英二《つぶらやえいじ》の偉大さをたたえている場合でもない。大の男が五人がかりで声をからし拳《こぶし》を振るっているというのに、それらの熱気と喧騒は廊下の暗がりや風吹くすき間に吸い取られてしまうようだった。

「やるか?」

蟻川と野木が、異口同音に言った。おれは堂埜の顔を見、うなずいてみせた。

「ほ、本気か?」

目をむく須藤と蟻川たちを交互に見ると、堂埜はゆっくりとあごをしゃくった。

「……よし!」

次の瞬間、五つの破城槌《はじようつい》が、掛け声もろともドアに突撃を試みた。だが、古びた扉はいともやすやすとおれたちの肩を跳ね返した。

廊下に転がったわれわれは痛む個所をさすり、苦い顔を見合わせた。

だが一呼吸おくか置かない間に立ち上がり、再度の挑戦が開始された。今度は掛け声抜きだったものの、一糸乱れぬ突撃に変わりはなく、ついでにドアがビクともせずに佇立《ちよりつ》しているのまで同じだった。

「いっせーのーでっ、そォーれッ!」

こうなれば、何度でも試みる決意で三度目の突入が、今度はバラバラの呼吸で敢行された。その刹那《せつな》、古来幾多のドタバタでくりかえされてきた事態がわれわれを見舞った。メキメキッと木の裂ける音もろとも、おれたちは折り重なるように室内に雪崩《なだ》れこんでいたのである。

「痛ててててててて……ててっ」

おれはうめいた。ちなみに最後の二音節は、須藤が起き上がりざま、おれの足を踏みつけていった分である。おれたちは痛みと自己嫌悪に顔をしかめ、服のホコリを払いながら立ち上がった。

身を伸ばしながら、周囲を見回してみる。考えてみると、この部屋にはあまり立ち入ったことがなかった。いちいち名前は挙げないが、上方を主体とした諸種の落語全集、演芸レコード、寄席《よせ》番組からエアチェックしたらしい、かなりな数のカセット……。

これまで彼とはなぜだか、こうした分野について論じ合う機会がなかったが、その愚を反省させられるほどの充実したコレクションであった。

半ば開いたカーテンが、ぼうっと青白く照らされながらかすかに揺れている。すき間から吹き込むらしい風にひかれるように、おれは窓際に歩み寄った。

施錠の解けた窓の向こうに、蒼白の世界があった。

——泥濘荘の北側は小さな公園、間を隔てる古びたブロック塀の向こうから、水銀灯がにょっきりと頭を出し、煌々《こうこう》たる光を惜し気もなく、こちらの裏庭にも分け与えていた。そして、この部屋の中にも。

ふと視線を転じたおれは、ドキンと心臓が跳ね上がるのを覚えた。

——小藤田久雄はいた。異様な照明の下、窓際のベッドに早々と身を横たえ、大きな枕に頭を沈めて。

だが、その両眼は視線の定まらぬまま見開かれ、ぽかりと半びらきの口の端には何とも奇妙な笑みが宿っていた。

一瞬おれは、小藤田がわれわれをからかっていたのだと思った。わざと返事をせずにおき、心配した仲間たちが転げこんでくるまでの一部始終を、ベッドにもぐったまま楽しんでいた——本当にそう考えたのだ。

ベッドサイドの卓上に、この部屋のものらしい鍵が、見覚えのある根付けようの細工をホルダーにして投げ出されていた。

そのそばに、桂米朝《かつらべいちょう》口演によるカセット〝算段《さんだん》の平兵衛《へいべえ》〟があった。自分が撲殺した死体を首吊り自殺、リンチ殺人、さらには転落死に偽装して、それぞれの関係者から謝礼を貪《むさぼ》る男の、全編トリックとブラフに満ちた物語である。

突然、パッと室内に日常の光が満ちた。実はもう二十秒近く前に野木が壁のスイッチをＯＮにしていたのが、旧式の蛍光灯の悲しさでやっと点灯したのだ。

「おい、小藤田……」

須藤が、おれと同じように考えたらしく、ベッドに歩み寄るやムッとしたような声を浴びせた、いや浴びせようとした。

と、野木が手でそれを制し、眼鏡のレンズが触れそうなほど枕頭に顔を寄せると、

「……小藤田？」

妙に震えを帯びた声で呼びかけた。

答えは、なかった。そして何の変化も生じはしなかった。どこかうそ寒い微笑も、視線の定まらぬ双眸にも。

だが、おれはだしぬけに気づいた。視線が定まらないのではない、今の彼には視線そのものがない、のだと。

ぞっと冷たいものが、おれたちの背後を駆け抜けていった。五つの口から同じ叫びがほとばしった。

「小藤田っ！」

いらだったように、堂埜が腕を小藤田の背中の下に差し入れる。ふりむくと、彼は妙に抑揚のない低い声で言った。

「手を貸してくれ、起こすんだ」

その言葉に、われわれは初めて気づいたように小藤田の肩と腕をつかんで引き上げた。それは小柄な体に相応し、あっけないほど軽く感じられた。

——こうして小藤田久雄は、奇妙な薄笑いを浮かべたままベッドに半身を起こした。

布団がまくれて初めて気づいたのだが、彼が着ているのはパジャマでもジャージでもなく、さっき廊下で見かけたときと同じ服だった。あれは五時四、五十分ぐらいだったたっけ……。だが、最も奇妙なことは別にあった。

「な、何だ、こりゃあ！」

期せずして、死者の枕辺には似つかわしくない頓狂な叫び声が部屋の中に響きわたった。

最も大きかったのは一番そばに顔を近づけた堂埜のそれであり、最も小さかったのは、意外にも須藤であった。ただし、あごがカクカクしてろくにしゃべれなかったのが真相だが。

「こ、これァ……」

おれはあえぎあえぎ、それを指さした。小藤田は起き上がりざま、予想外なものをいっしょに連れてきた。

あろうことかその後頭部には、彼の用いていた枕がピタリと張りつき、いや縫いつけられていたのだ。どこぞの世界に起きたあとも主人の頭を離れない、そんな忠実な枕があっただろうか。

「見、見ろ、ここを……ほら！」

頭と枕の間のすき間に、銀色に輝くものがあった。それが枕の詰め物の中に仕掛けられた幾本もの凶悪な針であることは、目をこらすまでもなかった。

*

その数分後、おれたちは泥濘荘敷地の東端で寒風に震え、乏しい灯火を頼りにしながらガヤガヤと蠢いていた。

「やっぱり、ここしか考えられねぇな」

「ああ、まちがいないじゃろう」

寒さに足を踏み鳴らしながらの蟻川の言葉に、堂埜が静かに同意した。

「ま、まさか中にまだ誰かひそんでるとか……」

おびえる須藤を蟻川が笑い飛ばした。

「大丈夫だよ……それより戸締まりは万全だろうな」

「もちろんだ。玄関は施錠しといたし、二階の外階段への出口はもとから閉まってた」

請け合う野木に、おれはうなずいて、

「で、一一〇番はまちがいなくすませたんだろうな」

「もちろん。心配するな、警官を、殺し二人前分頼んます——なんて言わなかったから」

「まだアホなこと言うてるな、全く度しがたい……」

必死に落ち着こうとしての冗談口とはわかっていたが、つまらないものはつまらなかった。

「怒ってる暇に、さっさと調べようぜ」

「こらっ、静かにせい。いいか、開けるぞ」

堂埜が叱咤《しった》とともに、おもむろに引き戸に手をかけた。やがてガタピシと口を開け始めた真闇へと、蟻川が食堂から持ち出した懐中電灯の光を這いこませた。とたんに、

「けっ！」彼は奇天烈な声をあげ、ふりかえった。「やっぱり、この中だったか……いや、それにしても見ろよ、このザマを」

「どれどれ……わっ、何だこれぁ」

驚きに打ちのめされたような叫びが次々あがった。

「ひどいもんや、全く」ちらと視線を走らせただけで、おれも思わずつぶやいていた。「いっ

たい、何の目的で……そして誰が」

かくしておれたちは、ゆっくりと半歩を踏み出した。その惨憺《さんたん》たる混沌のただなかへ。

――われらが共同下宿の東側の塀ぎわに掘っ立て小屋同然の物置があるのは、もう紹介しただろうか？ 騒ぎのさなかのあの大音響の源《みなもと》を考えたとき、まず思い当たったのがそこだった。方角といい距離といいとりわけその音色が、物置の中にある〝楽器〟を直感させたのだ。

現場保存ということが頭をよぎらないでもなかった。だが、いつまでも瀬部と小藤田の死体の転がる部屋の入り口に張り番をしているわけにもいかず、第一まるで無益なことだった。犯人が再び侵入して証拠湮滅《いんめつ》を図る危険も絶無ではないが、それを案じるならわれわれがそろって現場を離れ、お互いを監視し合う方が安全だった。あまり考えたくはないことだが。

（そう、その観点からしても）おれはひそかにつぶやいていた。（格好の仕事、警察が来るまでの時間つなぎではあるわけや、これは……）

――まず、懐中電灯の光輪の中に浮かび上がり、われわれを驚かせたのは、こちらにのしかかるように倒れた大きな衝立《ついたて》だった。

衝撃に板は裂け、中にはまった飾りガラスはこなごなに砕けていた。頼りなげな光の箭《や》がちょこまかと四方の壁をなでるにつれ、さほど広くもない物置内の惨状が明らかになっていった。欠けた植木鉢に凹んだ大薬缶《やかん》、錆び固まったような自転車に穴のあいた鍋、釜、大所帯をしのばせる漬物桶、庭仕事用らしい鍬《くわ》に鋤《すき》、そして往年、通行の人々の頭上で燦然《さんぜん》と輝いていたであろう《臼羽医院》の電気看板――。

そんな一昔、二昔前のここでの毎日を伝えるものたちのうち、一つとしてまともな位置にあるものはなく、一つとして傷ついていないものはなかった。

犯人は？　そら、哀れな被害者たちのただ中で、もう神妙に縛《ばく》に就いている。それは十文字に縄を掛けられたブロックのような石塊で、縄はそのまま天井の梁《はり》へと伸びていた。

となれば、石塊はそこから振子よろしく吊り下げられ、眠り続ける廃品たちに残酷な一撃、二撃を加えたに違いなかった。だが、振子にそれを命じたものは――？

「お、おい、ありゃあ……」須藤が小さく叫んだ。

単一電池二個分の光はやがて奇妙なものの姿をとらえた。奥の棚にぽつりとこびりついた紅《あか》いものが二つ――親指ほどの塊《かたまり》と、棚板に薄べったく広がったものと。

「アメーバみたいなのは蠟涙《ろうるい》じゃな。大きい方が蠟燭《ろうそく》本体の燃え残りだ」

堂埜が慎重に、しかし確信に満ちて断定した。とたんに蟻川が、その言葉尻をとらえて、

「蠟燭だと？　誰だ、こんな中に物騒なもん立てたのは。第一、前からあったか、あんな痕跡……」

「知らんな。それよりほら、あそこからぶら下がってる縄……何だか先っちょが焦げてやしないか？」

野木の指摘に、おれたちは目を凝らした。なるほど、奇妙なものがもう一つあった。奥の閉め切りの格子窓からだらしなく垂れた縄だ。

おや、その片割れだろうか、ガラクタの海の中に焦げ目とちぎれた痕のある縄がもう一本あ

って、その先を追えば、何と天井から石塊を吊るした縄に……。

「見ろ、結ばれてるだろ、あの縄の中程に」

「ああ、そう言えば……」

ふいに沈黙が、おれたちを支配した。いや、支配したのは沈黙ではなく、石塊と蠟燭、焦げて切れた縄という三題噺《さんだいばなし》だった。

小藤田なら、さぞ洒落っ気のある答えをひねり出してくれたろう。だが、今われわれがたどり着くべきは一つの同じ解答であり、それもすこぶる即物的なものだった。

「――なるほどね」

ややあって蟻川が肩をすくめ、物置の中と、同時に解答に達したらしいみんなの顔を見比べながら口を切った。

「しかし何と実に、簡単きわまる仕掛けじゃないか。古典的と言ってもいい」

「こんなものに、危うく踊らされるところだったのか。こんなものに、おれは――」

野木が吐き棄てた。続いて堂埜が珍しく自嘲的に、感情を抑えかねたような調子で、

「われわれも馬鹿にされたもんだな。こんな時代遅れの……」

「そう恥じることはないよ」おれはせいいっぱいの皮肉を試みた。「太秦《うずまさ》の撮影所じゃ飽きもせず、悪人どもがこの手のからくりで大江戸の制覇を狙ってるんやから」

これはむしろ瀬部の領分だったかもしれないが、須藤はやけくそのように笑い出して、

「そうそう、そんでやたら口上の長い正義のヒーローに斬られるんだ。はははは」

「ははは……は」

「…………………」

「…………………………」

再び、沈黙がわれわれの間に落ちた。

そう、後に検証した結果も含めると、それはこんな仕掛けだった。――石塊を縛った縄の端を梁に結びつけ、さらにその中途を別の縄につなぐ。第二の縄のもう一端は奥の窓格子に固定され、最初の縄と石塊とを宙にかしいだ形で支える。

もうおわかりだろう。第二の縄の走る途中に棚があり、棚には蠟燭が縄と交叉するように斜めに立って炎をゆらめかせている。炎は蠟を溶かしながら位置を低め、やがて縄をあぶり始めて……あとはもう連鎖反応、かくてドンガラガッチャン！　という次第。

何度考えても情けない、こんな子供だましのからくり（おれが自作「赤死館の恐怖」で使った機械的トリックと甲乙、いや丙丁つけがたい）を仕掛けられたこと自体が、だ。

せめて、これが発した大音響に欺かれ、アタフタと走り回ることがなかったのが救いだった。今さらながら、堂埜の沈着ぶりには感心、そして感謝のほかなかった。

いや待て。そもそもこれは、何を目的としての仕掛けだったのだろう。

注意を引きつけるため、さらにわれわれをその音源探しに狂奔させ、一か所に誘い出し、そして……そして、どうしようとしたのだろう？　その意図は達せられたのだろうか。

沈黙はなおも続いた。にらみ合う瞳の奥は、三題噺に続いて、仲良く同じ一つの疑問で占められているようだった。

（この中の誰かが、こんなからくりを仕掛けたんじゃないのか。だとしたら誰が？　そいつは瀬部、小藤田の死に関係があるのかもしれない。さかのぼっては鋳田を弔るし、さらにひょっとすると加宮を屠《ほふ》ったのでは……？）

と、おれたちはいっせいに、おびえたように顔を上げた。唐突に新たな音が、おれたちの心臓を揺すぶり、胃の腑《ふ》を震わせたのだ。甲高く、せわしなく、そしてしだいに近く……。

われわれをおびやかしたのは、目前のからくりとは全く別種の、しかし心臓に悪いことではそのはるか上をゆく大音響だった。そう、パトカーのサイレンのいななきだ。

第六章　家捜しガサ入れ大掃除

そしてまもなく、回転灯の赤いきらめきを先触れに、警察車両の短い列がちっぽけな四つ辻に姿を現わした。

車たちは路地をめぐり、黒板塀をすり抜けて、古びた木造洋館――われらが〝泥濘荘〟の手前でブレーキを踏んだ。バックが夜景にかわり、後続車がちょいと増えたことを除けば、全ては今朝の騒ぎのくりかえしのように見えなくもなかった。

続いて、これまた朝と同様、警察官たちが泥濘荘の扉をたたく。ここが孤島の館でもなければ嵐や雪に閉ざされた山荘でない以上、これればかりはどうしようもなかった。

だが、今度やってきた私服たちは、今朝の×京署からの人々とは顔ぶれも、印象からしてまるで異なっていた。

朝の訪問がルーティンワークへの生あくびまじりだったとすれば、今度の彼らが携えてきたのはあまりにもあからさまな感情だった。おれたちへの敵意と猜疑《さいぎ》である。

「ささ、どうぞ、えー、こっちがその、こういうことになっとりますんで、はい」

そんな彼ら公務員たちを、おれたちは古寺巡礼の案内人のアルバイトでもしているような調子で、泥濘荘の中を連れ歩いた。あくまで法律を学び、かつまた尊ぶ学生らしく。

しかし、うなだれて居並ぶおれたちの説明を聞き流しながら、刑事aは詰まり気味なのを通そうとしてか、それとも単にバカにしてか、息も荒く鼻を鳴らすばかりだった。

一方、屋根裏部屋に案内され瀬部の死体にかがみこんだ刑事bは、とがらせた口の先からヒューッと息を洩らし、好奇の心を素直に表現してみせた。

刑事cに至っては小藤田の部屋に招じ入れられ、故人とにらめっこをくりかえしたあげく、死に顔めがけクシャミの派手なのをぶちかましてくれた。

だが、そんな茶番の合間にも、公僕たちは着々と職務を果たした。彼らはおれたちの指先に黒インクを塗りたくり、用紙の所定のマス目に指紋を捺《お》させた。ありとあらゆる扉にふた、そして口をもこじ開け、どんな幼児よりしつっこく質問をくり出してきた。

あいにく、どの刑事が誰で階級は……なんてことは、いちいち名刺をもらったわけではないので、残念ながら詳述できない。よくある設定でアマチュアが事件に巻きこまれたのをきっかけに、知り合った警部か何かと協力しあうなんてのは、無理なのがよくわかった。

しかたがないので、おれが勝手に符号をつけて呼ぶことにした。そりゃ、おれだってこんな風に書き出したい——まもなく到着したのは京都府警察本部捜査一課第×係×班のナンジャラ警部麾下《きか》、カンジャラ刑事ら何名に鑑識のホイジャラ技官うんぬんと。それが、名前すら教えてくれないんじゃどうしようもない。

……とはボヤくものの、誰が彼らを叱咤し、彼らが誰の指揮で動いているかぐらいは、すぐに見て取れた。でっぷりとした巨体を背広に詰めこんだ、いかにも親玉らしい中年の刑事だ。

その刑事が今、とりわけて関心を（それも多分に個人的な）を示しているのは、小藤田の部屋の本棚を埋めた笑芸ライブラリーだった。それも既製のではなく、故人みずからがエアチェックしたものに、彼は讃嘆を惜しまなかった。

――わァ、Wヤングの〝お笑い玄冶店〟や。この片方が死ななんだら、あんな最低にくだらん漫才ブームなんか屁でもなかったのになァ。おッ、中田《なかた》ダイマル・ラケットの〝地球は回る目は回る〟、これはとてつもないスケールのネタやで。夢路《ゆめじ》いとし・喜味《きみ》こいし〝もしもし鈴木です〟に、ほォこりゃ砂川捨丸《すながわすてまる》・中村春代《なかむらはるよ》の〝お笑い金色夜叉《こんじきやしゃ》〟か。あんたら若いから「出た手足に目鼻を付けるのやがな」なんて知らんやろ。なに知ってる？　えらい！

検証と称して立ち会わせたおれたちの真ん前で、巨漢の刑事は奇声をあげ目を凝らし、ついでにおれの肩までどやしつけた。どやされながら、おれはただ息をのむばかりだった。

（何と……この泥濘荘に《ヒース部長刑事》がやってくるなんて）

改めて間近に見るに、そのダミ声といい片岡千恵蔵《かたおかちえぞう》がオタフク風邪を患ったようなご面相といい、鍋墨でなすったような眉といい、刑事の容姿はまさに瀬部が見ていた「ケンネル殺人事件」でユージン・パレットが扮したアーネスト・ヒース部長刑事そのままだった。何という偶然か！

――ダイ・ラケの〝家庭混線記〟〝アフリカ探検〟〝僕は幽霊〟、ええなあ。なになに、エンタツ・アチャコならぬ笑福亭鶴光《しょうふくていつるこう》・角淳一《すみじゅんいち》の〝早慶戦〟。おう、伝説の名演やがな！

確かに大した蒐集ぶりではあった。だが奇妙なのは落語より漫才、それもしゃべくり専門のに主体が置かれていることだった。

ひょっとして奴が本当にやりたかったのは……ふとそう考えたとき、おれは一切が了解できた気がした。彼の孤独、彼が落研あがりにしては口数が少なかったわけが。

寡黙な落研部員！　まるで落語の〝ないもん買い〟みたいにありそうにない代物だが、小藤田はまさにそうだった。ボケかツッコミかは知らないが、彼はどこにもいないかもしれない相棒をむなしく待ち続けていたのではなかったか。

全く他人事じゃない。おれも才能の足りない分を補ってくれる、エラリー・クイーンの片割れの出現を何度夢見たことか！

おれの感慨をよそに《ヒース部長刑事》——ちなみに名優パレットはこの役をパウエルのヴァシスより多く演じている——は、一通り感心し終えると真顔でわれわれを振り返った。

——なかなか、心がけのええ若者やったようやね。ほんなら、どこぞ場所借りて一人ずつ話聞かせてもらおかな。うん、下の診察室がええな。そう……そこのあんたから。

だしぬけに鼻先に突きつけられた太い指先に、狼狽《ろうばい》したのは蟻川曜司だった。

「オレ、い、いや僕から？」

つられて自分を指さす蟻川にうなずくと、有無を言わさぬ響きを込め、巨漢の刑事は続けた。

——はいな、あんたから。

十数分後、蟻川は何が気にさわったのか、下を向いたままブツクサつぶやきながら〝取調室〟から出てきた。心配そうに取り囲むわれわれには一言もなく、ただ野木勇に向かって、

「お次は、貴様だってさ」

軽くあごをしゃくると、さっさと廊下を折り返した。階段にいるらしい歩哨《ほしよう》役の私服に一声かけると、そのまま二階の自分の部屋へと上がっていってしまった。

「やれやれ……」

おれたちはまた食堂に舞い戻り、椅子にもたれテーブルに突っ伏して自分の番を待った。整理券を配ってくれもせず、順番すら教えてくれないとなれば、お呼びがかかるまで、ひたすらウダウダとわだかまっているほかなかった。

野木が出てきたのは数分たってからのこと。しかめっ面をこっちに向けた野木は、ヒッチハイクのときみたいに親指を立て、腕をグイと引いてみせると、

「ほい、須藤の番だぜっ」

そして同じく、階段に一声かけて二階の自室の方へ。やがて須藤郁哉が妙にうなだれた姿を現わしたあとに堂埜が入り、と、とうとうおれが最後になってしまった。

堂埜仁志は何かこっちに言いかけようとしたが、今度は階段の歩哨役の刑事から一言あったらしく、不承不承二階へと引き揚げていった。

(よ、よし……行くぞ)

おれは、面接待ちの長さにしなびかけたカラ元気をこねあげ直すと、腰を上げた。廊下がひ

どく長く感じられた。

（ええい、ビクつくな。これは法治国国民の神聖な義務だ。会社訪問とはワケが違うんだ）

そう自分に言い聞かせながらも、診察室の入り口をくぐる際、心もち身を縮めてしまったのは情けなかった。

と、かがめた拍子の視野の隅に、階段の中途に立つ屈強そうな私服、d氏が映じた。

この人が先刻からの歩哨役らしかったが、何とそこは、おれが最後に小藤田を見かけたまさにその位置だった。

——十沼京一君やね。まあ、どうぞ。

なぜだかゾッと冷水を浴びせられる思いで中に入ったおれに、《ヒース部長》はその昔、臼羽院長が使っていた椅子を一軋みさせると、おれを手招きした。

——まあ、こっちィ掛けて。

おれは、どこからかかすかに響く虫の這うような音に小首をかしげながら、患者用の円椅子にチョコンと尻をのっけた。一方、同じ部屋にいた刑事eは白っぽい外套を脱がずにいたのが、白衣姿に見えなくもなかった。

なるほど、これから問診が始まるわけだ、病根を剔抉《てっけつ》するために……。

どうせなら寝台に横になろうかと、ヤケ半分に思ったとき、《ヒース部長》が口を開いた。

——まだ断定はおろか仮説の段階ですらないんやが、小藤田久雄君か、彼の死因について少々言わしてもらおか。ときに君は推理作家志望らしいな。

個人的好みとしては〝探偵作家〟と言ってほしかったが、訂正を申し入れるわけにもいかなかった。しかし、誰がそんなことまでバラしたのか。ムッとしたとたん、相手はそれを察してかニヤリと笑いを浮かべて、

――いや、みんながみんな、そう紹介するもんでね。その君ならどう命名するや知らんが、わしらは小藤田君の死をこう名づけた。〝枕による毒殺〟とね。

虫の這うような音がはたとやんだかと思うと、薬局のカーテンがひょいと持ち上がり、分厚い眼鏡の鑑識課員が作業衣をのぞかせた。

「じゃあ……彼は」

二つの不意うちに絶句しかけたおれに、《ヒース部長》はうなずいてみせて、

――そう、針の先端に塗布した毒物にやられた可能性が強い。で……おまはん、今日の夕方薬局の中で何ぞゴソゴソしたりはせんかったか。他のお友達の証言をつなぎあわすと、どないしてもそないなんねんけどな。どや？

声とは正反対に、みじんも笑いを含まぬ視線が、真っすぐにおれを見すえていた。

――何しに診察室へ忍びこんだんじゃ？

だしぬけに、それまで黙っていたお兄ィさん刑事ｅが、罵声を浴びせかけた。

――薬局の棚をいじったのはお前やな。

「い、いや、それはですね、実は……」

――なに、初めから空っぽやった？　それにしても何でそんな真似した。

老と若、静と動、お定まりの連係プレイながら、必死に弁明するおれに矢継ぎ早の質問、いや詰問が、浴びせかけられた。

ひとしきりの爆撃のあと、《ヒース部長》は再び温顔に戻ると言った。

――しかも瀬部君か、あの屋根裏部屋で死んでた若いのに最後に会うたらしい人間でもある。それに小藤田君の方もな。六時前やとか言ってたな。おまけにその間、診察室にもぐりこんでゴソゴソとひとしきり探偵ごっこした直後、血まみれ死体の第一発見者になるとは忙しいこっちゃないか。ええ?

「そ、それは……実は」

おれは手のひらが汗でべとべとになるのを感じながら、口ごもった。まさか重要容疑者に擬せられようとは。数々の冤罪《えんざい》ドラマの主人公の孤立無援ぶりが浮かんでは消える。心臓を冷えきった手につかまれる思いで、おれは続く言葉を聞いた。

――ま、別の考え方もないことはないわな。

先方は椅子をぐるりと回転させた。天井の辺に視線を遊ばせながら、

――おまはんが、何か別に考えるところがあって、薬局を調べにいったちゅう考え方や。そう、毒殺とは無関係に、薬品棚に異状がなかったか確かめにいく必要があったとしたら、こら今朝の首吊りに関係してると思わなしゃあないが、どや。

「はい……実は、そう……なんで」

虚を衝かれ、おれはうなずかざるを得なかった。さすがというべきか、プロたちはみごとに

要所を押えていた。おまけに、おれにほかの答えを許さない追いこみ方たるや大したものだ。

と、《ヒース部長》は人の悪い笑いをもらして、

——実はな、別におまはんを疑うていたわけやない。ことに小藤田君に関する証言はな。おまはんが見かけたあとの六時過ぎ、彼の部屋の前を通りかかった堂埜仁志君が何とも言えん声をもれ聞いたと言うねん。うめきともため息ともつかん、今思えば彼の断末魔《だんまつま》の声をな。

「ど、堂埜が、小藤田の断末魔の声を?」

——はいな、〝ふわあぁぁ〟ちゅう声を。

《ヒース部長》は奇態な声色《こわいろ》で、おれに怖気をふるわせた。

それは全くの初耳だった。道理で、真っ先に小藤田の不在に気づいたわけだが、われわれに一言教えてくれてもよかったのに。だが、トドメの一撃はこのあとに控えていた。

——ほで、何ぞめぼしい証拠でもあったんかいな、素人探偵さん。浣腸剤とコンドームをデングリ返すような?

俗に容疑者が落ちるというのはこんな瞬間ではないか、おれはそう思った。もっとも、この程度で恐れ入るのは一番弱気な奴だろうが。

「じ、実は、黙っていたことが、そのう、ありまして……」

おれは踏み台と、ついでにエーテル臭のことを白状に及んだ。おまけに×京署の人々が帰ったあと、当夜の行動を話し合ったことも。もっとも〝検屍法廷〟ではいかにも失笑を買いそうなので、ボカしておいた。

――ふん、Inquestちゅうわけか。それで、評決は自殺か、他殺と出たか。

意外な口から出た意外な単語にポカンとしたあと、おれは答えた。

「結局、はっきりとは……しかし僕個人としては、他殺やないかと、はい」

――ときに加宮朋正とかいう子ォのことやが、都城で死体が発見されたのは知ってるな？

「……はぁ」

――昨日、帰省する前の彼に会うたもんがあるらしいが、君はどや。君にとって彼はどんな友達やった。

唐突に、キャンパスの芝生で筒型ランチボックスを開き、みさと特製の熱々スープをすする加宮の姿が思い浮かんだ。だが今、タコさん形に炒めたウインナーやら刻みホウレン草入りオムレツの話をしても始まるまい。

「いえ、僕は……。実のところ、あんまり親しいことはなかったんです。うちのサークル員の女の子とつきあってたもんで、よくわれわれの仲間に顔出ししてましたがね。そらまあ、それ以前から知ってはいましたけども」

詰まりつまり言いながら、おれは加宮について語れる内容のあまりの乏しさにあきれていた。曲がりなりにも二年数か月つきあってきたのだ。

そりゃ厭な奴ではあった。全く嫌な野郎だった。畜生、ブン殴ってやりたいほどイヤな……。でも、そうまで言うのなら、その嫌厭《けんえん》の情の由《よ》って来るエピソードが思い浮かんでもよさそうなもんではないか。それが、ゼロだ。

〝加宮のこと？　知らんな〟

もし、こんな怖い旦那の尋問なんかでなけりゃ、おれはこんな風にすげなく答えたことだろう。〝知りたけりゃ、麻雀仲間に訊くことやな。そう、錆田に瀬部、小藤田にでも〟

（錆田に瀬部、小藤田……！）

そのとたん、三つの名が脳裡にはじけた。彼とそのジャン友は、すでに全員処刑された。とすれば、おれには立派な動機があるではないか！　愛する雑誌サークルを腐ったリンゴどもに有名無実にされたという点において。

——ええとこのボンやったのかな。

「はあぁ？」

唐突な質問に、おれはすかしっ屁のような声を出した。

——いや金回りやがな、その加宮君の。

「金回り……僕らよりは良かったでしょうがね。しかし何かと金も要《い》ったみたいやし——財布の中身まではわかりませんね」

財布の中身がどうあれ、水松みさとが金のかからない相手だったことだけはまちがいない。その点でも奴は糾弾の的なのだった。その人間性に比しての、あまりの果報者ぶりゆえに。

——ふうん。

わざわざ質問した割には興味なさそうに、《ヒース部長》は窓の外をながめながら生返事をした。そしてしばらくの間をおいてから、キイと椅子を軋ませ、おれに向き直ると、

——まあ、あんまりウロウロせんことやな。そんだけは忠告しとくわ。大学の先輩としてな。おい、そない驚いた顔すんなや。

そう言って浮かべた苦笑には、意外に愛嬌があった。だが、その安堵に乗じるように、

——ところで、また加宮君のことやが、彼が××派の連中とかかわってたのは知ってたか。

「は、××派？」おれは目をしばたたいた。

——ほれ、あの鉄カブトかぶってワッショワッショやってる連中や。わが母校はここ十何年、××派の拠点やろがな。知らんのかいな。

たたみかけるような言葉に、ようやくイメージが浮かんだ。今もキャンパスを仕切り続ける顔のない一団。だが、その印象といえば、ヘルメットを目深に、目から下をタオルで覆った奇妙な昆虫のような連中ということでしかない。

彼らとのかかわりといえば、かつての七〇年安保の闘士と装束だけは同じ隊列が、異様な時代錯誤感を漂わせ、かたわらを駆け抜けるのを見送るぐらいだった。

「はぁ、そういえば、うっすらと……」

それが掛け値のないところだった。おれは曖昧な記憶を呼び起こすままに続けた。

「何ですか、内部進学仲間が派内にいる関係で、かなりヤバい付き合いやったとか……」

——大学祭の運営資金の残りに手をつけたとか、そんな話は？

「へ？　いや、そんなことは全然……え、じゃあそんなことがあったんですか」

その委細を知ろうと、おれは身を乗り出した。《ヒース部長》は、しかし急に興味を失った

ようすで、

——よし、もう行ってよろし。

「あの……？」

——聞こえんかったんか、早よ行かんかい。

おれはやっとのことで、疑問符をのどの奥に押しこんだ。《ヒース部長》の顔はすでに魔法の解けた石像のように硬く、いかなる問いかけにも答えてくれそうにはなかった。

「……ふう！」

一時は拷問室と化すかと思った〝臨時取調室〟から解放されたとたん、ドッと疲れが襲ってきた。時間はわずかだったが、半日近く責めたてられ続けたような気がした。

なるほど、みんなが不機嫌面でそのまま自室に引き揚げたはずだ。そう納得しながら、彼らにならい歩哨役の刑事から通過許可を頂戴すべく、階段の上り口に歩を進めた。

（………？）

とたんに、おれは首をかしげた。

——刑事はいなかった。トイレか？　単純にそう考えて、玄関寄りのそちらに視線を振り向けた——そのときだった。

ガチャガチャと騒がしい金属音が、おれを十五センチばかり飛び上がらせた。玄関扉のノブをつかんで揺すぶる音、次いで鍵孔に鍵をねじ込み、滅多無性にかき回す音がした。

(だ、誰や)思わず身構えてしまったあとで、その愚に気づいた。(おっと、こっちには警察が団体さんでいてるんやから……けど今ごろ、誰が何しに?)

つぶやきながら待合室の方に身を乗り出し、見守るうちに、がちゃりという手荒い響きもろとも施錠は解けた。と同時に扉が勢いよく開け放たれ、いかつい人影と息せききった声とが一塊になって飛びこんできた。

「おい、みんないるか……」

二十余時間ぶりに聞く声であり、口調であった。しかし、この妙に訛《なま》った、そしてハッキリしすぎるぐらいの口跡の主は二十年会わずにいたって忘れるはずはなかった。

「おう、十沼か」

海淵武範は長時間のバイトのあとにもかかわらず、さほど疲れてもいないようだった。いつ事件発生を知ったにせよ、もう少し早く駆けつけてくれてもいいはずだった。

その思いを察したか彼は頭をかいて、

「遅くなってすまん、どうしても抜けられなくて。いやもうビックリしたよ……ああ?」

言いかけて、海淵は目をまん丸く——いや、元が糸のように細いもんでエンドウ豆のさやみたいな形に見開いたまま絶句した。折しも薄穢《うすぎたな》いカバーを掛けた担架が小藤田の死体を載せ、白手袋の職員に運ばれて階段を下りてくるところだった。

担架は歩哨役の刑事d——彼はこっちの仕事に行っていたのだ——に付き添われ、海淵の真横を通り抜けて出ていった。

「あの、今のあれは——？」

海淵は一瞬、唖然となりながら担架を見送った。だが、まもなく何とか気を取り直し、続く言葉を選び出そうとした。

「いや、実は……」

と、そんな彼を押しのけるように第二の担架が通り過ぎた。

まくれた覆いの隅から、瀬部の惨《むご》い死に顔がのぞいていた。とたんに一刀彫りみたいな顔がパックリ二つに割れた——と、そう見えたほど、彼は口をあんぐりさせて、

「あの……あれは、それにさっきのは……」

振り向きざま、うめくように言う彼の背後で、死体を搬出し終えた職員たちが荒々しく扉を蹴り閉じる音が響いた。

とうとう耐えきれなくなったように、海淵武範は、石頭と並ぶ持ち前の大音声をはりあげた。

「——いったいぜんたい、何がどうなってしまったんだ？」

そのとき、診察室のドアが開いて先刻の《ヒース部長刑事》が巨体の半身をハミ出させ、彼に向かって手招きしてみせた。

「お宅の順番らしいで、海淵どん」

「ああ？……う、うん」

おれは彼の背中を軽くたたいてやり、わけはわからぬながら、何となく命じられるまま入室しようとする後ろ姿に、言い添えた。

「そうそう、ひょっとしてこれを知らんとすると具合悪いやろうから……お前の隣部屋の錆田が首を吊った、昨夜遅くにな。それから加宮が帰省の車中、死体で発見された」

ドアの閉じられる寸前、海淵の仰天した顔がかいま見られた。

おれはため息つきつき自室に引き揚げながら、独りごちた。

（あいつ、これまで新聞社にいながら、何を見聞きしてやがったんだ?——まったく）

第七章　死者に捧げる捜査メモ

最初それは、水木《みずき》しげる画伯描くところの何とかいうデカ面の妖怪のように思えた。小学校のころ、漫画雑誌を飾っていた一連の画集の中から抜け出たような化物が、何やらうなりながら、おれをにらみつけているのだ。

うなされながらも見守るうち、その面貌は変形を始めた。その果てに、おれはふいに《ヒース部長刑事》のゴツい顔が寝床を睥睨《へいげい》しているのに気づいたのである。

〝わわわっ〟

頓狂な叫びが口から飛んで出た。ただでさえ、すぐ近くでは観賞したくはないご面相が、いわば秋霜烈日《しゅうそうれつじつ》といった恐ろしい形相でおれを凝視しているのだ。

あわてて見回せば、ぼうっと霞んだ視界の中に刑事a、同b、c、d、e……へどの出るほど見飽きたばかりの顔・顔・顔が昨日に倍する緊張を漲《みなぎ》らせて居並んでいた。

〝ど、どないしたんです〟

おれはたまげて叫んだ。ある予感が、おれに声をひそめさせた。〝何ごとですか。ひょっとして、そのう……〟

《ヒース部長》はうなずき、おごそかに宣した。

——そや。犯人がわかった。

〝えっ〟おれは飛び上がった。何たる急転直下の解決だ。〝で、そ、そいつは……？〟

——そいつは……。

《ヒース部長》がおうむ返しに言うのに続き、その部下たちが次々前へと進み出て、世にも不景気な割りゼリフを演じてみせた。

加宮朋正の背に刃を突き立てたのは——

錆田敏郎に縛り首を宣告したのは——

小藤田久雄を枕で毒殺したのは——

瀬部順平ののどを裂いたのは——

あるものは鼻梁《びりょう》をもみながら、あるものは低く口笛まじり、またあるものはクシャミをこらえ、あるいはなぜか喧嘩腰だった。それらの声につれて、予期せぬ頭痛がおれを襲った。しだいに、そして急激に高まる痛みにおれは頭を抱えた。それが極限に達したとき、

「うわあぁっ！」

おれはベッドの上に跳ね起きていた。二十と二年の生涯で、最悪の目覚めだった。のどは痛み、頭は箍《たが》に締めつけられたよう……おれはたまらずに髪をかきむしった。

どうしようもない胸苦しさと嘔吐《おうと》感にさいなまれ、まるで殺人者が行きがけの駄賃に毒ガスでもばらまいていったかと疑われるほどだった。

もっとも、これに関しては犯人は別にいた。灰皿にこんもりと盛り上がった吸い殻の山に、布団の上へ崩れ落ちたコミックスの山だ。

こいつらに脳みそをニコチン浸けにされ、錆田の執念のこもった一団に胸や腹へのしかかられては、さわやかな目覚めなど望むべくもなかった。

夢が発想の源泉だなんて嘘っぱちもいいところだ。昔、トリックやら筋立て、捜査や裁判の詳細、メカに時代考証までが詰まった『小説の書き方大全』とかいう書物を手に入れて、喜び勇んでページをめくろうとしたら目が覚めた。それも起きるはずのない時間にだ。

つまり現し世《うつよ》でかなわぬことに夜の夢はいっそう無力で、今日も答えを迫られたあげく、おれを眠りから放り出したというお粗末だった。

（ああ、アホくさ……そしてまた、何というイメージの貧困や）

自嘲しつつ、おれは大きく伸びをした。いくらか気分は回復したものの、正直このまま寝床と一体化していたかった。

窓の外には、お世辞にもご陽気とはいえない冬の空。午後をとっくに過ぎたことを示す翳りかけた陽が照らす机の上には、昨夜来の必死の頭脳労働の成果がある。だが今は、それに一瞥《いちべつ》もくれたくない心境だった。

「ふわあぁぁ……、か」

おれは《ヒース部長》が教えてくれた彼の〝断末魔の声〟を真似てみた。

あの親玉刑事が確言した以上、ただのアクビなどでないことは信頼できよう。むろん、小藤田の死亡時刻とも合致しているのに違いない。

それにしても何と滑稽で、その分不気味に響く末期《まつご》の一声だろう。あんな凶器の不意打ちを受け、何が起こったのかすら気づかぬまま、地獄への直送便に乗せられたのだろう。

もしそんな声を耳にしたなら、たぶん一生忘れられまい。聞いたのが、おれでなくて幸いだった。

それはそれとして、小藤田の奴は何でまた、あんなにも早々にベッドにもぐりこんでいたんだろう。堂埜の証言が正しければ、六時過ぎと言えばおれが姿を見かけた直後ではないか。

そう、昨日六時過ぎだ、鋳田、加宮に続く三番目の死を小藤田が遂げたのは。今や事態ははっきりした。

第三の殺人、小藤田殺し……もちろん枕に毒針をセットしたのが、殺人着手とすれば、さらにさかのぼることになろう。そして彼の死後まもなく、殺人者の魔手は瀬部の上に伸びたわけだ——第四の殺人。

第四の殺人……！　頭の中でセンセーショナルな惹句が鳴り響き、無力感と自己嫌悪が胸を浸した。

(何を浮かれてるんや、ホンマにおれは……もう、やめたやめた)

どうせなら、もう一寝入り——とばかり、特大のアクビ一発、勢いよく後頭部を枕に軟着陸させかけたとたん、電気ショックのような戦慄が背中を駆け抜けた。

やばい！　おれは渾身の力を腹筋にこめ、枕カバーの五ミリ手前で頭を宙に浮かせた。

悪領主がさんざっぱら良民を殺戮《さつりく》したあとの大魔神のような形相で、おれは上体をもたげた。おかげでようやく身を起こしたときには、情けなくも汗びっしょりになっていた。

バカげた被害妄想というほかはない。いくら何でも、今この枕に毒針をしこめるわけはないが、眠気を吹き飛ばすには十分だった。おれは間抜けな芋虫のようにベッドから転げ出た。

——三十分後、身づくろいを済ませたおれは湯気の立つマグカップを片手に、起き抜けとは打って変わった引き締まった顔つきで、部屋の中を歩き回っていた。

時刻は何と午後四時、どんな疲労も洗い流せるだけの睡眠は確保したはずだった。

コーヒーをわかしたのは、むろん一階の食堂。だがそこに人の気配はなく、ただ卓上に、いらだつ神経を象徴するかのように引き裂かれた新聞が投げ出されているだけだった。

おれは昨日の事件の報道を求めて新聞を広げようとし、ただでさえ無残な紙骸をさらにいくつかに破いてしまった。ようやくつなぎ合わせた記事は通り一遍のものでしかなかったが、その中に度肝を抜く一節があった。

〈——分析の結果、小藤田さんの後頭部に刺さった針の先端からはクラーレが検出された〉

クラーレだと！　南米で矢の先っぽに塗るという毒物じゃないか。そう気づいたとたん、その毒矢を愛用するという原住民の太鼓の音が耳底に鳴り響いたような気がした。

ここは日本・京都の泥濘荘、それがこれじゃあ『矢の家』と改名し、パリ警視庁からあの洒脱なアノー氏の出馬を願わなくちゃなるまい。

らちもない発想は、しかし続く記述に破られた。曰く、〈なおクラーレは外科手術における麻酔で、筋弛緩剤として多用されている〉——ということは、やはりここの薬局から？

　ともあれ、間近に起こった事件の詳細を、はるばる遠回りして配達された新聞で知るとは間抜けな話だ。

（まあ、とにかくそんなものなのかもしれないな）おれはため息半分、つぶやいた。（それはともかく、やはり毒の出所はあの薬品棚か。蛮族の村落でもフランスの邸宅でもなく、この泥濘荘の……）

　その荘内は今、オフシーズンの観光地並みの閑散さだ。今のところ、われわれ囚人には外出の自由だけはあるものの、みんなどこへ行ったのだろう。……囚人？　そう、昨夜の引き揚げぎわにアノー氏、いや《ヒース部長刑事》は、体重相応に重々しくのたもうたのだ。

——この件が片づくまで、帰省なんて考えてもろたら困るで。京都をどころか、この泥濘荘やったっけ、ここを離れんようにしてもらわんと……いや、冗談やないで。

　れっきとした容疑者扱いだが、それは友人たちの死と、その究明の間近にいるのを認められたことでもある。そうそう公務員どもにばかり任せていられるものか、昨夜こそ圧倒されっぱなしだったが……。

「そうとも！」

　思わず興奮した拍子にコーヒーのしぶきが顔へ飛ぶ。おれはアチチと声をあげ、カップを見返した。いささか濃く入れすぎたコーヒーは激しく波立ち、魔女の鍋料理を思わせた。

　これにまで毒の心配をするようじゃ、おしまいだ。おれはのどを灼《や》く熱々の液体を一気に流しこんだ。それがわが脳みそへの、戦闘開始の指令だった。

いいかね、加宮は京都から新大阪へ出、そこ始発の〈彗星3号〉に乗った。そして報道を信ずる限り、彼の死亡は十二月二十二日午後十時半ごろ――「刺されたのは、死亡から二時間以内」となれば、凶行時間はさらにさかのぼって、同日午後八時半前後ということだ。

一方、錆田が縊死したのは死亡推定時刻からも、おれの聞いた物音からも午後十一時三十分前後。〈彗星3号〉が出発して、すでに三時間半が経過している。どう考えたって、この二つの凶行現場を踏むことは不可能だろう。

あのニュースを聞いた直後に、蟻川が展開してみせた推理は、何らかの状況下で錆田が加宮を刺し、そのあと《プランタン》に顔を出したが、やはり自責の念に耐えきれず泥濘荘に戻って首を吊った――というものだった。

あくまで錆田の死を自殺と信じたいという願望が彼を性急な結論に走らせたのだろうが、それが成り立たないのもまた、あのとき野木が指摘した通りである。一番遅くにパーティーに現われた錆田にすら、凶行は不可能なのだ。

バカげた空想だが、その逆も挙げておこう。錆田が他殺で加宮が自殺だったというケースで、つまり加宮が柄のないナイフでおのが背中を刺したあと、泥濘荘の望楼に錆田をブラ下げ、一瞬にして〈彗星3号〉のB寝台にテレポートしたということに……さ、さ、つぎ行こう。あえて友人の死をパズルの俎上《そじよう》にのせてもてあそぶなら、せめてまじめにやるべきだ。

とまれ、この二つの殺人（もはや、そう呼んでいいだろう）を同時に考えるのは困難だ。錆田については、検屍法廷も開かれたことだし、加宮の場合をもう少し検討してみよう。

惨劇は夜。となれば寝台特急に追いつき、また速やかに逃げ去る手段としては、やはり新幹線が第一にあげられよう。この場合、加宮がいったん在来線か私鉄で約四十分かけて新大阪に出る間に、犯人は新幹線で一気に十七分と、しょっぱなから時間を稼げるわけだ。

おれは机に歩み寄ると、納豆の次に苦手な——ミステリに出てくる分には平気なのだが——時刻表から書き出した表を広げた。食堂のテレビ台の下から取ってきたそいつによれば、〈彗星3号〉の運行行程は左記のようなものだった。

新大阪発	19時57分
大阪着	20時03分
同発	20時06分
神戸発	20時36分
姫路着	21時23分
同発	21時25分
岡山着	22時31分
同発	22時35分
福山着	23時21分
同発	23時22分

尾道発　23時38分
下関着　4時16分
　同発　4時24分
門司着　4時32分
……………………
都城着　11時50分

一見してわかるのは、加宮の死への道程にあたる〝刺されて二時間以内〟は、神戸―岡山の区間に相当するということである。つまり犯人はこの間に〈彗星3号〉において凶行を行ない、脱出したのでなくてはならない（ただし脱出は岡山発車後とも考えられる）。

さて、問題になるのは、新大阪以降の新幹線との駅の共通性だ。

〈新神戸〉―西明石―〈姫路〉―相生―〈岡山〉―新倉敷―〈福山〉―三原―広島……うち〈　〉で囲った分が、乗り継ぎ可能駅と見ていい。まず、京都から新幹線を利用し〈彗星3号〉に追いつくことができる場合を、これらの駅について見てみよう。

前述通り、検討するのは岡山まででいいのだが、念のため下り最終ギリギリまで書き出してみた。死体移動――すなわち別の場所で殺害しておいて寝台車に運び込み、犯行時間と場所の欺瞞《ぎまん》を図るという線もありうるからだ。もっとも新幹線に死人連れで乗り、また運び出すというのも、相当にむちゃな発想ではあるが。

19時41分発〈ひかり143〉――20時16分新神戸着
（新神戸―三ノ宮―神戸、乗り継ぎ）
20時17分発〈ひかり163〉――21時18分姫路着
20時41分発〈ひかり145〉――22時19分岡山着
20時53分発〈ひかり31〉――――22時10分岡山着

――こういうことになる。なお福山での乗り換えは、前掲の〈ひかり145〉が同駅発22時50分で可能となる。

続いて〈彗星3号〉からの脱出後、新幹線で京都に駆け戻る場合を想定すれば――

新神戸発21時04分〈こだま410〉――21時20分（新大阪止）
姫路発21時51分〈こだま382〉――22時34分（新大阪止）

以上である。岡山発の新幹線最終は22時26分発で、あとは未明の列車を待つほかない。

ふう！　時刻表を投げ出すと、おれはため息をついた。今にも煙が立ち昇りそうな脳天に、氷嚢《ひょうのう》でもブラ下げたかったが、この部屋に氷の用意があるわけはない。おれは逆療法とばかり、矢継ぎ早にセブンスターに火を点けた。

第一と第二の殺人に関し、考えられることは尽きた。次は第三、第四のそれにつき脳漿を搾るとしよう。順番からだと小藤田が先だろうが、ここは一つ……おれはポケットを探った。

（さぁて、いよいよこいつの出番だ）

しわくちゃになったハンカチをつかみ出すと、机の上に広げる。瀬部の死体のすぐそばで、憑《つ》かれたようにボールペンを走らせたメモだ。悪筆コンプレックスに悩まされっぱなしのおれだが、かすれ気味の筆跡は少し震えてはいるものの、十分判読に耐えるものだった。

（台上）	Ｒ０	―	ｆ１
〃	Ｒ３	―	ｆ２
〃	Ｒ１	―	ｆ３
（映写機）	Ｒ２	―	ｆ４＝巻き取り側
〃	Ｒ４	―	なし＝送り出し側

Ｒはリール、ｆはフィルムの略であり、Ｒのあとの番号はリールに黄色いダーマト鉛筆で記してあったものだ（ただし０は、映写機付属品の黒リールを示す）。ではｆの後の数字は何かというと、それこそあの金縛りのさなかにおれの視線を吸いつけ、メモを取らせたものだった。

――台の上に、映写済みフィルムを巻き取ったリールが並んでいたのは、ご記憶の通り。

そこからのぞくフィルムの末端に小さく英数字が焼き込んであるのを、おれは発見したのだ。

f…i…lm…―1, fi…l…m―2……

　言うまでもなく、フィルムの巻番だ。何齣にもまたがっているので映写時にはわからないだろうが、プリントの際つけられた整理用の番号に違いなかった。だが、そうと知った瞬間、ある考えが脳裡にひらめいた。何か犯人の足跡がここに残されてはいまいか、と。

　むろんあの渦中に、そこまで考えたわけではない。仲間の惨殺体を目前にしながら、何も嗅ぎ出せずに警察にゆだねるのは耐えられないという思いが、たまたま目についたフィルム番号に執着させたに過ぎないのかもしれない。

　まして、そこから何かがつかめるか、何も出てきはしないか、知っているのは神様だけだ。ま、とにかく始めるとしよう。

　第四巻、Ｒｅｅｌ・４が映写機の送り出しアームにはめられているのを見出したとき、おれは直感した。瀬部は少なくとも、このフィルムをかけるまでは生きていた、と。

　殺人者が何を凶器に用い、出所の見当はついたのか、《ヒース部長》は言及すらしなかったが、凶刃が彼ののどを抉《えぐ》ったとき、すでに映写機は最後のフィルムのパーフォレーションを嚙んで動き出していたのだ、と。

　しかし、本当にそうだったのだろうか？　たとえば、第三巻の上映中に殺人者が現われ、瀬部を惨殺したあと、フィルムが尽きるまで待ち（映写機は、テープレコーダーみたいに中途からの早送りはできないので）そのあと第四巻を装塡《そうてん》して去ったとも考えられはしないか。

　何のために？　凶行の時間を欺瞞し、実際より遅く錯覚させるためにだ。

では、瀬部の死はリール一巻分早まるのか。いやいや、もっと早くなる可能性だってある。映写時の状況を示すのは、台の上にあった使用済みフィルムを巻き取ったリール群だが、そうした状態は人為的に作り出せるのだ。

第一巻が瀬部自身によってかけられ、その時点では彼が生きていたこと。これはまちがいない。おれは「ケンネル」のオープニングを見、瀬部の影法師に怒鳴られたではないか。

そして、おおむね8ミリ映写機というものは、一度かかったフィルムは、逆転映写のスイッチを入れ、すでに映写された分と同じ時間をかけて戻しでもしない限り、途中からリールに巻き返すわけにはいかない。といって早送りも不可能なのは前述の通りだ。したがって、第一巻つまりReel・1に関しては犯人はトリックを行なえなかったと断じていいだろう。

問題はそのあとだ。第一巻が終わり、ふつうなら巻き取りリールのフィルムを、映写機のリワインド機構を使って元のリールに巻き返すところだが、瀬部はそうしなかった。

たぶん映画鑑賞を長く中断するのを嫌ったのだろう、巻き取りリールはそのまま外し、いま空いたばかりのリールを巻き取り軸に、第二巻を送り出しの方にはめた。いや、はめようとした……とそこへ、

ぐさり！　ずさっ、びしゅ！

——かくて、瀬部は倒れた。殺人者はそのまま立ち去ろうとして、状況に気づいた。フィルム交換のため、瀬部がつけた灯りが周囲を照らしていた。

そして彼は発見したのだ。おのが凶行をより遅い時点のものと解釈させ、その間アリバイを

つくるためのちょっとした手品を。
まず、まだ映写されていないフィルムを巻き取り軸にはめ、リワインド機構を利用してそのまま空のリールに巻き取ってしまう。一本、二本……そして、今度は第四巻のフィルムをまともな形で装塡し、映写スタート。これで終わり、殺人者は屋根裏を立ち去った。

え、ついでに第四巻も同様に巻き返してしまえばいいって？　あいにくそうはいかない。映写終了後、フィルムはその最後の部分を映写機内部に軽く引っかけた形で止まる。おれが見た、あの状態だ。ちょいと引っ張ってやればスルリと抜けるのだが（通常の巻き戻しなら、その先っぽを送り出し側の空リールにかけてリワインド・スイッチを入れるわけだが）、抜いてしまうともうもとには戻せない。その状態ばかりは偽造不可能なのだ。

さて、このややこしい問題にケリをつける方法は一つしかない。もし何らの作為もなかったとしたら、リールとフィルムの組み合わせはどうなっていたか、シミュレートしてみることだ。Rとｆの略号でやってみよう。

まず第一巻の上映後、ｆ１はＲ０に巻き取られる。次いでＲ２が映写機に掛けられ、いま空になったばかりのＲ１は巻き取り軸に嵌められ、やがてｆ２を収容して外される。続いてＲ２が同様に巻き取り側でｆ３を受けとめ、空いたＲ３が最終巻のＲ４から送り出されるｆ４を……結局どういうリールとフィルムの組み合わせになるだろうか。

（台上）　Ｒ０　—　ｆ１

〃　　　　R1　—　f2
〃　　　　R2　—　f3
(映写機)　R3　—　f4＝巻き取り側
〃　　　　R4　—　なし＝送り出し側

……違う。だが何なのだろう、この食い違いは？　どんな場合にこんな錯誤が起こり得るのだろうか。おれの記録ミス？　そんなはずは——いや待て、犯人の立場で考え直してみよう。リールはたぶん、連続映写のため箱から出され、台上に置かれていたろうからだ。

そうだ、犯人はリールの一つひとつに黄色い数字がふってあることなど知ってはおらず、気づく余裕もなかったろう。f1はすでにR0に巻き取られている。R1は空っぽ……そこで誤ってR3をR2より先に手にしてしまったらどうなる？　R3の中身、f3がR1に巻かれ、f2はR3へ、そして最後にR2が映写機の巻き取り軸でR4からf4を受け取ることになる——と、どうだ、おれのメモ通りの組み合わせになるではないか！

二つのリールを取り違えるというようなミスさえ犯さなければ、このような矛盾は生じなかったに違いない。ともかく、これで犯人の企図したことは明らかになった。つまり、

午後五時　「ケンネル」第一巻映写スタート……………

同二十分　第二巻映写スタート
同四十分　第三巻映写スタート
午後六時　第四巻映写スタート
　　　　　（この間、瀬部殺害？）
同二十分「ケンネル」フィルム終了
午後七時　十沼、瀬部の死体発見

上映時間一時間十二分、掛け替えの時間を加えて一巻あたり二十分としたが、この時間の流れの中で、誰もが凶行をカッコ内の如く想定することだろう。

だが実は点線を挿入した個所こそ、凶刃が瀬部にふり下ろされた時だったのだ。そして犯人はニセの凶行時間、虫も殺さぬ顔を間抜けな証人たちの中にさらしていたのに違いない。

鬼畜めが！　やり場のない憤怒が総身を貫き、おれは見えぬ敵に拳をふりあげた。さぞ滑稽な見ものだったろう。だが、そのむなしさより先に、別の考えが拳をとどめさせた。

（ま、待てよ）おれはつぶやいた。（瀬部が殺されたのは五時から同二十分の間。その二、三十分後に、おれは階段を上る小藤田を見、さらにその後の六時過ぎ、堂埜は小藤田の部屋の前で彼の臨終のうめきを聞いた。……てことは）

おれの中で、何かが壊れて砕ける音が響いた。つまり、ここに殺害順序が確定したわけだ。

――加宮、鑄田から起算して瀬部殺しが第三、小藤田の〝枕による毒殺〟が第四の殺人に当たるという按配に。

ささやかな衝撃音はそのまま奇妙に転調し、別の連想を呼び寄せた。ドンガラガッチャ、ガラガッチャン！——小藤田の死体発見の前後に世にも愚劣なアクセントをつけた、あのバカげたからくりだ。

殺人者はあの目くらまし、いや耳くらましに隠れて、何をしようとしたのか。そして、その目論見は本当に阻止し得たのだろうか——あのときと同じ疑問がくりかえされた。

いや……まだその結論は出ていないのかもしれない。いつ死体が発見されパニックとなるか、犯人自身にもわからなかったとすれば、あのクラシックな時限装置がいかに正確に作動しようと、何の効果もない。

とすれば、あれこそは次の犯行への準備行動ではなかったか。そう、第五の殺人に向けての。

（第五の殺人！）

おれは思わず立ち上がった。バスガイドよろしくそろえた指を急速に横移動させる。

（もう、エエかげんにしなさい！）

プロの漫才師たちは修業時代、壁に向かってツッコミの〝寸止め〟訓練をくりかえすそうだが、その点アマチュア探偵作家は未熟といわねばならなかった。滅法界《めっぽうかい》に腕を振り回した拍子に、せっかく積み直したコミックスの山を突き崩してしまったのである。

やれやれ……おれはブツクサとつぶやきながら、散らばった漫画本を拾い集めた。ちらと見やった窓外はいつのまにか真っ暗になっており、あきれると同時に気の滅入ることおびただしかった。

はたして、錆田の遺族にこの〝形見〟を引き渡していいものか――などと考えつつ、気早な夜闇から室内へ視線を返したときだった。新書サイズが大半の中、珍しくA5判の表紙絵に目が止まった。川崎《かわさき》ゆきお著『猟奇王』である。

おれはその本を小脇に、そして空になったマグカップを手に、ふらりと部屋を出た。食堂で新たな一杯を注ぐのが目的だったが、何よりおれは充満した煙草の煙からの脱出を必要としていた。と同時に、果てしのない殺人パズルからの解放もだ。

そのお供に選んだ一冊。漫画としては珍しく、おれの蔵書だ。

まあ探偵小説好きならごろうじろ、この作者（何せ、私立探偵の通信教育修了生ときている）の禿《ち》びたようなペン先から紡ぎ出される、世にも変テコな画とセリフの数々を。

だが、それらによって綴られる妙に情けない怪人と探偵たちのドタバタから目を離せば、そこはやはり寒々とした食堂で、こんがらがった殺人トリックの縦糸横糸がアタマを絞め上げにかかる。それもタダの木綿糸やテグスならともかく、有刺鉄線製ときてはたまったものではない。

全く現実は推理小説のようにはいかない――おっとっと、現実派ぶったミステリの中で何度この言い草を聞かされたことだろう！

「なぜ探偵小説を論ずるのですか？」「われわれは探偵小説の中に居るのだから、そうでないようなふりをして読者をバカにするわけにはいかん」――J・D・カー氏創造のフェル博士の仰せ通り、いっそ現実を一篇のミステリとして考えてみようか。

いや、だめだ、おれはいまだかつてうまく犯人を当てられたためしがない。実際、探偵小説読者の立場の不利さは、現実世界における素人捜査と変わりないのである。

以前から思うことだが、せめてどの事件では扉の施錠トリックの解明に絞ればいいとか、どの事件では犯人の逃走経路が重要だとかあらかじめ耳打ちしてくれれば、犯人当てにしくじってもフェアプレイと納得できるのだが。

むろん、これはミステリ読者としても、現実の殺人捜査においても身勝手な迷妄でしかない。だが、それができたら、どんなにいいだろうか。

おれは寒々とした気分で本を閉じた。と、全く別の寒気が背骨を駆け抜けた。

何か巨きな影が後ろにさした——そう思うまもなく、何者かの手のひらと指が、虎バサミかバネ仕掛けのネズミ捕りかという勢いで、おれの肩に食い入ったのである。

第八章　殺人談議レッスン一

（で、出たあっ！……！……!!）

おれの総身は顫《ふる》え、口はその形を千変万化《せんぺんばんか》させた。なのに、のどから搾り出した声の救難信号は、かすれたうえにでんぐり返って、どこにも届きそうになかった。

「あー十沼、（この前後不明瞭）名探偵ファイロ・ヴァンス（不明）最後の事件というと何……（以下聞き取り不能）」

背後の絞殺魔？　が何ごとか話しかけてきた。返事はもちろん、その意図を理解することもおれにはできかねた。それどころか、その声に聞き覚えのあるのにさえ気づかなかった。

「わっわっ、たた、助けてくれーっ」おれは立ち上がり、絶叫した。「ひひ、ヒト殺しーっ」

背後で狼狽したような気配があり、「おい、どうした」とか何とか言いながら、絞殺魔、あるいは連続殺人鬼は再びおれの肩をとらえようとした。

それを振り切ろうと滅多無性に両腕両足をブン回した拍子に、テーブルが転げ椅子が吹っ飛び、あげくおれたちは大音響とともに後ろへ倒れこんだのである……。

「どうした！」

「なんか、あったのか?」

驚いたような声もろとも、扉がバタバタと開け放たれ、あわてふためいた駆け足の音がそれに続いた。

だが、それら一切の物音は、ジーンとうなり続ける後頭部の痛みのせいで、どこか実感を欠いていた。

やがて頭をぶるんと一振り、痛みの残響と天井の灯りに目を細めたおれは、いぶかしげにのぞきこむ顔を見出した。しめて四つ、どこからわいて出たか、今までどこにいたのか首をひねりたくなる勢ぞろいぶりだった。

「何の騒ぎだ、こりゃあ……」

野木勇が眼鏡の奥で、目をパチクリさせた。そんなこと、おれだって知るもんか——そう言いかけたとき、須藤郁哉が頓狂な声をあげた。

「か、海淵!」

今度はおれが目をパチクリさせる番だった。

なに、海淵だあ? なるほどほかの四人がこうして目前にいる以上5−4=1、奴以外に後ろから襲いかかった人間はありえない勘定だ。

だが、何でまた彼がおれを——? 疑問を胸に、ふりむきかけたおれに、半分泣き声まじりの罵声が浴びせかけられた。

「ひ……ひどいぞ十沼!」

ギョッとなってふりかえると、夢中で投げつけたコーヒーに半身を茶色に染め、海淵武範が憮然として椅子に腰かけていた。

「ひどいぞ。ちょっと後ろから話しかけただけで、こんな目にあわすなんて」

「ほ、ほんなら」須藤がおずおずと口を開いた。「昨日の騒ぎの続きとは違うんやな。殺すの、殺されるのという……」

「あ、当たり前だろうが！　どうしてくれるんだ、もう……」

海淵は声を荒らげ、コーヒーまみれの自分の姿を見回しながら嘆いた。

その言葉に嘘はなさそうだった。

これがほかの誰かなら、もう一押し疑う必要もあったかもしれないが、一昨日の夜から昨晩まで大阪にいた海淵は、一連の殺人の実行者とは考えにくいものがあった。

（それに）おれは考えた。（自分で考える限りでは今のところ、おれが殺される理由は見当たらない――もっとも、死んだ四人に訊いても同じかもしれんが）

独りうなずきながら気がつくと、ひどく冷たい視線がおれを取り巻いていた。何だか理不尽な気もしないではなかったが、ここは空騒ぎの責任者として平身低頭するほかなかった。

「ふ……どうやら、とんだカン違いだったようだな」

ややあって野木が、何はともあれ安心したように言った。続いて蟻川が、

「全く、ひでぇ目にあったなあ。だが十沼もなかなかやるもんだ。にしても……うぷっ」

口ではなぐさめつつも無遠慮に噴き出した。と、彼は急に思い出したように、何とも唐突な

話題をそのあとに続けた。

「海淵、さっきのおれだけじゃ物足んなくて、十沼にまでいきなり“Orphée aux Enfers”（地獄のオルフェ）について質問したんじゃあるまいな？　あいにくだが、クラシックは奴の守備範囲外だぜ」

失敬な、おれだって――と、何の話なのかわからぬながら、今度はおれがムッとしかけたときだった。いつもの役回りに忠実に、堂埜仁志がまじめくさった顔でとりなした。

「まあまあ、こんなときだし……十沼も気が立っとったんじゃろう。勘弁してやれよ」

毎度のことながら、まっこと身にしみる会長のご仲裁だ。おれは初めて海淵へのすまなさに頭をかいた。わがサークル随一の石頭とバカ力の持ち主はしかし、世にも情けなさそうにボヤき続けるのだった。

「オレはただ軽く肩をたたいただけじゃないか――そうさ、軽く、ポンと」

*

「それは、へえー……すごい目にあったのね」

堀場省子はボブヘアの前髪の下で、驚いたともあきれたともつかぬ表情をクルクルと浮かべてみせた。

場所は泥濘荘近くの商店街、昨日も彼女と入った喫茶兼洋食店である。

あまりにもバカげた騒動に、面目ないやら自己嫌悪にかられるやらで、気晴らしというと先方に失礼だが、臨時デートと決した次第だった。

「はいな。古風に言うなら、アホらしいやら哀しいやらでムチャクチャでござりまするがな——てなとこで」

おれは冗談めかして、似もしない声色を演じてみせたが、あながちそれは本心でないこともなかった。

「ほんとに」省子も笑いを返した。「でも、海淵さんもかわいそうですよぉ。後ろから話しかけてコーヒーかけられちゃ。何て言いはったんでしたっけ？」

省子の問いに、おれは大仰に腕を組んだ。実際、それが最も首をひねる点だった。

「ん？　さあ、それやねん。こっちもあわててたし聞き違いとも思うんやけど、確かに奴はこう言うた——『ファイロ・ヴァンス最後の事件というと何だったたっけ……』とね」

省子は一瞬啞然とし、次いで言った。

「ヴァンスって、あのヴァン・ダインの？」

「そう」おれはうなずいた。

「はあぁ……。ええっとファイロ・ヴァンスの最後の事件というと」彼女は、指を折りおり記憶を探り始めた。「『ベンスン殺人事件』『カナリヤ殺人事件』『グリーン家殺人事件』でしょう。あと『僧正』『カブト虫』『ケンネル』『ドラゴン』『カシノ』、それから……」

「『ウインター殺人事件』や、最終作は」

おれは言下に答えた。省子は目をパチクリさせながらも、ああ、と思い当たったようすで、

「あの、美少女スケーターの出てくる？　ヴァン・ダインが映画化用に、ソニア・ヘニーを想定したっていう……」

おれは「そうそう」とうなずいた。

「第十二作『ウインター』が出版されたのは作者の死後、一九三九年。ヴァン・ダイン先生はプロットから決定稿まで三段階を踏むのが常やったけど、これだけは第二稿のまま遺《のこ》されていてね」

「へえええ……」

彼女は恋人の博覧強記《はくらんきようき》に衷心《ちゆうしん》より感嘆の声を贈り、身を乗り出した。

何せ、殺人のうち一つは同じシリーズの「ケンネル殺人事件」上映中に発生したのだ。そこに何かの暗合があるのではないか、と省子は期待に満ちたようすで、

「で、それに何か重要な意味が——？」

「さっぱり、わかりまへん」おれは自信に満ちて断言した。「下宿に戻ってみれば連続殺人が起こっていたんで海淵の奴、混乱してただけの話だろう。蟻川は彼からオッフェンバックの喜歌劇について見解を求められたらしいし、全く何を考えてるんだろうな。しかし、せっかく殺人現場を踏んでいながら、こんなインタビューしかできないようじゃ、あいつのジャーナリスト志願も脈がないな。——ま、そんなことはとにかく」

ちょっと言葉を切り、彼女の顔を見た。

「それより、や。聞いて……いや見てもらいたいものがある。不謹慎やなんて言われると困る

よ。君やからこそ話せることなんやから」

急に何ごとかと、やや緊張を浮かべる省子の前に、おれは一山のガラクタを積み上げた。時刻表に新聞記事、それに走り書きの束などなど。実際それは、彼女以外に聞いてもらいようのない話だった。

実際、あいつが殺されたときの状況はこうこうで、その息の根が止まったときはこれこれの按配やったわけだなんて話を、ほかの誰にできたろうか。

あまりにも数少ない十沼ミステリの読者の貴重な一員は、指し示す資料類を見、長々しい説明にしんぼう強く耳を傾け終わるとホッとため息をついた。

そして、おれがコップの水を飲み干すのを待つと、

「……結局、列車の組み合わせはいろいろ考えられるにしろ」

省子は、おもむろに口を開いた。

「加宮さんが刺されたと思われる時間内に〈彗星3号〉に乗るのは、あの晩パーティーに参加した誰にもできないことやったわけですね。でも、わたしにもっと不可能に思えるのは、鋳田さんを――あの巨体の主を、エーテルか何かを用いたにしろ、ふいに襲って眠らせたうえ、望楼のてっぺんまで引きずり上げて、荘内にいたあなたに不審がられなかったことなの」

刺すの襲うのといった単語はさすがに言いにくそうだったが、明晰に弁じてみせた。

「う、うーむ、そういうことになるね」

おれは思わずうなった。鋭い指摘というべきだった。確かに、おれは鋳田もしくは彼の絞刑

吏が御入来《ごにゅうらい》したとおぼしい音を聞いている。

だが、そのあとは物音にせよ気配にせよ、何も異変を感じさせるようなものを耳にしてはいない。しかし、あのときは寝入りばなでもあったし……。

「それに」省子は続けた。「犯人が、京一さんの言うリールのトリックでアリバイを作ろうとしたのなら、その三十分――リール二巻分のアリバイは何に使われたのかしら？」

またも痛いところを突かれ、おれは、大げさに頭を抱えてみせた。

「ううむ……その件に関しましても、まだ検討中なんでありまして……。と、ともかく、確かなのは、そのトリックの存在によって事件の推移が大きく変わってきたことなんだ」

おれは思い入れたっぷりに、推理の開陳を再開した。

――唐突で恐縮だが、京阪三条駅付近に始まる鴨川河原の風物詩をご存じだろうか？

寄り添い座る恋人たちが四条駅方面にかけえんえんと、それも測ったように等間隔に続く珍景だ。祭りが街を彩《いろど》る夏、それはピークに達し、やがて涼しい風が吹くとともに消えてゆく。

京都の恋人たちにとってかんじんなのはここである。冬が来る前に、どこか暖かく快適な場所を見つける。言い換えれば新たなステップに突入することができなければ、ただ白けた訣別《けつべつ》があるのみなのだ。

古来、幾多のカップルがこの正念場を越えられず、古都の厳冬に散っていったことか！

正直、われわれもその辺にさしかかっていたことを否定しない。しかし、とりあえずこの年の瀬は大丈夫のようだった。

おれと省子の前には、今やそんな些事を忘れさせるだけの珍事の宝庫があったのだ。こうして、二人だけの殺人談議第一課が始まった。

「四つの殺人——第一が加宮さん、第二鋳田さんで、瀬部さんが第三番、そして小藤田さんというわけね」

省子が小声で、犠牲者のリストを反芻《はんすう》する。おれはおれで、周囲の客がふりかえるような熱弁口調で、

「そう、死体の発見順通り、小藤田殺しこそ第四の殺人……。犯人による殺害着手——この場合は毒針のセット——こそ、瀬部への凶行より先行してたかもしれんが、何より殺人の順序を言う場合には、実際に被害者が死に至らしめられた時点を問題にすべきやからね。……ね！」

おれをいたく満足させたことには、省子は心からなる賛意を表わすようにうなずいてみせた。が、急に何かに思い当たったように、

「あ、そう言えばもう一つ……小藤田さんは昨日に限ってかどうかは知らないけれど、どうしてそんなに早くベッドに入り、結果として枕に頭を載せることになったんですか。毒針をしこむチャンスは、どんな風に考えられているの？」

彼女の慧眼《けいがん》に、おれは舌を巻き巻き答えた。

「それは……昨日の朝、奴が目覚めてから——おれが最後に見かけるまでの、在室時を除くずっとだ。だいたい大学に行くか何かでそろって荘を出る以外、部屋に鍵をかけることはないんや。まして、出入りのたんびに施錠するような用心家はいない。むろん就寝時は別やけどね」

「じゃあ、やっぱり」省子は勢いこんで言った。「小藤田さんは夕方早々から、理由はどうあれ、自分の意思で床に就いていたことになりますね。彼の部屋の扉が、外の誰かの手で施錠されたものでない限り」

「むむむ、なぁるほど……」

おれはうなった——彼女がおれの小説を読んでの全戦全敗記録は、うるわしい気配りの産物ではなかったか、それとも書き方がアンフェアすぎたのかと疑いながら。だが、そんなおれをしりめに、

「ふう……」

またもため息ひとつ、彼女は黙りこんでしまった。

たった今までの熱心な表情のかわりに、どこか後ろめたい自省が浮かんでいた。いま熱中しかけたパズルが近しい人の生命で組み上げられたものであることに、だしぬけに気づいたかのようだった。

一方、おれはひそかに安堵していた。ワトスン役を強引に振り当てておきながら勝手な話だが、そんな省子であることに安心したのも事実だった。

「ところで、や」おれは、省子自身への質問を開始した。「水松みさと嬢の交友関係についてなんやが、彼女は加宮以外のナニとやね、そのう……」

〝この中で、水松みさとがほしくない奴が……〟

蟻川のあの一言に、誰もが押し黙り、反論しなかった件が気にかかっていた。

おれは元来、他人の惚れたハレたには鈍感すぎる方だからだめだったが、省子は同性ならではの嗅覚で、何か感じ取ってはいなかったろうか。そう思っての質問だったが、彼女の答えはすこぶる明快だった。

「みさとちゃん？　彼女は加宮さん一筋だったわ。たぶん今でも……それは私が保証します。ほかの人たちがそんなことを？　でも、まず――いいえ、絶対に無理でしょうね」

同性に対しては点がからいはずの女同士で、これだけの断言を可能にするのなら、加宮に水松みさと、それに誰かに誰かを加えた何角関係だかの線は薄くなる。もしそうだとしても、犯人はまるで報われぬ労力と危険を払ったことになる……。

「え、今度は乾さんのことですか？　彼女のことは、あんまり知らないんやけど。推理にどうしても必要なんですか、じゃあ……」

引き続いてのおれの質問に、省子は小首をかしげ、いくぶん言いにくそうにではあったが、知っているだけのことを明かし始めた。

「……乾さん（水松みさと同様、自分と同年の美樹を、省子はそう呼んだ）が、うちのサークルに入ってすぐ蟻川さんと付き合い始めたのは知ってますよね？　それから日疋さんが彼女に接近しようとしてることも」

「ああ、大方の状況は一昨日の晩にね」

おれはパーティーとその後の喫茶店を出たときの目撃事実を思い出し、したり顔でうなずいた。だが、そのあと彼女は思いがけない事実を言い出したのである。

「でもね、私は少し前のコンパで隣り合ったとき――彼女はものすごくお酒がいける口なんで困ったんやけど、本人から聞かされたんです。自分が一番抱かれ……いやあの、好意をもっているのは野木ちゃんだって」

おやおやだ。一見何も考えていなさそうな女が、沈思勤勉型に見えなくもない野木勇に懸想《けそう》するのもわからんじゃないが、それにしても好いた惚れたとうっとうしいことだ。

ちなみに、おれの書く小説では、推理の興をそがないよう、この手の恋愛だの痴情関係を注意深く取り除くようにしているのだが、ドキュメントとあってはしかたない。

「ははぁ、ほう……ふうむ」

今度はおれが、ため息をつく番だった。そしてそれきり二人の間に言葉は途切れ、その何とはない沈黙を破るものは、省子が所在なげに〝捜査資料〟を繰る音だけだった。と、

「あら……これは?」

いぶかしげに指さす先を見れば、安っぽいアイマスクをつけたしかめっ面の人物を描いた表紙が、メモや切り抜きの下からのぞいていた。や、どうしてこんなものが――おれは少々狼狽しながら、

「あ? これ……つい、いっしょに持ってきてしまったんだ」

彼女に言われて初めて、『猟奇王』の単行本を携えてきたことに気づいた。騒ぎにまぎれて何となく持ってきてしまったらしい。おれは苦笑しつつ、

「いや、これを読み返しかけたとたん、いま話した大パニックでさ。ホンマに……」

独語めかして言いながら、照れ隠しにページをパラパラと繰った。と不意に、その一葉にぽっかり開いた空白が眼を射た。

おや？　と指を止めて見返す中で、〝空白〟はするりと白と黒の画面をすべり、そのままテーブルの下へと着地した。

何のことはない。何かの紙切れがはさんであっただけのことだ。おれは舌打ちすると身をかがめ、本屋のレシートにしては大きな紙片をつまみ上げた。

ていねいに折りたたまれた便箋――と思ったら、生協で売っている大学指定のレポート用紙らしかった。

「……？　とと、痛ててて っ」

おれははさんだ覚えのないものに首をかしげかけ、顔をしかめた。さきほどの大立ち回りのせいで、少々ねじれ気味なのを忘れていたのだ。

「どうしたの？」

「い、いや大丈夫、ちょっとね。ふうむ、何やろ、これ……」

つぶやきながら、おれはレポート用紙を開いた。そのとたん、細かな虫の死骸を並べたような、およそわけのわからない文字の行列が、目に飛びこんできた。

おれは大きくのけぞり、椅子の背もたれに背中をぶち当てた。

（な、何や、これは……今どき暗号か？）

その代物を、ここに手書きで写してみるなら、ざっとこんな風になる。

)°HF Bる×そろ. ZH°UEK Qけ1, R-°WF
もにとのちからみにむ らせいみ くらなといK V.
6×UE EKA/ FぬSF°DQ BS1 FD°J3, QT°
M4 Q5GそUE, 3KSG)°HT°3KB/NRWW
EそF°. JQ° QRTZQTM DそUE へへ れ4
6M4S, れそQL.)°HOF S°4DW TN7/
SけOそUTZQKT, ×V°Q SDる4

まず何より最初に頭をかすめたのは、これが現実の事件の記録でよかった、さしずめ応募原稿なら何と古い趣向かとハネられるのは必定《ひつじょう》だからという安堵だった。

だが、そんなバカげた考えは間もなく疑問符の群れにまみれて消え、かわって畏《おそ》れに近い感情がおれをとらえた。そう、聞いてはならぬ声、亡霊からの伝言を、意味は分からないながら耳にしてしまったような……。

「何だったんですか、それ？」

おれはけげんそうにのぞき込む省子を制すると、何とも説明のつかぬ忌避感にかられるままに〝暗号文〟を閉じ、それをポケットの奥深く突っ込んでしまった。

「いや、何でもない……つまらんもんや」

つまらんのは、おれの考えの方だった。それが死者のものと決まったわけではなし、まして殺しとかかわりがあるかも確かめずに気味悪がるのでは、暗がりを怖がるだけの幼稚園児じゃないか。

だが、そう反省する余裕は、そのときのおれにはなかった。ポカンとする省子を尻目に、やにわに請求書をつかむと立ち上がった。

「ほ、ほな行こか。今日はこの辺で……また妙ちきりんな殺しが起こらんうちに。また連絡するからね」

悪趣味だと思われるのは承知のうえの、捨てゼリフだった。だが、今おれの胸に広がりつつある一つの〝期待〟だけは、何としても知られたくなかった。

第九章　虚ろなものは死体の顔

6そ1　BそH゜OEK　3YB゜4T゜……でたらめな文字の行列が、チカチカと明滅しながら目の前を駆け抜けた。

SめUES　6MZWEろKT……らちもない痴言《たわごと》が逃げても避けても、おれの顔面へと降りかかり、うなりをあげて皮膚をかすめるのだった。

F゜TMKS゜MけT゜——と、巨大な水晶の砕け散るような音とともに文字の乱舞が消え失せた。あとはただ暗黒——そしてどれほどたったろう、奈落へグイと引きこもうとするような力がおれをとらえた。

（わあっ……！）

キーッと何かの軋む悲鳴。おれは流氷の海に投げ込まれたようにおののき、次の瞬間、自室の机の前、いつもの椅子から転げ落ちかけている自分に気づいたのである。

心地よいまどろみと呼ぶには程遠い一刻だった。だが、忘れかけていた肉体の感覚を取り戻すにつれ、倦怠感と節々の痛みがよみがえる不快さに比べれば、はるかにましだった。

「う、う、ううう……」

おれは哀れな実験動物のようにうめいた。何より頭がうずいてならなかった。

重いまぶたを押し上げた視野の真ん中で、一晩中、反吐の出るほど見飽きたレポート用紙が一つだけ点いたスタンドに照らされていた。その上には、今の夢で跳ね回り、踊り狂っていた文字と記号が、冷やかに並んでいた。

窓の外には吼《ほ》えたける風。おれは半ばしびれた指先でそれを取り上げると、用心深く机の奥にしまいこんだ――丁重に、そして憎しみをこめて。

昨日、堀場省子を相手の推理談議のあと、独り泥濘荘に駆け戻ったおれは、仲間と言葉を交わすのもそこそこに自室に引きこもった。『猟奇王』にはさんであった、あの妙ちきりんなアルファベット・ひらがな交じりの暗号文（?）に奇妙な胸騒ぎを感じてならなかったのだ。

割符法、表形法、寓意法、置換法、代用法――偉大な江戸川乱歩の分類に従えばこのような暗号記法があるが、おれはもてる知識を総ざらいして、この古風な趣向に取り組んだ。この奇怪なメッセージが事件に関係あるものと断じ、それを解読するのは自分の義務だとさえ確信したのだ。かくて、その結果……。

「う、うげげげえぇっ！」

椅子を軋ませヨロヨロと尻を持ち上げたとたん、不覚にも二日酔いの呑んだくれまがいの奇声が飛んで出た。のどはひたすらイガらっぽく、胃袋は溶かした鉛を注いだようだ。

おれは腹立ちまぎれに机にあふれた紙屑をかき集めるとゴミ箱にたたきこんだ。

（参った、もう降参や……）

つぶやきつつ、しょうこりもなくセブンスターの函に指を突っこんだが、とうに空っぽ。気つけにとコーヒーの残りをあおろうとすれば、カップの底には茶色い滓《かす》がこびりついているだけだった。またぞろ煙草を探りかけ、癇癪《かんしゃく》まじり、ねじった函《はこ》を壁めがけ投げつけた。

そんな、頭の中に蜘蛛の巣が張ったような状態で、おれが次にしたのは、のろのろと本棚に手を伸ばすことだった。

試験の前夜、とっつきにくかったはずの書物がこのうえなく面白く読めてしまう、あの心理と言えばわかってもらえるだろうか。それはさておき、そのときおれが本棚からつかみ出したのは、わが「オンザロック」の一冊だった。

え、何を疑いめさる？　「探偵が海辺で一かけらの石炭くずを拾い上げるとき、そんなつまらないものが重要であり得るということは、ありそうにない。しかし（探偵小説では）、後でそうなるんだ」――フェル博士が何とおっしゃろうと、そうそう手がかりが天から降ってくるわけはないではないか。安心したまえ。

とにかくおれは、もうだいぶ過去のもののような気がする「オンザロック」を手にした。あのいまわしい麻雀熱が猖獗《しょうけつ》をきわめだす前後に出た〝良き時代〟最後の号だ。と、懐かしさに開いたページに、こんな標題の文章が見てとれた。

《濫座録《オンザロック》――編輯当番日誌》

そのあとに、十月何日、どこそこでうんぬんという項目がいくつも続く。たとえば末尾の記述はこんな風だった——。

×日　えらいこっちゃ。明日は紀伊國屋の自費出版コーナーに持ちこまなけりゃ発行べタ遅れ必至というのに、一ページ穴があいているのが判明した。会長サマの厳命ながら、当方もネタ切れ。とりあえず《蘯蓙録》と題だけ書きこんで、あとはアドリブでと決した。うまく埋まったらご喝采！

もうおわかりだろう。割り付けミスで生じた空白を、大至急埋めなければならず、苦しまぎれに楽屋ネタを書き連ねたという次第。朋誠堂喜三二《ほうせいどうきさんじ》の昔から使い古された趣向だ。ちなみに筆者はおれ自身である。

×日　鳴潮館《めいちょう》三三番教室にて例会。今号の版下割り当て。野木君、乾美樹嬢珍しく欠席。前者はゼミで発表番、後者は風邪とのこと。むろん、ノルマは果たしてもらいますぞ。各自に清書用紙および分担の原稿配布。みんながMM嬢のポエムをやりたがって困る。ライバル誌が続々写植印刷に踏み切るとの情報あり。われわれもやらねば。本日のオブザーバー：最近バス・トイレ・駐車場完備のマンションに引っ越したT・いっちょ噛み屋君。

何にでも首を突っこむというスラングの〝いっちょ嚙み屋君〟とはもちろん加宮朋正、MM嬢は水松みさと。面倒だから以下の引用では人名を実名に戻すが、加宮は以前からこうしてわれわれの例会に顔を出し、彼女と付き合い始めてからはいっそうひんぱんになった。

散会後、海淵君、例によってアタフタと大阪のバイト先へと去る。加宮君、どういう風の吹き回しかわれわれスタッフもいっしょに送って行こうかと言うのを、小生は辞退して堀場嬢と共に早々退散。折よく催し中のミスカトニック館オープンハウスへ。相変わらず面白くも何ともなし。

ミスカトニック館とは、大学の敷地内にある赤レンガの瀟洒《しょうしゃ》な学生寮で、昭和七年に校祖・飯島堯を記念して米ニューイングランドはアーカム市の出身校から寄贈された。元治元年、風呂敷包みを供に脱国した彼が学んだミスカトニック大に由来するこの寮を、年に一度開放するのがオープンハウスだが、別に茶菓の接待があるわけでなく、中を回るぐらいが関の山である。

もっとも見物だけで十分で、アントニー・ギリンガム探偵でも出てきそうな外観と内装にあこがれて入寮したが最後、管理のきびしさに閉口するらしい。何せ、ある日は終日英語以外禁止、あるいは六時から早朝スポーツときては、とてもわれわれ向きではない。

見物を終え今出川通を東進中、例の毒舌屋・日疋某に遭遇しかけ、急遽《きゅうきょ》「ほんやら洞」に退避しコーヒー。そこへ堂埜、須藤君らも入来、全員にオゴるはめになった。くそっ、日疋のせいで……。同席の蟻川君、小生の本誌連載「夕蟬荘殺人事件」ご精読は有難いが、毎回あいつが犯人、いや怪しいのは誰だと詰問するには往生する。そのたび当てられまいと犯人を変更する方の身になって下さい。森江春策君、またまた旅行中とのこと。全く気楽な人なり。

――瀬部　順平

気楽なのはどっちだか。この調子でえんえんと、この号編集中の出来事が並ぶ。そう、この時点では誰もが、殺人鬼とも死刑台とも、忍び寄る就職説明会の影とも無縁でいられたわけだった。

おれはブツブツと独語すると、ページを繰った。と、一瞬胸をつかれたことには、こんなタイトルの記事が現われたのだ――つい何十時間か前、のどを裂かれて逝った友人の署名をかたわらに添えて。

《極私的オールタイム映画ベスト13》

「キング・コング」（M・C・クーパー&E・B・シェードザック）33年

「市民ケーン」（O・ウェルズ）41年
「殺人狂時代」（C・チャップリン）47年
「点と線」（小林恒夫《こばやしつねお》）58年
「亡霊怪猫屋敷」（中川信夫《なかがわのぶお》）58年
「宇宙大戦争」（本多猪四郎《ほんだいしろう》）59年
「天国と地獄」（黒澤明《くろさわあきら》）63年
「大冒険」（古澤憲吾《ふるさわけんご》）65年
「黒衣の花嫁」（F・トリュフォー）68年
「チキ・チキ・バン・バン」（K・ヒューズ）68年
「おかしなおかしな大冒険」（P・ド・ブロカ）74年
「愛のメモリー」（B・デ・パルマ）76年
「ルパン三世・カリオストロの城」（宮崎駿《みやざきはやお》）79年

＝製作年代順＝

いささかヘソの曲がったノミネートに微苦笑を誘われながらも、おれは映像とストーリーテリングの奔放な結合こそが瀬部の理想だったのではないかと思った。そして、それを可能にするのは本当のプロフェッショナルだけだと確信していたのではなかったか、とも。

瀬部は右のリストに続いて、彼としては珍しく長めのエッセイを寄稿している。

（前略）たとえば、今回のベスト選出ではあえて省いたヒッチコックだ。そりゃ「逃走迷路」「海外特派員」「第3逃亡者」「バルカン超特急」といった未輸入作の公開には欠かさず足を運んだし、ズタズタのカットは覚悟でテレビにかじりつきもした。だが、フィルモグラフィのうち重要な部分がゴッソリ欠け落ちているのに変わりはない。*まして他は推して知るべし。そんな状態で何を語り、創造できる？　そして何がルーカス、スピルバーグだ。彼らが直接に受け継いだ膨大な蓄積に無知なままで、どんな映画を創ろうというのだろうか。

せめて、と遅ればせに始めた8ミリの海外取り寄せだが、目下アメリカじゃヴィデオの攻勢で業者の整理が始まっているそうで、何より値段の急速な高騰が痛い。VTRに乗り換えるにしても、機材への投資を思うだけでゲンナリだ。そして考えたくもないことだが、フィルム――ことに8ミリのそれは、この先生き延びられるのだろうか？**

今となれば、瀬部の気持ちがよくわかる。奴はおれ以上に、周囲に何も期待しなかった。実際それで正しかった。

このおれにしたって、まるで気づかずにいたのだ。奴は自分の渇望――おそらくは〝自分の映画〟を作る――を、ここにのぞかせていたのに。もっとも奴の生前、その思いを読み取っていたところで、躍起になって否定するのがオチだったろうが。

おれは「オンザロック」を投げ出すと、大きくのびをした。灰皿にくすぶる煙草をねじ消すと、ガタピシと窓を押し開く。とたんに、冬の朝の薄光と冷えた風が流れこんできた。

その、ありふれた二つが、この瞬間ほど新鮮に感じられたことはなかった。おれは弱々しい光に妙にほてった皮膚をさらし、寒々しい大気を心ゆくまで肺臓に吸いこんだ。

だが、ニコチンとカフェインにどっぷり浸された血と肉を洗うには、それだけでは不十分だった。おれは窓際からくるりと踵を返すと、そっと開いた扉の外へ身をすべり出させた。

「ふ、うー……ほいっ、ハイッと」

耳の奥に、すり切れてノイズ入りのラジオ体操の伴奏と号令をよみがえらせながら、おれは掛け声よろしく手足を振り回した。

ちょっとやそっとで、脳の酸欠状態が治まるとも思えなかったが、やらないよりはましだ。とりわけ、鼓膜にジンと響く冬の朝の静寂に打ちかつには有効というべきだった。

「はぁっ、よっ、ほぉーれっ！」

グルリとめぐらす上体につれ、モノクロ写真に閉じこめられたような風景が回る。勢い余って、そばの花壇に踏み入りそうになった。

「おっとっと」

つぶやきながら、玄関を出て左、旧・診察室の窓の下にある花壇を見た。古びたレンガで囲まれたささやかな、そして不毛の一画だ。

これでも春ともなれば、土中に眠る球根が、花盛りを現出させるのだが、それは少なくとも今、とても想像できる風景ではなかった。

小《お》栗《ぐり》虫《むし》太《た》郎《ろう》の『黒死館殺人事件』に、館の建設時に移植された高緯度地方の植物が死滅してしまい、荒涼たる景観を遺しているというくだりがある。

それを何千分の一かのスケールに縮めれば、この花壇になろうか。ともあれ妙に寒々しい思いで、おれは体操を切り上げることにした。

靴底の冷たさにサクサクと足早になりながら、おれはうつむきかげんのまま、ひたすら庭を歩き回った。別に何があるわけではない。凍てつく大気は麻痺した神経を目覚めさせてくれたが、秘かな期待に反して、ひとかけらの新しい知恵も与えてはくれなかった。

（やめたやめた、もうこの辺にしとこ）

つぶやいて顔を上げるまで、時間は要らなかった。もう一度、紙屑山となった机に向かうか、冷えたベッドに這いこむか思案しつつ、くわえた煙草に火をつけ終えたときだ。

（?………）

深々と煙を吸いこみながら、おれは首をかしげた。モノトーンの風景に点じられた百円ライターの炎が消えたあとも、視野の片隅に鮮やかな赤色が残っている。

寝不足でピンぼけ気味の目をこすり、おれはそっちに首をねじ向けた。一階東、故・錆田の部屋の隣あたり……。

そのとたん、おれは気管を逆流した紫煙にむせ返り、のたうち回った。おのがのどをつかみ、ひざをついたおれの目に今度はよりはっきり、その実体が飛びこんできた。

——引き違いの二枚窓、その向かって左のガラスを突き破るようにして、部屋から飛び出した血まみれの顔。その面は歌舞伎の隈取《くまど》りのような血潮に彩られ、白い眼はこの世にはない何かをにらみすえているようだった。

その瞬間おれが見、感じたのはたったそれだけ。そしてできたことといえば、滑稽なほど顫えた声で目前の惨死人の名を、それもフルネームで叫ぶことだった。

「かっかっ、かい——海淵……海淵武範っ！」

おれは逆回転、それも齣落としのフィルムよろしくギクシャクと後ずさった。あいにく、後ろ向き競歩を行なうには庭は狭すぎた。

「ふわあっ」

かかとが花壇の縁《ふち》に当たったと思うまもなく、おれは背後に倒れこんだ。尻はぶじ、花壇の土に着地を強行した。だが次の瞬間、後頭部と建物の外壁がズゴンと鈍い音をたてて激突したのである。

誇張でなく目から火が飛び、痛みと恐れが声を奪った。

そして、みんなを呼ばなけりゃと大口を開くまで、しばしおれは死者の顔を彩るように舞い狂う火花——東北某県の方言にいう〝目蛍〟の群れに酔いしれていたのだった。

＊

やがて海淵は、駆けつけた旧友たちの前に惜しみなく、その死にざまを披露した。最初は頭部だけが窓ガラスに刺さっているかと見えたが、幸い首は胴から離れてはいなかった。彼はただでさえ大きな頭を窓ガラスの破れ目にめり込ませ、そこに残る総身をもたせかけるようにして死んでいたのだった。

死に至る苦悶の果て、自分で頭をガラスにたたきつけたのか、それとも殺人者に追われ、駆け寄った窓際で背後からとどめの一撃を食らったのか。ともあれ並の衝突では、こうも見事に貫通しそうにないことは確かだった。

そのときの衝撃を物語るように、海淵の死んでいよいよ一刀彫りめいてきた顔には、ガラスに負けず劣らずの傷痕が蜘蛛手《くもで》のように走っていた。

だが、とりあえず今、おれたちに言えるのはそこまでだった。

室内に点々と散った血痕、巨人の手で引っかき回したような落花狼藉《らっかろうぜき》ぶりはガラス越しに垣間見られても、それ以上は何ひとつわからなかった。おれたちは、今や日常の行事と化した警察への通報をすませるべく、すごすごと建物のうちへ引き返した。

「……やっぱり駄目だ」

――いつもなら朝食用の焦げすぎトーストの匂いが漂い、寝起きの不景気面が鼻突き合わせる食堂。お通夜《つや》の先取りをしてるみたいなそこと廊下をはさんで斜め向かい、海淵の部屋の前で、小腰をかがめていた蟻川が舌打ちした。

「……内側からがっちり施錠してやがる」

「鍵も……それに、掛け金もか？」

「ああ」

堂埜の問いに、蟻川は不機嫌にうなずいた。いかにも気に入らないと言いたげだった。

「いっそブチ破って入るか」

眼鏡の奥で憤怒をきらめかせ、柄にもなく腕まくりしかける野木を、

「待て」堂埜が蒼ざめた顔で、たしなめた。「警察が来るまで、手はつけん方がいい」

「確かにな」

蟻川がそのあとを引き取った。彼は食堂の椅子にドッカと腰を下ろすと、

「何も、そうまでしなくたって、今度はハッキリしてるわけだ。小藤田のときと違って、中にいるのが死人か、それとも息があるのかはさ」

「まあ、そう言やそうだけど……」

野木が口をつぐみかけたとき、須藤があえぐように言った。

「そうだ……あのときも、扉は、今と同じく閉ざされていた、わけ、だ……」

馬鹿な、何てたわ言を――そう叫ぼうとしたとたん、後頭部を鈍い痛みが走った。

「痛てて……」

おれは脹れた部分を押え、一つの死語を嚙み殺した。密室殺人。小藤田のときと同じ？　とんでもない、奴のときは二階とはいいながら窓は鍵がかかっていなかった。

おれのわめき声に殺到したみんなに海淵の首を指し示したとき、おれはこの目で確かめたの

だ。窓の錠前——古びて錆びかかった半月錠《クレッセント》はしっかりと受け金にはまり込んでいたことを。

「氷、取ってきてやれよ。冷蔵庫にまだあったじゃろう、確か……」

堂埜が思い出したように言った。さりげない心配りをみせる会長も、今はそれどころでないのか、いやにぶっきらぼうだった。

「さてね、こいつのバカ面に足りたかどうか」

蟻川が毒口をたたいた。と、須藤がワンテンポ遅れて手を打って、

「いっそアレで持ってこようか。ほら、あったやろ、カキ氷作ったときの……」

「そんなもん、今ごろあるかよ。何でもタオルにくるんで……いいよ、おれが行く！」

業を煮やし、野木が立ち上がったときだ。けたたましいブレーキとバタバタと開け放たれるドアの音がわれわれを驚かせた。やがて、

——後輩諸君、お久しぶり。また寄してもろたで。

そのガラガラ声の主が誰かは、横幅たっぷりのシルエットが玄関口に現われるまで待つ必要はなかった。おれは心中叫んだ。

（《ヒース部長刑事》！）

そして、背後に居並ぶのがボスに劣らず忠良なる法の番人、刑事a、b、c、d、eの諸氏なのは、言うまでもないことだった。

「さて、とりあえず、今までのみんなの話を総合すると……」

食堂に集まった仲間を前に、堂埜はやや緊張気味に、だがいつものマイペースで口を開いた。ササッ、壁を走る平グモのように中年男の影が脇をすり抜ける。堂埜はそれを横目で見つつ、なおもどこか茫洋とした口調のまま、

「あー、みんなの話をまとめれば、だ……」

ササササッ、続いていくつもの人影が黙々と円弧を描き、〝観客席〟を移動した。彼は辛抱強く、折られた話の腰を接いで、

「まとめてみれば、昨日のみんなの行動は、めいめい適当に飯をすませ、少々外をブラつきもしたが、ほとんどお互い顔を突き合わすことはなかった——こういうことだな」

「あんなにツルんで行動するのが好きだったオレたちがなあ」蟻川がわざとらしく腕を組む。

「ま、結局ここに寄り集まるしかなかったわけだ。少なくともあの騒動、十沼が海淵にコーヒーをブッかけた時点まではな。にしても、あの騒ぎは……」

噴き出しかけて、蟻川は口をつぐんだ。ササッ、ササササッ、またしても大移動、世にもむさ苦しい輪舞が始まったのだ。

それは世にも怪体《けったい》な見世物——いや、見世物にされているのはおれたち自身だった。実際、こんな形の取り調べというか尋問は、糞リアリズムで固めた警察小説ではむろん、やたらめったら数だけ多い刑事ドラマですら、いまだかつてお目にかかった試しはなかった。

「そのう、何というか」須藤が、おずおずと口を開いた。「だいたい海淵は、帰ってきたときからおかしかったよ。ずっと押し黙って、部屋に閉じこもっていたと思ったら、今度は急に躁

病にでもなったみたいにあれこれ話しかけてきて……」

「それはまあ、無理もないよ。玄関入ったとたん、友達の死体と出くわしたんやから。それも担架に二杯も」

おれは食い入るような視線を肌で感じながら、弁護を試みた。

蟻川は「いや」とかぶりを振り、辛辣な調子で続けた。

「それだけじゃあないさ。その二杯分の死体に鋳田と加宮を足して四人の死骸ができる間、奴はずっと大阪にいた。言わば絶対のアリバイを持つ海淵からすれば、おれたちは十把ひとからげに殺しの容疑者に映っていたんだろうよ。おれたちがお互いを見る以上にな」

いやな沈黙が、おれたちの間に落ちた。

だが、その間も観客――刑訴法に定めるところの司法警察職員たちは、一瞬もじっとはしていなかった。

その目はわれわれの一挙一動に注がれ、何分かごとに腰を浮かしたかと思うと、いっせいに隣の椅子へとダッシュし、新たな位置から観察を再開するのだった。パノラミックにとでも言おうか、表情・言葉のひとかけらさえ逃すまいとするかのように。

――到着と同時に私服警官たちは、さしずめ映画ならカット割りもリズミカルにという感じで行動を開始した。

たちまち、蝶番《ちょうつがい》の外側に露出した管《ナックル》と軸《ピン》の部分が分解され、海淵の部屋のドアは難なく取りのけられた――何か大じかけな奇術の函でも開くような期待感を禁じ得ないままに。

次いで飛びこんできた光景は、破れガラスをへだてて想像したのと、そう変わりはなかった。スチールの椅子は転げ、教科書から菓子袋までが散乱し、まるで屋内性のサイクロンが駆け抜けたような惨状も、前のめりに窓に頭を突っこんだ海淵の後ろ姿も。違うのは死者の背中、痛ましいほど無防備に見えるパジャマに突き立った一挺の庖丁だった。

だが、それらとて全く未知のものではなかった。したたる血模様を除けばパジャマの格子柄は見たことのあるものだったし、庖丁に至っては自炊当番で何度も握らされた覚えのあるものだったのである……。

見慣れれば単に型通りな現場鑑識が一段落すると、《ヒース部長》は食卓をのけ、あるだけの椅子を壁際に並べさせた。わけもわからず従ったわれわれは、次いで腰掛けや踏み台、はてはリンゴ箱を引っ提げて中央にあいた空間に集まるよう命令された。

まず蟻川が北の壁を背にして腰掛け、そこから時計回りに野木、おれ、堂埜、そして須藤が車座をつくって向かい合う。

そのとたん、刑事a～eが警察手帳ならぬ観察ノートを開き、あるいは小型カセットレコーダーを抜き出しながら周りの椅子へと散った。続いて《ヒース部長》は腕を振り上げ、いとおごそかに命じたのだった。

――さあ話し始めてや、昨夜のこと、君らのお仲間があんな姿で見つかるまでに見聞きしたこと一切を好き勝手、思いつくままにな。ほいっ、スタート！

「ところで、ああ派手にガラスに頭突きを喰らわした以上は」

退屈なセリフ劇が何幕何場までか進んだとき、蟻川が何気なく言った。

「誰かその音を聞きつけた奴がいてもよさそうなもんだがね」

「そや」須藤が手を打った。「それに部屋も、あんなに荒らされてたことやし……？」

「そう、よっぽど寝入ってない限りは」

おれと野木が言うのが同時だった。堂埜がうなずき、みんなを見回した。

「それもそうじゃ。誰かおらんか？　と言っても、おれはあいにくその〝寝入ってた〟口で、まるで覚えがないんだが」

さすが〝寝たきり老人〟の面目躍如、と誰もが思わず口元をゆるめたとき、

「おれも、そのお仲間だ」野木がボソリと言った。堂埜は続けて、

「で、どうじゃ、みんな？」

……答えはなかった。誰もが用心深く他人の出方をうかがうまま、質問は空しい一周を終えようとした。と、そのとき、

「ご、午前三時ごろやった」須藤が思い切ったように話し始めた。「寒さで目覚めたまんま何となくウトウトしてたら、どっかで鎧扉を落とすような音がしたんや……」

おやおや、全員おれ同様の睡眠没入組と思ったら——そう舌打ちしたとき、鼓膜によみがえる音があった。未明どき、てっきり夢の中で聞いたと思った、あの何かが砕け散る響き。

（そう、あれこそ海淵の最後の頭突きが決まった一瞬のそれやなかったか）

おれの思いをよそに、須藤は続けた。

「どうもおかしいんでベッドから這い出した。ドアを開けて、廊下のようすを——そしたら」

「どうした」堂埜がうながした。

「左隣の部屋のドアがこう、九〇度前後開いて視界をふさいでた」

「左というと、十沼の？」

「そんな覚えはないぞ」と目をむいたおれに、

「いや、一つか二つ置いてだったと……何せ暗かったし、寝ぼけてもいたもんで」

須藤はちらと蟻川、野木をぬすみ見た。

「おれだな、たぶんそりゃ」蟻川が口をはさんだ。「ご同様に目を覚まして——もっともおれの場合は、窓の割れた音のせいらしい。床を出たのは、そのあと廊下に足音がしたような気がしたからだ。聞かなかったか、それは」

「足音を？　いいや」須藤はきょとんと、かぶりを振った。「で、しばらく——いや、ほんの五、六秒やったか、ドアはスッと閉じてしまった。あとは風の音だけ……常着のまま突っ立ってたもんでドッと冷え込んできて、あわてて部屋ん中に舞い戻ったわけや」

蟻川はうなずいて、

「そのあたりも同じだ。先にドアを開けた分、冷えるのもこっちが早かったわけか。けど、見られてたとは知らなかったな」

おれだって知らなかった、半覚半眠で椅子に寄りかかっていた外で、そんな寸劇が展開されてたなんて。

おれは期待をこめ、続く証言を待った。だがそれきり言葉は途切れ、新たなパズルの一片が取り出されることもなく、話題はより無難な方向へ戻るほかなかった。

そんな心の空洞を縫うように、刑事たちは倦《う》まず間歇運動を続けた。何回転目か、刑事aがどえらい音もろとも椅子を蹴倒し、発言中の堂埜を絶句させた。だが《ヒース部長》は鷹揚に、どんな読唇術の才のない奴にもわかるよう口をパクつかせてみせただけだった。

――ああ、気にしな。続けて、続けて。

「は、はあ……」

彼は気を取り直し、言葉を続けようとした。が、急に困惑顔で周りを見回すと、

「で、その……どこまで話したんだっけ?」

「ほら、十沼が勘違いして大騒動になったあと、昨夜八時ごろだっけか、海淵が部屋に話をしに来たとこまでだよ」

野木が助け舟を出した。

「そう、そうじゃった」堂埜は安心したようにうなずいた。「まあ話といっても、後期試験のこととか当たりさわりないもんだった。一連の〝事件〟については触れそうで触れない……そんな感じで、何となくソワソワしてるようではあったな。で、話の種が尽きかけた時分、いきなりこう来たんだ。『ときに、最初に大西洋を単独横断したのは誰だっけ』と」

(何て唐突な……そしてまた珍問か)

半ばあきれ、その真意を測りかねてつぶやいたときだ。

——近ごろはまた、クイズか何かが流行《はや》りだしてるのんかいな。若いもんの間に？

そっと《ヒース部長》が、かたわらの刑事eに訊いているのが聞こえた。訊かれた部下は大真面目に眉間にしわを寄せ、首を振った。

——さあ、聞いたことありませんが。

「それで、お前さん、どうしたんだ？」

ややあって疑問符を差し向けた蟻川に、堂埜は言葉を継いだ。

「何のことだと思ったけども、知らないことでもないから、答えてやったぞ。そりゃ〝コラーサ号〟の鹿島郁夫《かしまいくお》だろうって」

懐かしい名が飛び出したものだ。堀江謙一《ほりえけんいち》氏の〝太平洋ひとりぼっち〟後、邦人初の大西洋横断、続いてロサンゼルス－横浜と、両大洋を小型ヨットで制覇した人物だ。

とりわけおれにとって懐かしいのは、ある会でこの鹿島氏の話を聞いたこと。むろん先方は、あのとき質問した小学生のことなど覚えてはいまいが。

「——そしたらあいつ、どないした？」おれの感懐をよそに、須藤が尋ねた。「『ご名答、正解、ピンポーン！』とでも叫んだか」

やけっぱちのようなおふざけは、だがこの場の空気をさらに白けさせただけだった。

「いや」堂埜は、あくまで静かに答えるのだった。「十秒はあの大きな口をアングリしとったな。それから、『そう、そうだった』とか何とか言いながら、海の話を始めたよ」

「元ワンゲル部員で、山が専門の貴様となあ」蟻川が言った。「いや、試験のヤマじゃない。ザイルとピッケルで登る方だがな。須藤も何か頓珍漢《とんちんかん》なことを訊かれたんじゃないのか？」

「そう、そうやがな」須藤はウンザリした顔でうなずいた。「そ、それも訊くにこと欠いて、えー……『こう、モノがとけることを化学用語で何と言ったっけ』やと！」

「何だそりゃ」蟻川は失笑した。「正気の沙汰とは思えんな。で貴様、どうした？」

「おれはともかくも答えた、『そら溶解やろ』と。だが、あいつは納得せずに、『いや、物質のだな、状態の変化が起こる温度を何と言う？』『凝固点』おれは答えた、『気化に液化、昇華点いうのもあったな』。すると奴はよっぽどたって、拍子抜けした顔で言うたよ――『いや勉強になった、よくわかった』」

再び沈黙が落ちた。ただし今度は一種グロテスクな笑いを抑えながらのそれだった。

「こうなると、もう一つの可能性も考えなきゃなるめェな」ややあって蟻川が言った。「誰がどうやって海淵の部屋の扉の鍵と掛け金をかけたかより、どうやって自分の背中に刃を突き立てたかをだ。奴が正気でなかったことがわかった以上はな。で、次は誰の番だい」

「あんただよ」

野木が珍しく吐き棄てるように言い、眼鏡の奥で瞳をうごめかした。

蟻川は「へえ？　よしきた」とみじんも感じたようすもなく、

「おれもご多分にもれず、晩飯は外ですませた。ほら、あのバス通りの中華料理屋さ。そこで注文した定食が来るか来ないかってとき、海淵が入ってきたんだ。話の中身は忘れたが、堂埜の言う通り何か曖昧な態度ではあったな。でもって、定食を食い終わったときだ、昨日もちょい言ったが、奴が急に質問をふっかけてきたのはね。訊かれたからにゃ教えてやりましたとも。喜歌劇『地獄のオルフェ』について、おれの知る一切をたっぷりとな」

おれは非業の死に匹敵する同情を海淵に寄せた。さぞウンザリさせられたことだろう。蟻川は声を落とし、少し表情を曇らせて、

「騒ぎのあと、おれは部屋に引き揚げたが、思えばあれが最後ってェわけか。次は野木？　楽しみだねえ、オンザロック随一の真面目センセイにゃ、どんな迷質問が飛んで出たか」

肩をすくめてみせる蟻川に、野木はかすかに不快そうに眉根を寄せて、

「おれは——何も聞いちゃいない」眼鏡に軽く手をやった。「おれは日疋のとこへ行ってたんだ。戻ったのは午前四時ごろだったな」

「日疋のとこって、あいつのアパートへか」

須藤があきれ声をあげた。野木はうなずいて、

「ああ、十時ごろ出て往きはバス、帰りは歩きで二十五、六分かかったかな」

何と物好きな、と怪しみたいところだが、彼なら泊まりがけでも不思議ではなかった。変な意味ではなく、日疋とまともに口をきいているのは野木ぐらいだからだ。

ゼミや語学クラスがいっしょだという事情もさりながら、彼の温厚さと忍耐に負うところ大というのが統一見解だ。いやな顔一つせず、あのキザ野郎の相手になれるという度量は、どうしてただものでない。

「じゃが何でまた、わざわざ昨夜？」

堂埜がいぶかしげに眉を上げた。野木は答えて、

「立て続けの殺しだ何だで少々、いや相当イヤ気がさしてたとこへ、あの騒ぎだろ。みんなピリピリしてるのがわかった。で、ちょっと外へね。心配するかとも思ったけど、でもなかったみたいだし。海淵とはそんなわけでスレ違い、妙な謎々を聞かされずにすんだわけだ」

妙に皮肉っぽく、しめくくった。嘘やハッタリと無縁が定評の彼には、蟻川も茶々を入れるすきがない。といって皆がその話をうのみにしたかと言えば、それはまた別だった。

（ともあれ、彼が帰ったのが言う通り四時ごろ、そして堂埜以外が物音に目覚めたのが凶行時刻なら、ガラスの割れるのや足音を聞くわけもない。そればかりか殺しには全く……）

「ところで」須藤がおずおずと言った。「急に心配になってきたんやが、鍵の管理は確かなんやろね。もしボクらの部屋の鍵が犯人の手に渡っていたら、その、おちおち……」

「つまり、そりゃ合鍵のことが言いたいのか」

蟻川が虚をつかれたように言い、野木があッと小さく叫んだ。まさに盲点を指摘された驚きは、おれも同様だった。

「そ、スペアキーのこと……」

言いながら、須藤はもぞもぞと例のケースを取り出した。われわれが二種の鍵を持っているのは前述の通り。当然スペアもあるわけで、それは各人には渡されず一括保管されていた。

といっても診察室の机に投げこんであるだけだが、今までそれが念頭に上らなかったのだ。

（待て待て）

三たび、降りかかった沈黙の中、脳裡にささやく声があった。——失念していたのは合鍵だけか、誰もが検討し忘れている、もっと大事な何かはないのか、と。

（いや、一つあった。それは……動機だ）

そんな思いをよそに、須藤は手のひらにのっけたケースの中身を口にポイとはたきこんだ。

ともあれ、彼の提起は一つの期待を生むものだった。もし外部の者の手に鍵が渡ったとすれば、容疑範囲は一挙に荘の外へと広がるからだ。

「それはない」

不安と安堵にざわめく声のただ中を、堂埜の胴間声が貫いた。会長が物事を断定する——めったにないこの事実が、おれたちを黙らせた。

「なぜなら」

のろのろと独語のように言いながら、堂埜はすすけたジャケットのポケットに手を入れた。ジャラリと金属質の不協和音を響かせ、やがてつかみ出されたのは、鈍色《にびいろ》に光る鍵束だった。

「なぜなら、合鍵の束は、おれがあそこから出して保管してたからじゃ。小藤田と瀬部が殺られた直後からずっと、こうやって肌身離さずに。……これで、納得してくれたかい」

その言葉につられるように、誰もが須藤に視線を向けたときだ。絶対零度の冷却光線でも浴びたように、目という目が動きを止めた。

凍りついた視野の中、生き生きと動くものは須藤ただ一人だった。顔には驚愕を張りつけ、阿呆のように口を開きながら、彼は上体をかしがせた。そのまま腰掛けから崩折れる直前、右の腕が痙攣《けいれん》したように体の真横に伸ばされた。

腕はそこから大きく弧を描き、危うくよけたおれの鼻先をかすめた。

そして引きつった指先が一瞬、空中に静止したと見えた次の刹那、白鳳の御仏はカランカランと妙に陽気な効果音つきで床に転がっていたのである。

「す、須藤っ！」

泡を喰って立ち上がるわれわれの背後で、バラバラと席を蹴る音が響いた。突然の、しかも目前の死に狼狽しきっているのは、《ヒース部長》ご一行も同様のようだった。

どやどやと割りこんできた刑事から、やがて詠嘆めいたつぶやきがもれた。

――この若造、死んどぉる。

「死んだ、こいつが……」蟻川が叫びを搾り出した。「ま、まさかッ！」

こりゃ、いったい……？　われわれは一様に顔を上げ、いま足元に倒れ伏したばかりの死人がその腕で描いた軌跡に視線をめぐらした。そしてそれが相次いで終着点に行き着いたとき、叫びにも似た悲痛な声があがった。

「ちょ、ちょっと待った、何でまたオレを見るんだ……それも、怖い顔でみんなして」

野木はブルブルとかぶりを振った。みんなの注視をふり払うように、そして須藤が最期の一瞬、彼に突きつけた指先が今も目前に浮かんでいるかのように。

「おれは関係ない。おれが何をしたっていうんだ――こいつに、この須藤に？　やめろ、そんな目で見るのは！　ね、刑事さんたちは見てましたよね、オレいや僕は何も……」

——わかっとるわい、騒ぐな。

訴える野木をさえぎるように、ダミ声が響きわたる。《ヒース部長刑事》は須藤の骸から顔も上げず、吠えるように続けた。

——中毒死や。それも九割がた青酸系の毒物による、ほとんど一瞬の間のな！

＊　この不満にこたえるかのように〝ヒッチコック・フェスティバル〟と銘打って「裏窓」「知りすぎていた男」「めまい」「ロープ」「ハリーの災難」がリバイバル公開された。大半がテレビ未放映・未ソフト化の代表作群だった。

＊＊　これは少々出遅れた危惧だった。一九七七年、カメラ生産台数百五十二万とピークを迎えた8ミリ映画は、前々年、百十二万台対百四十七万台とビデオに逆転されており、以後一気に一万台を割る惨状を呈することになる。

第十章　箸と鍋とでクリスマスを

須藤郁哉は奇妙に赤みのさした顔で、片頬を床に打ちつけるように転がっていた。

そのかたわらで、あのタータンチェックのケースがパックリ口を開いていた。陽気な効果音の源はこれだったのだ。

ケースの中身は、これまでもちらりと見たことのある色とりどりの菓子の紙箱。だが、そこから飛び出したのは、キャンディでもキャラメルでもなく、ひどく冷ややかな銀箔や薬包紙につつまれた薬の数々だった。

どういうことだ？　狼狽する余力も失せて立ちつくすわれわれのただ中に、むっくりと巨大な影が、かがめていた身を起こした。

――典型的な青酸中毒の外徴を示しとぉる。文字通りアッちゅう間の効き目や。にしても、わしらの面前でようもヌケヌケやらかしてくれたのう。自殺にせよ、そうでないにせよ！

（じ、自殺だって？）

吼えたける一歩前のようにうなる《ヒース部長刑事》に、おれたちは顔を見合わせた。

須藤が何でまた？　それぐらいなら、われわれの誰かが〝青酸系毒物〟とやらをケースに混ぜておいたとする方が、まだ受け入れやすかった。

自分たちが目を光らせていた以上、他殺の線は薄いというのか。でなければ単に、バカげた椅子取りゲームのさなか、堂々と殺しが行なわれたことを認めたくないのか……それとも。

（それとも）おれはつぶやいた。（あいつ——須藤が一連の殺しの犯人で、自分で自分にケリをつけたとでもいうのなら別だが）

——さて、もう少々ご辛抱願わないかんようになったみたいやな。

《ヒース部長》はかけらも動揺を見せず、言い放った。ギョロリと視線をめぐらすと、

——今、目の前で亡くならはったお友達は、お年に似ず、えらい薬マニアやったみたいやが、よもやそれを知らんかった、てなことはないやろな。まさか、このケースの中にお菓子が詰まってたと思てたわけやあろまいが？

あいにく当方には、それにご満足いただけるような答えの持ち合わせがなかった。

かくて、茶番劇は次の幕を開けた。

全員が、そのまま引っくくられてもおかしくない事態だった。犯人は最悪の形で警察のメンツを傷つけたのに、《ヒース部長》はなぜかそうしなかった。

むろん、その後の調べは峻烈をきわめた。ことさら声を低め、抉るような審問をくりかえしたあげく、刑事らは〝第五および第六の殺人〟の産物だけを土産に、暮れなずむ泥濘荘を去っていったのである。

言葉という言葉は尽き、あとに残ったのは干からびた脳みそが四個だけ。一方、法の番人た

ちからわれわれに投げ与えられた事実といっては、たった三つしかなかった。

一つは海淵の死亡推定時刻——ほぼ凶行時刻といってもよいものだが、これは午前三時と発表された。

第二は凶器の庖丁が瀬部殺しに用いられたものと断定できること。

そして第三には、海淵の手持ちの鍵の所在が判明した。玄関・自室用の二本を飾り気のないホルダーでつないだもの（何人もが、彼のだと確認した）が戸口近くに散らばったガラクタのうち、LPジャケットの一重ねの間から見つかったという。

おっともう一つ、重要きわまりない情報を忘れていた。《ヒース部長刑事》の正式な役職と本名だ。京都府警捜査一課所属・賀名生《あのう》警部どの。

な、何とアノー氏とは！　やっぱりここは〝矢の家〟だったのか。いやはや。


……………………


（——それにしても、や）

またも誰もがおのおのの砦に立てこもり、寒々とした無人の食堂で、おれは元通り並べられた椅子の一つに腰かけた。

（奴に毒を盛ったのは誰……いや、そもそもどうすればそれが可能だったのか）

あのとき須藤が嚥下《えんげ》した一粒の中に青酸毒が仕込まれていたのはまちがいない。だがそれはいつ？

文字通り環視の中、それが可能なはずはなし、それ以前だってケースは常に彼のポケットにあった。

まぎれこみそうにない毒によってあの世へ送り出されながら、彼は何を考え、野木を指すことで何を伝えようとしたのか。

一方おれたちは思い知らされた、須藤郁哉について何も知らなかったことを。長年彼を苦しめていた心臓だか呼吸器だかの持病も、発作を収める薬の携帯を欠かせなかったことも何もかもだ。

まして薬を菓子の空箱に詰め、例のケースにしのばせていたなどとは。それどころか、いくら手を伸ばしてもガム一枚、飴玉一個くれないけちんぼぶりを罵りさえしていたのだ！

（まさに万死に値《あたい》するボケぶりだな）

むなしさと、冷蔵庫から漁った食い物を同時に噛みしめながら食堂を出ようとしたとき、ブラックホールみたいな空虚が視野に飛び込んできた。死者の部屋への入り口だ。何かしらゾッとする感覚に目をそむけ、二階の自室へ引き揚げようとした。

だが廊下の中途で、おれの足は意思に反してUターンした。かくて数秒後、それこそブラックホールに引かれるように、おれは海淵の部屋の前に立っていたのである。いささか緊張の面持ちで、あたりをはばかりながら。

——ぽっかり開いた戸口には腰高に張られたロープが行く手をふさぎ、かたわらの壁には蝶番を外されたままのドアが室内側の面を見せ、立てかけられている。もはや、わき起こる好奇心を抑えることはできなかった。

薄暗い光の下、おれは犯人の痕跡を求めてドアノブや鍵孔の周辺、扉板の木目にまで目をこらした。そして、ドアに固定した座金につけた環を、脇の壁からのびた舌状の金具の穴に通して施錠する形式の、問題の掛け金にも。だが、どこにも異状は見当たらなかった。

これなら何も実地検分には及ばない。錠前は各居室共通、同じ金具がネジ留めしてあるのだから、自室の扉とにらめっこしても同じだが、そこはやはり実地検証だ。ともあれこれが、二度の殺しにわたり、鍵孔の方の施錠とともに進入を阻んだ代物なのだ。

(ええっと、細紐をこう回して――いや、こっちから……いや、これではとてもあかん。それより、おれ自身の「虹色の密室」で使った施錠トリックを応用してやな……)

口に冷蔵庫の残り物を咀嚼《そしやく》しつつ、おれは脳みそをひねくり回していた。

(そや、何かの棒をこの環に通して、こんな風に結んだ紐をこっちからこう――)

不謹慎だと何と思われようと、この掛け金に関しては、お決まりの5Wより先に1Hを究明する必要があった。Ｈｏｗ、どうやって――小藤田の場合は完全な密室とは言い切れなかったが、海淵殺しはもはやここを避けては通れない。

だが逆に、これが突破口になるのではないかとも思った。なぜって、ほら本格推理小説でも論理の筋道をたどるより、たまたまトリックを看破することで真相が割れるケースがけっこうあるではないか。

これは冗談にせよ、ひたすら物理的に掛け金に取っ組むことで、芋ヅル式に犯人の意図、ひいては犯人自身を引っ張り出せるのではないかと発想したのだ。

（待て待て、だとすると仕掛けはどうやって始末する？　いくらこの家の立て付けがガタついてたって、そんなものを引きずり出すほどすき間はあいてやしない。すると……）

発想自体は、われながら大したものだったが、現実には眼高手低《がんこうしゅてい》、いや脳低というべきか、おれの思考は突破口のはるか手前をウロウロするばかり。発破《はっぱ》用の火薬を抱えたまま、あえなく自爆となりそうだった。

（ええい、駄目だ駄目だ！　第一、鍵の方はどうやって施錠を終え、鍵孔からLPの下に収まったというんだ。これじゃ、掛け金のトリックが解けたって何の解決にもなりゃしない）

おれは再び、掛け金を凝視した。むろん、新たな何ものも浮かんではこない。ただひとつ、奇妙に蠱惑的《こわくてき》な質感を除いては。

（まずいよ、勝手にこんなとこに手を触れちゃあ。《ヒース部長》らに捕られる……どころか、あらぬ疑いをかけられるのがオチや。指紋検出はとっくにすんでるとしても……）

そんな〝理性〟のささやきとは裏腹に、おれの手は掛け金に向かってのびていた。最初は皺くちゃハンカチでそっとなで、次は手の甲、ついで恐る恐る指先を……。

（…………！）

サッと引っこめた手を、おれはまじまじと見直した。接触はほんの一瞬で、何かが付着しているわけでもなかった。

だが、そうすることで、その奇妙な触感はただちに脳裡にプレイバックされた。粘着質の、まるでガムテープでも巻きつけてあったような手ざわりであった。

おれは、この新たなパズルの一片を解しかねつつ、考えを進めた。

(とにかく、犯人はどういう方法でか、これを外側から施錠した。で、そいつはどこへ消えたんだろうか?)

建物が外界に向かって開いた三つの出入り口。まず玄関扉は、おれ自身が開いたものだ。そして残る二つ、二階東端の外階段に出るドアとその真下、風呂釜を点けに出る際の木戸が内側から閉じられていたことは、その施錠と同様しっかりと確認されたのである。

(と、いうことは、だ)

おれは、犯人がそうしたであろうように、戸口に姿勢を低めたまま周囲をうかがった。

(犯人はここで仕事を終えたあと、この廊下を通り、足音をぬすんで二階の自室へと……)

ゆっくりと体を伸ばし、だが顔はやや伏せ気味に、すり足の第一歩を――そしておもむろにふりかえったとき、おれは心臓がのどもとまで跳ね上がるような思いを味わった。

――射すくめるような視線。夜道でふと煙草に火を点けたとき、片隅にうずくまる黒猫の双眸にマッチの炎がギラリと反射して驚いたことがあるが、それを思い起こさせる一対のレンズのきらめきが、階段口のあたりからおれに投げかけられたのだ。

「野、木――か?」

薄闇が幾重にも紗《しゃ》をかける向こうに目を凝らし、低く呼びかけたとき、相手の姿はしかしすでになかった。階段の上り口にも中途にも、それから変に森閑とした二階の廊下にも。

（それにしても、今のはいったい――）

消えた人影を追い、妙に割り切れない気分のまま自室に舞い戻ったおれは、もう一度首をかしげた。だがすぐに、かしげたばかりの首を振るとつぶやいた。

（い……いや、それより、さっきの件を考えるのが先だ）

ともあれ、海淵の部屋を外側から施錠し終えた犯人は、どっちの方へ逃げたのか。奴の前には二つの出口がある。まず手近なところで東端の木戸、一般的なのでは表玄関。

このどちらかを出て、どこか遠くへ去ってくれたのならありがたいが、それは考えにくい。むろん、玄関の鍵を荘外者の犯人が入手していれば別の話だが。

犯人は二階の部屋のどれかに帰り着いた――考えるもおぞましいが、そう仮定してコースを推定するなら、この三つが挙げられる。

①木戸―外階段―二階入り口（あらかじめ施錠を解いておき、帰還後に再施錠する）。いや、これじゃもう一ぺんあの固くてやたらうるさい木戸の締まりをしに下りなくちゃならない。

②廊下を通って玄関へ―手持ちの鍵で施錠―庭から外階段―二階入り口から自室着。

③は最も単純にして常識的。廊下を通って屋内の階段を上り、そして……。

「恐れ入った度胸だな、十沼」

だしぬけに背後から浴びせられた声に、おれは思わずペンを取り落とすところだった。

「こんなときに鍵もかけず、堂々と入り口に背を向けて――しかも、おれが入り込んだのにも全然気づかないんだものな。度胸というより、単に不用心と呼ぶべきかかね」

ギクシャクと椅子を一八〇度振り向かせた真ん前に、誰かがピーター・セラーズにたとえた蟻川のシニカルな容貌があった。おれはホッとすると同時に、今一瞬の狼狽を気取られまいと、

「そ……それはまた、いきなりごあいさつやな」

平静を装って答えながら、所在ないまま机上に広げた原稿用紙を、そっと片づけようとした。だが、ただでさえ目ざとい蟻川がそれを黙って見過ごすはずはなかった。

「ふん。例によって例のごとく、ミステリのご執筆か」

彼は肩越しにちらとのぞきこむなり、鼻を鳴らした。そして、さしずめ洋書ならイタリックになりそうな口調で、さっきと同じ言葉を吐き棄てた。

「よりにもよって、こんなときにな！」

「け、懸賞のやね、し、締め切りが一つ、迫ってて……」

モゴモゴと弁解しながら、おれは極力さりげなく、原稿に覆いかぶさらんばかりに背を反らせた。眼目はむしろ、椅子の背もたれで机の引き出しをふさぐことにあった。その奥、大学生協主催のコンサートのチラシの下には、例の死者からのメッセージが敷いてあるのだ。

「第一、それとこれは話が、その……」

「そうかい、話が別か」

蟻川は唇をゆがめ、急に笑いを浮かべると、なぜかまっすぐおれの顔を見すえて言った。

「しっかし、犯人の奴も見る目がねぇよな」

「ほう？」

軽く受け流しながら、おれはやや身がまえていた。なぜか、そうしなければいけないような気がした。案の定、蟻川は太い眉毛をヒクつかせ、せいいっぱい皮肉に、

「要するに、貴様が殺されりゃよかった——そう言うのさ」

とんでもないことを口走りだした。おれはとっさに自分の口を押えたが、のどから涸れた噴水みたいな音がもれるのは防げなかった。一息二息、呼吸を整えてから、

「へ、へえ」おれは無駄は承知で、平静を装った。「そら面白い。理由を聞きたいな」

「理由？　おれは、このチャンスを生かしてやりたいのさ。いまだ推理作家の夢を棄てられないでいるらしいお前さんのためにな」

蟻川は、嘲弄というにはひどく切羽詰まった物言いで続けた。

「世の中にゃあえげつない出版社があって、若いもんが受験の悩みで自殺したり、難病死や不慮の事故死を遂げたりすると、日記やらノートを買い付けに来るそうだぜ。念願の処女出版……もっとも夭折《ようせつ》って言うには、ちょっとばかしトウが立ち過ぎてるかもしれんがな」

「何ィっ！」

おれの中で何かがカチリと音をたてて外れた。その瞬間、使い古された〈殺意〉という言葉が、このうえなくリアルな手触りを感じさせた。

双方いずれがポケットからいきなりチェーンソーを取り出し、振りかぶっても不自然ではない状況だった。だがおれは紳士的に、ツカツカと鼻を突き合わせるまで奴に歩み寄るや大喝一声、戸口を指さしてやった。

「出ろっ、とっととこっから出てけ！」

野良犬のようににらみ合うこと数秒、奴はおれの命令に従った。素直に、かつ迅速に部屋から退散した。ただ、やにわにおれの襟髪をワシづかみに、えらい力で引き倒しながらというのが、おれの要請とは違っていた。

「やめェ、この野郎、おいッ畜生──」

ドアはびっくり箱のふたみたいに弾け開いてそばの壁に激突し、カードをシャッフルするように罵声を切り混ぜながら、おれたちは廊下にまろび出た。

どっちの拳が先に炸裂したかは、覚えていない。だが残念なことに、喧嘩に関しては蟻川の方に一日の長があった。むしろここは、ペンより重いものを持ったことのない文士の善戦をたたえるべきところだった。

「ど、どうした、何ごとだ？」

おれが蟻川の口を引き広げ、奴はおれの頬っぺたをと、お互いの顔にアッカンベーをさせたときだった。騒ぎを聞きつけた野木が、たぶん〝第七の殺人〟発生を想像してだろう、あわてて自室から飛び出してきた。

「おい、やめろ、こら十沼、やめないか蟻川……痛たたっ」

野木はうろたえた教師のような口調で割って入ろうとし、度しがたいといった表情でおれと蟻川の周りをぐるぐる回るのだった。

「ま、ま、まあまあ……」

だが、そんな幡随院長兵衛《ばんずいいんちょうべえ》、ないし長屋の家主《いえぬし》さん方式より、われわれにふさわしい仲裁法は、野良犬並みに冷水をブッかけてもらうことだった。

あいにく手桶も柄杓《ひしゃく》も手近にはなく、ついには三人まるごとがこんがらがったまま、廊下を行きつ戻りつし始めた。

押しあいへしあい、罵りあい、何度も壁にぶつかったあげく、ふいにひときわ強い力に突き動かされたときだった。ふいにおれの足元から床板が消え失せた。

「――？」

おれは爪先で何もない空間をまさぐった。と、次の一瞬、

「ふ……うわあっ！」

大きくバランスを崩すや、おれたちはＢ級西部劇の酒場の乱闘シーンみたいに、折り重なって階段を転げ落ちていった。

視野の中で世界がぐるりと回転し、やがてボウリングのストライクのときのような景気のいい音が、一階廊下に響きわたった。

「痛てて……だ、大丈夫かぁ？」「ひどいぜ。何もオレの真上に落ちてこなくたってだな……」

「ど、どいてくれ、起きられんよォ」

力ない悲鳴と自嘲を交錯させながら、おれたちは互いの手足をほどくのに一苦労しなければならなかった。と、頭上にさした長く黒々とした影に、いぶかりつつおれは視線を上げた。

堂埜だった。手には買い物籠、胸には紙袋、足りないのは割烹着《かっぽうぎ》ぐらいという格好で、我ら

の会長がぼんやり立ちつくしていた。

「…………」

こういうときに、気のきいたワイズクラックの一つも出ないのが、彼のいいところでもあり欠点でもある。このままでは膠着《こうちゃく》状態、そう思ったか蟻川が、

「お、おかえり」

人体パズルから這い出しつつ声をかけた。

「ああ?——うん、た、ただいま」

続いてようやく立ち上がるおれたちを見ながら、堂埜が同じくあいさつに窮したようすで答えた。と、野木が往年の某コメディアン風にズレた眼鏡を直しながら、ふと気づいたように、

「降ってきたのか?」

見れば、なるほどジャケットの肩や蓬髪のてっぺんに、ほんの少しだが白いものが載っていた。外はいつしか雪模様らしい。——堂埜はうっそりとうなずいて、

「ああ、ついさっき……じきにやみそうな感じだが」

「ふーん。で、今ごろどこへ——別に疑うてるわけやないが、そのぅ」

おれは、おずおずと訊いた。

「ちょっとそこまで、物資の調達じゃ」

「物資だぁ?」

蟻川のあきれたような声に、近日とみに古武士めく風格を加えてきた堂埜は、その馬面の高

さまで買い物籠を差し上げてみせた。

何かとのぞきこめば、やや遠方の公設市場の包装紙から長ネギや白菜やらが顔を出している。彼はどこまでも大まじめに続けるのだった。

「ここしばらく——といっても一、二日だが、みんなで膝つきあわせてメシを食うことがないのに思い当たったもんでな。それに何しろ、今日は十二月二十五日だし」

「で、それが……」

ぼそりと野木がつぶやき、蟻川が頓狂な叫びでそのあとを続けた。

「クリスマスケーキのかわりってわけか!」

＊

薄切り豚肉やら種々の野菜、木綿豆腐やエノキダケｅｔｃをたたえ、早くもグツグツたぎり始めた鍋を見下ろす顔、顔。それらをながめわたすと、堂埜仁志はおもむろに言った。

「さ、もうぼちぼちいいころだろ。食ってくれ」

おれたちは、彼の顔と鍋の中身を見比べ、ついで何とも複雑な微笑を交わしあった。そんなわれわれをしりめに、

「ほいじゃあ、いただくよ、オレから」

堂埜は、左利きの手で箸を器用に扱いながら、ひときわデカい豚肉を引き上げた。

「じゃ、ま、おれも……」

「い、いただきます」

ようやく食欲がけげんさを打ち負かし、おずおずと三組の箸があとに続いた。

さっき冷蔵庫を漁ったとはいえ、おれも空きっ腹には悩まされているところだった。いや胃袋よりも、心身ともに冷えきった状態が、目前の誘惑に抗しきれなくさせたというべきか。

(それにしてもあれには意表をつかれたな、実際)

おれはハフハフと豆腐の熱さを楽しみながら、そっと堂埜の長顔をぬすみ見た。

——山のような買い物をドサリと流し台や卓上に積み上げるや、われらが会長はただちに行動を開始した。おれたちはぼうっとその姿をながめ、顔を見交わすほかなかった。目前に展開された光景はわれわれにとって、それほど意外をきわめたものだったのである。

あの堂埜が手ずから、料理の準備をし始めた。それも、いささか心もとない手つきながら一切他人の手を借りることなく。

まあ想像してみてください、いくら男子厨房《ちゆうぼう》に入る時代とはいえ、厨房の方から断わってきそうな茫洋たる武骨漢《ぶこつかん》が、いそいそとダシを取り具を刻む姿を!

「しかし今日は、ひどい目にあったなぁ」

「全くだ。お巡りさんが輪になって踊ろ、なんざ童謡にもなりゃしない」

「何でもやる気——いや、やらせる気だぞ、自分らの頭の悪さに気づくまで」

「それじゃ、永久に無理だ。ハハハ……」

久々のご馳走、そして《ヒース部長刑事》ご一行という尽きせぬ罵詈雑言《ばりぞうごん》の対象を前に、われわれの口はいつになく忙しく動いた。

ここで目前にした須藤の頓死が舌に上る暇を与えぬためであり、鍋を囲む中に殺人鬼がいる可能性を忘れるためでもあった。饒舌も食欲も、その間抜けさにのみ支えられたものだった。

だが間抜けであれ何であれ、われわれはよく食べ、よくしゃべった。ぼうっと堂埜の調理姿を見ているのも何だというので、誰かがつけた片隅の旧式なラジオが、バグルスの「ラジオ・スターの悲劇」を流し始めたが、まさに題名そのままに耳を傾けるものはいなかった。

「ときに」おれは、ふと堂埜の方を見て訊いた。「買い物先では大丈夫だったか」

「そう、変な目で見られたり、とか……」

言いにくそうな野木のあとを、蟻川が皮肉な笑みとともに引き継いだ。

「ふむ、さぞかしわが〝泥濘荘〟の近所の評判も落ちたろうしな。こう事件続きじゃ」

「そのために」堂埜は箸も休めずに答えたものだった。「隣町の市場に行ってきたんだよ」

（なるほど、ね）

感服すると同時に、ようやく堂埜の意図が読めた気がした。スッタスッタと殺されてゆく仲間たち、それを彼がただ座視しているわけはなかった。

といって、犯人をあぶり出すの告発するのというのは彼の性には合わない。——ならば、これ以上の死を防ぐため、手の届く範囲だけでも殺人者の魔手を封じよう。戸締まり用心、合鍵の管理、その次は……食べ物だ。

そう思い当たるや、彼は黙々と買い出しに出た。自ら吟味・厳選した材料でもって、せめて毒殺の続発だけは防ごうとしたのだ。そうに違いない。何と彼らしい心配りではないか。

だが感服の一方、おれは秘かにほぞを噛んでいた。今日がクリスマス、ということは……。

(昨日は当然クリスマス・イヴ。それだというのに、おれは省子に何たる過ごし方をさせたことか！　ああ、そして――)

そして彼女は何と思ったろうか。恋人たちの最重要日ともいうべき聖夜、話といえば殺し、殺し、殺し、ただそれだけに終始する男を。

「ところで」

慚愧《ざんき》の念にかられつつ新たなポン酢を注ぐおれをよそに、堂埜は再び一同を見回した。

「ちょっと、みんなに確認しておきたいことがあるんだが」

決して大層ぶらない、いつもの口調だった。なのに、最初の一言で〝来たな〟という感が走ったのは、やはり予期するものがあったからだろう。

そして、それはおれだけではなかったらしく、ほかの二人も心もち居ずまいを正していた。

「というと、つまり……」

おれは鉢と箸を手にしたまま、口ごもった。野木が軽く咳払いする。

「むろん、一連の殺しに関してのことだろうな」

蟻川が顔も上げず、ズバリと言い放つのに、堂埜はうなずいて、

「そうだ。大事なことをまだ話し合っとらん。海淵の背中に刺さっていた庖丁の件をな」

野木はまたせき払いをすると、そっと箸を鉢に重ね置いた。彼は弱々しい声で、

「しょ、食欲がなくなりそうだな」

「かまわねぇ。もう、たらふく食ったことだし」

蟻川は箸を投げ出し、ぷいと天井を向いた。

おれはまだだが――そうボヤきたいのをこらえ、おれもうなずいてみせた。

「それもそやな。続けてくれ」

そう堂埜に先をうながしながら、おれはみんなを見回した。誰もかも胃袋の中身が鉛にでも変じてしまったような顔つきで、実際おれも食い気どころではなくなっていた。

「おれは、みんなの潔白を信じとる」

会長は誇らかに宣言した。信じがたいことに、本気でそう信じてやまないようだった。

「だが、海淵殺しに使われた凶器が瀬部のときと同一で、しかもおれたちの身近にあったあの庖丁だとなると、信念だけじゃ済まされない。そうじゃろう?」

「あの庖丁は、ずっと台所の流しの中にあったんだろ。ほかのといっしょに……」

野木がふと言った。堂埜はうなずいて、

「そうだ。柳刃庖丁というのかな、あれは」

そのとき、おれはある突飛な言葉が脳裡に鳴りわたるのを聞いた。――庖丁のアリバイ、凶器の足取り調べか！

「つまり……」と言いかけるおれをさえぎるように、蟻川がいらいらと口を入れた。

「会長の言いたいのはだ、そいつがいつ犯人の手に引っ越したか――言い換えれば、いつまでなら流しの中にあったことが確認されているか、それを洗い出そうちゅうことだ」

「なるほど」おれはふむ、とうなずいた。「当然、一昨日の六時以前に限っての話やろね。瀬部殺しのあと、庖丁は犯人の手にあったはずやもの」

「待ってくれよ、そうとは限らんぞ」

野木が片手拝みに右の手のひらをかざし、考え考え言った。

「瀬部をその、メッタ斬りにしたあと、血をぬぐってもとに戻し、海淵殺しのときに再利用するって手もあるはずだぞ」

だが、蟻川は言下に首を振って、

「無理だな。瀬部殺しのときに、あのデカ――賀名生警部だっけ、連中がこの家の刃物類はチェックしたろうし、いくらぬぐったって今の鑑識技術にかかりゃ一発なんだろう?」

「おそらくはな」

こっちを見た彼に、おれは同意してみせた。ついでにベンチジン反応による血液鑑定の実際から、おなじみのルミノール試薬の正式名が3アミノ・フタール酸ヒドラジッドであり、最新のY染色体検出法に至るウンチクを傾けようかとも思ったが、自重しておいた。

「とにかく」堂埜はしんぼう強く言った。「瀬部が殺られた前でもあとでもいい。とりあえず、あの庖丁が見えなくなったのはいつか、それを割り出そうじゃないか」

まことにもっともな提案というべきだった。だが、どうだ？　とばかり見渡す堂埜に、「さあ……」と、おれを含めた残る全員はいっせいに小首をかしげてみせるほかなかった。それもまた、もっともな話ではあった。

京都に学生下宿も数ある中で、古雅な味わい（プラス老朽ぶり）と並んで泥濘荘が誇れるものに自炊設備がある。もとが病院だけに、ご覧の家主を始めそろっていないものはない。とはいえ、使うのはわずかな鍋や皿、お椀だけで、数ある庖丁を活用する腕など皆無ときては、一挺や二挺消えようが気づかないのも当然だった。

会長のせっかくの音頭取りが、昨今のわれらが編集会議もかくやという不毛な結果に終わろうとしたときだった。

「このザマじゃどうしようもないな」

野木がとげとげした口調で、はや冷めかかった鍋を囲む顔をながめ回した。彼としては全く異例の、この阿呆面どもめとでも言わんばかりの表情だった。

「どうだろ、ひとつ逆にチャンスの方から煮詰めてみないか」

「――てえと？」

ややあって、蟻川がいぶかしげに顔を上げた。いや彼だけではない、誰もがその意味と挑みかかるような態度を解しかねて、ぼんやりと野木を見返した。

曖昧な視線の束を受けた彼は、さらに気負ったような表情を浮かべて、

「つまりさ、庖丁がいつからなくなったか、不確かな記憶の匣《はこ》をひっくり返すのはこのへんにして、いつ、誰なら凶器を持ち出し可能だったか、それを挙げていこうっていうのさ」

「しかし、それは……」

堂埜がけげんな顔をしたのも無理はなかった。そんなことを始めた日にはキリがない。それどころか何十何日前、たまたま闖入《ちんにゅう》できたかもしれない空き巣狙いまで、容疑者に含めることにもなりかねないではないか。

「わかってる」野木は先回りするように、せかせかと手を振ってみせた。「そう大昔にはさかのぼりやしない。まあ、安心してくれ」

(誰が心配するかい!)

おれは小藤田の亡魂でものりうつったように、古典的ツッコミをつぶやいた。野木は続けて、

「おれが問題にしたいのは二十三日の、それもせいぜい何時間かさ。あの朝、錆田の死体が吊り下げられてるのが見つかってからというもの、荘内は千客万来の大騒ぎだったよな」

「ひどい言い方だな。まあいい、それで?」

堂埜はさすがに不快そうに馬面をしかめ、いつもは穏やかな目を細めた。

「おれはあの日こそ、犯人にとってチャンスだったと思うんだ。柳刃庖丁だっけ、凶器を手に入れるには唯一無二と言っていい、ね」

「唯一無二ってこたないだろう」蟻川が口をとがらせた。「千客万来なら、かえって盗みにくい理屈じゃないか。出入りに取りまぎれて、持ち出しに成功したとでも言いたいんだろうが……」

すると野木はふっと鼻を鳴らして、

「まぁそのセンもあるな。けど、おれもそこまで漠然とした推測で、ものを言いはしない。言

いたいのは、もう少し庖丁入手の時点とそれが可能だった者を限定できるってことだよ」

「と、いうと……?」

その自信ありげな口調には、おれも身を乗り出さざるを得なかった。野木は、だがいっそういらいらと早口に、

「だから……どうして、みんな気づかないのかね。絶好のチャンスが、ここがまるきり無人になったときがあったってことを」

一気に言い終えると、気をもたせるつもりか少し間をおいた。彼は軽く息を継いで、

「あの〝検屍法廷〟さ。あの前後、別に最中でもいいが、流しに近づけた人間なら、誰でも疑わしいって言えるわけだよな」

「や、そやけども」おれは口をはさんだ。「何も、あのときとは限らんだろう。あの前日、いや一週間前だってかまわないわけだ。誰もいつから庖丁を見なくなったか覚えてないんやから。盗まれたのが仮にあの日だとしても、診察室での話し合いまで機会はたっぷりあったはずだ。時間も、人の出入りの多さからしても」

「い、言ってやろうか」野木はこわばった笑いを浮かべた。「おれは——おれは見たんだ。流し台の中にあの庖丁がきちんと収まっているのを、堂埜と警察に行く前にな」

「なぜ、今まで、それを……」

野木は、ざわめきとともに向けられる非難がましい視線を払いのけるように、

「待てよ。文句言われる筋合いはないぜ。ブツがいつまで流しの中にあったか、そう訊かれた

んならともかく、みんなはいつからなくなったかしか、問題にしてなかったじゃないか」

とんだ詭弁《きべん》に、おれたちは唖然とするほかはなかった。と二、三拍遅れて堂埜が、

「……なるほど」

（アホな、何がなるほどだ）おれはムカッ腹を立てたが、といってとっさには野木の言い草を打ち負かす言葉も出てこない。そこへ、

「ふん、ま、その屁理屈は聞いてやるとして」

蟻川がぎょろりとむいた眼の上で、極太眉を小刻みに動かした。ここはやはり毒舌の総元締、皮肉の大真打ちの登場を願わなければならなかった。

「また妙なときに、流しをのぞきたくなったもんだな。貴様も庖丁が要る用事があったのか。ははん、大方は首吊り騒ぎにビクついてのこったな。どうだった、独りこっそり盗み酒の味は？　あそこにゃせいぜい料理酒か味醂《みりん》しかなかったろうが、庖丁やシャモジの林をかき分けてありつくのも、また格別だったろうよ」

（そう、確かにあの奥には……）おれは思い当たる事実に膝を打ち、舌打ちした。全く、酒飲みとはどうしようもない生き物だ！

「その分だと、お前も覚えがあるらしいな」

野木は切り返したが、しょせんは善人、ややひるんだ感じは否めぬまま続けた。

「と、とにかく、おれと堂埜が警察に出頭する前のあの時点では、まだ凶器は犯人に渡っていなかった。これはまちがいない事実なんだ。そしてここに戻ってまもなく、瀬部がその庖丁で

殺されたってことは……」

その瞬間、野木らしくもない荒れすさんだ態度が透けて見えた。庖丁の件に気づいたときから、彼は大急ぎで城壁を築き、必死でアピールしようとしたのだ。

凶器は自分のいない間に犯人の手に渡った。というからには自分は無実であり、あの輪舞から逃れられるのだ、と。

(そして何より、瀕死の須藤が突きつけた、あの指先から)

だが、そんなはかないあがきは、まもなくこっぱみじんに打ち砕かれる運命にあった。――数秒の沈黙後、蟻川はやや肩をそびやかすように、口を開いた。

「で、貴様は戻ってから、も一度盗み酒をやらかしたのか」

「ああ？　いや、まさか」

野木が意表をつかれたように眼鏡の奥で目を見開く。蟻川は歪めた口の端からピアノの鍵盤みたいな歯並みをのぞかせた。

「そいじゃ、貴様の不在中に庖丁がなくなってたか、つまり犯人の手に渡ったかどうかは、貴様自身、確言できねぇわけだ。あきれたもんだよ、全く」

「そ、それは――いや、しかし」

野木は弱々しく反駁しかけ、結局黙り込んでしまった。付け焼刃の悪党面が伏せた顔から剝げ落ちるのが、目に見えるようだった。

おれたちはいたたまれぬ気分で尻をモゾつかせた。蟻川の性格から、しばし彼に対する執拗

にして酷薄な追撃が続くと踏んだからだ。だが予想に反し、蟻川は真顔になると、

「ま、だが考えてみれば貴様の発想も悪かないな。何より凶器のアリバイを証言してくれた貴重さは変わらない。たとえ、その後の論理が穴だらけだったにしろ。

そう、確かにチャンスは絞られた。検屍法廷の少し前から、瀬部殺しまで……となれば容疑者の範囲にも枠がはめられるわけだよな。ここらで、自分が殺人者と言われたくない、といって周りの誰も犯人にはしたくないなんてのはよそうじゃないか。そして覚悟しようや、どんな名を出さなくちゃならないとしても」

「で、お前の言いたいのは、早い話が――」

堂埜がのろのろと言い、そのあとを野木が早口で続けた。

「誰のことが言いたいんだよ」

蟻川は、二人の顔をゆっくりと見比べていたが、だしぬけにおれを指さすと、

「たとえば、あんときわざわざ泥濘荘に駆けつけてお茶のサービスを買って出てくれた、ここなる推理作家先生の恋人……」

「お、おいっ！」

思わずおれは声を荒らげた。彼女を引き合いに出すとは、いかに何でも許せない。おれはかの奇想驚くべき郷士がドゥルシネーア姫を侮辱されたときにも負けない勢いで立ち上がった。

「何の悪ふざけや。省子――いや堀場君の名を、よりによってこんなときに出すなんて。取り消せ、今すぐ」

だが憤怒が今いち迫力に欠けたのか、ほかに呼応するものがなかったせいか、彼は意にも介さず、放言を続けるのだった。

「まあ待てよ。単に可能性の問題じゃないか。それにリストアップはすんじゃいない。あまり自発的じゃなかったが、同じく接待に努めてくれた乾美樹君、それにもう一人……」

「おいっ！」

とたんに残る全員が、文字通り椅子を蹴って立ち上がった。

「ハ……ン、いいザマだな、全く」

蟻川は一瞬顔を見合わせ、きまり悪そうに着席し直す仲間たちに冷笑を浴びせると、

「どうしていけないのかね、水松み・さ・と、この名前を口に出すのが。そうしてムキになること自体、彼女たちが裏側でおれたちを面白いように結びつけてる証拠じゃないかい。ま、作家先生とそのパートナーは別だとしても。彼女らはここを熟知してるんだぜ。どこに何がどうなってるか、何度もの訪問を通してね。それが事件を境にすっかりお見限りなのはともかく、われわれまでもが存在を忘れることはないだろう。つまり、おれの言いたいのは」

蟻川は軽く指を鳴らした。

「女の子たち、とりわけ公認の恋人が殺された水松みさとを抜きにした推理談議なんて、およそ意味がないってことさ。むろん、犯人でもありうるって観点も含めてね」

どこまで本気かつかみきれないまま、われわれが次の言葉を待った——そのとき。ぽっかり開いた空隙を縫うように、今ひとつの声が割って入った。これまで無視につぐ無視に耐えてき

た第五の発言者——それは片隅のラジオだった。

〈さる二十三日、何者かに誘拐されて以来、行方がわからなくなっていた十九歳のD＊＊大生が、四十数時間ぶりに大阪府警の手で保護されました。この女子大生は京都市内の学生マンションに住む、水松みさとさんで……〉

蟻川がゲッとのどを鳴らし、ついで全員が「七年目の浮気」のリチャード・シャーマン氏よろしくグキキと音をたてつつ音源の方へ首をねじ向けた。

〈水松さんは二日前の夕、帰省途中に拉致《らち》されたもので、大阪市内の両親宅に一千万円を要求する電話がかかっており、警察では身代金目的とみて捜査しています。水松さんは元気で……また水松さんは……水松さんは……〉

連呼を遠くに聞きながら、われわれは針穴写真機《ピンホール・カメラ》でもブレの心配がないほどの硬直状態にあった。『Yの悲劇』の終章「全世界が活動を停止したように思われた」というあれだ。

〈誘拐？　水松みさとが！〉おれは真っ白な頭で考えていた。〈何のことだ、別の話が綴じ違ったのとちがうのか〉

「何てこった」野木がこらえきれぬように沈黙を破った。「誰が犯人だってこともありうるって？　何かい、誘拐先から水松君が、殺人現場にご出張してたとでも言うのか？」

彼は翻訳調で言うなら、ニガヨモギでも嚙みしめたような顔で吐き棄てるのだった。

「そっちこそ、いいザマじゃなかったか。だいたい、女の子にどうやって鋳田を吊り上げられるんだ。乾君あたりなら可能かもしれんがね。今の今まで、おれはお前にささやかな敬意を表してきたんだぜ。われわれの中で、一番理論に長けた男だと――それがどうだ！」

おれはヒヤリと首をすくめた。剣幕に恐れ入ったのではなく、門前に自動車教習所の安全講習に使えそうな急ブレーキが鳴り響いたからだった。

次いで玄関を開けたてし、ズカズカと駆け上がる足音が続いた。だが野木はいっかな意に介さず、勝ち誇った口舌を続けた。ヌッと現われた《ヒース部長刑事》とその配下が、ずらり自分の背後に居並んだのにも気づきさえせずに。

「あんまりな笑劇《ファルス》じゃないか。蟻川、お前ともあろう男がだよ……」

――野木勇君やね。

聞きなれたダミ声が、地鳴りのごとく轟いた。

「――！」

ふりむいた野木の顔は、まるで眼鏡に落雷でも喰らったようだった。《ヒース部長刑事》は、いとおごそかに続けた。

――海淵武範君ほか、四名の殺害につきお訊きしたい件があるので、ご同行願います……ま、早い話が重要参考人ちゅう奴ちゃ。

爆弾宣言が終わるが早いか、刑事aとeが野木の腕を左右から抱えこむ。続く加勢が彼の体を床上五十センチに持ち上げるまで、まさに息をのむ間もなかった。

《ヒース部長》が壊れた汽笛みたいな指笛を鳴らすのを合図に、生贄《いけにえ》を乗せた一団はみるみる廊下を駆け去っていった。ただ野木の悲鳴だけが、長く尾を引いた。

「たったっ、助けて……離してくれぇッ」

一場の狂騒劇のあとは、石灰に水を打ったような静寂だけがあった。その中で、ラジオだけが何かに追い立てられるようにしゃべり続けていた。

〈さきほどの女子大生誘拐事件について引き続きお伝えいたします。捜査本部は今夕、報道協定の解除を申し入れましたが、これは被害者の身柄を確保したのにもとづくもので、同時に一部過激派学生の資金目当ての犯行である公算が大きいとみていることを明らかに――〉

部下たちに続いて返しかけたきびすをそのまま、放送に聴き入っていた《ヒース部長》は、破顔一笑《はがんいっしょう》しながらラジオを指さすと、

――これが片づかんうちは、大阪府警とのかねあいで君らに手が出せんでな。うかつにふん縛って、人質に何ぞあったらエラいこっちゃろ？　水松嬢はここからの帰途にさらわれたもんで、こっちの殺しとの関連が心配されたんや。なぁに、じきに帰ってこれるわいな、君らの中に真犯人がおりさえすれば。

化石したように立ちつくすおれたちをあとに、しだいに足音が遠ざかった。巨体相応のそれがふととだえたかと思うと、破れ鐘《われがね》のような声が、

――ほな、さいなら。

第十一章　密偵《いぬ》には鞭を惜しむなかれ

【大阪】二十三日夕、大阪市住吉区帝塚山南《すみよしてづかやまみなみ》、会社役員水松保《たもつ》さん(五三)の長女でD＊＊大学一年みさとさん(一九)が京都市×京区の友人宅から帰省途中、誘拐され、同夜自宅に一千万円を要求する電話があった。大阪府警捜査一課と住吉署は身代金目的の誘拐事件として捜査本部（本部長・綾川竜哉《あやかわたつや》刑事部長）を設置、極秘に捜査していたところ、二十五日午後三時みさとさんを発見、無事保護した。

捜査本部の調べによると、みさとさんは京都市内の女子学生専用マンションに住んでおり、二十三日昼前、女友達らとともに下宿館に学内のサークル仲間を訪ねた。午後四時ごろそこを出、「マンションの方には戻らず、直接自宅に帰る」旨、家人に電話連絡してきた。ところが、六時半すぎ、自宅に男の声で「お嬢さんを預かっている。明日昼までに一千万円を用意し指示を待て」と電話がかかり、わずか一、二分で切れた。母英子さんが一一〇番、住吉署員らが極秘に捜査を始めた。……

明けて二十六日付の新聞は、これ以上ないという大見出しの下を写真とこまごました活字で

埋めていた。一方ブラウン管では、安っぽいコメンテイターが深刻面を突きあわせて、

〈えーそれで、ご両親は大至急、身代金の用意にかかられまして、二十四日の正午前には要求の金額を調達できたわけなんです〉

〈その間の親御さんの心労というのは、大変なものでしたでしょうねえ〉

〈はい。で、このあと捜査陣の待機のもとで、続く犯人の指示を待ったわけなんです〉

〈身代金の受け渡しというのは、犯人逮捕の絶好のチャンスですからねえ〉

〈ところが、この日はとうとう犯人からの連絡はありませんで、関係者の焦躁のうちに翌二十五日……〉

かと思えば、こんな囲み記事もあった。

《誘拐ドキュメント／25日》

13：30　みさとさんの声で自宅に電話。「用意した現金を持ち、近鉄難波《なんば》駅東改札口に面した大階段に来て」と涙声で。

14：00　現場に急行した捜査員に「水松みさとさんのお連れの方、地下鉄駅長室までおいで下さい。お電話がかかっております」と呼び出し放送。みさとさんらしい女性の声が「そのまま地下鉄で淀屋橋に向かい、二時十五分発京阪特急の三両目前部乗降口から乗

り込んですぐ右の、ドアわきで待つ」旨、犯人の指示を伝えて切れる。
14：12　捜査員、地下鉄御《み》堂筋《どうすじ》線経由で淀屋橋着。京阪電鉄線に乗り換え。
14：15　京阪特急、淀屋橋駅発車。

「へ、ヘエックショ……おっとっと」

おれはあわてて口を押えた。せっかくの資料が吹っ飛んじまっちゃ元も子もない。だがその拍子に、切り抜きかけた記事がかんじんのところでちょん切れてしまった。

「しまった」とつぶやいたとたん、引っこめたはずのクシャミが机の上を吹き荒れた。百メートル先にも届きそうな大音響は、しかし建物全体を覆う沈黙の中に吸い込まれていった。

もはや、泥濘荘は幽霊屋敷。遠くで扉が開き、床が軋み、確かに自分以外の何ものかが息をひそめているのはわかるのだが、ふりかえってみれば人影のかけらすらない。ドアは視野の片隅でばたりと閉じ、足音はやむ。

ため息まじり、ペンを取り直す。キザでも何でもなく、おれにはもう書くことしかなかった。これまでわれわれに起こり、おれが知った全てを。

今〝編纂〟しようとしているのは、誘拐事件の身代金授受から人質みさと君の帰還に至る、ある夕刊紙の表現を借りるなら「黒澤映画もどきの犯行」*のくだりだ。

おれは切り違えた記事の残りを探そうとかがんだが、みごとに錯乱した紙屑の前には、舌打ちあるのみだった。しかたがない、続きは作家的潤色でまとめよう。

この手の事件は「誘拐のデス・パズル」というのを一篇書いたきりなので、うまくいったらおなぐさみだが……。


——その私服警官が淀屋橋駅の地下階段を駆け下りていったとき、指定の京阪特急はすでにマンダリン・オレンジとカーマイン・レッドの車体をホームに横づけにしていた。

その鮮麗な色彩にしてからが、彼と同行の仲間たちをひどくいらだたせた。むろん正念場はここからなのだが、こう手ひどく引きずり回された果てとあっては無理もなかった。

全てが後手に回っていた。逆探知しようにも自宅への電話はいずれも短すぎ、駅長室へのは手配自体ができなかった。わざわざ近鉄の名を挙げたのも、判断を分散させるためだろう。全くうまうまとハメられたものだ。

近鉄難波は奈良・伊勢志摩・名古屋各方面への基点であり、階段の上には地下鉄三線と南海線に通じる地下街が延びている。そんなことは百も承知だが、いかんせん犯人の要求は性急すぎた。まして出発までのわずかな間、いや走行中を加えても、延長四十九・二キロの京阪本線沿いに捜査網を敷くのは不可能だった。

(行くぞ……)

重苦しい思いを抱え、彼は同僚たちに目で合図すると、三番目の車両に乗り込んだ。

京阪特急は全席二人掛けのロマンスシート。乗降ドア直近のシート前には腰高の衝立があり、指示通りの場所にいようとすれば、自然この前に立つことになった。衝立は補助席を兼ね、跳ね上がった状態の腰掛け板を九〇度引き下ろせばいい仕掛けだが、今はとても安閑と腰を下ろす心境にはなれなかった。もっとも、もしその気になったとしても、

［ただ今　補助いすは使えません］

今はこんな表示が赤く点灯している。無理に出そうとしても、何か突起らしいものが邪魔して駄目だ。いや試すまでもない、二枚の腰掛け板の間にはめられたプレートに、こうあるではないか。

補助いすは京橋―七条間でご利用下さい。
ただし混雑時は使えません。

特急は淀屋橋を出たあと北浜《きたはま》、天満橋《てんまばし》、地上に出て京橋《きょうばし》と各駅に停まり、三十二の駅をぶっ飛ばして七条に停車、一駅おいて鴨川の流れに沿いつつ四条、そして三条に至る。所要時間四十八分。そして終点から大阪へと折り返すのだが、そのノンストップ区間だけ、余分に席を提供しましょうというわけだ。

出発の電子音が高らかに鳴りわたり、ひどく冷酷な響きとともに乗降扉が閉じられた。定刻通りの出発――京都・三条行き特急Ａ一四〇二Ｓ列車は地下軌道を静かにすべり出した。

（さて、と）私服警官はわざと軽くつぶやいた。

まず最初に考えつくのは、犯人からの接触があるとすれば淀屋橋─京橋間か七条─三条間、おそらくは前者だろうということだ。時間がたてばたつほど、犯人の立場は悪くなるからである。まして京橋─七条間の約三十六分間、密閉された空間を刑事とともに過ごすほどの勇者でも阿呆でもあるわけはなかった。

北浜、天満橋――ドアは開き、そしてむなしく閉じた。

北浜を除き大阪側で開閉するのは、淀屋橋と同じく彼の立つ左側のドアだ。すきを狙って金を奪い、ホームに逃げるには格好の位置である。だが、阿呆でも勇者でもない犯人が、そこまで救いようのない自信過剰家だとは考えにくかった。

とすると、やはり――私服警官の中で、ある確信が生まれつつあった。

天満橋発後約一分、ほの白い外光の下に出た列車は高架軌道へと駆け上がり、やがて地上四階の高さに複々線を収容した京橋駅へと入線した。

ここでの乗客はかなりあった。だが、やはり昼過ぎのことで空席が目立つ状況に大して変化はないまま、ドアはまたしても非情な歯擦音を鳴らして口を閉じた。

いよいよ、特急はノンストップ区間に入った。もはや犯人の手のうちは読めた。今や古典的パターンと言っていい、幾多の刑事ドラマで蒸し返されてきたあの手口――列車の窓からの身代金投下だ。

やがて指示が来るだろう。今しっかりと抱えこんでいる、万札の束十個を重しにくるんだ紙包み。そいつをどこそこ地点で窓から投げ捨てろ、と……。

いや待った。ここは高架、中途で待ち受けて金を拾ったとしても、おいそれと逃げられはしない。しかも列車が走っているのは、四つ並行した軌道のうち左から二番目。通過駅のホームは両端にあり、そこへ金を投げさせるつもりだとしたら、またまた先方のお脳の程度を疑わなければならないではないか。

第一、投下地点の指示はどうやって？　むろん列車無線はあるが、犯人がそれに割り込むことは容易ではあるまい。

思案する背後で、プシューッと圧搾空気のような音が響いた。続いてアナウンスが、

「ご案内いたします。ただ今から補助椅子が使用できますので、ご利用下さい」

振り返ると、衝立の赤色灯が消えている。空席だらけの車内で、わざわざ補助席のところにいるのすら不自然なのに、突っ立ったままというのは奇異の感をまぬがれない。

知覚の九割九分をほかに向けながら、彼は補助椅子を引き出し、腰を下ろした。残るはたった一％。だが、それでも犯人からのメッセージの存在を感じ取るのには十分だった。

（………？）

奇妙な感触に、彼は尻を浮かした。そして、ふと視線を向けた腰掛け板に見出したもの——それは、一通の白い封筒だった。

顔を緊張にこわばらせるより早く、荒々しく封を切っていた。付着指紋を汚損しないようにと注意するのがせいぜいだった。

そのまま進行方向左、窓側の座席を確保し、窓を開けて待機せよ。当方が青いハンカチを振って合図するのに気づいたら、通過時ただちに金を投下すること。

その一行一行に視線を走らせる間、彼はその紙切れを粉々に引き破りたい衝動と闘わなければならなかった。だが、従うほかはない。犯人がガイシャに代筆させたらしい丸っこい少女文字が、いっそう屈辱感を高めた。

――まさか京阪特急名物の「電空式補助椅子」が、手品の種に使われようとは！

いや、それより京阪が誇るのは私鉄最長の高架複々線だが、それも萱島《かやしま》で尽きる。そのあとレールは地上に下り、三条方面行き列車は全て左側を走ることになる。そのまた左は――空間だ。郊外の市街と田園が広々と、手に取れる近さにあるのだ。

彼は待ち続けた。およそ適温とは申しかねる烈風に顔をさらし、犯人のサインを探し求めた。そして萱島―寝屋川《ねやがわ》市と過ぎてまもなく、眼前に小高い枯れ草の斜面が流れ始めたとき、刑事の眼はしっかりととらえた――斜面に立つ人影を、その手に振られるハンカチの青さを！

彼はせいいっぱい身を乗り出すと、ありったけの憎しみをこめたロングパスを送った。転がるバッグ、駆け寄る人影、風に騒ぐ黄色い斜面……それら一切が、ゆるやかなカーブにつれてあざやかに構図を変えながら、遠ざかっていった。時に、午後二時三十分。

そのあと彼は、考え得る最善を尽くした。ただ列車を停めること、せめてこの疾駆する密室を脱出することを除いて。

だが、その願いがかなったとき待っていたのは、京のみやこの同業者たちによる好奇と憐憫《れんびん》の視線だった。
そんな視線をはねのけながら、彼は大阪へ折り返すべく本部の指示を受けようとした。
だが、緊急連絡があったという知らせとともに、彼がこんな走り書きを握らされたのは、それから間もなくのことだった。

「被害者身柄　淀屋橋で保護した
15時23分　京阪特急車内で」

×　　×

午後三時二十三分、淀屋橋駅に到着した特急列車に、他の乗客の下車後も薬物による朦《もう》朧《ろう》状態で残っている若い女性を発見、車内整理の係員の通報で同署員が質問したところ、みさとさんとわかり保護した。同特急は二時三十七分発で、犯人は身代金奪取のあと、京都側で待機する仲間に被害者を解放し列車に乗せるよう連絡したらしい。府警ではかなりの組織力をもつとみて、学内の過激学生集団・××派の動きに注目している。一方みさとさんは「二十三日午後五―六時ごろ、自宅に帰るため乗った阪急京都線で、大阪に近づいた前後から記憶がない」と言っており……

（あざやかな手並みだ、いささかオリジナリティに欠ける点は別にして……）

拾い上げた切り抜きの一枚を手に、おれはわけ知り顔でつぶやいた。と、そのときだった。ガンガラガンのガン、ブリキの空バケツを柄杓で引っかき回すような音が——いや、ようなというのは正確じゃない、まさにその通りの騒音が階段の辺から鳴り響いてきた。おれは誘拐報道の小山を押しやると、腰を上げた。

季節も調子も外れた祭りの鉦《かね》の音は、しかしなおも鳴り続ける。その合間をぬうように、堂埜の胴間声が廊下を渡っていった。ほらガンガラガンのガンガンガン、

「メ、シ、だ、ぞォー……」

三分後、堂埜は妙に白々しいキッチンの灯りの下、シャモジ片手に鍋のフタを持ち上げていた。そのとたん、立ち昇る湯気が、食卓を囲むフヌケ面をくすぐったく撫でた。

ちょいと時刻のズレた昼餉《ひるげ》のお献立は雑炊、どこのご家庭でも鍋モノの翌日はそうであるように……。

今や洛中洛外に悪名を轟かせつつある殺人名所で、外食も出前もとりにくいわれわれとしては、冷や飯にダシの残り（どっちも堂埜が厳重に保管していた）をぶっかけて出されても文句の言えた筋ではなかった。

「警察じゃ、××派が水松君誘拐の実行犯だとにらんでるようやな」

会長手ずから取り分ける茶碗を受け取りながら、おれはぼそりと言った。

「むろん、それなりの根拠があってやろうが……おれにはどうも、あの〝学生運動風俗保存会〟に、そんな度胸があったとは思えなくてな」

「全くだ」蟻川は一口二口を味わい、ついで歯をむき出して笑った。「わからねぇよ、ポリどもの考えることは。それ以上にわからねぇのは、何でまた野木を引っ張っていったかってことさ。新聞も何も、誘拐ネタばっかりで、何がどうなっているのやら」

「そう、フーッ、それが問題なんだ。フーッ」

アツアツの雑炊にせわしなく息を吹きかけながら、おれはうなずいてみせた。ここで同じ鍋をつついていた昨夕、展開された一場の不条理劇には、まだ何の解決もついていなかった。

蟻川は黙々と口を動かす堂埜にちらと視線を走らせると、

「会長、どうするね。これを正式の議題とする動議が出かかってるようですが？」

「勝手にせい」堂埜は黙々と箸を動かしながら、顔すら上げようとしなかった。「……おかわりがほしいとき以外は、オレに声をかけんでくれんか」

蟻川は「これだもんなぁ」と大仰に会長を指さしてみせたが、やがて真顔に戻ると、

「今、検屍法廷のことを思い出してたんだが、確か野木は、錆田が望楼に吊り下げられた時間、仲間の誰にも会ってないんだっけな」

「そう、そやった」

茶碗を忙しく口と往復し、同意しながら、おれはインディアン島の招待客より悲惨な境遇に嘆息せずにはいられなかった。殺ったのは誰、次の標的はという不安に加え、こんなことにま

でアタマを悩まさなければならないなんて。蟻川は続けて、

「しかも、野木は帰ってきたときには、瀬部・小藤田の被害者コンビといっしょだった。偶然？　たぶんそうだろう。だが何かがあったかもしれん。おれがポリなら、そこを突くね」

「しかし、たったそれだけのことでか」おれはあえぐように言った。「考えられん」

「たったそれだけのことならばな、十沼」蟻川は、おれを見すえた。「鋳田の首吊り死体の下に貴様を引きずり出したとき、奴は小藤田を伴っていた。そうだったな？」

「ああ」おれはうなずいた。「あのときの野木にとってだ、たぶん開けっ放しだった小藤田の部屋に駆け入って、枕に毒針をセットすることは、そう難しくはなかったろう――あくまで臆測にすぎないがね」

「まさに臆測だな」

沈黙を守っていた堂埜が、吐き棄てるように言った。思いがけない方から投げつけられた言葉に、おれたちは同時にふりかえった。

「そんな臆測でいいのなら、いくらでもあるだろうが。それも、もっと致命的なのが」

堂埜は、かろうじて怒りをこらえているかのように半ばうつむいたまま、

「指紋だよ。野木は度胸づけの隠れ酒を取り出すとき、柳刃庖丁に手を触れてしまったんじゃなかったか」

え？　と聞き返す蟻川に、彼は続けて、

「え？　じゃない。これは蟻川、お前が言ったことじゃろう。酒を取り出すために庖丁やらを

かき分けて、とか何とか……。野木に『お前も隠れ飲みの覚えがあるんだろう』なんてやり返されてたが、もし彼が庖丁に手を触れず、そしてもし、お前の指紋が残ってでもいたら、今ごろどうなっていたじゃろうなあ？」

誰もがしだいに表情をこわばらせていった。だとすれば、野木が必死に築いた城壁の礎石の中にこそ、牢獄への踏み台が混じっていたことになる。

いや、それよりみなの心をとらえていたのはこんな疑惑だったろう。——野木のかわりに蟻川、いや自分が容疑者として引っくくられたとしても、こんな風にみんなして、その当然であるゆえんを並べたてるのだろうか？

「むろんこりゃ臆測だ。臆測以外の何ものでもない。だが、これだけは言っとく。おれは仲間を犯人扱いするのは気に入らん。まして、警察の意図を推し量るような顔をして疑うネタを漁ったりするのはな。いいか、ほかの殺しはどうあれ、奴はどう転んでも〈彗星3号〉へ加宮を刺しには行けっこないんだぞ。おれたち自身がそうであるのと同様に」

「……そう、行けっこねぇな」

ややあって、蟻川は平然と言葉を押し返した。一瞬その面を覆った狼狽は、もうどこにも見られなかった。

「で、どうして野木が〈彗星3号〉に乗りこむ必要があるんだい」

どういうことだ？　思わず声をあげようとしたときだった。おれの中で何かが一つの固有名詞をささやきかけてきた——××派。

××派、水松みさと誘拐犯と目される学内過激学生集団。だが、そう報じられる前に、その名前が出はしなかったか？

そうだ、診察室で順番に取り調べを受けた際、加宮がらみの話題として賀名生警部が持ち出したんだ。奴が連中とかかわりすぎたあげく、金の持ち逃げか何かをやらかしたとか……。

（待てよ）おれはつぶやいた。（野木を引っくくるとき、警部は言ってたな。「海淵武範君、ほか四名の殺害について訊きたいことが……」妙やないか。1＋4＝5、転がった死体はしめて六つ、あとの一つはどこへ――そや！）

「そうさ……みんなも、やっと気づいたらしいな」

蟻川は、われわれの顔を順々にパンしていった。

「ポリどもは、加宮殺しを切り離して考えることにしたのさ。あの名言〝困難は分割せよ〟に従ったのかどうかは知らんがな。で、分割してどこへくっつけたかといえば――」

「水松みさと誘拐事件か！」

おれはひざを打った。蟻川はうなずいて、

「さよう。ここまで来れば、ポリどもが描いた構図も見えてきやしないか。××派が、必ずしも殺す気はなかったのかもしれないが、報復のため加宮を車中に襲い、ついでに金回りのいい両親を持つらしい彼女を資金稼ぎに誘拐した。――そんな風に読んだんじゃねぇかとな」

なるほど、なるほど……そのときみんなの胸中に浮かんだ言葉をスーパーインポーズしたとすれば、その四文字で一杯になったことだろう。蟻川は間髪を入れず、

「さて、こうして寝台特急殺人事件の方は、会社役員令嬢誘拐事件と合体したわけだ。メデタシ、メデタシ……だが、そうなると、〈彗星3号〉で加宮朋正を殺せない――少なくとも、その往復手段が未解明だからといって、自動的にほかの殺人に関してもノット・ギルティと言えるってな理屈は通らなくなるんだな、不幸にして。もともとこりゃ誰かさんの希望的観測にすぎなかったわけだが。……いずれにせよ、これで振り出しに戻ったってことだ」

堂埜が、ほとんど聞こえないくらいの咳払いをした。おれに蟻川のいささか屈折した真意が見えてきたのは、やっとこのへんからだった。彼は言葉を続けた。

「断わっとくが、おれは仲間――この言葉自体、虫酸《むしず》が走るがね――の中に犯人がいないと信じれるほどのお人好しじゃあない。だが警察がそう決めたからって、そうだったのかと納得するほどバカでもないつもりだ。だからこそ考えずにゃいられねぇんだよ。誰もが犯人でありうる中で、なぜ野木がふん縛られたかを。おれでもなければ会長でも、作家センセイでもなく」

「……そして、オレでもなく」

そのときだった、全く唐突に声がかかったかと思うと、ヌッと頭上から突き出された特大のシャモジが、国生み神話の天《アメ》ノ沼矛《ヌボコ》さながら鍋に着水したのは。唖然とするおれたちの目前で、シャモジはゆうゆうと雑炊をすくい上げ、続いて降臨したドンブリに注ぎこんだ。

「…………?」

おれはゆっくりと頭《こうべ》をめぐらした。やがて視線が行き当たったのは、ドンブリにむしゃぶりついてせわしなく箸を動かす、ひょろりとした風采の男だった。薄色眼鏡の奥でたださえ垂れた目尻をいっそう下げ、ぞろぞろと鼻汁でもすするような音をたてるそいつは――?

「ひ、日疋やないか!」

「貴様、いつの間に……?」

呼ばれた相手は、器の縁から人を小馬鹿にしたような目をのぞかせたが、すぐにまた、雑炊を流しこむのに熱中し始めた。その視線、その態度からして、これが日疋佳景以外の誰でもあるはずはなかった。

一杯を食いつくせば、何の遠慮もなくおかわりをセルフサービス。が、その途中で眼鏡が湯気で曇ったのに気づくと、ようやく日疋はドンブリを置いた。

「……野木が何で引っ張られたか、何だかそんな話題のようだったけど」

シーハシーハと歯を鳴らし、さも神経質そうにレンズをふきながら、やおら口を開いた。

「そう言や、おれんとこにも警察が、海淵が消された晩のことを訊きにきてさ。『あぁたのお友達の野木勇君が、当夜こちらを訪ねて来たと言うてるんだが、ホンマですか』だと。で、答えてやったわけだ。『まちがいありません。十時半少し前にやってきました。下宿近くの店でメシ食って、それから部屋で飲み始めました』てへっ、まるで小学生の作文だね」

(何が〝てへっ〟だ、この馬鹿……)

あの性格と行動に加えて、この長広舌癖。おれたちは露骨にゲンナリした顔をしたが、それを気にするようでは日疋はもはや日疋じゃない。それどころか奴はいっそう調子づいて、

「そうしたら今度は刑事め、『野木氏は〝泥濘荘に戻ったのは午前四時ごろだった〟と言っと

ります。つまり、ここを出たのは三時半見当ちゅうことになりますな?』こっちの顔をうかがうように訊いてきたもんだ。で、おれはキッパリと答えてやった——『いいえ』」

(何だと?)

予想外の言葉が、その場の空気を瞬時に凍りつかせた。いっせいにねじ向けられた視線に、日疋はさらにダメ押しするように、

「『いいえ。野木君が帰ったのは、せいぜい午前二時三十分——にもなってたかどうか。とにかく、凶行時刻の三時には確実にたどり着いていたことはまちがいないと思います』そう言ってやると、なぜだかエラい喜びようでな。おれも人がうれしがるのを見るのは好きだから、ともに手を取り喜びをわかちあった次第なんだが……そうかぁ、あれが拘引《こういん》の決め手になったのかもしれんな」

おれはコケのように、奴の饒舌ぶりをながめていた。あれほどの葛藤と丁々《ちょうちょう》発止《はっし》を経て、やっと解明の緒につこうとした難問に、こうもあっさり答えが出ちまおうとは。それもこんな最低野郎の口から……。

「ま、しかたないよな。訊かれたから答えたまでで、その結果どうなるかは警察の責任さ。しかし不思議な気もするね、この舌先三寸に人ひとりの運命がかかってたかと思うと……」

ヌケヌケと言い終えた奴が再びドンブリを持ち直したときだ。堂埜が抑えた口調で、

「やけにうれしそうだな」

あん? と彼の表情を見やった日疋は、薄色眼鏡をかけ直すと、けげんそうにわれわれの顔

を見渡した。と、レンズの奥で、垂れ目がおびえたように二、三度またたきした。

「どうした、みんな……?」

日疋は、突貫工事でこねあげた追従《ついしょう》笑いを浮かべると、じりじりと後ずさりし始めた。おもむろに立ち上がったおれたちは、そんな彼を囲むように輪を縮めた。

その証言が真実か否か、そして野木が本当に犯人なのかどうかは、この際関係なかった。ただ、どうしても許せないウジ虫が一匹、目の前にいる。確かなことはそれだけだった。

堂埜が山で鍛えた腕をまくり、おれは流しから汚れ水をたたえた大盥《おおだらい》を持ち出した。

「おい、ま、とにかく落ち着いてだな……」

こいつには、なぜ自分が袋だたきにあうのか永久に理解できまい。また食前食後に鉄拳制裁を加えてやったって、根性が直るのは望み薄だ。

にもかかわらず、いや、だからこそ、おれたちは奴をブン殴る必要があった。いうなれば虚しさを嚙みしめつつも使命感に燃えた、これは決起行動だったのである。

「やっちまえ!」蟻川が叫んだ。

おお、と応える声。たちまち始まるドラムの乱打、わき起こる土煙——おっと、これじゃ一昔前のアニメだが、ともかく大乱闘の幕が切って落とされようとした、そのとき。

「こんにちは!」

玄関の方から響いてきた二人分の声が、くすぐったく男たちの気勢をそいだ。へ? と振り上げた拳を止め、日疋の襟首を引っつかんだ手をゆるめる。と、そこへまた、

「みなさーん、いますかぁ……?」

「差し入れを持ってきたんです——けど——も」

今度はやや恐る恐るといった調子で声をかける。おれたちは、そのままの姿勢で首だけを声の方へねじ向け、明るく叫び返した。

「はーいっ!」


三十と数秒後、食堂の戸口にタイプの違いすぎる半身を現わした二人は、言わずと知れた堀場省子と乾美樹だった。

そうさ、どうせほかにここを訪《おとな》う女の子なんているもんか。もう一人は、誘拐事件の事情聴取後の現在、大阪方面で療養中らしいし……。

「あのう……」

驚くよりあきれるより、ただ茫然と世にも不細工な活人画を見つめていた省子は、その中におれの姿を認め、われに返ったようにつぶやいた。一方、美樹はひたすら明るさに一片の翳りも見せず、

「ハイ、みんな元気でしたぁ?」

そして二人が二人とも続く言葉をのみこみ、同じ場所に視線を吸いつけられた。とんだ時の氏神《うじがみ》にほどけた制裁の輪から、日疋がぶざまな格好を披露したからだった。

「あらら……」

二人は同時に、ただし今度はささやくように言った。

実際、それは悲惨な姿だった。とっさに鉄カブトにでもしようとしたのか、日疋はドンブリを三度笠みたいに差し上げたまま立ちつくしていた。

ふと心地悪そうに顔をしかめ、胸元に目をやる。当然の結果として、そこにはこぼれ落ちた雑炊が複雑怪奇な立体地図を描き、うっすら湯気をたてていた。

「アチチチチッ」

初めて気づいたように日疋は叫び、飛び上がった。大あわてでジャケットを脱ぎ捨てると、シャツのボタンに指をかける。だが、なかなかうまくいかない。それどころか、下半身の方までしみてきたような按配だ。

ジタバタと身をよじり、狼狽しきった彼に、おれたちはただただ笑い転げた。これで、さっきの分ばかりか、これまでの無礼の数々をも帳消しにしてやってもいいほどだった。

むろん、これで野木が救われたわけじゃない。だが今はとりあえず、使われぬまま硬直した笑い筋をリハビリする絶好の機会だった。

哄笑の渦は、しかし急速に潮を引き、あとにはまた寒々としたものが漂い始めた。パイ投げならぬ雑炊こぼしのギャグも、今はただ薄汚い痕跡を残すだけだった。

と、省子がその空気を破ろうとするように、

「お、お掃除せんとあかんよね。えと、雑巾は――それから何でしたら、あの」

言いかけるのを、むしろさえぎるように乾美樹が、うなずきながら言い添えた。

「そうそ、お風呂でも沸かしましょうか？　みんなもだけど、特に日疋くん……服も洗濯した方がいいみたいだし、ね？」

　そのとたん、蟻川がガムの噛み滓を吐き出すようにつぶやくのが聞こえた。

「いっそ残り湯といっしょに、排水口に流しちまやあいいんだ」

＊

「はい、だから覚えているのは、大阪へ帰る阪急の車内で、ものすごい眠気に襲われた——そこまでなんです。あと、人ごみの中を誰かに引きずられるように突っ切っていったような記憶はあるんですけれど……」

　小一時間後、おれは、食堂の椅子にぽつねんと腰かけながら、昨晩行なわれた水松みさとの会見を映し出すテレビに、軽く口笛を吹き鳴らしていた。

　あれほど誘拐一色に塗りつぶされながら、今日はその跡形もないブラウン管に、思い出したように再映された彼女の表情やしぐさが、ひどく新鮮に感じられた。

「ずっと薬で眠らされていたみたいで、その合間合間のことは覚えてるんですけど、それも何だか薄暗い、ガレージか倉庫みたいなところに寝かされてるな、ぐらいなことしか……犯人のことですか？　何人もがしゃべってるのがエコーがかかったみたいに重なり合っててわからなかったし、目も焦点が合わなくって影絵を見てるみたいでした」

　苛酷な体験に、さすがにやつれてはいたが、本来の愛くるしさは不変であり、かえって輝きを増したようにさえ思われた。これでバックに金屛風《きんびょうぶ》さえあれば、アイドルタレントの記者会見かと思われたとき、ＯＦＦで入った報道陣の声がそんな空想を破った。

――ということは、男たちはかなりの多人数だった、と？

みさとはうなずいた。「ええ、たぶん」

――声や姿に覚えはありませんでしたか、その男たちに？

〝男たち〟とことさら付け加える意図は明らかだった。拉致された眠り姫の運命やいかにというわけだ。だが彼女の声音には、いかがわしい臆測を断つだけの凜《りん》としたものがあった。

「わかりません、正直言って。第一、男の人ばかりだったかどうかも……でも、絶対に私の知ってる人なんかじゃないと思ってます」

気まずい空気が漂いかけたとき、また別の質問者が妙に気の抜けた声で割って入った。

――犯人グループから解放されたと気づいたとき、まず最初にどうでした？

「最初にですか？　ええっと」彼女は赤くなると、初めて口ごもった。「だから――そのう、おナカが空いて、ほんとに困りました」

どっと笑いが起こり、彼女も小さく笑った。どうだい、このキャラクターは。これでファンになる奴がいてもおかしくないし、一件が片づいたら、どこかのプロダクションから引き合いがあるやもしれん。

らちもないことを考えたときだった。画面がスタジオからに切り替わり、年中半ベソをかいてるようなアナと香典泥棒めいたレポーターが現われた。

どうでもいいコメントを二言三言述べ、次の話題に移ろうとする彼らに先んじてスイッチを切ったとき、背後に人の気配があった。

堀場省子だった。せっかくだから大掃除をやったげると言い張って、おれを部屋から叩き出したわが姫君がわざわざ持参したエプロンを掛け、かたわらに立っていた。

おう、とか何とか答えながらふりむいたおれに、彼女はモップとバケツを提げたまま、

「ほかの人たちは？　あのまま部屋へこもったきりかしら」

「というと？」

おれは聞き返した——初めて見るエプロン姿に一瞬見とれたことなどは毛筋ほども見せずに。

「ついでだから、汚れものを全部出してくださいって、集めて回ったんやけど……」

「そのままドアの向こうに引っこんでしもた、と」

思わずニヤリと笑みがもれた。この手の親切に慣れていないとは哀れな奴らだ。

「ま、許したって。けっこう女性にはシャイな連中が多いから。それとも外へ行ったかかな」

だが彼女はさらに小首をかしげて、

「それが、美樹さんまで見えなくなっちゃって……」

乾美樹が——そうと聞くや、最も安直かつお下劣な想像が胸に浮かんだ。

省子によれば一番あの女のおぼしめしにかなっていたという野木は、むろんここにいない。といって不便に感じるような彼女でもあるまい。

「さあ、どっかで何かしてるのと違うかな。ところで」

おれは話をヤバい方角からUターンさせるべく、ふとわいて出た疑問を口にした。

「肝心のことを訊き忘れてたな。今日は、またどういうわけでここへ――？　や、もちろん、掃除洗濯その他もろもろの出張サービスには感謝あるのみやけれどもね」

それどころか、暗く落ちこむ一方のおれたちにとっては来てくれたことだけで救いだった。あらためて女性という存在の偉大さを思い知った次第だが、そもそもふつうの女の子なら寄り付くはずもない〝戦慄の殺人屋敷《ジ・オールド・ダーク・ハウス》〟に、二人そろってご来訪とは？　省子には一昨日の別れ際、かかわりを避けるため、当分は来ないよう言外に意をこめたつもりなのに……。

「あぁ、それは美樹さんから電話があったんですよ」

省子の答えは、しかし簡単そのものだった。

「そろそろ日干しになって、神経的にも参ってるころだろうから、いっぺんボランティアに行ったげようって……」

本当だろうか、と思った。そんなことを言って、実は――おっと、いやしくも本格ミステリにつらなるものの発想ではないな、これは。

ともあれ、まんまとダシに使われた彼女がかわいそうで、後ろへ回りそっと肩を抱こうとした。と、その刹那、

「ところで、日疋さんはまだお風呂？」

振り向きざま省子が、顔をのぞきこんできた。何もこんなときにあんな奴の名をという不興が顔に出たものか、省子はあわてて付け加えた。

「ほらぁ、早く上がってもらって、お湯を落とさへんと掃除ができないでしょ。だから」

またもや泣かせるセリフ。以前はそこそこ管理されていた風呂も、今はてんでバラバラ、いつ誰が沸かして入ったんだか、ずっと湯を入れ換えてないんだかわからないありさまだ。でなければ、乾美樹嬢の提案とはいえ、みんなが入浴を許すわけはなかった。

いつかも書いたが、奴はしばしばここへ風呂を浴びに来ている。だから美樹の言葉を幸い〝そうだ、そうしよう〟とか何とか、勝手知ったる釜を点けにいったわけだが、いっそ先手を打ってみんなで水風呂にたたきこんでやれば少しは腹の虫もいえたろう。

「どこまでもハタ迷惑な奴やね」おれはとりなすようにニコニコしてみせた。「あいつのことだから、タダやと思て入り放題に入ってるんやろ。何なら急《せ》かしてこようか？」

「いいです、いいです。別にそこまでは……」

手を振りふり、くすりと笑いをもらすのについつられ、こっちも頬の筋肉をゆるめかけた。と、省子はふと微笑みを引っこめて、

「あのう、日疋さんといえば、思ったことがあるんですけど……」

待った待ったと、おれはさえぎって、

「あんな野郎に〝さん〟は要らんよ。日疋佳景、以下敬称略」

「日疋佳景、敬称略」省子は素直に従った。

「ん、よろしい」

おれは鷹揚にうなずいてみせた。まさに爆弾並みの問題提起が始まろうとしているのに、気

づきもせずに。

「さっき教えてもらった話だと、野木さんの逮捕は……」

いきなり物騒な言葉から切り出して度肝を抜くと、彼女は考え考え言葉を続けた。

「二十五日未明のアリバイが否定された――つまり、海淵さん殺しについて虚偽を申し立てたことになってしまったのが悪かったみたいですよね。それは日疋さん、いえ日疋敬称略の証言が全てなわけで……でもそれは、ほんとに真実のものやったのかしら？」

「な、何やて！」

一瞬の間ののち、おれはゲッとのどが鳴りそうになるのをかろうじてこらえた。

「日疋がデタラメの証言で野木を陥れた、とでも……まさか、そんなこと」

そんなこと、考えたこともなかったと言えば嘘になる。むしろ、野木が殺人者だったという苦い事実をのむよりは、日疋の証言こそデタラメだと一蹴する方が楽ではあった。

だが結局、おれたちの天秤は警察権力と同じ側に傾いた。何より、お人好しぞろいのわれわれは、そこまで強烈な悪意をあのニヤケ野郎に見出すことができなかったのだ。

（し、しかし、もし本当にそうやとしたら、奴はいったい何のために、そんな偽証を？）

理由は二つ。これを好機に野木を社会的に抹殺しようとしたか、犠牲者は誰でもいい、無実の人間が逮捕されるのが好都合な立場にあったか――。

だが、われわれの口をついて出たのは、およそ間の抜けた会話だった。

「……それにしても日疋め、いやに遅いな」

「確かに、長風呂すぎますよね」

「それに何だか静かすぎる……ような気がしないでもない、な」

「──でしょう？」

沈黙。

ええい！　おれは意を決し、立ち上がった。こう不安げに見つめられては、もはや腰を上げないわけにはいかなかった。

「ちょ、ちょっとのぞいてくるよ。のぼせて倒れててもいかんしね。……あ、これ、キミはそこで待ってて。ボ、ボク一人で見てくるから」

説得したが無駄だった。ある不吉な予感からか、ぴったりと背中に体をくっつけてきた省子は、そのままかぶりを振るばかりだった。

──ささやかな脱衣室に通じる引き戸を開けたとたん、目前の浴室から漂い出た湯気が、むッと生温かくおれたちの顔をなでた。

かたわらの籠には、着替えの衣類が投げこまれている。雑炊まみれの服の洗濯を当然のように省子の分担にふったあと、乾美樹がその誘引力でもって調達して歩いた代物だ。

（まったく、あの女ときたら……）

苦々しくつぶやいたときだった。われわれをひやりとさせたことには、風呂場の蛇口からしたたる水音が、長く深く尾を引いた。

引き寄せられるように、耳をすませる。……だが、細かな模様の飾りガラスのドアの向こうには、何の異状を感じさせるものもなかった。

異状ばかりか、桶に注がれる水、体を走るタオル、洗い場を流れる湯といった、人がいるなら伝わってくるべき気配もまた感じられなかった。そう、浴槽のかすかなさざ波さえも。

「日疋？」恐る恐る声をかけてみた。「どうだ、湯かげんは……。これ、ひーぴーきッ」

返答はなかった。一瞬の躊躇ののち、ドアの取っ手をつかむ。

「ちょっとようすを見させてもらうよ。悪ふざけのつもりなら承知せんからな。ええか、ほんまに開けるぞ――ほれ！」

かけ声もろとも扉を開けようとして、おれは思わず省子と顔を見合わせた。

「開かないの？」

「ああ、閂が中から下りてる、みたいだ……」

出歯亀《でばがめ》を気にするような男でもあるまいにといぶかりながら、ドアの端に顔を押しつけた。だが、いくらボロ家でも浴室にそうすき間があるわけもない。あきらめて顔を上げかけたとき、ふと腥い臭気が鼻粘膜を殴りつけてきた。

思わず飛びのいた耳の奥で、昔読んだ江戸川乱歩の小説のセリフが鳴り響いた。へへへへへ、血ダ血ダ。懐カシイ血ノ匂イダ……。

「どいて！」

省子から引ったくったモップの柄をガラスにたたきつけると、破れ穴から差し入れた手を痙攣するように閂へのばした。数秒後、おれは内側から押し返してくるいやな感触に耐えながら、扉を開いていた。

「いや、いかん……君は見たらあかん」

背後から首を伸ばそうとする省子を押しとどめ、おれはモップとバケツを手渡した。

「大至急や。みんなを集めてくれ！」

その続きは、かろうじて干からびたのどに押し戻した――〝第七の殺人〟発生だぁ！

＊　この呼称がさす〈列車からの現金投下要求〉はテレビなどに焼き直される一方、現実にも続発した。好例として、一九八四年の〝グリコ・森永犯〟による丸大食品脅迫事件がある。
＊＊　一九八七年五月二十四日、三条―七条の地下化が完了、開通した。それ以前は車窓から鴨川の流れに堤の桜、カップルたちなどを見ることができたが、この物語の季節ではどのみちあとの二つは見られなかったろう。

終章　血の文字を書いたのは誰だ

一瞬思い浮かんだのは、真っ白な闇――濛々《もうもう》たる湯気に何もかもがボンヤリかすんだ殺人現場だった。ロースンやクロフツが描いた〝煙の充満した密室〟の浴室版というわけだ。だが、開け放たれた扉の向こうにあった光景は、そんな予期とは異なっていた。

視界およそ七〇％。つけっぱなしの釜は奇妙な音をたて、浴槽もかなり高温に達しているようだが、もともと冬場は湯気の出が少ない。小学生向け理科読物にあった通りだが、これじゃ生身の人間はおろか、半透明人間ぐらいでも隠れおおせそうにはなかった。

おれは視線をおもむろに足元に向けると、小刻みに震える唇でつぶやいた。

（ま、何はともあれ……省子にこれを見せなくてよかった）

――日疋佳景は、ドアのすぐ手前の床に、うつぶせに倒れていた。折り曲げた左手を胸板の下に敷き、右手は空をつかもうとしたかのように戸口へとさしのべられている。

扉に感じたいやな抵抗は死人自身のものだった。ちょうど扉板のため死角になるあたりで、ただでさえ見通しの悪い飾りガラスを透かしたぐらいではわからないのも無理はなかった。

死骸をぐるっと裏返してみるまでもなく、死因は明らかだった。胸から頸部にかけてジクジクとしみ出した血が、ぬれたタイルを紅く染めていた。刺殺、いや斬殺だ。

だが、斬殺現場は正確にはそこでなく、もう少し奥、浴槽寄りのように思われた。そこから瀕死の状態で這いずってきて、扉の手前で力尽きたらしい。

それが証拠に、浴槽近くから曲がりくねった血の帯が、蛞蝓《なめくじ》の軌跡のように続いていた。

（ナメクジ野郎には、ふさわしい最期や）

つぶやいてしまってから、その冷淡さに驚いた。生まれて二十と二年、自分のことを気弱な善人とのみ思いこんできたのに。

と、風呂釜の沸き口が、ひときわボコボコと鳴り響いた。このままでは空だきになりかねない。そこへ血臭と水蒸気とが入りまじり、これが何とも耐えられなかった。

ええい！　とばかり、おれは靴下を脱ぐと血痕を損なわないよう注意しながら、湯気の立つ凶行現場に足を踏み入れた。《ヒース部長刑事》が文句を言おうと知るものか。どうしてもこの目で確かめておかなければならないことだってあるんだ。

水滴まみれで指紋など残っていそうにないガスコックをひねり、釜の火を消す。そのまま持ち上げた視線がとらえたのは、跳ね上げ式の窓の締まりだった。

やはり、というべきか、取っ手状の掛け金は確実に下りており、窓枠の下端にしっかりはまりこんでいた。

ふりむくと、省子がまだ脱衣室の引き戸の陰から、心配そうな顔をのぞかせている。

「何をしてる、みんなを、早く！」

バタバタと去る足音を聞きながら、おれは息をついた。なぜか猛烈に煙草がほしかった。

……またしても、そしてさらに高純度の密室殺人だ、さよう、密・室・殺・人——えらいもので、数日前まではあれほど愛していた言葉も、今は気だるい響きをもつものでしかなかった。

今回の殺し場に眼目があるとすれば、それはさらに上方にあるというべきだったのだ。

(それにしても)おれはつぶやいた。(もし日疋の死体が、この煮えたぎる湯の中につかっていたらどうなってたやろ。エスカルゴならまだしも、ナメクジ野郎のシチューは……)

おぞましい想像にゾッとして、湯舟からそらせようとした目が、そのまま釘づけになった。

こいつは……こいつは、まさか……?

「おおっと!」

濡れたタイルに足をとられ、危うく熱湯にダイビングしそうになりながらも、おれはその狂気と愚劣の産物をつくづくと見直した。

ULCERA MALIGNA

窓枠の上端と天井の間の壁に、なするように記された真紅の文字——それは中途にある通気口の抓みの上下でブラインドのように開く桟《さん》の上を渡り、さらに右へ続いていた。

何と古色蒼然、しかも、ああ、このメッセージの筆者は赤インクをこの場で調達したときては、百年以上前のフランス製新聞小説《ロマンフィユトン》じゃないか。

そのうちヴィドック捜査局長の出馬を仰がねばならぬかもしれん——賀名生警部にかわって長嘆息したとき、ドヤドヤと騒がしい気配が階段を下りてくるのが聞こえた。しんがりでスカラカ、チャカポコとバケツを打ち鳴らすのは、むろんわが省子である。

あいにくポリバケツとモップでは、堂埜のメシの合図のように音高らかにガンガラガンとは参らない。どうひいき目、いやひいき耳に聞いてもナントカ地獄外道祭文でしかなかったのは残念だが、哀れなマリオネットどもの非常呼集には、むしろ相応というべきだった。

ともあれ、その音に最初に駆けつけたのは堂埜仁志であった。泥濘荘における元祖バケツ・パーカッショニストその人だ。

「十沼、本当か、日疋が……って」

浴室の敷居であやうく踏みとどまった彼は、目前の惨状に息を詰まらせ、開け放たれたドアに片手をついた。が、そのとたん、そのぬれそぼった感触に驚いたのか、あわてて手を引っこめてしまった。続いて、

「やりやがったな！」

蟻川がしわがれた声をもらし、拳を嚙むように口元にあてがった。

それきり、われら三人男は互いの顔と、汚物のように転がる屍《しかばね》を前に黙り込んだ。時間にすれば、ほんの数秒の空白。だが、それが長く感じられたことといったらなかった。

「おい。見ろよ、あそこを……」

言葉を取り戻したのは、蟻川だった。救われた思いで息をつくおれをよそに、彼は不審げに

目を細め、腕をもたげた。そう、あれに気づいたらしい。

「アルファベットみたいだが、あんな落書き、以前にはあったか？」

「まさか……」堂埜が変にぼそぼそした声で駁《ばく》した。「何を抜けたこと言っとる。あんなものが前からあるわけが――」

だが蟻川は、会長の言葉を手でさえぎると、じっと前方に目を凝らしていく。

「U、L、C、E――何かゴチャゴチャ書いてあるな。全部でいくつだ？　一、二、三……」

足元の屍の存在すら忘れたように――いや、あえて忘れようとするかのように指を折り始めた。そんな彼を堂埜は、やや気をのまれたかワンテンポ遅れてどやしつけた。

「馬鹿、そんな数より」堂埜は彼の腕をつかんだ。「字を見ろ……血だ。血で書きおったんだ」

「十、十ぃ……血ぃッ?!」

蟻川はそれきり絶句し、やむを得ず、おれがそのあとを引き継ぐことにした。

「十一、十二、十三――全部で十三文字か」

堂埜は、蒼ざめた額をひとぬぐいすると、おれたちをかえりみた。一語一語区切るように、

「いったい、誰が、こんな、ことを」

「そ、そうとも、誰が、こんな……」

やっとわれに返った蟻川が、いつもの毒気を抜かれ、くりかえした――そのときだった。

「そりゃ犯人でしょうよ」

ぎょっとしてふりかえった戸口に、省子を押しのけるように体を差し入れる乾美樹の姿があ

った。美樹は脱衣室の壁にもたれかかると、とがった視線でおれたちをなで回すように見た。

「日疋さんの死体のほかに、どんな珍しいものが見つかったか知らないけど、何だって同じじゃない――犯人よ、は・ん・に・ん」

冗談めかした口調とは正反対に、その瞳はこう語っているようだった――アンタタチ・ノ・ダレカ。


立て続けのストロボのきらめきが、湯垢に薄汚れかけた浴室のタイルをコンピューターの描くパターンのように浮かび上がらせた。

その合間を右往左往する白衣に作業着、背広姿の間を飛び交《か》う無遠慮な言葉が、狭い空間に跳ね返る。さしずめ、こちらは調子っ外れのシンセサイザーとでもいったところだった。

次いで木っ端役人ども、いや失礼、お上《かみ》の旦那衆はぶつぶつとボヤきながら、日疋の死体をタイルから抱き起こしにかかった。ベリベリという音こそしなかったが、まるで舗道に貼り付いた紙ペラでも引っぺがすような気軽さだった。

おっとと――私服たちの間から、頓狂な声があがった。何気なく持ち上げた河原の石の裏側に、思いがけず醜悪な虫けらを見つけたときみたいな声だ。

故・日疋佳景の胸板は、縦横に走る傷痕に覆われていた。しかし、そんなものに動じる彼らでもあるまい。

関心の対象は、むしろ体の下から現われたものにあった。――死への匍匐《ほふく》前進の途中、あるいはその前に抜け落ちたのかもしれないが、そのまま下敷きになって運ばれてきたらしい品物。鳩首協議ののち、それは注意深く白手袋の指先につまみ上げられ、透明な袋の中に保護された。そして、まもなく哀れな民間人ども——旧・診察室にカン詰めにされたわれわれの鼻先にグイグイと突きつけられたのだった。

——この凶器に見覚えがあるか、えっ？

腹に響くダミ声の主は、むろん《ヒース部長刑事》。突きつけられたのは、またしてもと言うべきか、粘っこい血に彩られた一挺の洋式庖丁だった。

急にそんなことを訊かれても、さて……と腕組みしかけたときだ。間髪を入れず、

「はい」

堂埜の低音が、いつになく朗々と響きわたった。は？　とアングリ口を開ける他の連中を尻目に、彼はまるでゼミの発表当番にあたったときのような調子で、

「その洋庖丁なら、本日の昼食準備時には、確かにもとあった場所に収納されとりました。まちがいありません。ちなみに、その場所とは、食堂の食器棚の左側引き出しの上から三番目で……」

そのとたん、ウププッと蟻川がとんでもない奇声を発した。続いておれは、

「な、なななななな！」

〝何だ〟〝何を〟〝何の〟、そのどれもをいっぺんに言おうとして、おのが唾液を気管に詰まらせてしまい、激しくせきこんだ。一方、堂埜は淡々と続けるのだった。

「……位置的に見て、人がいないときを狙えばもちろん、ほかの調度類の死角をうまく利用しさえすれば、持ち出しは簡単じゃと思います」

予期せぬ応対に、さしもの《ヒース部長》も鍋墨でなすったような眉をひそめざるを得ないようすだったが、やがてエビス様が顔面神経痛にかかったみたいな笑顔を浮かべると、

——む、こら恐れ入った。さすがはわが後輩、しかも会長さんだけのことはあるわい。

「どうも」

会長さんは格別うれしそうでもなく、会釈した。おれたちはあきれて堂埜の長い顔を見つめたが、そこにあるのは、ほろ苦い無表情だけだった。

それにしても、殺しに使われた庖丁の所在をああも即答できるとは、何か予期するものでもあったのだろうか？

堂埜は、かすかに唇をゆがめ、続けた。

「しかし、こうと知ったら、あり場所を確かめるだけじゃなくて、いっそ全部かき集めておくべきでしたよ」

（今の口ぶりではほかの庖丁、いや、およそ凶器になりそうな代物はあるなしを把握してるみたいやったな。だとしたら、いったい何のつもりだろう？）

「いったい何のつもりだ？」蟻川が、おれの思いを代弁した。「貴様、どういうつもりでコソ泥みたいにそんなことを探って回りやがった。警察の手先になったつもりか、ええ？」

だが、堂埜はビクともせず、私服たちをあごで示すと、

「どうせ、こちらの皆さんが動けば、わかることだ。第一、事実はどうにもならんだろう」

そして、いくらか憂鬱まじりに続けた。

「何か起こるたびに、誰があした、何はどこにあった、そしてそれは本当か嘘かなんて探りっこは、もうたくさんなんじゃ」

「しし、しかし、それにしたって、それをわざわざ……」

ようやくせきの発作から解放され、おれは口を入れた。

「ほ、ほな何か、おれたちをずっと監視してたのか？　いつまた何をやらかすか、という疑いのマナコで……」

「そうじゃあない、その逆だ」堂埜はきっぱりと言った。

「ぎゃ、逆だって？」

「そうじゃ。誰の手も汚れてはいないことを証明するためにこそ、事実が必要なんだ。こちらのみなさんがグーの音も出ないようなデータをつかむことだけが、みんなをバカげた騒ぎから解放する手だというのが、オレがたどり着いた結論じゃった。今でもそう信じとるし、もし錆田たちが殺られる前にさかのぼれるものなら、状況はいくらかマシだったんじゃないかと思えてならんぐらいだよ」

そのために、荘内の全てを把握する。まずは合鍵の保管、お次が手ずから料理づくり——そこまではわからないでもない。だが同じ目的のもと、今度は凶器の管理に目を光らせていたというのか！

(まさか、だとしたら、まるっきりの当て外れ、とんだヤブヘビじゃなかったか。日疋殺しの凶器が、前回同様この屋根の下から出たことを実証してしまっては……)

いや、とおれは思い直した。

堂埜が相変わらず仲間内に犯人がいるはずがないと信じているとすれば、さまざまな証拠・証言は全ておれたちの無実につながるものとしてしか映っていないのかもしれない。たとえ一見、内部犯行説を示唆するものであったにしても、だ。

何という楽天主義だろう。脳漿を搾る推理も、胸を灼く疑惑とも無縁でいられるとは……。

と、《ヒース部長》の皮肉な笑いを帯びた声が地鳴りのように、思いを揺さぶった。

――後輩諸君の捜査協力に感謝する。堂埜君やったかな、キミの期待に応え、また提供された証言・証拠にもとづいて、犯人検挙に全力を挙げる所存や。……ただし、そいつをどこから選び出してくるかについては、ご希望に沿いかねるかもしれんがな。

「いや、僕はみなさんを信頼してますから」堂埜は、即座にかぶりを振ってみせた。「家族や親戚知人に、ご同業が多いせいもあるかもしれませんが。……僕自身、来年は郷里《くに》で警察官採用試験を受けるつもりですし」

《ヒース部長》は一瞬いやな顔をしたが、すぐそれをテラテラした表情に引っこめて、

――はン？　まあええ……ほたら、調べを続けさせてもらおか。

余裕しゃくしゃくでのたまったものの、当方としてはその後展開された場面については、あまり触れる余裕はない。というか、少々書き急ぎ気味でもあるのだが、正直、型通りの応酬の

果てしないくりかえしにウンザリし始めたというのが本音だ。

むろん《ヒース部長刑事》一行が、また新たな趣向でもってわれわれの口を開かせようとしたことは言うまでもない。

とりわけ、一民間人に過ぎないところのおれが、浴室の扉を打ち破り、門に素手で触ったことに対するお怒りはきびしかった。それに、風呂の空だきを未然に防ごうとしたことまでも。

だが、この日の取り調べは、ひたすら肩を怒らせ、口角泡を飛ばすことだけに明け暮れしたといっても過言ではなかった。いつもの昼興行《マチネー》にあきたらず、レイト・レイトショーを打つまで踏みとどまった熱意は認めるとしても、この趣向はいただけなかった。

この手記を読む人（そんな人がいるわけもないが、肉筆原稿を自家製本した作品集を回覧していた高校の昔から、常にその存在を意識してしまうのだ）にしたって、これに87分署やマルティン・ベック物語を期待してはいまい。

だから今はただ、その結果として刈り取られた、次の事実を記すだけにしておこう。

——すなわち日疋が、瀬部・海淵のときに劣らぬ鋭利な刃物で胸やのど笛を切り裂かれたのは、十沼《おれ》が哀れな日曜日の亭主族よろしく、省子に追われ、一階に下りた少し前だった。そして、その間のみんなの行動はといえば、
〇〇の証言「ちょうど、自分の部屋で音楽を聴いてました（ｏｒ本も読んでました／パンツの紐も換えてました）。堀場君が知らせにくるまで、何も気づきませんでした」

○○の中に堂埜・蟻川、どちらの名を入れても同じことだ。では〝自分の部屋〟なるものを持たない乾美樹嬢はというと、

「○○さんと同じ部屋にいました。何してたって？　やぁねぇ」

その○○が誰かは、ガンとしてもらそうとはしなかった。こういうのも倫理観というべきなのかと小首をかしげたとたん、

「オレだオレだ！　そいつは」

あまりにも唐突に蟻川曜司が立ち上がり、宣言した。いつもの皮肉屋ぶりをすっかり消しながら、

「これで彼女のアリバイは成立したわけだ。だろ？」

と同時に自分のアリバイも……と言いたかったのかどうかは知らない。してその結果は〝おう、そうだったのか〟という納得ではむろんなく、白けかえった猜疑の眼・眼・眼。常人なら、すごすごともとの席に萎えしぼんで当然のところだった。

（大した騎士道精神や。それにしては、えらく義務的やったけど）

言うだけ言うとドッカと腰を下ろした奴に、おれはつぶやいた。

《ヒース部長刑事》はしかし、そんなやりとりなど無視したようすで、軽くせき払いしつつ、美樹の方に向き直った。

――おかげさんで、あんたがいろいろと忙しい身なのはわかった。ご苦労さんなこって……

けど、肝心のことは、まだ聞いてなかったな。そのあんたが何でまた、こんなややこしい日にここへやってきたのかは。

「それは……」美樹は口をとがらせた。「この省子ちゃんが、差し入れやら何やに行ったげたいから、つきあってくれって……」

何だと！　そりゃ、まるで話が正反対じゃないか。唖然とする省子にかわり、おれは異議を申し立てようとした。

だが、それより早く《ヒース部長》の眠そうなまぶたの奥で、眼球が独立した生き物のように動き、じんわりと美樹をねめつけた。

「わ、わかったわよ」

美樹は絵に描いたような蓮っ葉さで、ふてくされてみせた。

「ほんとを言うと、日疋の奴――いえ日疋さんから電話があって、今日ここを訪ねていくから、いっしょにどうだって言われたの。いや、ぜひ来てくれ、連れは多いほどいいんだって……信じてくれてないんなら、それでもかまわないけど」

実際、信じられんな……おれは腹の中でつぶやいていた。確かに日疋の性格からして、自分を嫌うものぞろいの〝流血の館〟訪問に、か弱き女の子を道連れに選ぶのはありえることだ。だが今見る限り、およそ奴に好意を抱いているとは思えない美樹が、どうしてその誘いに乗ったのか。何より、そうまでしての日疋の来訪目的は何だったのだろうか？

そして、ここにはもう一つ、おれの疑問をそそるものがあった。賀名生警部の顔だ。

もし底意地の悪そうな仏陀像なんてものがあるならば、美樹の〝告白〟を聞く彼の表情はまさにそれだった。全てを見透かし、手のひらの上でくりひろげられる悪あがきを嗤っているような……。

ともあれ、これでぼちぼちネタも尽きたろうと、ムズムズする尻をとなだめにかけたときだった。だしぬけに《ヒース部長刑事》のぶっとい指先を差し向けられ、哀れやおれの心臓は口蓋垂《ちんこ》のあたりまで跳びあがった。

――おまはんには、まだ話がある。どうした？　何もそないビックリせぇでもええないかい。風呂場の施錠状況について、まだ聞き足りんことがあるだけのこっちゃ。おおさ、この方面に造詣の深いらしい作家センセにな。おい、目を回す奴があるかい。こらだいぶ、気がアカンと見えるな。ほれ、こっちや。

《ヒース部長》はあきれたように言うと、診察室の奥にある古びた扉を示した。また場所が悪かった。めったに存在が思い出されもせず、なるべくなら忘れていたい小部屋――ちなみに臼羽医院時代のそこの呼び名は――処置室。

かくして軋むドアの向こう、パチッと点けられた裸電球の下で〝個人面談〟とあいなった。わが作品「白夜への密使」の元警視と記者の対峙シーンを気取ろうにも、場所の雰囲気や相手のご面相からは、いっそカツアゲの方がふさわしかった。が、むろんこちらに選択の余地はない。

冷え切った小部屋によどむ空気は、妙にむせっぽく、隅っこに片寄せられた奇妙な形の寝台や銀色の煮沸器《しゃふつ》は、うっすら灰色のほこりをかぶっている。なのに、コンクリートむき出しの床だけは水でも打ったように清められていた。

《ヒース部長刑事》は、周囲のそれらに猪首《いくび》をめぐらせると、

——ここには、めったに人が入らんそうやが、その割にはキレイなもんやないか。ああ、女の子の仕事やな。よう気の回るこっちゃ。

半ば独り言のように言ったが、それはむしろ、そんなどうでもいいような事実をも押えていることを披瀝《ひれき》するためだったらしい。それが証拠に、続くダミ声はただちに本題へと突入した。

——ところで、犯人がワケのわからん文句を書き残して行った、あの通気栈のことやが、あれはいつも、あんな風にきっちり閉まってたんかいな。

「ええ」おれはうなずいた。「ふだんはそういじることもないし……何せ位置が不便なうえに、相当固くなってもいましたからね。たぶん最近はずっとあのままだったでしょう」

——すると、仮にあの血文字がなかったとしても、あの通気栈を外部からの操作で開閉することは無理なわけやな。

「はぁ、無理ですね、まず」

何ならクビを賭けても……そう請け合ってもよかったが、やめておいた。それは警察が自分で確かめればよいことで、よけいな口出しは無用というものだ。

——ほな、あの跳ね上げ式の窓についてはどやネ?

「そ、それですけどね」おれは勢いこんでみせた。「ど、どうでしょう。掛け金を中途半端な

状態にしておいて、外からバッターンと閉めると、うまくカチャリと錠が下りて、てな具合には……いきませんかね、やっぱり。あと、ワンパターンですが、窓の掛け金の取っ手にテグスか何かを引っかけてですね、閉じた窓の外側からテグスを引っ張ると……」

――ほんまにワンパターンやな。

先方はしかし、さも失望したようにグサリと指摘するのだった。

――というより、観察力ゼロというべきや。バッターンと閉めたら掛け金がカチャリ、やと？　長いこと住んでて、そんなことが可能かどうかもわからんとは。ほんま、情けない。

「は、はぁ」おれは頭をかいてみせた。

――それに考えてもみィ、相手は浴室の窓やで。窓板は枠にぴっちりはまりこんで、仮にテグスなんか通しても、五ミリも引っ張り出せるかいな。おまはんもその程度か。むろん期待はしてなかったけどな。

《ヒース部長》は、ひとり納得したようにフムと軽くうなずくと、次なる質問を繰り出した。

――では訊くが、よう思い出してんか。風呂場の閂は、ほんまにかかってたのか。

「えっ」

全く予期せぬ質問に、思わず素っ頓狂な声が飛んで出た。……言われてみると、おれはガラスの割れ目から手を差し入れただけで、施錠状態を見たわけではない。だが、確かにおれの指は閂に触れ、抓みを操作して扉を開けたのだ。その感覚に誤りがあるとでも？

（もしかして、おれがさわった閂はダミーだったとでも……こりゃ新しいトリックだ！）

しめた、これで密室物が一本書ける――と喜びはしなかった。およそ実現性に乏しいうえ、何より今度の場合、ドアの内側にそんなものがあったとしたら、気づかぬわけがない。よほど小さなもので、扉板のペンキと同色の白に塗ってでもあったら別かもしれないが。

（いや、要するに《ヒース部長》は）おれは思い直した。（浴室は密閉されてなかった――早い話、おれの証言がデタラメと言いたいだけなんだ）

何てこった。疑われている不快さより、そんな段階で足踏みしているプロたちへの憐憫が先に立った。むろんそんな思いは出さずに、

「いや、絶対まちがいありません。浴室の閂はちゃんとかかっていました。たぶんそのつもりでしょうけど、省子、いや堀場君に確かめるまでのこともないと思います。それより」

怪しまれついでだ。思い切って、気になっていた疑問をぶつけることにした。あの、乾美樹が日疋からの誘いで泥濘荘に来たと言ったときの表情、あれはいったい何だったのか。

――ああ、あのときのことかいな。

まともに答えてはくれまいと思いのほか、《ヒース部長》はあっさり口を開いた。瞬間、〝意地悪な仏陀〟の顔がほの見えた。

――かわいい後輩の一人に、そない真剣に尋ねられたら、黙秘権もそうそう行使しとれんわなぁ。あの娘はな、野木君が逮捕されたと知るや、捜査本部に怒鳴りこんで来よったんや。「日疋佳景は嘘をついている。野木さんのアリバイを否定した証言は悪意からのデタラメ、おそらくはあいつこそ……」とね。で、その根拠は？　と訊くと長々と話し出したが、これが早

い話、恋の意趣遺恨《いしゅいこん》ちゅうやっちゃ。

「つまり、日疋の野木に対する……」

——そんな話をすることが、逆に野木君の動機を裏づけてしもてることに、気づかんらしいな。表面は日疋君とよろしくやりながら、心に熱く想うのは野木勇。彼本人はガンとして知らんと言い張るんやがね。ハッキリ言うて、あの娘は二股かけとっただけと違うんか。

正確には〝公認〟の蟻川曜司を含めて、三つ股——と補足すべきだったが、またややこしい事態を招来しそうなのでやめておいた。何せ、その蟻川にしてからが……。

——そんな女が何の意図もなしに、日疋の誘いに応じるもんかいな。ここに来るとしたら、当然それだけの目的があって……とまぁ、そんなことでな。

《ヒース部長》は、いつもの傲岸な笑みで言葉を締めくくると、クルリときびすを返した。

(な、なるほど) その場に立ちつくし、つぶやいたとき、裸電球が消えた。処置室に置き捨てられかけ、おれはあわててあとを追った。

——とにかく、や。

三十秒後、《ヒース部長刑事》は、もう何度目になるのか、ぐるりとおれたちを見回すと言った。意外なことに、再び明るい照明の下で見た巨顔には、ついに事件の混迷ぶりに業を煮やしたようすが隠しようもなくあらわれていた。

——行動制限は今後とも、いや、より以上に厳しなると思てもらわにゃならん。いや、長いこっちゃない、年内には一件落着にこぎつけるつもりやからな。

その眉間に刻まれた困惑と焦燥に、見てはならない一地方公務員としての顔を見てしまったような気がした。

――それから、お嬢さん方。かかわりあいになった以上は、お宅らも行動を制限させてもらうで。もしスキーツアーやら海外旅行を計画してたとしても、ちょっと遠慮してもらわんならん。ま、殺しの現場近くに居合わせたのが因果とあきらめてや。

乾美樹あたりから文句の一つも出るかと思ったが、省子同様、いたって従順にコックリうなずいた。何であれ、さっさとお帰り願いたいのが、誰しもの本音であったろう。そのとき、

「待ってください」

突然、堂埜が引き揚げかける私服たちの背中に、穏やかだが鋭い声を投げつけた。

「まだもう一つ、忘れとられることがあるんじゃないですか。ほら、ここでまた殺しがあった以上、返してもらわんといかんものが」

それを聞いた瞬間の私服らの反応こそ見ものだった。痛いところをつかれたようにぎくりとし、だが、《ヒース部長》だけはさすがは親玉の貫禄で、白々しい驚きと笑いを年増女の化粧もどきに塗ったくって、

――おお、忘れ物なぁ。こらスマン、すっかり失念しとった。じきに届けさせるように手配するわ。わかった、わかっとるとも！

＊

「さ、さ、ひとつ……」

「いやぁ、大変だったろ。とにかくゆっくりしてくれよな」

誰もが妙に明るく、しかし押し殺した声で主賓を囲む、何とも奇妙な晩餐会だった。

雑炊をすすったその次が、晩餐とは大げさかもしれない。だとしたら、どんな呼び名が当てはまるというのか。

確かに、そう呼ぶには躊躇《ちゅうちょ》させるものがあった。――蟻川が引き出したガタガタの長テーブルに、堂埜が古シーツを画鋲で留める。おれは張り巡らされた万国旗の下、せっせと紙コップやらアルミホイルの皿を配って回った。

最初は女の子たちが小ぎれいに盛りつけかけたが、野郎どもの手にかかっては、チップスも寿司もゴチャ混ぜになってしまった。

単なるパーティーと呼ぶにはあまりに空気が粛々としすぎ、ただの晩飯にしてはようすが違いすぎていた。第一、場所からしていつもとは違い、二階北側、内階段横の空き部屋だ。さよう、われわれだって、たまには気分を変える必要があった。

もっとも、この隣は〝第四の殺人〟現場――枕による毒殺にあった小藤田の部屋だ。これでは、あまり気分一新ともいきかねるが、それでも昨日今日と間近に流血の惨事が連発し、寄り集まるたびロクなことにならない食堂よりはマシだった。

とりわけ、今宵の主賓にとってあそこは、芳しくない思い出の場所でもある。だが気配りという点では、われわれに欠けるところはなかった。

「あ、これイケるぜ。取ってやろうか」

「そ、それよりどうだ、もう一杯……まま、遠慮せずにさ」

気配りに加えるに、テーブルの真ん中にはとりどりの酒壜がズラリと並ぶ。むろん料理酒や味醂じゃない。急遽、特別支出として認められ、買い集められたものだ。

「ねね、……なんだって。いいでしょ。だから……ね！」

やましさからか、はれものにさわるような男たちをよそに、美樹だけが主賓席の間近に陣取って何やらささやき続けた。だが、かんじんの主賓――堂埜の要求通り、泥濘荘に送り返されてきた元重要参考人・野木勇は、ブロンズ像みたいに黝《あおぐろ》い顔で酒をあおるばかりだった。

《ヒース部長》こと賀名生警部は、約束をたがえなかった。日疋の死と引き換えに、今や絶対のアリバイを得た〝忘れ物〟を送り届ける約束を。

そうだ、おれとしたことが、最もこの場にふさわしい名前を忘れていた。出所祝い！

「いや、ホント大変だった、よ……なぁ?」

「そ、そうとも。ところで、あのう何だ、どうだ野木、もう一杯――」

ブツ切りの会話がくりかえされる一方で、野木はかたくなに無言の行を続けていた。寡黙自体は珍しくもない。だが、今の彼の周りには一種異様な雰囲気があった。そばに寄って耳を澄ませば、高電圧のかかったトランスみたいな低いうなりが感じられそうな気さえした。

消毒液でもふりまかれたような、ご清潔だが気づまりな空気の中、むしょうにニコチンとタールがほしくなった。セブンスターに指を伸ばしたおれは、だが次の瞬間、抜き出しかけた一本をもとの箱にねじこんでいた。

「でへへへへ……」

おれは、とびっきりいやらしい追従笑いで、その場をとりつくろった。

――野木は酒はやるが、全く煙草を吸わない。といって仲間内のヘビースモーカー連に嫌煙権を主張したり、他人が点けかけた煙草にギロリと一瞥を送るようなことはなかった。

だが今夜は違った。今や目に映る全てが気に障るらしい彼に、われわれはたしなめる言葉も術《すべ》も持ちあわせていないのだった。

見直すと、無理に戻そうとした拍子に、煙草がフィルターのところでぽっきり折れてしまっている。口いやしき煙草のみとしては、それだけでもうんざりするに十分だった。

出よう――省子にそう目配せすると、おれはそっと腰を上げた。ついでにコーヒーも入れるとするか。

「しかし、ひどいもんや。たった一日かそこらで……まるで世界中に裏切られでもしたような拗《す》ねぶりやないか」

食堂の椅子にぐたりと寄りかかると、おれは省子にやりきれない気分をぶちまけた。

「野木さんのこと?」

彼女は腰をかがめ、次々と食器棚の下部にある引き戸を開きながら、

「それやったら、しかたないんと違います? たった一日――でも、野木さんはたった一人で闘ってきはったのよ。もし、日疋さんがあんなことにならなかったら、今ごろは……」

「やってもいない罪を白状させられてたろう、と？　そうかもしれん。そのかわり、日疋が野木に不利なアリバイを証言したのは嘘だったのか、そうなら何のためか、問いつめることもできなくなったわけや。どっちに回っても変わらんのは、僕らの無力さやろ。やりきれんのは、むしろそっちやね」

「でも」

今度はせいいっぱい背伸びして、上段のあちこちを見渡しながらの返事だ。

「私たちがしなくちゃいけないのは、正義のスタンドプレイじゃなくて、犯人と警察、どちらの罠《わな》にもはまらないよう最善を……いえ、幸運を祈るだけやわ。ほかに何ができて？」

正論中の正論に、おれは思わず「うむ」とうなずくと、

「……あのう、ところでやね」

なお小首をかしげ、袋戸棚やら引き出しをあらため続ける省子を見かねて声をかけた。

「さっきからゴソゴソ何をしてるの。あんまりいろいろさわったら、また警察がうるさいかもしれんよ」

「ちょっとリンゴか何か、むこうと思って」

「何かと思ったら」おれは拍子抜けした。「いつもの庖丁を使うたらええやんか」

「それが……」彼女は困り顔でふりむいた。「手ごろなのは、お巡りさんたちが持って行ってしまったし、あとはとびきり大っきいのしかないんですよ」

「ああ、そうか」

聞けばなるほどと、納得できた。思わぬところに、殺しの影響が及ぶものだ。

「ねえ、果物ナイフは？　確かどこかに、ちょっと民芸品みたいな木の柄のがあって、何度か使った覚えがあるんやけれど」

振り向いた省子に、おれは、あぁとひざを打って、

「そういや、そんなのがあったかな。けど、めったに使わんかったから、どこにあるか訊かれても……。きれいにむいて食べるぐらいだったら、丸のままカブりつくような連中ばっかりやからね。あれのことやろ、確か柄が茶色の？」

「そうそ、それを探してるんですよ。刃渡りは、これぐらいで――」

「あった、あった。確か梨を切ってくれたよね、君」

言ううちに、すっかり忘れていたその形が、像を結ぶようだった。

二人して記憶のレールをたどるのがなぜか面白くて、おれはさらに言葉のトロッコを走らせた。それがどんな引き込み線につながっているかも気づかずに。

「それでさ、こう柄のところが円みを帯びてたんと違ったっけ。そうだろ？　それから、ここんとこに刃を固定する、留め――釘――が……？」

ふいにおれたちは、顔を見合わせた。ほぼ同じような言葉が同時に口をついて出た。

「刃の抜ける果物ナイフ？」

その瞬間、おれたちの小っぽけなトロッコの真横を、青い疾風が轟々と駆け抜けた。みるみる遠ざかる車両には〈彗星〉の二文字が記されていた。都城行きの寝台特急・彗星3号！

とたんに、あの日ここのテレビで見た画面と声が、そしてあのとき交わした言葉が、鮮やかに蘇った。

〝殺された加宮朋正さん〟

〈直接の死因は背中に突き刺さった果物ナイフようの刃物で、柄の部分は外れたらしく――〉

「内出血死らしいな」

……………………

「京一さん、もしかして」

省子がおびえた瞳で、おれを見つめてきた。

「待て、あわてるな」おれは、むしろ自分に言い聞かせた。「以前にここにあった果物ナイフと、加宮殺しに使われた凶器が同じもんやという証拠は、どこにもありはしない。そう、奴の背中に突き立っていたナイフが、どんな形状やったかはわからないんだしね。ぐ、偶然の暗合だよ、九九・九九九九％……」

だが、残る百万分の一の場合だったとしたら、加宮殺しを一連の事件から切り離し、学内過激集団・××派を殺害の実行犯に擬する説は、いったいどうなる。奴らがわざわざ、この泥濘荘に凶器を調達しにきたとでもいうのか？

（ア、アホな。それこそ、百万の百万倍あり得ない夢物語やないか）

そのとき、いま一つの車影が警笛も高く、混濁した頭を貫いた。

さきほどのとは打って変わり、赤系統の二色をまとったその列車こそは、これまた××派の犯行によるとされている誘拐事件で、身代金運搬に用いられた京阪特急にほかならなかった。

停まらない汽車に二人で乗ってしまった、という歌に、ほないったいどこから乗ったんじゃとボヤいたのは人生幸朗《じんせいこうろ》だが、その後のおれのアタマの中たるや、まさにそれだった。朦朧としていつ乗りこんだかもわからないジェットコースターにしがみつき、迷路を突っ走っているような具合だった。

それでも混迷にはケリがつけられなければならない。せめてその方向へと事態を向けることぐらいは。そう、何であれことを成し遂げようとする意志が肝心と教わったではないか。

だが、結局おれがなし得たことといえば、ガタつく椅子にわが身を縛りつけて、ひたすら書いて書いて書きまくることだけだった。何について？　知れたことだ。

しょせん、おれはホームズにはなれない。ならばワトスン役を買って出て、いつか現われるかもしれないホームズのために記録をまとめておくのも一興だろう。

そして、おれには堀場省子というワトスンにとっての頼もしいワトスン役がいた。省子と話し、たとえ会わなくとも聞き手としての彼女を意識するうち、自然に腹案は固まっていたようだ。

そう、まさに一瀉千里《いっしゃせんり》、燃え広がる山火事のように。ペンは疾風迅雷《しっぷうじんらい》、紙上を突っ走り、それでもなお言葉は思考に追いつきかねる――ツヴァイクが描き出したバルザックの執筆ぶりを夢見ぬ日のないおれだったが、このときばかりは半歩なりともその境地に近づけたような気がする。むろんその最中には、そんな歓びを味わう余裕すらなかったのだが。

冗談抜きでメシも食わなきゃ、人と言葉も交わさない。もっとも、後者に関しては苦労はなかった。いよいよわが泥濘荘も、本格的に幽霊屋敷の様相を呈してきて、疑心暗鬼にとりつかれた生き霊どもが、ごくたまに姿を見せるだけだったからだ。

そんな沈黙と執筆、そして禁足の荒行の中にも、しかし例外はあった。

「とにかく、もういっぺん最初から問題を整理する必要があるな。と言うより、おさらいやね。今さら何だと思うかもしれんけども」

白茶けた太陽の光が窓から射し込む中、おれは濁った頭を振りふり、しびれたような唇をかろうじて動かした。

「たとえば?」

軽く首をかしげる彼女に、おれは言葉を継いだ。

「たとえば加宮殺しの場合、〈彗星3号〉へどうやって乗りこんだか、こいつがまず問題その①……と、ざっとこんな具合にね。ご静聴願えますかな?」

おれは、ただ一人の聴き手であるところの彼女がうなずくのを確かめると、せき払い一つ、

「よろしい、では一気に……鋳田の件やと、問題になるのは②まず、どうやってあの巨体を吊

り上げたか。③吊り上げたとすると、なぜ脚立を置いて自殺に見せかけなかったか。④奴が買ったコンドームと浣腸剤は何のため、そしてこれが大事なことやが、どこへ消えたのか。さて⑤⑥と続きますのはやね——」

おれは、いらいらとセロファンを引っぺがすと、抜き出したセブンスターの新たな一本をくわえた。

「瀬部殺害では映写リールの掛け換えトリックが行なわれたと思われるが、それによって浮いた時間はどこへ吸い取られたのか……」

パチパチと火花の散るほど深々と吸いつけ、たちまち灰殻と化したのを灰皿にこすりつけた。

「枕による毒殺——小藤田の場合は、なぜあんなに早々、床についていたのか。そして、あの物置のからくりで人を呼び寄せたあと、何が行なわれようとしたのか」

空の紙函を、われながらあざやかなフォームで屑籠に投げ入れると、おれはポケットに手を差し入れた。

「こうつと、今のが⑦やね。⑧海淵がバラまいた奇妙なメッセージは、何を伝えようとするものだったか。そして彼の部屋の施錠の謎だ。鍵がレコードの下にもぐりこんだいきさつ、および掛け金に残る粘り気は何だったのか。⑨須藤の常備薬ケースには、いつどのように青酸毒が混入されたか。彼は野木を指さすことで、何をわれわれに訴えようとしたのか。

⑩日疋はなぜ野木に不利なアリバイ証言をしたのか。⑪ナメクジ野郎を狙ったのが計画的なものなら、彼奴が泥濘荘を訪れ、かつ風呂に入ることをどうして予測し得たか。⑫最後に門は

いかにして閉められたか……ふうっ」

以上！　そう言い添えるかわりに、おれは荒い呼吸で話を締めくくった。彼女はまだ続きがあるものと待ち構えているようすだったが、そのあたりが肺活量の、そして話すべき内容の限界だったのだ。よほどたってから、

「一つ抜けているわ」

やや焦れたように、彼女は言った。

「⑬犯人に、これだけの殺人を行なわせた動機はいったいなんだったのか」

「ははぁ、なるほど」

おれはうなるように言うと、またゴソゴソとポケットをまさぐった。

「そ、それが問題なわけで……いや、ほんまの話」

――かくて、有意義かつ実り多い対話は終了した。ヴァン・ダイン先生が『グリーン家殺人事件』で挙げた九十七項にははるかに及ばないが……。

そして去りぎわ、やや翳りかけた光の中で、おれはふと彼女をふりかえると、

「話はガラリ変わるけど、ご両親、とりわけお父さんに一度、お目にかからんとね。ま、探偵作家志望やなんて、紹介しにくいとは思うけれども」

「わかったわ。ライターとして、とても将来性のある人だって紹介しておきますから。それに、とても野心的な……」

思えば、いとも明快なその答えが、この場の唯一の収穫と言えばいえた。

「へぇ？　それは、ありがたいなぁ」

心からなる感謝をこめてピョコンと最敬礼してみせたのをしおに、おれは机の前に舞い戻ることにした。ペンを取り直したその瞬間から、休息は許されない。手首が腫れ上がろうが、両の目玉がとろけて流れ出かけようが、もうどうでもよかった。

大豆の滓《かす》みたいになった脳みそをなおギュウギュウと搾り上げ、おれは原稿用紙のマス目を埋め続けた。励みは一つ、彼女の公約だった。

――もうとっくにお気づきのこととは思うが、それこそ今手にしておられる長大な〝手記〟なのである。野木勇を迎えての、あの世にも情けない晩餐会から無慮五十時間（もちろん飲食仮眠排泄ほか、最低限の雑用を含めてだが）にわたる労苦の産物。

そして腕時計のカレンダーが28／SUN の文字を表示窓の向こうに押しやろうとしている今、おれはようやく〝現在〟に追いついた。

さよう、今お読みの、このページのまさにこの個所から、万年筆の切っ先はリアルタイムとシンクロし始めたのである。これからは同時進行的に、事件の推移をご報告する……わけには参らない。むしろその逆だ。

早い話、もはや書くべきことは全て書いてしまったということだ。少なくとも現時点では。とりあえずは、これで難行苦行も一段落した。そう安心しかけたとたん、かんじんなことを忘れているのに気がついた。

あのバカげた十三個の血文字について、取り急ぎ講釈しておく必要があった。あとでわかったことだが、ULCERA MALIGNAとは、英語だとMalignant Ulcer――旧約聖書・ヨブ記第二章七節に出てくる「嫌な腫物」の、たぶんスペイン語訳らしい。

わがD＊＊大では入学時に新約聖書はくれるが、旧約もセットにすべきだ。そんなことはどうでもいいが、この曰くありげな文言にいったいどんな含みが隠されているのか？

ともあれ、明日は久しぶりで街へ出て、省子と二人、仲間たちの供養三昧で過ごそうか。どうやって？　そうだな、加宮のためには京都駅十何番ホームだかに花束を投げ、錆田のためには少女マンガをどっさりと買いあさろう。小藤田、海淵、須藤にも、それぞれにふさわしい趣向をひねり出そうではないか。

ただし日疋だけはご免こうむって、なるべく成仏しかねるようなお経を唱えてやろう。そして瀬部のためには、いささか辛口の弔い方がある。彼の遺影を抱いて、さる自主映画出身の監督の作品を観に行くのだ。この同じ街に、決してフィルム・コレクションなどに逃げはしなかった人物がいたことを知ってもらうために。

いや、楽しみは明日にとっておこう。今書いている分を綴じ終えたら、久々に、ここの荘名の由来となった深夜放送（おや、懐かしい響き！）にダイヤルを合わせてみようか。

正直、今となっては、あれほど親しんだオープニング曲、デイヴ・グルーシンの「カタヴェント」さえ、ひどく遠い気がするのだが、あのころのことははっきり覚えている。

いよいよ集団移住と決した旧・臼羽医院に、新しく名前をつけようとなったときのことだ。その番組の大ファンだったおれは、他にもリスナーがいたのを幸い、その以前、同人誌のネーミング会議で苦心の作をボツられた恨みを晴らすのはここぞとばかり、何が何でも「泥濘荘」にと主張したのだ。

――ついでながら、おれが提案した誌名は、川端康成《かわばたやすなり》の『掌の小説』巻末の一篇から採った〈幻ホテル〉。これが〈オンザロック〉に大差で敗れたのだから、世の中まちがっている。

おやおや、こんな思い出話がまぎれこむようじゃ、いよいよタネ切れのようだ。書くべきことは尽き、気力も体力もガス欠状態に達しつつある。

――こんなジョークをご存じか？　ノートと鉛筆をプレゼントされた五歳の女の子が、何やら勇んで書き始めた。少女曰く「自伝を書いてるの」。ところが、しばらくするとやめてしまったようすに訊いてみると、「これまでの出来事は、先週までに全部書いてしまったから、これから起こることを待ってるの」

その少女にならい、おれもひとまずペンを置くとしよう。

誤解のないように断わっておくが、以上で事件解決に必要な手がかりが出尽くしたかどうかは知らない。それらのデータをもれなく、この手記に織り込むことができたかどうかもまた、おれの知ったことではない。

まして、それにもとづいて犯人を論理的に指摘できるかどうかなど、わかるわけがないではないか。そうとも、今言える言葉はたった十三文字――デハ、ドチラモ、オヤスミナサイ。

…………………………………………

「では、どちらも、おやすみなさい――か。どこまでふざけた奴じゃ。仲間の死を種にこんなものを書くこと自体、どうかしとるうえに……」

ずしりと重い原稿束の、パラパラと流し見るうちに開いた最後の一枚に目を走らせながら、堂埜仁志は苦々しげに吐き棄てた。

「いやいや、大した幸せもんだよ」

蟻川曜司は優に四百枚を超すそれを受け取りながら、ぞっとさせるような皮肉っぽさで受け流した。

「最後の最後まで推理作家ごっこを続けられて、本望だろう」

「すると、さしずめ、こいつが……」

「遺作、ってことだな。このセンセイの」

ちらと視線を下向け、蟻川は答えた。

「題名はあるのか」堂埜がのぞきこむ。

「ええと……」

蟻川はよっこらしょと表紙を上向けたが、とたんに唇を歪めて、

「『殺人喜劇の13人』――だとさ」

一瞬の沈黙のあと、野木勇が口を開いた。彼はこみあげる何かを抑えかねるように、

「むろん、おれや、お前たちも含まれてるんだろうな、その員数には」

「らしいな。少なくとも、作者の意図では」

蟻川が言うのに続いて、何ともいえない憫笑が、屍を見下ろす輪に伝染していった。その奇妙な題名を最も体現するコメディアンは、むしろ彼らの足元に転がっていたからだ。

——十沼京一はまるで彼自身、書き損じの原稿みたいに倒れていた。瞬間冷凍された尺取り虫のように折り曲げた体を自室の扉からはみ出させて。

その死に顔は泣きべそをかいたように歪み、口からは幾筋もの血の糸が垂れていた。そして、ほど近い床を醜く焦がして転がる吸い殻。

……ややあって蟻川が言った。

「で、そいつをどうする。あっさりポリ公どもにやっちまうのか。こんなものが見つかりました、恐れながらご鑑定を……とでも?」

「冗談じゃない」堂埜はゆっくり、だがきっぱりと首を振った。「誰が渡すものか、もう今度という今度は——これはおれたちの問題じゃ」

「そう、あんな……あんな役立たずどもに」

ことさら目をギラつかせ、つぶやく野木に唱和するように、パトカーのサイレンが遠く響き始めた。

そして彼らは一様に心の中で、別れの言葉を贈った——おやすみなさい、八番目の死人。

II

1　森江春策、京都に帰る

その乗客が隣の奇妙な若者に気づいたのは、夜行の旅の途上、ひときわ大きな列車の振動に仮睡の夢を破られたときのことだった。

正確には若者の奇妙な行動に、というべきかもしれない。だが、その若者自体、何とはなし風変わりな雰囲気を漂わせていたのも事実だった。

何時間か前、彼の寝入りばなにあたふたと乗りこんできたときからしてそうだった。

（この年の瀬に、気まぐれ旅行とは気楽だな）

一見して、自分のように公用でもなければ帰省でもないと知れ、その乗客はつぶやいた。そして、そのときは格別思うこともなく、さっさと襟元をくつろげ目を閉じたのだった。

――それが今目覚めてみると、その青年がせいいっぱい身を縮め、彼の席との間に空けた場所で、何かゴソゴソやっているではないか。

窓の外には黒い虚無が果てもなく続き、疲れは相変わらず重っ苦しくまとわりついてくる。といって、すぐには眠りにも戻れないまま、乗客は薄目を開け、そのゴソゴソの実態を見届けようとした。どうして、これがなかなかの退屈しのぎだった。

さきほどから若者が続けているのは、足元のバッグから荷物を出しては座席のすき間にのっけた新聞紙に並べ、またしまいこむ作業だった。

――目覚ましに菓子袋、空のフィルム缶やら文庫本、使い込んだ筆記用具入れなどなど。こちらの視線にも気づかずに、まあいろいろと出してくること。

どうやら、何か入り用の品を取り出そうと悪戦苦闘しているらしい。だが、その手つきはいかにもモタモタしていて、一再ならず同じものを出しては入れる不手際ぶりだった。

学生証の入った定期入れ、しわくちゃの切符にパンフレット……それから〈ＯＮ　ＴＨＥ　ＲＯＣＫ〉の題字ロゴも安っぽいミニコミ誌。

おかげで、彼はその若者が京都のＤ＊＊大生で、名は森江春策といい、周遊券と車中泊を組み合わせた旅の途中、小さな温泉町に寄ったらしいことまで知るはめになった。――もっとも、それらは一瞬のちには記憶の網からこぼれ落ちてしまう程度のものではあったが。

こぼれ落ちると言えば、この青年、何かを出し入れしようとしてはひじでかたわらの品を突き落とし、拾い上げようとかがみこむ拍子にまた別のをと、まさに底なしの不器用さだった。

かくて奮闘数分、目的物を掘りあてたときには、こちらの額にも汗がにじんでいたほどだ。

フィールドノートというのか厚表紙つきの、手帳というには大判なやつを広げると、若者は安物らしい握り太の万年筆で何か熱心に書きこみ始めた。そのさまを見ながら、
（やれやれ……）彼はため息をついた。（さて、この若いの、何と形容したものか）
コメディのファンならば、かの殺人的に粗忽《そこつ》なジャック・クルーゾー警部を思い浮かべると

ころだろう。だが、今でこそ一介の勤め人に身をやつしちゃいるが、ホームズ・乱歩・ルパンから本格的なミステリ耽読へと筋金の入った彼が連想したのは、ある古典的名探偵だった。

誰って、ほら、あの心優しいカトリックの神父さんだ。そういえばブラウン神父は、ところも同じ列車の中の初登場シーンで、手にした紙包みを扱いかねてガサゴソし、蝙蝠《こうもり》傘をしょっちゅう床に倒していたではないか。

むろん、あの人物とは年齢も容貌も異なれば、たぶん宗旨も違うことだろう。でも高からず高からずの背丈といい、スマートとはいえない体型といい、共通項はないでもなかった。加えて何ともトボけた味の、気散じな雰囲気が奇妙な連想を生んだらしい。

そう合点し、まぶたを閉じかけたときだった。

断末魔のゴキブリみたいな物音に、彼は目を開けた。見ると、くだんの若者が狂ったように、さっき敷物がわりにしていた新聞紙を開け閉じしていた。息遣いも荒く、ヌカルミですべってこけたとか、わけのわからないつぶやきを連発しながら。

彼の視線に気づくと、若者は恐縮したように会釈してみせたが、くたびれた新聞の向こうからのぞいたドングリ眼《まなこ》には、並々ならぬ驚愕が消えずに残っていた。

彼はたとえ一瞬でも、かの名探偵を引き合いにしたことを恥じた。要するに単なる間抜け、無造作な髪に覆われた頭を割ってみたところで、ろくな脳みそが出てきそうにはなかった。

あまつさえ、通りかかった車掌を引っ捕まえ、こんなセリフを吐くに至っては……。

「すみません、あの、ここから京都に取って返すには、どこで何に乗り換えたらええですか。

はい、今すぐ戻りたいんですが――」

「えー、十沼京一の死亡推定時刻は、当初、二十九日午前三時から四時との所見でしたが、そのあと今未明の気温を勘案して、十五分程度前にズラして考えてもらっていいとの修正が嘱託医の先生からありました。ま、詳しくは剖検の結果待ちということで……」

――ちらつく蛍光灯の光も寒々とした十四、五畳ばかりの会議室の中。現場に一番乗りした、その古参格の刑事は、そこで言葉を切るとカサつき気味の唇に湿しをくれた。

「それで班長、十沼の死体発見時の建物内の状況ですが、これにつきましては、玄関および裏の木戸ともに就眠前の午前一時ごろ、施錠されてるのを確かめた、との証言が得られました」

死斑めいたシミが浮く天井の下での報告だった。眠そうなまぶたで聞き入っていた賀名生警部は、巨体を押しこめた椅子を一軋みさせると、

「……堂埜仁志の差し出口やな、また？」

うなずく古参刑事に、賀名生は何ともいえない苦笑を浮かべてみせ、言葉を続けた。

「で、二階東端の外階段に通じるドアの錠については言及しよらんかったのか、あの馬ヅラの若造は？」

「あ、それでしたら」刑事はあわてたように言い添えた。「それも、まちがいなくかかってるのを確認したとのことです。それから、堂埜は就寝前だけでなしに、今朝五時過ぎ、すなわち十沼の死体発見直後にも……」

「確か、たまたま廊下に出た蟻川がけつまずきかけたのが、発見のキッカケやったな」

「はい、その騒ぎに飛び出してきて、野木が灯りを点け、十沼が死んでいるのに気づいたわけでして。堂埜は、この直後にも荘内の戸締まりを見て回ったが、異状はなかったと言っているわけです」

いきなり話の腰を折られたのにもめげず、刑事は辛抱強く言葉を継ぎ合わせた。

「まさに、例によって例のごとし、か」

独語のように言うと、賀名生は人の悪い笑みを浮かべた。

「わしらもたまには、この日本に生まれあわせ、職を奉ずる幸せに感謝せないかん。常にこういう警察への協力者がおる国になあ。本人の意図はどうあれ、な。——ところで、女っ子たちのアリバイはどないなっとる？」

真顔に戻り、訊いたとたん、部下中の中堅組の一人が弾かれたように立ち上がった。

「ハッ、ハイ！　まずですね、堀場省子は昨夜、野木をまじえての遅い食事の支度を手伝ったあと、十一時には帰宅。午前零時半過ぎに寝室に引き取った、との本人の申し立てですが、ほぼ同じ証言が家人に対する質問から得られておりますです」

この刑事に一度でも取り調べを、いや、ただの不審尋問でも受けた覚えのある民間人ならば、総身の血が逆流しかねないバカ丁寧さだった。

だが上司にすれば、非の打ちどころがあるはずもなく、賀名生は満足げに、

「まぁ、まともな家の娘なら当然そやろな。——それから？」

「ハッ。今朝の起床は八時。その後しばらくしてわれわれがコンタクトを取ったわけですが、そのときにはとんだ騒ぎが……。そのう、つまり、十沼が殺されたことを彼女に告げる度胸は、あの連中にはなかったようでありまして」

「――女子大生の愁嘆場《しゅうたんば》か、なるほどな」

賀名生警部は、したり顔を浮かべた。一座の中で最若手の私服に猪首をねじ向けると、

「で、どや、乾美樹の方は？」

「ハイッ」

声のハイトーンさでは、先の先輩にひけは取らずに、若手刑事は答え始めた。

「彼女も同じようなものでして、ただしアパート住まいの関係で、帰着した際の証人は十一時前後に物音を聞いた隣室の女子大生がいるだけです。翌朝は管理人と顔を合わせてるんですが――寝起きらしい顔を、昼近くになってからにですな。なお、十沼のことはニュースで知ったと言ってます」

「ふむ。こっちはまた、冬の朝から起き出して乾布摩擦に精出すタイプにも見えんからな。ともあれ、これで当夜の関係者全員のアリバイの曖昧ぶりが見えてきたわけやな」

愉快そうに太鼓腹を揺すった賀名生警部が、ふと真顔に戻り、言いかけたときだった。ガタピシと会議室の戸を開き、新卒らしい制服警官が何か書き付けを捧げ持ちつつ入ってきた。

――恐ろしげな先輩たちの視線に射すくめられ、その警官は縮かんだような姿勢で賀名生に歩み寄ると、うやうやしく持参の紙片を差し出した。

で っ、では失礼いたしますっ……警官が、かすれた声で敬礼し、変にガクガクした足取りで出てゆくと、賀名生警部は手渡されたメモをながめながら言った。

「あー、十沼京一の主たる死因に関する当初の所見は、昏倒した拍子に頭部を強打し、かつまた発見が遅れたためちゅうことやったが、その昏倒が外的暴力によるものかは、若干の吐血も含めて未解明やったわけや。それが検死により、一種の窒息症状——それ自体死因となり得た吸入毒のため、肺の血液が急激な凝固を起こしたためらしいとわかった」

賀名生は、ざわめきかかる部下たちを静めようとするように、グローブ並みの手のひらを上げ下げした。その指先につまみ上げられると、書き付けがまるで切手みたいに見えた。

「そうや……煙草や。結論から言うと、十沼の死体近くに落ちてた吸いかけのセブンスターに、異物の混入が認められた。そいつは現在分析中やが、吸入したのはホスゲンではないかと見られとるらしい。ホスゲン——大昔の毒ガスやが、加熱でこいつを発生する物質は二つあるそうや。一つはクロロホルム、もう一つは8ミリフィルムなんかのホコリをぬぐい取るのに使う四塩化炭素……どっちやとしても、泥濘荘で調達のむつかしいものではなさそうやな」

独特のダミ声が熱を帯び、あちこちペンキのめくれた壁にびんびんと跳ね返った。

「むしろ問題は、いつ煙草の函に毒入りのやつをまぎれこませ、十沼京一がそれをくわえ火を点けるに至らしめたか。要するにあの手口やな、薬壜に一粒だけ混ぜた毒に被害者がいつか行き当たるのを離れたところから待つやっちゃ」

今まさに俎上にのせている死人から、《ヒース部長刑事》などとあだ名をつけられていたな

どとは露知らず、警部は言葉を継ぐのだった。一方、

「とにかく、目ぼしい奴をですね」「そう片っ端から引っくくって――」「まとめて、ひっぱたいてみるべきですよ」「……班長！」

同じ人物により、刑事aだのbだの馬鹿にしたような符号をふられていた人々も有益かつ多彩な意見を開陳し、独演会――いや捜査会議に資するのにやぶさかではなかった。

「待て、ワシに秘策がある」

賀名生警部は言い、個々への指示を与えて散会を命じたが、その言葉がふだんほどの自信に裏打ちされていないのは明白だった。だが足取りだけは威風堂々《いふうどうどう》、ノッシノッシと会議室を出たとき、彼はさっきの新卒警官が、廊下の隅で誰かと言い争っているのを見た。

「困るよ。殺しについて教えてくれやと？　ムチャ言うなィ。ルポライターか何かか、お宅？　どっちにしてもアカンと言うたらアカンのや。ささ、出た出た……」

相手はあまり見栄えのするとは言いかねる、学生風の若者だ。童顔だが、ライターに見えなくもない。横目でながめながら通り過ぎかけたとき、警官は賀名生に気づき、サッと敬礼を送った。そのとたん、

「おいコラ！」

すきをつき、スルリとその場を逃れようとした相手を、警官は頼りなさそうな印象とは正反対にあざやかな技で押えこんだ。

――全く最近はおかしい奴が多いわい、そう嘆じつつ歩み去る賀名生の耳に、不届きな民間

人をこらしめる声が聞こえた。

「ジタバタするんやない。わかったか、わかったら、とっとと……なに、被害者と同じガッコ？　そんなもん関係あるかい！」

「――誰？」

水松みさとはつぶやくように呼びかけると、ベッドの上に身を起こした。病室の白い扉の向こうに人の気配を感じたからだった。

朋正……？　本当はそう呼びかけたい自分に気づいて、みさとはハッとした。

時刻表の遙か遠くから届いた悲報。それがどうしようもない事実なればこそ、彼女はここにいる。だが、頭のどこかで一切が起こらなかった世界を夢見ずにはいられなかったのだ。

パラレルワールドが無理なら、せめてささやかな時間旅行を。たとえ加宮に凶刃がふりかかった瞬間、いや絶息の刻にまでしかさかのぼれないとしても、そのそばにいることができたならば――。

（駄目ね。無理な夢よね）

みさとは、ゆっくりとかぶりを振り、大きな窓から射しこむ白い光に目を細めた。

ここは父の知人の経営する大阪北郊、阪急京都線沿線の瀟洒なクリニック。そこの広々とした個室の一つが、今の彼女の生活空間だった。

拉致されていた間、薬づけだった体の回復に専心するための入院……というのは表向きで、食事どき以外は検温にもやってきはしない。目的はむしろ小うるさい連中のシャットアウト、しかもその対象たるや、取材陣もさることながら警察にあった。

——さんざっぱらヘマを重ねたそのあげく、まな娘を帰還直後から事情聴取に拘束し、父親をして完全にへそを曲げさせてしまった結果がこれだった。

そんなこんなで、外界からのこの部屋への訪問は、彼女の方から出てゆく自由さに比べ、なかなかに困難と言わねばならなかった。

「……誰？」

みさとは再び顔を上げ、今度ははっきりと声に出して訊いた。もう気のせいなんかではなかった。確かに誰かが、扉の向こうを行きつ戻りつしているようすだった。

「誰なの、そこにいるのは」

その言葉への反応が現われるには、しかしさらに数秒の猶予が必要だった。

——まず、ドアのすき間からのぞいたのは、いやにゴタゴタとした花束だった。次いで、それに負けず劣らずの蓬髪がチラついたかと思うと、どこかで見たような顔の、きょろりとした目から鼻あたりまでがヌッと突き出し、またすぐに引っこんだ。

誰だろう、そう考えこんだみさとの視線の先で、今度はゆっくりと顔面全体がフレーム・インしてきた。

「……森江さん？」

一瞬ポカンと口を開けたあと、みさとはその顔の持ち主の名を呼んだ。

「あ、はい……森江です」

ややあって返ってきたのは、およそ間の抜けた言葉だった。それに比べれば、続いてオズオズと姿を現わした彼自身の場違いな滑稽さなど、よほどましというべきだった。

「あのう、このたびは、ほんまに大変でした。実は、ついこの間、旅先で初めて知ったんですよ――水松君、いや水松さんの件も、それから泥濘荘の連中のことも。あ、とりあえず、この花どうぞ。ええっと、どこかに……」

森江春策。彼には二十二日のパーティーに会ったきりだが、といってそれ以前、そう親しかったわけでもない。

彼女が「オンザロック」の編集サークルに入ったのは、大学入学後すぐ。そのころから、三度に一度は例会で独得な風貌を見かけたような気がするが、要するにただそれだけのことだ。はっきり言って、興味の持てる相手ではなかった―― 〝客分〟として彼が寄稿する怪奇幻想的な作品に、多少気を魅かれることはあったが。

そんな程度の付き合いでしかない彼が、またわざわざ、どうして？

「どうして、ここが？」

あっけにとられて訊くみさとに、森江春策はいかにも人の好さそうな、しかし女の子には受けそうにない照れ笑いを浮かべながら、

「ぼ、僕にかて、女友達くらいはありますよ。――友達のともだちの、そのまたトモダチにしてもね」

およそ要領を得ない返答ではあったが、ピンとひらめくものがあった。彼女はつぶやいた。

（またきっと、お母さんね）

当然のことながら、誘拐事件の報道が解禁になって以後、自宅にかかった友人知己からの電話の数は相当なものだった。

そのたびに、母親が面会謝絶ならぬ電話謝絶をお願い申し上げるはめになったのだが、特に親しい、家人にも名になじみのあるような相手には（見舞いは遠慮してねという註釈つきで）静養先のここを教えてしまったらしい。

森江の言うのは、知り合いをたどりたどって、そういう友人に行き着き、このクリニックの所在を聞き出したということだろう。

（ほんとに、お母さんったら……）

みさとは舌打ちしかけてやめた。別に退屈のあまりというわけでもないが、彼女自らこのクリニックから友人宅にかけてしまったこともないではない。それに、ひんしゅくものなのは母より、そうまでして押しかけた、この男の方だろう。

そんな彼女の冷たい視線も知らぬげに、森江は見つけ出した花瓶に持参の花を生けにかかり、だが半分以上を床に散らばらせてしまい、大狼狽で拾い集めにかかった。

何てぶざまな男！　みさとは再び舌打ちしかけ、次の瞬間プッと噴き出している自分に気づいた。彼——加宮朋正なら頼んでも見せてくれそうにはなかった、あけっぴろげな姿に対する笑いだった。

だが彼女はすぐに、そんな笑いを見せたことを後悔しなければならなかった。みさとの示したわずかな好感に勇気づけられたか、いきなり森江がこう切り出したからだ。

「か、加宮君と……その、××派の関係について、教えてもらいたいのやけれども」

「××派？」

突然何ごとかと、みさとは思った。次の瞬間、ひどく腹立たしいものがこみあげてきた。

「なぜ、わたしが、そんなこと答えないといけないんですか」

「それは、その」

森江は、答えに詰まったようにのどを鳴らすと、わざとらしくせき払いをくりかえした。

「君の誘拐事件に関して、こ、個人的に興味が……いや、こんな言い方は失礼かな」

言いかけた言葉を、あわてて濁した。当然ながらいっそう険しくなった、みさとの視線を避けるように、のろのろと向き直ると、病室の窓に両手をついた。

「むろん知らないわけはないやろうけれども、キミ……あ、いや水松君が、××派だか何だかわからない連中の手から解放される一方で、生きて帰ってこられなかった連中がいるんです。遅まきながら、僕は彼らの死の真相を知りたい。だが正直、どこから手をつけていいのかわからない。それでまぁ、とりあえずは二つの出来事の関係――あるいは無関係をつかんでおこうかと思ってやってきたんですよ。その、あなたの誘拐と、立て続けの殺しとの間のね」

　何と強引な理屈、いや屁理屈だろう。みさとは、ふと考えた。

（ひょっとして、これは事情聴取の真似ごとなのかしら）

そんな子供じみた、そして当てもない探偵ごっこのために、この男はわざわざここへ……？

信じられない思いで、彼女が相手の背にけげんな視線を投げたときだった。

「ついこの前、十沼が殺されたのは知ってますね」ふいに森江は振り返った。「それから、あいつが『もういい、わかった』と言いたいほど一途な探偵作家志望だったことも」

みさとがうなずくと、彼は続けた。

「僕は、奴の書いた小説を——というより、奴の創ったトリックのほとんど全てを看破してきた。そのおかげでだいぶ怨まれはしたけれど、今はそんなことはどうでもいい。言いたいのは、十沼京一だけが、僕のささやかな脳みその使いどころを与えてくれた、いうことです。だから、僕には義務がある。あいつ——キャンパスの友達の中でもとりわけて古株の、あいつが残した謎を解く義務がね。たとえ彼が自分で生み出したものではないにせよ、奴がわが身を挺して描いた謎ときてはね。もっとも、これはこっちの勝手な思いこみ、あの世の十沼に頼まれたわけではなし、君の知ったことやないかもしれませんけどね」

ほんとに、勝手な思いこみ以外の何でもありはしない——みさとは、ひそかに思った。といって、知ったことじゃないとしりぞける気にもなれない。

彼の果たせなかったものを引き継ぐのは自分だけ……加宮が凶刃にかかったと知ったとき、みさとはそう思ったし、その瞬間から全ては彼女自身の問題となったのだ。

「——わかります、何となく」

ややあって口をついたのは、本心からの言葉だった。この男の〝探偵ごっこ〟の続きを聞いてみたくもあった。

加宮を刺した相手への憎しみはむろんだが、錆田敏郎以下サークルの先輩たちの死についても無関心でいられるわけはない。

「でも、それがわたしの誘拐と、どういう関係があるっていうんですか」

問いかけるみさとの胸を、ふと一つの疑いがよぎった――もしかして、この男はわたしを疑っているのかも、と。

（まさか！）

笑い飛ばすよりは、むしろウンザリした思いで彼女は心中つぶやいた。ただの推理ゲームならまだ付き合ってもやれよう。

だが、森江がもしバカげた推理を――加宮朋正を刺したのが自分だとか、まして錆田敏郎を殺したとかいう妄想を抱いているとすれば、今まで話す機会は少ないながら感じていた、この男へのささやかな敬意を全面撤回する必要があった。

「そのことなんですよ」

森江はしかし、急に勢いこんだように言うのだった。

「そのう……君を誘拐・監禁した連中のことやけど、その人相特徴に心当たりはありませんか」

「それは」みさとはいらいらと答えた。「だから、警察でもさんざん訊かれましたけれども、まるっきり覚えてない――というより、見てないんですから。監禁場所にしてからが、覚えているといったら、転がされていた床のセメントの冷たさとほこりっぽさぐらいで……」

「新聞なんかでは、一味は少なくとも三、四人ということでしたね」

まるでめげたようすもなく続ける森江に、みさとはそっと嘆息した。この男は、どんな結論を引き出したいのだろう。警察と同じように誘拐犯＝××派の確証をだろうか。それとも……。

「そこで訊きたいんやけど……報道で見る限り誰もが何となく、あなたが眠らされたあと大阪方面に拉致されたと解してるようやね。けれども、あなた自身こんな風には考えたことはありませんか。それは単なる錯覚で、実はもと来た方角へと運ばれたのではなかったか、とは？」

「もと来た方角？」

みさとは目を丸くした。

「そうです」森江はうなずいた。「大阪から阪急の車中へ、京都へ、自分のマンションへ――そして〝泥濘荘〟へ」

この人の頭の中には、ほかにどれだけの妄想が詰まっているのだろう――みさとは、真剣に相手の正気を疑った。まさか、泥濘荘の住人たちが自分を攫ったとでも？

彼女は抗議をこめ、つぶらな瞳をいっそう見開いた。

「そんなこと、考えたこともなかったです……ただの一度だって！」

森江は、いともあっさりと引き下がった。

「なるほど、そらまぁそうでしょう。――それでは」せき払いすると、続けた。「それでは、空間のかわりに時間を少しさかのぼってもらうとしまして、あの晩、《プランタン》でのパーティーからあとのことを話してくれませんか」

むろん、みさとには答える義務はなかった。だが彼女は奇妙な話術に引きこまれたように――むしろ、この男のさらなる妄想をうながすように語り始めた。

パーティーのあと、住まいの女子学生用マンションに帰り着き、堀場省子からの電話を受けたこと。さらに翌日のローカルニュースで錆田の首吊りを知った省子からの連絡で、泥濘荘へ駆けつけたこと。そして、〝検屍法廷〟で日疋佳景から、いわれない誹謗《ひぼう》を受けたことも。

「ひどいな」森江は顔をしかめた。「ただされ、ショックなニュースのあとやのに」

「……ほんとに」

みさとは小さくうなずいた。全くとんでもない男だった、あの嫌らしい目つきの卑劣漢は。

「ほんま、よう辛抱できましたねぇ。悲しみのダブルパンチとでも言うか……ま、しかし奴の傍若無人さなら、それぐらいは平気の平左やろうけれども。ところで、傍若無人といえば」

森江は何気ないようすで語を継いだ。

「聞くとこじゃ××派の連中は、しょっちゅう加宮のとこへ押しかけてたそうやけど、それは例のマンションに移ってからも?」

「そう、せっかくアパートから、新しい下宿先へ移ったのに、そこにもすぐ……ね」

答える彼女に、森江はさきほどから盛んに開け閉じしていたフィールドノートに、せっせとペンを走らせた。だが、ふと開いたページに吸いつけられたようにペンを休めると、みさとそっちのけで考えこみ始めた。

「………?」

いぶかしさに、みさとがノートをのぞきこもうと身を乗り出すのと、先方が顔を上げるのが同時だった。森江は照れたような笑いとともに、見入っていたページを彼女に向けた。そこには、ひときわ太い字でこうあった。

ULCERA MALIGNA

言うまでもない。日疋殺しの現場にあったという血染めのメッセージだが、彼女もこれについては新聞記事を通じて知ったにすぎない。ややあって、みさとは〝素人探偵〟へのいささかの皮肉を込めて訊いた。

「これについては、何かわかりました?」

何なら、その称号の半分ぐらいは認めてあげてもいい、みさとは思った。ただし、このチンプンカンプンの十三字に、いささかでも明快な答えが出せるならばだ。

実際みさとにとっては、まだしも般若心経《はんにゃしんぎょう》か何かの方が、理解に苦しまずにすむものだった。

だが森江の応対は、いささか彼女の予期に反するものだった。

「水松さんは、ヨブ記は知ってますか? ほら、あの旧約聖書の」

「え、題名ぐらいは……」

みさとが正直なところを答えると、彼は仕入れたての知識を反芻するように薄目を閉じて、

「ヨブ記いうのはパレスチナのウズ地方に住んでた信仰厚い義人ヨブが罪を問われ、地位も財

わりはない。

産も失う、言わば聖書中の不条理ドラマでね。ヨブはこれでもかと言わんばかりの逆境に落とされるわけやけれども、そこへダメ押しみたいにとりついて、肉親の絆まで引き裂くのが〝嫌な腫物〟——ULCERA MALIGNA の名で呼ばれる悪病なんです」

なるほど、と彼女は納得した。だが解説はどうあれ、縁もゆかりもない言葉であることに変わりはない。

何なら神かけて誓ってもいいが、彼女の（そして彼女が知る限りの加宮の）人生において、それは一度として触れた覚えのないものだったのである。

「それで、森江さん」みさとは、やや声を低めた。「犯人……が、その〝嫌な腫物〟を書いた理由というのは、いったい——？」

「そう、それは……」

森江春策は、いくぶん困惑気味に万年筆の尻でこめかみを押しもんだ。あとに続く言葉を期待して、みさとが彼の口を見つめたとき、サイレンの雄叫びが二人をひどく驚かせた。

森江はみさとを手で制すると、のろのろと窓際に歩み寄った。大きな顔をガラスに押しつけるようにして、しばらく外の景色に目を凝らすようすだったが、やがてつぶやいた。

「また事故かいな」

——死人の眼を思わせる、どんよりとした灰色の空の下。

「よ、ようし、行くぞ……！」

森江春策は力強くそうつぶやくと、勇をふるって第一歩を踏み出した。たちまち目的地が、その石積みの門柱がグングンと間近に迫る。

と、それを越えようとしたとたん、彼の足は硬直し、まるで磁界の反発にあったように後ずさりし始めた。最初はジリジリと、そしてしだいに遠く……。

（――ふう！）

逆回しのフィルムよろしく、出発点に戻ったところで、森江は何度目かのため息をついた。

目指すは前方、古さだけが取り柄の何の変哲もない建物。これが初の訪問でもなく、中にいるのはごくごくの古なじみたちばかり。

だのに、今日に限っては薄汚れた塀の内側、玄関前あたりに妖気でも渦巻いている気がして、どうしても石積柱の向こうに足を踏み入れることができないのだった。

「よぉし……行、く、ぞっ」

――さっきから旧・臼羽医院の門前をウロチョロと往復することすでに六回、かけ声に至っては、市バスの停留所に降り立ったときから何十ぺん口にしたか見当もつかないほどだった。

エイくそっ……彼は自分に舌打ちすると、だしぬけに体勢を低め、やみくもに走り出した。そのとたん、敷石か何かに靴先を引っかけて頓狂な声をあげながら突っ走り、気づいたときには扉にしがみつくようにして、玄関先に立っていた。

とにもかくにも、関門は突破できた。息を整えると森江はピンと背筋を伸ばした。

「ごめんっ」

大音声で自分を励まし、ドアを力いっぱいたたいた。……だが、反応はない。いささか拍子抜けしながらも、彼は再び拳骨を固め、扉板めがけ振り下ろそうとした。と、そのとき。

キィ――と、かすかな軋みとともに、ドアが開いた。まるで彼をさし招く手のように、軽く震え、揺れ動きながら……。

森江は首をかしげ、かしげた首を扉のすき間、ほの暗い空間へ差し入れた。まさにその瞬間だった、何か尋常でない力が彼をとらえたのは。

あわわわッ！　そう声をあげる暇もなく、手に、肩につかみかかる何本もの腕に、彼はグイグイと引きずられていった。もし、通りから見ている人がいたなら、それはたまらなくグロテスクで珍奇な光景であったろう。

まるで水木しげるの怪奇漫画にある人喰い屋敷さながら、森江春策の体をのみこんでしまうと、扉はパタリと閉じられた。あとには、ただ落ち葉をまき上げ、大晦日の街角を駆け抜けてゆく寒々しい風ばかり。

2　森江春策、傍聴席につく

森江春策は、一見立派ながらどうにもガタつく古椅子の上で、しきりと尻をもぞつかせた。あたりに散らばっているのは、色とりどりのモールや紙テープ。何だこりゃ、パーティーでもあったのか？　彼は困惑に目をしばたたかざるを得なかった。

——ところは泥濘荘二階、北側の空室。だがどこであれ、いきなり飛び出した腕に引きずりこまれ、荷物みたいに運び上げられてはあいさつのしようがない。ましてそのあげく〝指定席〟に引きすえられ、ボール紙に紐を通したものを首から掛けられたときては。

（いや、それもそれやが）森江は再度、目をしばたたいた。（そもそも、いったい何なんや、この寄り集まりは——）

実際それは、異様な光景だった。まずは、森江の席と少し離して据えられた長テーブル。敷かれた布は古ぼけ、シミや汚れだけ真新しいのが滑稽だ。

それに寄りかかり、あるいは遠巻きにたたずむ殺人屋敷の生き残りたちは、一様にその幸運に感謝すべきか決めかねているような表情で、妙に真っ白さが目につく分厚い紙綴りを手にしている。

珍なのはさらに向こう、どうやら演壇のつもりらしく据えられた代物だ。こっちはまた、どこかのカーテンを外してきたとおぼしき下から、段ボール箱がのぞいているというていたらく。(何をやらかすつもりや。悪魔儀式《サバト》にしては、床に五芒星形《ペンタグラム》がないようやけれども)

「――さて、と」

森江の惑乱をよそに、おもむろに口を開いたのは堂埜仁志だった。

「珍客の到来でちょっと間があいたが、続けるとしようか。とりあえず、さっき取りかかりかけたのは」

会長はのそのそと、〝演壇〟に歩み寄ると、相変わらず口調は茫洋としたものながら腹に響くような重低音で、

「〝手記〟の写し……あ、百万遍《ひゃくまんべん》の十円コピー屋への払いはサークルの積立金から出させてもらったが、異存はないな？　ともかく、例の原稿の読後感を話し合おうとしていたわけだ」

原稿だの手記だの何の話だ。写しがどうとか言ってるが、皆の手にあるのはＢ４判のコピー紙らしい。そいつが、まさか……？

「何はともあれ」

堂埜は重々しくせき払いを響かせた。そして、それに続いた言葉は、森江の〝まさか〟をさらにつのらせるものだったのである。

「この遺稿《いこう》――われわれが、殺人また殺人にオタついていた間に奇特にも書き上げられた実録をムダにするわけにはいかん。われわれがなすべきことは、つまり……」

「つまり、それをもとに憎っくき犯人をあぶり出すことさ。全共闘も顔負けのディスカッションでもって」

野木が内心の葛藤を抑えかねるように言った。そのあとに、イライラと眼鏡に触れながら、

「さっさと始めたらどうだ。わかりきったゴタクはよしにして……」

「しかたないさ」蟻川が弁護するように口を入れた。「わかりきってない奴が一人いるんだから。そうだよな、会長、いや陪審員長殿」

（陪審員だって？　すると、これは裁判なのか。なら、ここにこうしている自分は……）

森江はあらためて首にかけられたボール紙に見入った。左右に穴を空け、どこかの店屋の紐を通したそれには、太字のマジックで横殴りにこう大書してあった――傍聴人。

これが、おれの役回りだというのか？　いぶかる森江のひざに、「そうそう、肝心なモノを忘れるところだった」と堂埜の声もろとも、ズシリと重い原稿用紙綴りが載せられた。その唐突さもさることながら、森江を驚かせたのは、その一枚目にある署名だった。

（十沼、京一……！）彼は目をみはった。（これはあいつが遺したものなのか。ひょっとして、今度の事件についてのものなのか？　最後は自らも殺されながら、一連の殺人について――まさか本当に？）

「オリジナルの手記原稿だ。大事に扱ってくれよ。お前の分はコピーを取らなかったもんでな」

「これを……僕にも？」

森江は、思わぬプレゼントに驚いた顔を上げた。と、野木が横あいから、

「こいつにも見せるのかよ。ここの住人でもないこいつに、おれたちのおバカな行状記を」

さもうさん臭げな言い方、少し見ぬ間にすさみきったような表情が、森江の心を寒くした。

「まぁ、何だ、われわれとはまた別の、違った読み方ができるかもしれんし、な」

鷹揚にとりなす堂埜のあとから、蟻川が不興げに、

「まさに、それを期待してのことじゃねぇか。第一、当然だろうが。あそこにああして座らせた以上、それ相応の情報を提供するのは」

「なァるほど。いくら第三者的立場でったって、まるっきり白紙じゃムリだろうからな」

行き届いたことで――とそう言わんばかりの皮肉っぽさで野木は言った。

「カタいことは言わずにおこうや。どうせ、大した期待はできないんだから」

(なるほど、ね)森江は自嘲まじり、首の紐をたぐり寄せた。(それが、この名札の由来か。わざわざ自分からやってきたバカを放っておく手はない、と)

運命をかけた大裁判の傍聴人、むしろテレビショーの視聴者代表審査員かもしれないが、その大役を振るべく自分を引きずりこんだというわけか。

だが、そもそもこれを裁判と呼んでいいのか。陪審の誰もが検察官であり判事、そして被告人ともなり得る集いを?

「初めに一言」堂埜がホームルームみたいに、手を挙げた。「誤解を避けるために……実のところ、これはあくまで裁判じゃなく、そう、言うなれば……」

「〝探求と告発のための読書会〟とでも言いたいのかい?」蟻川が皮肉な口調で引き取った。

「それとも、〝逝ける仲間への追悼の夕べ〟か?」

「こりゃどうだ、〝死刑台行き片道切符大抽籤会〟!」

野木が吐き棄てる。だが、堂埜は首を振って、

「いや……どれでもない」強引にせき払いすると、「では、始めるとしようか──〝誰もが無罪であることを確認し合うための、信頼と友愛の集い〟を」

(いやいや、どうして)森江はそっとかぶりを振った。(これはゲーム、恐ろしく偽善的な犯人当てだ。しかもテキストはあの十沼の遺稿だときている……)

割り切れぬまま、彼は原稿に視線を落とした。

最初はその分厚さ、重さにかすかな躊躇を抱いた。だがマス目の文字を追い始めるや、その眼はさらに大きく開かれ、指先は猛然とページを繰りだしたのである。


『殺人喜劇の13人』/十沼京一/序章・奇人が集った愛の園/地下レストランの片隅に響く歌声が……


それはまさに、視線の爆走だった。綴じ紐をぶっちぎらんばかりに消化した数十枚を一気に駆け戻り、また何章も先へ飛ぶ。

かと思えば急に目を離し、あらぬ方をにらんでブツブツつぶやく姿は出を待つ役者のよう。と、ふいに目前に伸びた腕が〝手記〟を引ったくった。

「だから、よく読めっていうんだ。お前の手持ちのコピーにゃ抜けてるんじゃないのか？　ほら、このオリジナル版で当たってみろよ」

森江はしばし、おもちゃを取り上げられた子供のように空っぽの手を宙に遊ばせながら、その腕と声の主——野木勇を見上げた。

「ほれ、ここだ。ここを見ろってんだ」

「おい。もうちょい、冷静に頼むぞ」

さらに荒らげられる野木の声に、堂埜の言葉が重なった。そこへ蟻川が例の調子で、

「じゃ、おめぇこそ、こっちの件はどうなんだ。よこせ、えーと……」

野木から原稿束を奪い取るや、荒々しくページを繰り始めた。それを横からのぞきながら、

「あー、どうでもいいことではあるが」堂埜がたしなめた。「なるべくなら、みんな、しゃべるときにあんまり拳骨を固めんように……」

どうやら、お互いの記憶を十沼手記に沿って確認し合ううち、ちょっとした食い違いが生じたらしい。

当分は続きそうな気配に、彼は空っぽの手のひらを引っこめると、そっと席を立った。ひどくのどが渇いてならなかった。

——三分後、一階へ下りた森江春策は、食堂へ踏み入れかけた一歩を宙に浮かし、素っ頓狂にして意味不明な言葉を口走っていた。

「おっとと、うあ、こりゃわわっと……」

いささか情けない声音ではあった。だが誰もいないはずの場所で、だしぬけに人影に出くわしては無理もない。しかもそれが、なかなかにグラマラスな肢体だときては。

「び、ビックリさせないでくれよ、ふう！」

驚きが去らぬまま、森江はあらためて相手を見直し、とがめるように声を高めた。半ば、いや九割方は照れ隠しのためだった。

「ごめんなさい。ちょうど、お茶を入れるところだったんだけど」

相手——乾美樹は軽く目をしばたたき、食卓に浅く腰をかけたまま微笑んでみせた。

「森江先輩……ですよね」

「覚えててもらって、かたじけない」

森江はただささえ少ない女性の知己の中で、セクシーであればあるほど縁が薄くなる傾向にあるのはなぜだろうと考えながら、礼を述べた。

何でまた、ここにその森江先輩がいるのかといぶかしげな美樹に、これまでのことを抜き読みで説明すると、彼は語を継いだ。

「で、君までがどういういきさつでここへ？　やっぱり外をうろついてたとこを無理やり引っ張りこまれ……いや、そんなわけもないか。ひょっとして検屍法廷と同様〝泥濘荘陪審法廷〟にご招待でもかかった口ですか？」

「ええ」美樹はうなずいた。「何だか大事な用事があるからって、会長さんたちから電話がね。

犯人を名指しする機会が、そのための重大な証拠が見つかったって……。でも」

　彼女は締まった脚をゆらゆら遊ばせながら、軽く二階をうかがうように視線を上げた。

「実際来てみたら、あの通りの犯人当てごっこ——とさえ言えない間抜けさでしょ」

「確かに否定はしかねる、ね」

「でしょ？　で、参加権を放棄して、さっさと出てきちゃったわけ。手違いで荘内の人数分しかコピーがないけれど、特別にオリジナル原稿を渡してあげるとか何とか、ご大層なこと言うのにも嫌気がさして、ね」

「よくわかりますね、その気持ち」

　森江はしたり顔でうなずいた。

（なるほど、つまりアレは、この子のお下がりだったわけか。そして、確かに彼女の選択こそ賢明やと言うべきかもしれん。が、おれは……）

　自分に言い聞かせるように、内心つぶやいたときだった。急に忘れていた何かが胸を突き上げ、森江は周囲を見回しながら訊いた。

「——ところで、堀場省子君は？」

　美樹はちょっと首をかしげた。

「さあ、呼ばれてないはずはないと思うけど……」

「ふうむ……」

　森江は正直、失望を禁じ得なかった。今まで読んだ限りでも、堀場省子は手記の中で並々ならぬ役割を演じている。

そうでなくとも十沼の最大の理解者であった彼女には、一度話を聞いておかねばならないと思っていたのだ。それが、来ていないとはどうしたわけだろうか。

（まぁ、酷な話ではあるな。ここへ、しかも犯人探しの集いへの招待なんかは）森江はつぶやいた。（やはり、失意とショックのせいか。だとしたら十沼も、もって瞑《めい》すべしかもしれんな）

かすかな羨望を感じずにはいられない彼だったが、ふいに妙なことに気づいて、美樹にけげんな視線を向けた。

「しかし、よくもまあ平気で、こんなところに一人でいられることやね。ひょっこりここへ、犯人が現われるかもしれないんだよ？」

「それこそ」

美樹は微笑すると、自分の背に手をのばした。そして一瞬ののち、森江の間近にさしつけられたのは、一丁の剃刀《かみそり》だった。彼女は笑みを含み、続けた。

「――それこそ、くっだらないホームルームの結論を待ってるより、手っ取り早いじゃないの」

どこかアクの強さはあるものの、ごくふつうの女子大学生が、悪魔的な内面をかいま見せた瞬間だった。

「な、なるほど」

かろうじて平静を保ち、森江は彼女にこう答えるほかなかった。

「……ごもっともで。ところで、僕にもらえるかな。その、お茶を一杯？」

——一杯の茶にのどをうるおしたあと、両の腕では足りずに脇の下にまで抱えこんだ荷物を供に、彼が〝法廷〟に戻ってきたのは、さらに数分後のことだった。

「さて、今までのところに関しては」

身をかがめ、足音をぬすんで再び傍聴人席につこうとする森江の耳に、相も変わらぬ堂埜の声が響いた。

「この手記の中に描かれた自分たちの行動について、各自異存はないわけだな？」

ああ……おざなりな賛同の声があがる中、誰もが自分など気にもとめていないのに、森江は拍子抜けしながらもホッとした。だが、何くわぬ顔で丸椅子に尻を落ち着けたとたん、

「どこへ行ってたんだ、傍聴人が許しも得ずに」

野木がたちまち難癖をつけてきた。

「す、すまん。ちょ、ちょっとトイレに」

「トイレだ……？」

蟻川がおうむ返しに言った。次いで彼は、森江がかたわらに置いた大荷物——ホコリをかぶった百科事典やら古新聞にうさん臭そうな視線を投げると、

「ふん、まあいい。それより、こんな重たいもん、何冊も持ってられるか。ほれ」

後ろ半分はボヤくようにつぶやくと、原稿束を投げ返してよこした。

（勝手なもんだ）だが、そんな内心はおくびにも出さず、森江春策は両手と膝の上に生原稿や資料類をとっかえひっかえしながら、読みふけり続けた。

どれほどたったろうか、ふいに話し声のやんだ気配に彼が視線を上げたのは、外光がかなり弱々しくなったころだった。——と、言葉の途切れるのを待っていたかのように堂埜が、

「ふぅ。この辺でようやく一段落か。いよいよ本題に入るとしようか」

（まだ、本題やなかったのか）あきれた森江が思わず顔を上げたときだった。

「待った」野木が、大声を割りこませた。「まだ一つだけ、検討しなきゃならないことが残ってやしないか、その前に」

「その前——そう、テキストを離れ、事件それ自体にメスを入れる前に、な」

蟻川がバタ臭いしぐさで両手を広げ、その続きを引き取った。

堂埜は、そんな二人を見比べ、長いあごをなでながら、

「つまり……それはひょっとして、こういうことか。みんなも手記そのものについての疑問が、まだある——と？」

「そうとも」野木は勢いよく、ペンでコピー束をたたいてみせた。「こいつが単なる日記じゃないのは、とっくに証明ずみだよな。貴重な証言、ドキュメントであることっても、もう耳タコもんだ。確かにそうに違いなかろうが、おれにはそれ以上の何かが隠れているような気がしてならんのだよ」

堂埜が目を細めた。「何か、というと？」

「だから、それは」野木は確信に満ち、勢いこんだ。「十沼が残したメッセージだよ。われわれには、それを読み取ってやる義務がある。そしてそれは、つまり——」

だが、一〇〇％の断言には不足だったか、急にトーンダウンしたあとを、

「つまり」蟻川があっさり続けた。「ハッキリ言や、犯人を挙げるための手がかりだな」

一瞬、奇妙な沈黙が座を支配した。ついに、ことここに至れり、とでもいうような雰囲気。だが、ひとり堂埜は、あくまでさりげなく先をうながすのだった。

「手がかりか。ふむ――具体的に言うと？」

「そいつは」

真っ先に身を乗り出したのは蟻川だった。だが彼は、自信満々続けようとした言葉を、もったいぶった笑みにうずもらせてしまうと、

「そう、たとえて言うならば、そいつは一つの数字に表わされる。それに妙にこだわっていたらしい十沼自身の言葉を借りれば、不吉で滑稽で、変に昔懐かしい数字に」

「さらに、このどうしようもない紙屑で示すならば、だ」野木は眼鏡に軽く手をやった。「それは、まだ初めの方――といっても《プランタン》でのパーティーがハネたあとに記されている。あいにくおれは、そこにいなかったわけだが」

「………」

再び、奇妙な沈黙が一座に落ちた。――堂埜は半ば閉じたまぶたの間から、仲間たちに眠たげな視線を送りながら、

「……どうやら、みんな同じことを考えてるらしいな」

「らしいな。全く、よく気の合うこった」

独り言めく会長の言葉に、皮肉な笑みを洩らす蟻川だったが、ふと気づいたように、

「おい、てことは貴様もか？」

「ああ」堂埜はうなずいた。「ほかの誰も言い出さないようなら、後回しにしようと思ってたんじゃが」

「存外、食えねぇ男だな、会長も」

蟻川が鼻白んだような声を出した。と、野木は妙にシリアスに声を低めて、

「みんな同じこったよ。どいつも、こいつも……そんなわれわれのキーワード、というより合言葉と呼ぶべきなのが、サ・ク・シ・ヤ・ハ・ト・ヌ・マ・キ・ヨ・ウ・イ・チ——〝作者は十沼京一〟の十三文字ってわけだ」

終わりの方は、例の如く吐き棄てるようだった。だが、まもなく気を取り直したようすで、

「そう……十沼はパーティー後の喫茶店のくだりで、自費出版するつもりだった短篇集の収録作を書き連ね、その題名の頭と末尾の字をつなげると、それぞれ文章が浮かび上がることを記してる。長々と、場違いなほどにな。ここに何かがありはしないかってことだ」

野木はそこで一呼吸入れ、続けた。

「早い話、十沼は手記に書いた以外のメッセージを、それに似た方法で残した——それを暗示したいがための、あの記述だったってわけだ」

「誰しも、行き着くところは同じってことだ。ま、気づかねぇとしたら、そいつは……」

蟻川は、訳知り顔で言うと、すかさず底意地悪げな一瞥を投げた。

「そいつぁ、むろん単なるアホタレというほかないだろうな」

「お互い、そのアホタレになるのを免れたところで、だ……よければ、おれから始めさせてもらいたいんだが」

野木は軽く両の手のひらを打ち合わせたが、このあたりテストの後で探りを入れあう中高生と、変わるところはなかった。

「あぁ？」

虚をつかれたように蟻川は言い、堂埜の方をうかがうと、やや不満げながらうなずいた。

「ま、いいだろう」

「おれが……みんなも同じかもしれんが」野木は話し始めた。「とにかくおれが目をつけたのは、奴が何だかんだ理由をつけては、自分の小説を引き合いに出していることだ。一見さりげなく、実はわざとらしくバラまかれた題名——それらが何を連想させるかは、言うまでもないよな？　まずは第一章、堀場君を送って独り帰路についたくだりに出てくる、

『凍てつく古都の犯罪』

だな。次が、鋳田から少女マンガ講義を受けるキッカケになったとかいう、

『二八七議席は殺しの許可証』

それから第二章の×京署の一行が去ったところと〝検屍法廷〟の場面に出てくる、

『振子の齟齬』

『段倉家の惨劇』

『迷宮の死角』


そのあと、順々に挙げていけば——

『野蛮の家』（第三章、薬局調べの場）
『近鉄特急殺人事件』（第四章、時刻表談議）
『赤死館の恐怖』（第五章末尾近く）
『夕蟬荘殺人事件』（第九章、《濫蓙録》引用）
『虹色の密室』（第十章）
『誘拐のデス・パズル』（第十一章）
『白夜への密使』（終章）

以上だ。十沼のメッセージはたぶんこれらの中に秘められている。——しかし今のところは、こん中のどれをどう組み合わせたらいいもんやら、正直見当がつかない状態で……」

なるほど——つぶやきながら堂埜が、ゆっくりとうなずいたときだった。

「待った待った、それだけか」

蟻川曜司がメモを取っていた手を休め、声荒くさえぎった。

「全部で十二しかないじゃねぇか。無視するつもりか、十沼の13てぇ数へのこだわりを?」

「わかってるさ」野木は口をとがらせた。「奴がパーティーの人数から手記の題名まで、それに執着してたのはな。おれだって必死で探したんだが、これだけしか見つからなかったんだ」

「そこが貴様の見方の甘いとこなんだよ。みごとに引っかかったな、奴の目くらましに」

蟻川は容赦ない罵言を浴びせかけた。「何だと!」と相手が気色ばむ暇を与えず、だしぬけに森江の方に向き直ると、

「さて、ここで突然ですが、森江春策氏を証人として喚問したいと思います。——森江さん、故・十沼京一の数少ない読者だったらしい貴君に質問します。いま野木勇君が挙げられた題名は、いずれも実在の作品ですか?」

「は、はいっ」

いきなりバカ丁寧な口調になったとたん名を呼ばれ、森江はあわてて腰を浮かした。

「確かに、それはまちがいなく……その」

続けようとした言葉は、しかし「もういい、座って」という言葉と手つきに、さもうるさそうにさえぎられた。蟻川はもとの声に戻ると、

「いいか。あの自費出版本のときは、暗号文が先にあって各篇の題名を決めていったんだろう。だが今度は違う。伝えたいメッセージをすでにあるタイトルに託そうったって、そううまくそろうとは思えない。架空の題名を捏造《ねつぞう》するんじゃなく、まして自作に限ろうとすりゃな。——第一単純過ぎるだろうが、暗号の趣向がまるで同じだなんて?」

「正論だな」

堂埜がまたもうなずく。

「な、なら、こりゃどうだ」

野木は急に元気を取り戻したように、またしても指を折りおり、

「小藤田のことや彼のコレクション、それにほかのいろんな場面で引き合いに出される笑芸のネタ――〝夢八〟〝くっしゃみ講釈〟〝近日息子〟〝算段の平兵衛〟〝ないもん買い〟の落語五題、漫才では〝お笑い玄冶店〟〝もしもし鈴木です〟〝お笑い金色夜叉〟にダイマル・ラケット四連発プラス〝早慶戦〟再現版で、しめて十三になりはしないか?」

「みごとだ」

堂埜はこっくりとうなずいた。だが、そのあとおもむろに原稿束を繰ると、

「ただし、第五章の初めの〝へっつい盗人〟を勘定し忘れたことに目をつぶれば、だが」

「は……はぁ?」

啞然とする野木を、堂埜はあきれたような目つきで見やりながら、

「つまり、こんな具合に十沼の自作だけじゃなく、この手記に出てくるいろんなタイトルをぜんぶ数珠つなぎにしろとでもいうのか。歌に映画に探偵小説、あり過ぎて数えてもみなかったが、それらを片っぱしから?」

「そんな必要はないさ」蟻川は、軽く笑い飛ばした。「もっと他に、いかにも十沼らしい目印を探すべきだというんだ――そう、〝殺人事件〟という目印をな」

「〝殺人事件〟？」

「そう、ミステリの最もありふれた接尾辞というべきかな。これの付いた題名ときちゃ無尽蔵にありそうじゃないか。そして、この手記には、まさに十三個のそれが挙げられている――まずは『ケンネル殺人事件』、自費出版本中の『空中庭園殺人事件』、同じく自作の『近鉄特急』『夕蟬荘』と来て、第八章で堀場君が数えあげたことになってる『ベンスン』から『カシノ』、そして『ウインター』のヴァン・ダイン八本立て（先のとダブる『ケンネル』を除くとして）、そしてトドメは、海淵の死体発見前に唐突に引きあいに出される『黒死館殺人事件』――。

何であんなとこで花壇の紹介が始まるのか解せなかったが、つまり十沼は『黒死館』の名を出したいだけのことだったのさ。ただただ暗号文を組み立てたいためにね」

「おみごとだ」堂埜は感嘆したように言い、そっと手をたたいてみせた。「で、その十三個の〝殺人事件〟の解読結果は――？」

「いや、そいつぁまだだ」蟻川は平然と言った。「キーワードさえ見つかりゃ何とかなるはずなんだが……そうだ、瀬部の《オールタイム映画ベスト13》は誰か検討してみたか？」

「あくまで13にこだわるのなら」野木がハタとひざをたたいた。「ほれ、短篇集の題名に堀場君が提案したっていう〈13の殺人喜劇〉はどうだ。ジ・ユ・ウ・サ・ン・ノ……何とこいつも十三字だ！」

（連中は、何か勘違いしてる）森江はつぶやいた。（この遺稿に必ず真相が秘められていると、十沼のペンの軌跡の先をたどれば解決篇に行き着くと、どうして確信できるんだ。探偵小説や

受験問題集の巻末をめくれば模範解答が出てくるのと同じだと勘違いしてるんじゃないのか）

そして、それは結局犯人を利することでしかない。森江は再度、やりきれない思いで尻を持ち上げた。とぼとぼと階段を下り、食堂へ……。

「また来たの」

あきれたように美樹は言い、妙に蠱惑的《こわくてき》に髪をかき上げてみせた。

「――今度も、お茶にします？」

「いいや」森江は答えた。「今度はちょっと、その……お散歩としゃれようかと」

――そして徘徊《はいかい》の果て傍聴席に戻れば、今度はとがめるものはなかった。論議はというと、いよいよ森江の危惧した袋小路のドン詰まりで押しあいへしあいをしているようだった。

「重要な発見を忘れてた」

張りつめた声で発言を求めているのは、蟻川だった。

「文中に出てくる漫画家だが、〈水木しげる〉も〈川崎ゆきお〉もローマ字で書くと十三文字になるんだ。ほら、MIZUKI SHIGERU、KAWASAKI YUKIOとね」

野木が鼻を鳴らした。「なるほどな、大した炯眼《けいがん》だな。だが、どうせならTABUCHI YUMIKOも忘れてほしくなかった」

「全くだ」

蟻川が珍しく素直にうなずき、続けた。

「ところで、気づいてたか？　ベスト13からこそ外しちゃいるが、瀬部の一等お気に入りだったらしいアルフレッド・ヒッチコック――こうカナ書きにして中黒（・）もいっしょに数えれば十三字になるってことを」

「面白い」

「違う、違う！　あのベスト13こそキーワードと見るべきなんだ」

「さっきの〝殺人事件〟だが、英語だとTHE ~ MURDER CASEで、これも十三字だぞ」

今ひとつ白熱しきらない議論をよそに、森江は一心に読み続けた。――その一方で陽はますます翳り、薄墨のような闇が、茶色の罫も万年筆の軌跡もいっしょくたに溶かしこもうとする。

と、それに抗《あらが》うかのように、原稿束がパタリと音をたてて閉じられた。

せき払い一つ、森江春策が遠慮がちに立ち上がるのと、誰かが蛍光灯のスイッチを入れるのとが同時だった。

いくぶん弱々しいながら部屋に満ちた光の下、森江はおもむろに口を開いた。軽く椅子を軋ませ、生原稿をベロリと怪物の舌めいてぶら下げながら。

「ちょっと、みんな……あのう」

「うるさいな、全く」

すぐさま返ってきたのは、ひどくいらだたしげな声だった。

「あいにくだが、傍聴人の出番はまだだ」

「そうそう、もうちょい黙っててくれ。で、今の件だが、オレの見るところじゃあ……」

またぞろ懲りずに始まる論議に、森江春策はあくまで控え目に、しかしたゆまぬ忍耐強さで口をはさむのだった。

「……あの、悪いんやけども」

いったい何だってんだ――不興げに投げつけられる非難がましい視線に一瞬ひるみながらも、彼はこう続けた。

「犯人がわかったよ」

3　森江春策、説明を開始する

「こりゃ恐れ入った」

蟻川曜司が大仰に叫び、

「どういうつもりだ？」

野木勇が、堂埜仁志が眉をひそめる。たちまち向けられた冷たい目にひるみつつ、森江春策は声を励ました。

「確かに僕は部外者や。一連の事件の傍観者ですらなかった。しかし十沼の手記については対等――いや、より多く場数を踏んでるつもりだ。奴の書いたものを読み、挑戦を受けてきた点では。それに……僕の名はＭＯＲＩＥ　ＳＨＵＮＳＡＫＵと十三字、そのことに免じて許してくれないか」

苦しまぎれのこじつけだったが、それはどんな真摯《しんし》な訴えよりも効果を表わした。

「どうする……？」

ややあって、みんなの顔色をうかがう野木に、堂埜はいとも簡明直截に、

「いいだろう」森江をふりむくと続けた。「実際、門前で逡巡してたお前に入ってもらったの

は、まさに今あげた理由によるんだから」

あきれて絶句する森江をしりめに、蟻川が言った。

「相変わらず、見方の深いことだ。——ま、会長がそう言うんなら、いいとしてやろう」

「だが手短にな」

すかさず野木が釘をさしたのに、森江は頭をかいてみせながら、

「それが……少々、手長になりそうなんだ」

卓上の原稿に手を置き、考えをまとめること数秒。やがて視線を伏せ気味に、口を開いた。

「さあ、何から話し始めたもんか。たとえば、僕にはこのあたりが気になったんやけどね。ほら、第一章で十沼が堀場君を送ったあと、寒風の中ここに帰り着いたくだりだ。えーと……『一瞬、一階の窓に灯りを見たように思った』と書き、すぐに車のライトの照り返しか何かだと否定している。妙に暗示的やないか？　もっとおかしいのは『おれは冷たくぬれそぼった風呂場のタイルを踏みしめて』というところ……もう何時間も無人の家の、しかも浴室の床がどうしてぬれてたんだろうか」

ほう？　という視線が、森江に集まる。彼は遠慮がちに、しかし確信に満ちて続けた。

「それはつまり、こういうことを示しはしないか。十沼がここに帰ってきたとき、すでに一階の部屋に誰かがいたこと、そしてたぶんその人物が風呂場を使い、床のタイルを濡らすような何かをした、と」

ややあって、蟻川が口をはさんだ。「つまり水浴びか。まるで寒垢離《かんごり》か、みそぎだな」

「みそぎ？」

そうと聞くや、森江は目をパチクリさせ、ついで独り合点したようすで、

「そ、そや、まさにそれ、禊《みそぎ》や」

よほど、その単語に感じ入ったか何度もうなずく彼に、けげんな顔で野木が先をうながした。

「……で、そいつは誰だってんだ」

「あ、そうそう」思い出したように顔を上げた。「ええっと、そのとき泥濘荘内にひそんでいた人物というのは、だね」

言いながら、森江は原稿をパラパラと繰った。ふいにそれを閉じたかと思うと、牛丼屋での注文時を思わせる迷いのなさで、

「そいつは——錆田敏郎」

「なにィ？」

意表をつかれたような声が相前後して起こった。

無理もない。十沼が就寝前に耳にしたという、誰かが入ってきた気配。あれ以前、すでに錆田が荘内にいたなどというのは容易に信じられることではなかった。

「本気なんだろうな」

堂埜が重ねて訊いた。森江はしかし、小学生のようにコックリとうなずくばかりだった。

「本気やとも。どうして、そう考えてはいけない？　少なくとも否定材料はないはずやぞ。十沼がここへ帰り着いた時点はもちろん、《プランタン》でのおひらきからこっち、錆田の所在

を証言できる人間はいないんだから」

「そう言や、貴様もそうだったな」蟻川が突っかかるように言った。「ゴタクを並べる前に自分のアリバイ証人を探したらどうだ、喫茶店を出たあとの？」

「考えとくよ」

さすがにムッとして言い返す森江だったが、そのあと妙に悲しげな表情で友人たちを見回しながら、

「いや、そうするのがフェアかもな。けど、もうしばらくは話につきあってくれないか」

――反論はなかった。ようやく気を取り直したようすで、森江春策は言葉を継いだ。

「さて、と……。省子君を送った十沼が、ここに戻ったのが十時十五分ごろ。――ちょうど加宮朋正の死亡推定時刻と重なり合うわけやけれども、その少しあと、問題の寝台特急〈彗星3号〉に乗りこんだ人物がいたと思ってくれ。ところは岡山駅、時刻は22時31分――」

「そいつが当然、犯人だな」

蟻川が勢いこんで、身を乗り出した。

「犯人……そうとも、それには違いない」

森江は答えたが、そこには躊躇するものがあるようだった。

「その人物――そう、犯人は、やはり京都から新幹線で寝台特急を追いかけたとみるのが妥当やろうね。十沼が要領よくまとめてくれてるんで助かるが、このうちの〈ひかり145〉――20時41分のやつに乗り、岡山で降りたとしよう。すると、それに遅れること十二分、抜かれた

〈彗星3号〉が在来線ホームに入線してくる。発車は22時35分。そしてまもなく、加宮は死んだわけや」

「ちょっ、ちょっと待った」

あまりにも唐突な展開に、さしもの蟻川も悲鳴にも似た声をあげた。

「もういっぺん、それももうちょいくわしく説明願いたいもんだな」

「何べん聞いても同じだぜ、たぶん」

野木が眼鏡の奥から、森江に冷たい視線を投げた。

「えらく安直に決めつけてくれるじゃないか。それも、とっくにゴミ箱に捨てられたような可能性を持ち出したりして」

「そうだ、もしそう言うのなら」蟻川がいらいらと言った。「犯人は、その後どうやって〈彗星3号〉を脱出したんだ？　手前の姫路からだって、もう京都に戻れる新幹線はないんだぞ」

「それとも、森江」

堂埜がゆっくり口を開いた。彼は、もはや執念とも言える期待を見え隠れさせながら、

「ひょっとして××派の犯行だという確証を見つけだしてくれたのか。だとしたら、うれしいんじゃが」

「違う。××派がかかわっていたと考える限り、この事件を解釈することはできない」

打って変わった断定ぶりに、堂埜はいったん口をつぐみかけたが、

「言い放ったな、えらくまた大上段から」

失望もあらわに森江を見すえ、そして言った。

「なら、誰がその条件に合致するんじゃ。ひかり何号か知らんが、午後八時半過ぎの京都駅新幹線ホームに駆けつけられる奴がいるとでもいうのか？」

「いるとも」森江は、さらにきっぱり言い切った。「それがあとの方の質問に対する答えや。先の方については——犯人にはその必要は、つまり京都に駆け戻るつもりは毛頭なかった、と」

「何だと？」野木が声を荒らげた。

「いや、これは言い方が悪かったかな。犯人というより、このアリバイのプランナー兼実行者——いや、いっそ本来の犯人と言おうか」

「ますます、わからん」

野木が焦れたように唇をゆがめるあとから、蟻川が急きたてるように訊いた。

「とにかく、そいつ——〈ひかり145〉から〈彗星3号〉へ乗り移ったってのは誰なんだ」

「加宮、朋正」

森江は簡単明瞭に答えた。やや虚を衝かれた体の聴衆は、たちまち口をとがらせて、

「何を今さら……」

「いや、だから被害者の名前なんかじゃなくて」

「そう、その〝本来の犯人〟とやらが誰かってことをだな——」

だが次の瞬間、彼らは同時に叫んでいた。

「か、加宮朋正だって？」

「そう、加宮や」森江はうなずいた。「彼こそ全ての発端だった。そもそも彼が周囲に告げたよりはるかに遅れて京都を発ちながら、予定通りの帰省列車に乗り込む方法を考え出しさえしなければ、こんなややこしいことにはならなかった」

蟻川が声をかすれさせた。「何のために、そんなことを」

「むろん、彼自身のアリバイのために」

森江は静かに答えた。

野木が、ふと顔を上げた。「アリバイ？　何のためのだ」

「おそらくは……いやまちがいなく」森江は苦しげに声を低めた。「——誰かを殺すために」

堂埜が苦く、低くつぶやいた。「〝本来の〟の意味はそれか」

どんよりと重たい沈黙が漂う中、野木がゴシゴシと額をぬぐった。

「その誰かというのは、もしかして……」

「鋳田敏郎、か」

堂埜がかわって、その名を挙げた。

「そや」

森江はほんのかすかに、頭を前後に動かした。いやまさか、バカな信じられん……そんな言葉の欠片《かけら》が、よどんだ空気の中を浮き沈みした。

「しかし、加宮には鋳田を吊ることはできなかった——時間的に見て、絶対に」

われに返ったように蟻川がつぶやき、そのあとに野木が半ば茫然と付け加えた。

「そして、当の加宮も刺殺体で発見された。と、いうことは……？」

切れぎれの疑問符を引きずり、視線が宙をさまよった。それを意識してかせずか、森江はあくまでさりげなく言った。

「つまり……瀕死の被害者が自分で部屋の鍵を下ろしたために密室殺人が成立してしまう、あれの列車アリバイ版とでもいうべきかな」

「！」「！」「！」

三対の瞳に驚愕の火花が散った。さまよう視線は、今やこの風変わりな客人に行き場を見つけた。その口元が紡ぎ出そうとする、物語の続きを待ちながら。


「言うてみれば、ごく単純な発想なんだ」

森江春策は前髪をかき上げると、淡々と続けた。

「この手記でも再々論じられてるように、京都にいる誰一人として〈彗星3号〉に追いつき、戻ってこられるものはいなかった。とすれば加宮の方がぎりぎりまで京都にとどまり、あとから目的の列車に乗りこむ工作をしていたとは考えられないか、と思っただけのことでね。そう、僕なりに加宮の行動を再現してみるなら、ことの起こりは十二月二十二日、おそらくは午後八時から八時半の間——。

その日七時ごろ、京都を発つかのように周囲をたばかった加宮は、洗い場のバイトを終えて《プランタン》のパーティーに向かう鋳田を呼び出した。あるいは単に待ち伏せたのかもしれない。そして、どこか人目につかない路地裏あたりに誘いこむや彼に斬りかかった。……加宮の目論見では、あっさり錆田にとどめを刺し、その場を立ち去るつもりだったのかもしれないが、それはあくまで机上のプラン、現実はとんでもないことになってしまった」

野木がぽつりと口をはさんだ。

「逆に自分が刺されてしまったわけか、標的に」

「その通り。錆田は夢中で凶器——加宮が事前に泥濘荘の食堂から盗み出しておいた果物ナイフをもぎ取った。そしてもみ合ううちに、まくれたレインコートの下、加宮の背中にそれを刺してしまった。驚いて引き抜こうとすると、かねての仕掛けで柄が外れ、刃だけが体内に残る。あとはもう手の施しようもない。錆田は必死でその場を逃れ去った……。

そのあと加宮はどうしたか。こういう場合、食い入った刃が栓の役目をして、意外に流血は少ないが、体内では出血が着実に進行している。ゆっくり内出血死への道をたどりながら、加宮は何を考えてたやろか。錆田への殺意に次いで、いやある意味ではそれ以上に深く、くりかえし頭に刻みこんだであろう乗り継ぎプランだ」

「〈彗星3号〉へ！」

だしぬけに蟻川が叫んだ。

「朦朧とした意識の下、鳴り響くはただその言葉だった……ちゅうワケだ」

「そやったかもしれん」森江は大まじめにうなずいた。「そいつを聞きながら、コートの下に致命傷を隠した加宮は、京都駅の新幹線ホームへと向かった。あとは、さっき説明した通りだ。

〈彗星3号〉のB寝台に潜りこみ、死にゆく身には、あまりにも過重なプログラムをこなし終えたところで、彼はようやく力尽きた。全ては内出血の悪戯……ファイロ・ヴァンスが、というかヴァン・ダインが『ケンネル殺人事件』で例を挙げているような、ね」

「『ケンネル』?」堂埜が聞き返した。

「そう。瀬部が切り裂かれる直前まで見てた映画の原作だよ。その小説では、刺し殺されたにもかかわらず『自分が死んでいることを知らなかった』被害者が事件を混乱させるんやが、加宮はまさにそれだったわけだ。——しかし、これはちょっとした暗合にすぎん。もっと興味深いのは……いや、それよりも今は、錆田の方に話を移そう」

「よかろう」堂埜が、おもむろにうなずいた。

「さて、わけもわからず庖丁を振りかざした奴に斬りかかられ、気づいてみれば相手に刃を突きたてていた錆田の心理は、いったいどんなもんやったろう。しかも通り魔の正体は、キャンパス仲間ときてはね。幸い、周囲に目撃者はない、返り血も大丈夫のようだ。なら、どうする? 決まってる、約束通りクリスマス・パーティーに出ることだ。今なら間に合う。バイトで遅くなることはみんな知ってるが、とにかく早く、怪しまれないように……」

「畜生、何でもっと早く気づいてやれんかった」堂埜が唇を嚙む。「奴がまさか、そんな崖っぷちに立っていたとは……」

「やめろやめろ、今さら下らねぇ後悔は」

蟻川がヤケッパチのようにさえぎった。だが彼は急に声をひそめて、

「……そりゃ、そりゃあ確かに、ようすは多少おかしかったのを覚えてるが」

「思いやりにあふれた仲間ばかりで、全く涙が出るな」野木が歯をむき、毒づいた。「思いやりだけは腐るほど――いや、もうとっくに腐ってるってか？」

反駁する声は、もはやなかった。――森江は気まずそうにせき払いすると、

「あの、続けさせてもらってええかな？　では……確かに、あのときの僕らには何も見えていなかったかもしれんが、今となっては彼をさいなんでいた不安と良心の呵責は容易に想像がつく。それが、《プランタン》でのバカ騒ぎぐらいで消し去れるものでなかったこともな。

錆田は、みんなと別れてこっそりとここへ戻った。正確な時間はわからんが、むろん十時にはなっていなかったろう。そして、身辺を整理し、いよいよ意を決した彼は、ひとり一階の自室から二階、さらに望楼へと、踏み台になるものを引っ提げ上っていった。屋根裏では、念入りに荒縄を選り出し……」

「おいおい、何だかまるで、錆田が自分から縛り首にかかったみたいじゃねぇか」

蟻川が待った待ったとばかり、手を振ってさえぎった。堂埜も眉をひそめて、

「そうじゃ。まるで自殺みたいに聞こえるぞ。……それとも本気か？」

「そのつもりでしゃべってたつもりやけど」森江は目をパチつかせた。「みんなも、錆田の死は自縊によるもんと承知のうえで聞いてくれてるもんやとばっかり……」

「や、そりゃ話の按配で見当はついたさ。しかし、あんまり唐突すぎやしねぇか。なあ？」

蟻川は周囲に同意を求めた。それに応じ、野木が顔面に稲妻を走らせながら、

「第一、安直の極みだ。あの朝、現場に残ってもいなかった踏み台が出てきたり……。それから十沼が嗅ぎつけた〝エーテル〟の匂いについちゃ、どう納得させてくれるんだ」

「そう、その問題があったな」森江は、あっさりと認めた。「そやけど、どっちが簡単だと思う？　あいつを眠らせ、巨体を望楼のあんなに高くへ引きずり上げるのと、あいつが自ら輪差に首をさし入れ、ブラリと縊れ死んだ現場から踏み台を持ち去り、死体に麻酔薬を振りまいておくのとでは。――死体発見の朝、十沼が瀬部に納戸から脚立を出して来させるくだりがあるが、案外あれあたりが錆田が実際に踏み台に使ったものかもしれない」

「それを何者かが、しまい直したと？」と堂埜。

「そう。その脚立かどうかは別にして、錆田の〝使用後〟、踏み台が持ち去られたのはまちがいない」

「何のつもりで、そんな真似を？」

「他殺と思われた方が都合がよかったからだよ。あの図体を吊り上げる怪力の主だと印象づけられる方が、犯人にとっては」

「今、犯人と言ったな」耳ざとく、野木が待ったをかけた。「むろん、それは続く小藤田殺し、瀬部殺しエトセトラについての犯人を指すんだろうな」

「ああ、もちろん」

「すると一連の殺人の中で、加宮殺しと錆田の首吊りとは全く別個の線上にある、と」

「とんでもない！」

森江は首の筋を違えるのではと危ぶまれるほど、激しくかぶりをふった。

「ど、どうした」野木はあわてたようすで、少し身を引いた。「よ、よし、それはまたあとでうかがうとしてだ。そいじゃ、薬局のおばちゃんの証言は？ およそ自殺者には似つかわしくない買い物をしたっていうあの件はどう説明するんだ」

「あ、コンドームと浣腸薬の件ね。はいはい」

森江は、何ごともなかったように原稿束を繰りながら、

「エーテルらしい異臭を嗅ぎつけたところで、十沼は書いている。ええと……錆田は独得の美学をもってた、と。その二つの品物は、まさにそのために使われたと解すべきなんだ」

「よくわからんが」と野木。

「最初、所轄の×京警察の一行についてきた警察医の言葉を、十沼はこう記録している――『キレイなホトケさんや』。このセリフでもわかるように、縊死体というのは決してキレイなもんやない。事前にいくら浴室でみそぎをして身を清めたところで、いざ本番となれば大小便を遺漏《いろう》し、縄のよじれにつれて回転する死体が、それらを周囲にまき散らしさえする。『あす執行下剤をのみて春の宵』なんて、死刑囚の辞世もあるぐらいだ。これだけ言えばわかるやろ。錆田がどんな目的で、どうあの二つの品物を使ったか」

あの検屍法廷と同じ笑いが、グロテスクな花を咲かせた。その色合いはあのときより数倍毒毒しく、しかし命ははるかに短かった。

「しかし……」

まだ納得しかねるように口を開いたのは、蟻川だった。

「正当防衛になるかどうかはともかく、ただの殺しとはわけが違う。少なくとも、オレなら絶対そう性急に首をくくったりしない。まさか、それも〝独特の美学〟で片づけるつもりじゃあねぇだろうな」

「それに、だ」野木が続けた。「錆田がここに帰ったのが十時以前、ところが奴の死亡推定時刻は十一時半から午前零時半の間と、えらく間があいてるのはどういうわけだ？　さっさとブラ下がりゃいいものを」

だが、それらへの森江の答えは、単なる逃げ口上と受け取られかねないものだった。

「むろん、それにはそれぞれ、そうせざるを得ない理由があったからや。……何より知っていてほしいのは、錆田は自分がなぜ殺されなければならないかを知っていたこと――それと後に続く殺しの動因は同じ根っこを持つということだ」

その言葉の終わるのを待たず、野木がかみついてきた。

「大したもんだ、ひょっとして〝神のごとき明察〟ってやつか、そりゃ？」

「とんでもない」

森江はかすかに顔を紅潮させながらも、

「錆田自身が書き残してるやないか。『ぼくは　ころされる、つぐないのために。すべてはＭ《ミ》ＩＳＫＡＴＯＮＩＣ《スカトニック》　ＯＰＥＮ　ＨＯＵＳＥの　ひ、おさない　いのちを　はねとばした　ことにはじまる。だが、もうたえきれない……』」

「どどどど、どこに！」

次の瞬間、目をひんむいて駆け寄る彼らに気圧《けお》されながらも、森江は〃十沼手記〃第八章に挿入された奇妙な文字の行列を指さしてみせるのだった。

「——ほら、ここにはっきりと」


〈僕は殺される、償いのために。全てはミスカトニック・オープンハウスの日、幼い命を跳ね飛ばしたことに始まる。だが、もう耐えきれない。あのとき僕があの子を見捨てていれば、まだ助かったかもしれない——そう思うと。それより、僕らはどうして加宮を止められなかったのか。鋳田敏郎〉


森江春策の読み下す声に、一同は神妙に耳を傾けた。むろん、こんなに流暢《りゅうちょう》だったわけではない。一字一句にらめっこしながらの解読だったが、それもメッセージの痛切さを薄めるものではなかった。

「第二章の前半に」

少し間をおいて、森江は口を開いた。

「鋳田は梅棹忠夫博士の流儀で少女マンガの資料を整理しているという記述があって、そのあとオープン・ファイルだの京大式カード、ファイリング・キャビネットなんて名前が出てくるね。ところで、ここに『知的生産の技術』ならではの道具を一つ加えるとしたら、何やと思

う？」

　さあ……と、頼りなげな声が、いくつか立ち昇っては消えた。森江は続けて、

「ひらがなタイプライターや」

「ひらがな——何だって？」

「ひらがなタイプライターだよ。邦文タイプじゃないぞ。英文用なんかと同じボディで、かなや数字が打てるやつだ。省力化・合理化と称して、これを執筆に導入してる進歩的文化人と、その予備軍がいることを聞いたことはないかな？　むろん後で漢字かな交じり文に書き直す手作業が必要なわけやけど、『知的……』以来かなタイプが〝打つ日本語〟への認識を広めたのは確かや」

「鋳田も、その一人だったってわけか」

「そや。——ところで、ひらがなタイプライターは、カタカナ・タイプでも同じだが、専用型と英文コンビ型に大別される。英文コンビ型は、記号のいくつかと拗音や促音を表わす小さい文字を省き、そのかわりアルファベットの大文字を割り振ったものだ。普通の英文タイプならシフトの切り替えで、一つのキーで大文字小文字を打ち分けられるところを、これはひらがなと英字が使える……実際はかなり使いづらいんやけどね」

「と、いうことは」蟻川が皮肉っぽく口をはさんだ。「貴様も、影響された口なわけだ、その梅棹先生の理論に」

森江は少々あせったようすで、

「ま、それはともかく……。錆田が使っていたのは、そのコンピ型やったと思われる。いま読み上げたのは、この暗号文——とも言えん幼稚なものだが、それを〝A〟を打てば〝ち〟、〝い〟なら〝E〟が出るようシフトキーを逆に、つまり本来の位置に戻したらどうなるか、やってみただけのものなんや」

「しかし、また何で、そんなややこしいことを？　遺書なら素直にしたためればいいだろうにさ。どうやら、事故か何かを匂わせてるみたいだけど、これだけじゃあ……」

不満げな蟻川に、森江は蓬髪をかき上げながら、のろのろした口調で、

「おそらくは、秘密を明かすわけにはいかないが、完全に隠したまま死ぬのもいやだ。そんな屈折がシフトを逆にさせ、打ったメッセージを他人の部屋の本にはさみ込ませたのやないか」

「そこいらが、複雑な心理ってやつか」

野木が訳知り顔で言ったが、森江は独り言のようにブツブツと、

「いやぁ、単純なものさ、まだまだ……」

「何だって？」

「いやなに、こっちの話や」

わざとらしく口ごもる森江に、堂埜が長顔をなでながら、

「どうもまだのみこめんのだが……。鑄田は〝殺される〟と書いとるが、自殺なら〝死なねばならない〟ぐらいになりそうなものじゃないのか。お前の話だと、その暗号文は二十二日夜に本にはさんだようだが、わざわざ十沼の部屋に忍び入った理由は何だ？　第一そんな機会があったのか」

「あとの質問から答えようか。自室、あるいは診察室や食堂なんかの共同空間を別にすれば、そこが唯一入りこめる場所だったからや。先の方への答えは、鑄田にとっては自殺が〝強いられた〟ものやったということ……これで納得してもらえたかな」

「いや、あいにく」堂埜は苦笑まじりに首を振った。「だが今はとりあえず、続けてくれと言うしかないな」

森江は疲れたような笑みを返しながら、

「それを聞いて安心したよ、ありがとう。ほな、取り急ぎ——と言うのも妙やけども、翌二十三日に移らせてもらうとしよう」

軽いせき払いとともに表情を引き締めると、再びしゃべり始めた。

「十沼は、『ケンネル殺人事件』のリールとフィルムの番号のズレに注目して、犯人による掛け替えが行なわれたという結論に達している。その結果、瀬部殺しはおよそ一時間、小藤田が枕に毒殺される以前に繰り上げられるべきだ、と。恐ろしく念の入った推理というほかない。——ところで、そんなアリバイ工作とは何の関係もなく、全く同じズレが起こりうるとしたら、

どうやろうか？」

「何だとォ？」

蟻川が大目玉をむき、怒鳴った。と同時に、驚きよりは失望まじりの視線が森江に集まる。

だが彼は、あくまで落ち着き払った口調を乱さずに、

「いいか。フィルムは四つのリールに巻かれ、リールは一つずつパッケージに収まる。瀬部は十沼も目撃した通り、まずＲｅｅｌ・１（つまりｆｉｌｍ・１）から見始めた。それが全て巻き取りリール（Ｒ０）に移ったところで、今度は空いたＲ１を巻き取り側に嵌め、次なるパッケージからリールを取り出す。

ところで、もし、この中に第二巻でなく、第三巻が入っていたらどうなる？　彼にとっては初見、しかも字幕も何もない直輸入版だ。見始めてしばらくは気づかないだろうし、気づいてからではおいそれと巻き戻せない。そうするうちにもＲ３に巻かれたｆ３は、Ｒ１に移ってゆく。それが終わって、初めて第二巻の上映ということになる。今度Ｒ２からｆ２の送り出しを受けるのは、さっきのＲ３だ。そして最後にｆ４がＲ２に巻き取られ、空っぽのＲ４が残る……。

書き並べてみようか。結果的に台の上に並ぶのが、Ｒ０－ｆ１　Ｒ３－ｆ２　Ｒ１－ｆ３。映写機の巻き取り側にＲ２－ｆ４、送り出し側にＲ４－なし、と。――十沼が記録したのと、ぴたりと一致するやないか」

誰もが、しばらくは無言だった。と、蟻川が唐突に頭へ手をやると、

「何てこった！　妙な理屈に、必死こいて付き合ってやったのに、まるきり無駄骨だったのか」

　野木が「す、すると、だ」とのろのろした口調で、

「全ては偶然のいたずら……フィルムの販売元あたりが、中身を入れ違えたのが発端か」

「いや」森江は首を振った。「このバカげた錯誤は、十沼自身によって引き起こされた公算が大きい——少なくとも僕はそう確信する」

「何だってェ！」

　再び怒声をあげる蟻川を、森江は片手でまあまあとなだめながら、空いた手で原稿の初めの方を示してみせた。

「パーティーで、名探偵物の映像化が話題になったあたりを思い出してみてくれ。十沼は瀬部らにテレビ版のエラリー・クイーン・シリーズで、EQ役とファイロ・ヴァンスそっくりの好敵手の身長のつりあいがうんぬんと言いかけて、ハッと口をつぐんでいる。ブラウン管の中の生身の役者が小説の登場人物とそっくりだとか、つりあいがどうとか、何となく妙やないか？　比べるのなら、ヴァンスを演じたウィリアム・パウエルそっくりの役者が——と、たとえば、こんな風に言うべきじゃないのか。どっちにせよ、あわてて黙るようなことやない」

「まあな」と野木。「おれもあのとき、おかしいと思わないじゃなかったんだが……」

「もっとおかしいのは、やってきた府警の警部につけたあだ名だ。あの映画のオープニングには顔入りでキャスト紹介があるから、賀名生警部を指して『ユージン・パレット扮するヒース

部長刑事に似てる』と言うこともできたやろ。だが十沼の見たのはそこだけで声は聞いてもいないはずやのに、どうしてダミ声のところがそっくり、なんてことが言えるんだ。

これらの奇妙な事実から、考えつくのは、十沼が事前に――フィルムを取り寄せた瀬部がまだ見ないうちに、こっそり映写してたのではないかということだ。自他ともに認めるミステリ狂としては見たくてたまらないが、瀬部はケチ臭く見せてくれそうにない。で、まずパーティ―以前に第一巻の最初の方だけを盗み見たが、ヴァンスうんぬんというのは、その印象であやうく口がすべったんやないかな。彼は思った――『こりゃまずい、怪しまれないうちに全部見てしまおう。そうだ今夜、瀬部が飲み歩いているうちに……』と。堂埜の提案も断わって、堀場君を送ったあと真っすぐここへ戻ったのも、その目論見あってのことじゃなかったか。

ここらで、手記には書かれていない十沼のあの晩の行動を再現してみよう。――ここに帰るなり風呂の火を点けた十沼は『三十分後』湯につかり、ぬくぬくと温まると『さらに三十と数分後』湯冷め気味で寝についたと記している。さて、この二つの空白に、何かがすっぽりと収まるとは思わないか。……そう、『ケンネル殺人事件』の何巻分かだ。彼は入浴までの時間を、冷え切った体のまま映写機の準備と第一巻を見るのに費やし、続いて風呂上がりに第二、三巻を消化した。と、そこへ『誰かの帰ってきたらしい音』、すわ瀬部かと驚いた十沼は、あわてて片づけにかかるとソッと自室のベッドにもぐりこんだ――その際、第二巻と第三巻のパッケージを取り違えたことに気づかないままにね。そや、ついでながら」

森江は律義に付け加えるのだった。

「もし、十沼が思いついたような早巻きが行なわれたなら、歴然たる証拠が残ったはずや。正常なフィルム給送と比べて、はるかに巻きがゆるく、表面を指で押せば凹むぐらいになってしまうからね。ことに日本製の映写機は、通常の巻き戻しですら甘くなりがちやそうやし……」

やや間をおいて、堂埜が訊いた。

「とすると……どういうことになるんだ」

「決まってる。殺人順位の逆転はなかった。つまり、瀬部殺しは小藤田のあとでいいってことだ」

やれやれ……感嘆のかわりに森江に浴びせられたのは、そんな倦みはてた声だった。だが、彼はみじんもめげたようすを見せずに、

「これで、瀬部殺しがもっと早くに行なわれたという論拠は否定できたと思うけど……今度は逆に、次の小藤田殺しがもっと遅くに発生してたらという場合を、一緒に考えてはくれないか」

「そんな場合があり得るのか？」

堂埜がけげんそうな顔を上げた。こっくりと森江がうなずくより先に、蟻川がひざを打って、

「あるじゃないか、会長。仮に、小藤田があんなにも早々とベッドにもぐりこまなかったとしたらね。そうだろう、森江？」

森江はもう一度深くうなずくと、

「そう……もし、そやったとしたら、どうなってたと思う？　当然、毒針の仕掛けられた枕にアタマを着地させるのは通常の就眠時である夜、したがって死体となって発見されるのも遅く

——ことによったら、翌る朝になってたかもしれん。すると事件の構図は少し変わっては来ないかな。ほら、あのドンガラガッチャ、ガラガッチャン！　という大音響の意味が。もし、小藤田殺しが大音響のはるかあとだったとしたら、こう解釈するのが自然と違うかな——『あれはわれわれを呼び寄せるための作戦だった。犯人はそのすきに小藤田の部屋に忍び入り、クラーレを塗布した針を枕に仕込んだんだ』と考えるのが。そして、それこそ犯人の本来の狙いやったとは思えないやろうか」

「文字通りの音響効果か」野木が吐き棄てた。「あやうく引っかかるところだった。だが犯人もアテが外れたおかげで、かえって格好の目くらましになったんじゃないのか」

「とすると、や。犯人は瀬部殺しでそうだったように、午後六時以後に犯した凶行をそれ以前に見せかける手段をとろうとはしなかった。すなわち、そうする必要がなかったばかりでなく、小藤田殺しでは犯罪工作をさらに遅い時間に偽装しようとした。加えて」

森江は、何とも複雑な表情を浮かべ、続けた。

「犯人は……そのう、男なら誰であれ、昼日中からでも独りベッドに横になる事態があるという周知の事実を想定していなかった」

一瞬、誰もがその意味を解しかねたように、黙りこんだ——あくまで、ほんの一瞬。

「つまり、早い話が——思春期の華とでも言うべきアレか」

「あ・れ！」

悲鳴にも似た声が、爆竹のようにはじけた。

さよう、顔は錆田の死出の買い物のとき以上にグロテスクな笑みに崩れながら、口をついて出るのは悲鳴以外の何ものでもなかった。

「なな、何てこった。つまり小藤田は」

「例のアレをやろうとした拍子に……」

「あの世へ行っちまったわけか！」

軽く笑い飛ばそうとすれば変に粘りつき、といって厳粛に死を悼む気分など、冥王星《めいおうせい》より遠い。唯一救いがあるとすれば、小藤田がその命と引き換えに、誰にも真似できない笑いを演じ得た点かもしれなかった。

「ところで、や」

森江は、何とも異様な空気を払拭《ふっしょく》しようとするように声を励ました。

「ここらで、ミスカトニック祭——錆田の遺書に全ての発端と記してあった、あのオープンハウスの日に何があったのか、想像をめぐらしてみよう。それについては何よりの資料がある」

「あの楽屋落ちネタか、『オンザロック』第何号だかの？」

野木が口をはさんだ。

「そう。筆者の十沼自身、手記に引いている《蓋蘆録——編輯当番日誌》だ。野木と乾美樹君が欠席で、海淵がバイトへ、十沼と堀場君が日疋に出くわすのを避けて入った喫茶店に蟻川がいて、堂埜と須藤が入来となっている。まるで消去法のお手本やが、さてこれから、その日、加宮朋正の車に同乗したメンバーを推し量れば……」

「加宮の、クルマ——に同乗？」

いきなり飛び出したその単語に、きょとんとしばたたかれる目、目、目——。森江は珍しくイラついた口調で、

「おいおい、『駐車場完備のマンションに引っ越して』まもない加宮が『いっしょに送って行こうか』と言った以上、それ以外の可能性があるか。それとも、お手々つないで集団下校やとでも思ったのか」

「手きびしいのう、どうも」

堂埜がやんわりと言った。とたんに、森江は軽く頭を下げると、

「いや、すまん。これから、この事件での一番いまわしいところにさしかかるもんで……といって、避けて通るわけにはいかへんしね」

「前置きはいいから、ほら。それからどうしたってんだ、そのナントカ法によるなら」

蟻川が目をとがらせ、催促した。

「消去法だよ。そしてそれによるならば、例会を終えた君らのうち、加宮の車の後部座席に納まったのは、錆田、瀬部、小藤田の三人——ま、まあ、最後まで聞いてくれ」

森江はわき起こるざわめきの前に、困惑したように両手を広げてみせた。

「そや、今度の事件の死者たちがそろいもそろって、同じ車内に乗り合わせていたことになる。が、それ自体は別におかしなことはない。問題は、そのあと何があったかだ。こっちから訊かせてもらうが、ズバリどういうことになったと思う？」

「そりゃあ……」野木が少し考えてから口を開いた。「遠乗りとまではいかないまでも、ちょっと転がしてみようということにでもなったかな、せっかくだからってんで？」

「ま、不思議ではないわな、そうなっても。あの三人も遠慮深い方じゃないんだし」

蟻川も同意した。陪審員長からも異論が出ないのを見届けると、森江は続けた。

「大方そんな展開で、加宮は自慢のクルマを乗り出した。行き着いた先は知らないが、市中を外れた場所を適当に思い浮かべるとしよう。ともあれそのどこかで、鋳田の言う〝全ての始まり〟は起こったんや。彼らを乗せた自動車が、一人の子供――そう、『幼い命』を跳ね飛ばしてしまったことからね」

その刹那、あるものは泳ぐように体をのめらせ、あるいはのけぞり、大きくかしがせた。まるでこの部屋が走る車内で、そこへだしぬけに急ブレーキでもかけられたかのように。

×　　×

ガタン！　ひどい衝撃が、男子学生ども四人の心臓にアイスキューブを山盛り流し込んだ。けたたましいブレーキ音が耳をつんざき、車室をシェイカーがわりに、彼らをいいように揺すぶった。

それがどうやら収まったとき、四人が四人とも、同じところに視線をねじ向けた。今ひとりの同乗者、それもなかなかの美少女の方へと。

女は――彼らのお手軽なアイドルは、もうほとんど放心状態だった。心だけでなく、しなやかな肢体から生気を全て抜き取られたように、彼女はシートにうずもれていた。

「……おい！」

だいぶたってから、おびえたような、しかし頓狂な叫びが車内に響きわたった。

叫びの主は泳ぐようにドアの取っ手に手をのばし、生まれて初めてそうするみたいなぎごちなさでドアを押し開いた。

「はっ、は、早く……」

彼が干からびたのどでそう言い、半身を自動車から乗り出させたときだった。凄まじい悲鳴が、女の口からほとばしった。体とは正反対の、幼女のような泣き声だった。

黙らせろ！　低い声が別の座席から起こり、汗ばんだ手のひらが彼女の口に飛びついた。太い指先が頬に食いこみ、金切り声が断ち切られたようにやむ……ほんとに黙らせるつもりなら、もっとほかの部分を絞め上げればよかったろうが。

――車は再びエンジンを始動させると、あわてふためいたように車首をめぐらし、走り出した。この町はずれの空き地に急停車して、三分と少しの出来事だった。

×　　×

「鋳田の遺言を信じるなら」森江は語り続けた。「彼はその子を車内に運びこんだ。もちろん一刻も早く手当てをしてもらうために」

「奴らしいな」蟻川が、珍しく感傷的に言った。「面つきと図体こそゴツいが、繊細さと親切さじゃあ、それこそおとめちっく少女マンガの描く女子高生にも匹敵したからな」

「確かに。けど結局、その奴らしさが錆田を死に追いやることになった。『あのとき僕があの子を見捨てていれば』そう後悔した通り」

独り言のようにつぶやく森江を見やりながら、堂埜が眉をひそめた。

「――しかし結果的には、加宮はクルマを病院へ着けることはなかった。違うか」

森江はかすかにうなずいて、

「そのとき加宮の頭にあったのは――カネや。刑事処分以上に車の所有者として責任を引っかぶるのを恐れた彼には、てんからその気はなかったに違いない。恋人の歓心を買うために出費を続けていた彼には、目前の死体をどう始末するかしか考えられなかった。……今、死体と言ったが、事故当時のその子の状態はむろんわからない。ただ、その浪費の産物に跳ね飛ばされた『幼い命』が、車内に運びこまれたときすでに絶えていたことを祈るのみや」

もし、そうでなかったとしたら――ゾッと怖気をふるったような視線が交わされた。ひょっとして、みすみす助かる命を……。

と、蟻川がふと思い当たったように、

「××派と金銭トラブルを起こしてたって噂があったけど、そのせいもあったのかね」

「いや、むしろ」森江は答えた。「××派の活動資金を横領したとしたら、それは奴が金に窮していた原因ではなく、結果や」

謎々めいた答えに、え？　と疑問の声があがるのをしりめに、野木があえぐように問いかけた。

「とにかく、その轢《ひ》き逃げ事故が錆田の書き残した〝全ての始まり〟だったわけか」

「うむ。いや、あえてそれを求めるなら……」

いったんうなずきかけて、森江は腕を組み考えこんだ。

「真にそれに相当すると言うべきなのは、それに先立って運転席の隣から加宮に投げかけられただろう、ある〝ご要望〟や」

「ご要望？　何だそりゃ」蟻川が頓狂な声をあげた。「しかも運転席の隣からだァ？」

「……早い話が、助手席か」

堂埜が悠揚迫らざる調子で訊く。――森江春策は愚答でもって、その愚問に報いた。

「そうとも言うな。そして、その席に最優先切符を持つのは、水松みさと君――これには異論はあれへんやろね。そして彼女のご要望とは何だったか、空想をたくましくしてみるならば」

そこで彼は声のトーンを落とし、なろうことなら聞かれない方がいいと言いたげな、せかせかした口調で続けた。

「加宮に投げかけられた言葉というのは、おそらくは――『わたしにも、一度ハンドルを握らせて』」

配慮は、しかし全くの無駄だった。たちまち矢ぶすまのような視線に、森江は取り囲まれたからだ。

「運転してたのは、水松みさとだった。そう言うのか」蟻川が声を押し殺した。「そして、事故を起こしたのも?」

「鋳田は『どうして加宮を止められなかったのか』と悔やんでいるが、そう書いている以上、運転してたのは加宮やない。といって、あとの二人なら『瀬部を』『小藤田を』止めるべきやったとなるところだろう。で、なぜ彼らリアシートの面々が、みさとと運転を交代しようとする加宮を止めなかったかと言えば」

汗をぬぐい、一瞬言葉に詰まったそのあとを堂埜が引き継いだ。

「連中には、乗せてもらってる弱みと『あとで自分も……』という下心があったんだろう」

「いかにも、ありそうなこった」蟻川が吐き棄てた。「全くヘドが出そうなぐらいにな」

「同意いただき、ありがとう」

森江は妙に気弱そうに頭を下げた。そして、よほど言いにくいことを口に出そうとするように、せき払いをくりかえしながら、

「さ、さてと、ここらでさっき挙げた条件を思い出してくれないか。二十三日夕刻以降のアリバイが確保され、凶行がより遅い時間と見られるほど都合のよい人物。常識的に見て、大の男《ち》を望楼へ吊り下げるのは絶対に不可能と思われる人物。そして、男の生理的行為については知悉《しっ》しているとはいいかねる人物……。ところで、ここで考えてもらいたいのはやね」

森江は鉛のインゴットでも胃袋に落としこむようなごたいそうさで、固唾《かたず》を呑んだ。

「こ、この一場の轢き逃げ劇に登場する中に、見事にそれらの条件をクリアする人物が、一人いることや。どこから見ても、そして現にか弱い女の子以外の何者でもなく、二十三日の午後

には、すでに誘拐犯の手中という絶対のアリバイに護られていた人物……」

「水松みさと、か。つまり」

堂埜があっさりと、そのあとを続けた。

語調とは裏腹に、一種異様な——とびっきりつまらない駄洒落を口にしたあとのような沈黙が立ちこめた。とりわけ森江は、決定的な一言を横あいから引ったくられた格好で、

「そ、そや。つまり言いたいのは、彼女は事故車の運転席と同時に、一連の殺しの犯人の座を占める人物でもある、いうことで……」

「やめろ」

蟻川が鋭く、だがわずかに調子外れの声で命じた。

「そこまでにしておけ。貴様の言うことは、あまりにも……」

野木が、その続きをもぎ取った。

「バカげてるってか？　そいつのおかげで、おれが薄汚い取調室にたたきこまれたことも、ただバカげたまちがいなんだろうぜ」

おもむろに堂埜が、収拾のため重い腰を上げようとしたときだった。びっくりするような大声が彼らを一瞬、静止画像と化さしめた。

「どうして、そう考えたらいかんのかな。何でや？」

声の主は、やや蒼ざめた顔の森江春策だった。

この瞬間までの一歩も二歩も引いた態度とは正反対の姿だ。ほんの少し先んじて、荒涼たる

終着点を見てしまったゆえの苦渋を、ギリギリでこらえている、とでもいうべきか……。

「そして、こう考えてもいかんと言うつもりか。……共犯者だった水松みさとが、加宮の殺意を引き継いだのだと。誘拐事件などは初めから存在さえしなかったと。そしてこの記録を書き残した十沼は、一切を承知のうえで接近を図ったあげく殺されたのだ——そう考えることすらも？」

差し向けられた、たった一つの疑問符《クエスチヨンマーク》——そのお返しに彼らが頭上に炸裂させたのは、感嘆符《びつくりマーク》の一大バーゲンセールだった。

「——!……!!……!!!!」

「水松みさとは確かに心底、加宮を愛してたんだろう。が、それと相手に犠牲を強いる結果になるのは別なわけで……。十沼は彼女を金のかからない交際相手だと評しているが、実際お嬢さん育ちだから、そうガッつくことはなかったろう。だが現実には、加宮は彼女のため持てる全てを吐き出し続けた。ハイクラスの車を買い、マンションに移り、そして轢き逃げと死体遺棄の片棒と来た。彼女はそういう自分に……おそらく気づいてはいたのやろな」

今や相づちも半畳も品切れの状態で聞き入る彼らの前で、森江春策はやや疲れたように、しかし憑かれたように語り続けた。

「十沼は、最初の《ヒース部長刑事》の取り調べで〝オンザロック〟麻雀サークル化の元凶が次々消されていることに驚いているが、その麻雀病の蔓延は『この十月ごろから』だと、第一章で記している。それがミスカトニック・オープンハウス——つまり轢き逃げ事故と時を同じくするのは言うまでもない。むろん麻雀はただの名目で、加宮・錆田・瀬部・小藤田の四人がやたら寄り集まったのは、たぶん相互監視のため、そうせざるを得なかったのだろう。

加宮が、どういう手で三人の口を封じたのか、見返りは何かあったのか、それは知らない。確かなのは、ほかの二人よりはるかに早く、錆田の神経が沈黙に耐えきれなくなったことや。結果的にとはいえ、自分の手も血ぬられているという意識が彼を責めたて、それから逃れたい一心で、錆田は加宮に警察への出頭をすすめた。

もしイヤというなら、自分が通報する……そうおどかしたかもしれん。だが、それは加宮に、より本格的な口封じを決意させるだけに終わった。平たく言うなら殺意や。そして練り上げられたのが、帰省時を利用して錆田を殺すプランだった。

強調しときたいのは、この時点でのみさとの役回りはあくまで協力者にとどまるということの発端は彼女とはいえ、極力手を汚させたくないのが加宮の本心やったろうからな。

決行当日の加宮の行動については、くりかえす必要はないやろ。問題は、みさとの方——最終打ち合わせのあと加宮と別れた彼女は、七時過ぎの新幹線で新大阪へ向かった。

〈彗星3号〉の同駅始発は19時57分、それに先立って入線した車両の、加宮が乗り込む予定の寝台に乗車の痕跡をつくるのが目的や。うまく〈ひかり510〉に乗ってすぐ折り返せば八時ちょっと過ぎに京都に着く。タクシーを飛ばし《プランタン》へ。何食わぬ顔で、すすめられるままマイクを握り歌い始める。

全ては明日、都城に着いた加宮からの連絡を待つばかりだった。……と、予期せぬことが起こった。歌う彼女の目の前に、どこかで冷たくなってるはずの錆田がふらふらと現われたんや。錆田の生存――それは即、計画の破綻を意味する。そして彼を詰問した結果から、彼女は恋人が返り討ちにあったらしいことを知る。……自分のために。またしても、自分のために！まさにこのときや、彼女の中で精緻な機械が動き始めたのは。

彼女は、なおいっそうの罪の意識に押しつぶされそうになっている錆田に、重々しく死刑を宣告した。今夜じゅうに自分で自分にカタをつけなさい、と。望楼での首くくりが、どちらからの提案によるものかは知らんが、とにかく錆田には何時間かの猶予と身辺整理の権利だけは与えられたわけや。

ここに独り戻った錆田は、まず浴室で身を清め、そう、まさに禊をすませると、身じまいにとりかかった。ところが、そうこうするうちに十時十五分過ぎ、十沼が帰ってきてしまった。自室に引きこもって見つからずにはすんだが、困ったことに十沼は、そのまま屋根裏に上がると、瀬部の映写機とフィルムを無断借用して映画会を始めた。これでは望楼へ出るわけにはいかない。錆田は待った。――ただ待つのに耐えきれず、ふと最小限の事情説明だけを愛用のタイプライターで、それも半ば暗号文のように書き残しておこうと思い立った。もう一つ、薬局のおばちゃんの証言では、錆田が来たのは十一時以前ということやから、たぶんこの前後の時点で、こっそりとコンドームと浣腸薬を買いに出たのではなかったか。

一方、外で冷えきった体のまま映画鑑賞を続けていた十沼は、巻の切れ目を見計らって、ご帰館早々に点けた風呂が沸いたころだと、一階に下りる……そして鋳田が戻ったときには、ゆうゆうと入浴中だったというわけや。それを幸い二階に上がった鋳田は、そこのトイレで思う存分、第二の――そして、より尾籠な禊をすませた。相手が浴室にいるのなら、そう音を気づかわなくてもええからな。

ところがウロウロしているうちに、上映続行に備えて体を温め終えた十沼がまたぞろ階段を上ってきてしまった。――こうして、哀れな鋳田はさらに首を長くしながら、首吊りのチャンスを待ち続ける羽目になった。

どこまでも、自分を死なせてくれない十沼……鋳田は何とはなし、先ほど打った行き場のないメッセージを、このありがたいのか恨めしいのかわからない男に託そうと決めた。そのとき唯一鍵のかかっていなかった私室でもある十沼の部屋に忍び入ると、とんだ邪魔への複雑な感情をこめ、紙片を彼の蔵書の間にはさみこんだ。それも、なるべく手に取られなさそうな本を選んでね。

シフトキーを逆に打たせたのと同種の葛藤が『猟奇王』を選ばせたんだが、それはあくまで彼の価値判断やった。なるほど、少女マンガ愛好家の目からすれば、あれぐらい遠い存在はないかもしれんけど。……だが、この悪戯は思いがけない効果をもたらした。鋳田が立てた物音に、エライこっちゃ瀬部だったらどないしょうとばかり、ドッタンバッタン大あわてで映写機とフィルムを片づけ、屋根裏からの退散を開始したんだ。そのとき、犯したちょっとしたまちがいに自縄自縛の憂き目を見るとも知らずにね。だがまあ、それは鋳田には関係のないこと。

十沼が自室に引っこんだのを確かめると、彼は屋根裏へ、そして望楼へと階段を上っていった。三角屋根の下、夜風になぶられながら彼がしたのは、例の二つの品物の余分を北側の公園めがけ投げ捨てることだった。自分の美学に忠実に買い求めたとはいえ、コンドームと浣腸薬が見つかろうもんなら、これ以上美学にそむくことはないからな。彼は踏み台を据え、縄をセットし終えると、おもむろにその輪の中に首を差し入れ、踏み台を蹴った……。

そして、日付が変わったか変わらないころ、一人の人物が泥濘荘を訪れた。その人物は……いや、思わせぶりはやめよう。彼女は錆田が約束を守ったことを確かめると、死人に麻酔薬をふりかけ、踏み台を持ち去った。クスリは診察室から失敬したもんやが、むろんそのとき、彼女は薬局の【毒薬】のラベルの向こう側から頼もしい助っ人たちを連れ出すのを忘れはしなかった。

その日の彼女も忙しかったが、翌る二十三日に比べれば、まだマシというべきだったろう。何しろ、あくまで外向けには悲劇のアイドルに徹しながら、二人の男をあの世に送ったうえに、自分で自分を誘拐せないかんのやから。——まず来訪後、チャンスをうかがって二階に上がり、小藤田の枕に毒針を仕込む。ここでのミソは、標的に死がふりかかった時点より、それを仕掛けたのはいつかが問題にされることにある。残念ながら、その目論見は一〇〇％達成されたとは言えんけれども。そうそう、お茶くみボランティアの合間に、流し台から柳刃庖丁を借りるのを忘れてはならない。

さて、検屍法廷の閉廷後、いったんここを出たように見せかけた彼女は、すぐに荘内に折り返した。仕事は二つ、その一つは庭の隅の物置に、例のからくりをセットすること。そして、もう一つは裏庭にひそみ、大急ぎで着替えに取りかかること……。なぜって、彼女はそのあとまもなく、京都―大阪間で何者かに誘拐されることになっている。もとの服装のまま、この近辺にいる姿を目撃でもされたらコトやないか。それに、誘拐犯から解放されたとき着ているべき服に、おかしな汚れをつけるわけにはいかない。早い話が、返り血とかをね。が、これが途方もない悲喜劇を生み、彼女にとっては目論見外れのキッカケになろうとは予測のしようがなかったやろうな。

小藤田は部屋に戻り、誰でもそうするように、まず灯りをと壁のスイッチをひねった。ところで、彼が枕に中毒《あた》って死んでるのが見つかる場面で、天井の蛍光灯がなかなか点かない描写がある。当然このときも同じことが起こったはずで、しばらくは室内は暗いままやった。と、彼はカーテンのすき間から、塀を隔てた公園の水銀灯に照らされて、とんでもないものが見えたような気がした。

若い女の半裸……だったかどうかは知らんが、とにかく裏庭で着替え中の姿！　とっさに彼は腕をのばし、蛍光灯が無粋な光を撒き散らす直前にスイッチをＯＦＦにした。もっとはっきり見たくて施錠を解き、窓を開けかけたが、音で気取られてはと断念した。そのうちに少女は着替えを終え、さっさと夕闇の中に溶けていってしまう。

あとに残った小藤田には、何がなんだかわからなかったろう。――しかし、それと生理的変化とはまた別問題や。明治の官憲流に言うなら『実感を刺戟せしめる』結果となって、コトは急を要した。彼は取るものもとりあえずベッドに横たわり……かくて〝枕による毒殺〟は遂行された。

一方、裏庭から回りこみ、外階段を使って荘内に立ち戻った彼女は、虎視《こし》眈々《たんたん》と瀬部殺しの機会を狙った。といってあわてる必要はない。仮に好機があったとしても、〝誘拐〟の発生時刻が過ぎるまではおあずけだ。――それにしても、彼女はさぞ小躍りしたことやろう。十沼の地獄耳も聞きもらしたような、さりげない会話から瀬部の行動を読んでたのかもしれないが、屋根裏で映画鑑賞とは、まさに打ってつけというほかなかった。

そして犯行後、みさとはすみやかに荘外に逃れ出た。内部犯行説に持ってゆくには、凶器の庖丁を荘内のどこかに残しておく方がいいが、ひょんなことから自分の逃走ルートを特定されないでもないと考え、ブツを携えてゆく方を選んだ。なに、使途はある。それが図らずも、次の殺しで役に立ったわけだ。

さて、翌二十四日は、みさとにとって本来別の大目的を抱えた日やった。偽装誘拐の身代金受け渡しと、被害者たる自分の劇的な帰還だ。自宅への最初の脅迫電話では、この日の昼までに金の準備をという命令があって、身代金の運搬と授受に関する指示がその際あるだろうことが暗示されていた。

彼女のなすべきことは四つ――①誘拐犯の指令を代弁しているかに装って金の運搬指示②三条発、大阪・淀屋橋行き京阪特急の補助椅子に、身代金投下に関する指示書入り封筒を挿入する③指定地点での投下確認、回収④最寄り駅から京橋までは急行で十分少々、そこで淀屋橋行き特急に乗り継ぎ、自ら薬物を服用しての朦朧状態で警察に保護される——という段取りだ。思うに、この計画はもともと彼女が加宮と共同で練ったもんやなかったろうか。自分のせいでまずい立場に陥った彼のため、狂言誘拐で大金を稼がせるために。もっとも、どこまで本気で実行するつもりやったかは疑問やけどね。

そう考えると、一連の殺人トリックも二人の空想の世界である程度は組み立てられていたのかもしれない。加宮については知らないが、みさともエラリー・クイーンの名を挙げたぐらいで探偵小説にはくわしかったようだし、何より二人にとっては死活問題やったんやから。

話を誘拐に戻そう。……ところが、ここにせっかくのこのプランをまるまる二十四時間延ばさねばならない事態が起こった」

周囲の物問いたげな視線に、森江は深くゆるやかなうなずきを返した。

「……そう。それが、というより、その結果が海淵殺しだった。けど今は絵解きより、彼が殺られる前に伝えようとして伝わらなかったメッセージについて考えてみたいと思う。ここに戻って以来、海淵は十沼を呆れ返らせるほどに、奇態な質問を連発した。『地獄のオルフェ《オルフエ・オ・アンフエール》』、『ウインター殺人事件』、大西洋単独横断のコラーサ号、物質の変化に関する用語集と、およそバラバラな答えが返ってきた質問を。——で、まずは蟻川に訊きたいんだが」

「な、何だ」

蟻川は、それこそ海淵以上に唐突な問いかけに少し身を引いた。

「ちょっと思い出してほしいことがあるんやけどね。このオッフェンバックのオペレッタを持ち出したとき、海淵が挙げたのは別の題名ではなかったかな？　そら、活動大写真の昔から日本人になじみ深い方の……」

「別の、題名？」蟻川は眉間にしわを刻んだが、「ああ、そう言えばそうとも言うな」

「ふむ。じゃあ次に堂埜」

森江はくるりと会長の方に向き直ると、

「大西洋単独横断うんぬんの話を切り出した際、海淵は〝ヨットで〟とも〝海を〟とも言わなかったのと違うか」

堂埜はしばらく記憶をたどるように、右から左へ長顔をめぐらしていたが、やがて、

「——確かに」

短く、だが無限の真実味をこめ、うなずいてみせた。森江はさらにたたみかけるように、

「そして、野木には須藤に代わって答えてもらおう——物質の変化のうち、固体が熱を受けて液体になるのを何というか、や」

「は、いやそれは」野木は眼鏡の奥で、スパークのように目をしばたたいた。「ゆ、ゆ、ゆうか——」

「けっこう、それで十分や」森江は満足げに言った。「次は十沼……はここにいないか。奴には質問のかわりに、ちょっとばかり注意を喚起しておきたい。せっかく探偵小説マニアと見こんで知恵を絞った海淵の苦心が水の泡やないか、とね。そう、ファイロ・ヴァンス物の最終作と訊いたんなら、確かに『ウインター殺人事件』で正解やろうが、ファイロ・ヴァンス最後の

事件といえば――？

いや、もったいぶるのはやめよう。海淵が奇天烈な質問の答えに期待していたものは何やったか。――その一、オッフェンバックの喜歌劇ではなく、エド・マクベイン原作・黒澤明監督の映画『天国と地獄』。その二、〝コラーサ号〟の鹿島郁夫氏ではなく、〝スピリット・オヴ・セントルイス〟で大西洋単独横断飛行を成し遂げたチャールズ・A・リンドバーグ。その三、溶解でも凝固でも気化でも液化でも昇華でもなく、融解《ゆうかい》。その四、ファイロ・ヴァンス最後の事件（発表順ではなく、あくまで小説世界の中での）は……。

『誘拐殺人事件』。――そして、ここでみんな思い出してくれ、海淵の大阪でのバイト先が、新聞社の編集局だったことを」

×　　×

「……発生は午後六時ごろ、その直後に犯人は、先ほどの第一回脅迫電話を被害者宅に掛けてきたものと思われます。言い忘れましたが、被害者の父親はその会社――みなさんご存じの出版・映像グループのジェネラル・プロデューサーとやらを務める一方、人事担当の最重職でもあるそうで。まあ、それはともかく、右の経過から判断して、身代金目的の誘拐事件と考えて、ほぼまちがいないと思われます」

大阪府警の刑事部長はそこまで言うと、すべりのいい口に小休止をくれて周囲を見渡した。本部庁舎の記者室。その折り畳み椅子を埋めたクラブ加盟各社の面々から放たれる質問の矢を上級職試験通過組の余裕でかわしきると、刑事部長は一段とゆったりした口調で続けた。

「で……つきましては、報道各社のみなさんの相互間において、もろもろの活動を自粛する申し合わせをしていただきたいんですな。それもできるだけ早急に」

「それは報道協定の要請ですか、正式な？」

幹事社の古株記者が立ち上がった。

「そう受け取ってもらってけっこうです」

刑事部長はうなずくと、広報担当者に合図して会社の数だけのプリントを配らせた。

「私よりずっと場数を踏んだ古強者のお歴々に今さら説明でもないでしょうが、これにある通り、協定締結後は犯人の逮捕、被害者発見など、私または一課長が捜査を公開してさしつかえないと判断するまで、一切の取材・報道活動を控えていただくことになります。その間の事件経過の発表については別に——」

×　×

「誘拐という犯罪の特異なところは——そう、あくまで情報の受け手の立場からの話だが」

森江春策は、突発性の失語症に襲われたようないくつもの顔を前に続けた。

「それが何らかの形で決着して初めて、事件があったこと自体が明らかにされるということや。犯人の逮捕やとか、被害者がぶじに、もしくは死体で発見されることで、ようやく報道協定の解除となるのはドラマなんかでなじみの図やね。

むろんマスコミは発生の段階からそのときに備えてるわけで、わけても新聞社は人の出入りの激しいテレビ局なんかより、相当活発に動き出してるらしい。海淵はまさに、そのただ中にいた。したがって……」

「待ってくれよ」

野木が納得しかねるように、ただささえセリ出し気味の口をとがらせた。

「いくら海淵が、新聞社でバイトしてたからって、そうやすやすと報道管制下にある事件のことが……まあ、お前さんがどんな結論をこじつけたいのか、こっちは知らないが」

「と言いつつ——ほぼ読まれてるようやな、こっちの魂胆は」森江はほんのかすかに微笑んだ。

「確かにちょっと、説明不足ではあったかな。そう、僕が海淵同様アルバイトをしてた知り合いから聞いた話によれば、それはざっとこんな具合だ——。

まずは取材記者の手で発生からの推移が詳細に書かれ、その先についてはさまざまな想定のもと〈予定稿〉が出される。さっき挙げたような〝解決パターン〟別にね。それは活版場を経てゲラ刷りとなり、いろんなスタッフの手や目を通ってゆく。

新たな動きは、編集局内に張られた大模造紙に関係地名や人名とももども書き込まれ、逐一さきのストック用原稿に挿入されもする。そうするうちに、号外や本紙の大見出しつき紙面もできる。……そして、そんな中を駆け回るのが〈編集補助員〉、彼ら学生アルバイトなんだ」

言い終えると、森江は軽く息を継いだ。よほどたってから、蟻川が乾いた声で言った。

「つまり……世間に先んじて、誘拐が突発したのを知ることができても不思議じゃない、と」

「それどころか」野木が、むしろ駁するような口調で続けた。「知らずにいたと思う方がおかしいってことだ。ここに帰ってきたときの海淵が、水松みさと誘拐事件について」

「そして、サークルの女の子が巻きこまれた災難に驚きつつ玄関を入ったとたん、同じ屋根の下から出た死体に出くわしたってわけだな」

蟻川は一種グロテスクな笑みを浮かべてみせたが、ふと真顔に戻ると独りごちた。

「さぞ驚いたこったろうよ、海淵の野郎も」

「そして、その驚きが、あの奇問の連発を生み出したということかな」

「そうや」

あくまで物静かな堂埜の問いかけに、森江はこっくりと首を前に傾けた。

「そして彼はある意図のもと、君らに遠回しに事件を伝えようとした。——リンドバーグがあの壮挙の数年後、二歳に満たない息子を誘拐・殺害される悲劇で世界にショックを与えたことはいうまでもない。それに映画『天国と地獄』が誘拐物の古典なことも。これが今回の手口と同じ、高速列車からの身代金投下のハシリだったことまでは企図しなかったにしろ、ね。

それから、ヴァンスの事件簿はホームズほどくわしい研究はないが、ある本では『カシノ殺人事件』までが発表と作中の事件発生順が同じで、以下『ウインター』『ガーデン』『グレイシー・アレン』そして『誘拐殺人事件』となってた。海淵はそれを、ジャーナリスト志望らしい雑読で仕入れたんだろうな」

「それがまるっきり通じなかったわけか、マニア中のマニアであるはずの十沼に」

蟻川は憫笑をもらした。つられて噴き出しかけた野木が、急に思い出したように、

「だ、だけど、その意図とは？」

「それは……」

言いかけて森江は、あとの言葉をのみこんだ。

「それよりも今は、クリスマス・イヴ——正確には二十五日未明に海淵にふりかかった出来事について語ろうやないか。そう、こういう言い方はいややが、第四の殺人について」

だが相手の顔を見すえ、さて、と言い継ごうとした矢先、

「第四の殺人？　第五じゃないのか」

野木がぽつりと口にした。そのとたん、

「今さら何を言ってんだ」蟻川が舌打ちした。「いいか、錆田は自殺だったんだから、死体としちゃ五つめでも、第四の殺人なんだよ」

「おいおい」堂埜が手で制した。「十沼は、小藤田殺しを第四の殺人と書いていなかったか。瀬部殺しが第三の殺人で……」

おもむろに腕を組み、思い出しにかかる。——いつしか誰もがメモをとり始めていた。中でも細かく熱心なのは野木で、彼は①②と番号をふった書き付けを掲げながら、

「だから、錆田の分を引いて、小藤田殺しは第三の殺人になるわけだ。——いや、殺されたのは瀬部が先だっていう十沼の説は崩れたんだから、第二の殺人になるのか」

後半は頭痛を起こしそうな顔で、周囲に助けを求めた。

「とすると結局、瀬部殺しだけはもとのまま、第三の殺人でいいわけか。やれやれ」

蟻川は心底、うんざりしたように言った。

「わかった、それで海淵殺しが第四の殺人になるんだな」

まるで何事もなかったかのようにうなずく堂埜であった。森江はそんな彼に知れぬよう、つきかけたため息を吸いこむと、

「そろそろ、続きを始めさせてもらってええかな……そのう、算数の問題はそれくらいにして。次は物理、いやむしろ地理かな。つまり水松みさとは、いかにして海淵の部屋の窓から侵入・脱出したかについてだが――」

ようやくに話を再開した彼だったが、そのたゆまぬ忍耐心は、すぐにまた試練にさらされることになった。そう、たちまち起こった不満げなざわめきの中に……。

「窓からだって？」

彼らは不得要領な顔で、いっせいに素人探偵の言葉を聞き返した。

「なるほど、窓からね」

堂埜は小さな声でくりかえした。

「窓からだってさ」

蟻川が大声でうながすと、野木はおもむろにペンを持ち直して、

「わかったよ。……ええ、第四の殺人における犯人の侵入経路は窓から――と。しかしいいのかね。おれたち、こんな探偵ごっこやってて……」

「うるさい」

素人探偵は初めて声を荒らげたが、急に気弱そうになると言葉を続けた。

「それを言ってくれるなよ。……こっちだって、相当恥ずかしがりながらやってるんやから」

「悪かったな。まあお互いさまちゅうとこかな」

堂埜はややうつむきかげんに、苦笑を噛み殺すようにしながら、

「だが、何となく急に、自分らの無力ぶりがバカバカしくなってきたもんでな。そんなとこだろう、みんな？」

蟻川はグルリと皮肉な視線をめぐらすと、

「ま、無力というより、操られぶりが、かな。どうやら、みんなも十沼同様、扉の施錠トリックに取り組んでみたクチじゃあないのか」

「そ、それもあるが」やや顔を赤らめ、野木が付け加えた。「仮にオレたちのいるのが、十沼が引用してる名探偵のセリフみたいに、それこそ一篇のバカげた探偵小説の中だとしても、それを認めるのはまっぴらだからな」

「ふん、フェル博士だっけか？　いくらコトが密室殺人でも、それだきゃあ願い下げだな」

蟻川は辛辣に細めた目を、森江に向けた。

「で、アレだ、続きはどうした？　おれたちとしちゃご高説を承るにヤブサカじゃないんだぜ」

「わかった」森江は、即座に答えた。「ご要望が出るのを待ってたんだよ。さて、みんなの不興を買うたらしい、窓からの侵入うんぬんは少し後回しにするとして、もうしばらく彼の心理

のあとをたどってみよう。——海淵は、あの時点で水松みさとが誘拐されたのを知り、立て続けの四つの死をも身近に感じた唯一の人物だった。まず思い当たったのは加宮と××派の確執——連中が、金をゴマかした加宮を眠らせたうえ、彼女を誘拐したのではないかということ。いや、ひょっとして加宮と××派の間には誘拐計画と身代金をめぐり、何か忌まわしい取引が存したのではないか。しかし、どうして〈オンザロック〉側の面々までが次々殺されていかねばならないのか。

そうして彼の疑惑は、当然行くべき道をたどっていった。——もしかしてこれは、荘内の仲間のうちの一人あるいは複数が、ごく深い形で誘拐にかかわっていることを示すのではないか。それを嗅ぎつけた、もしくは犯行グループ内の仲間割れの結果が、自分の不在中に起きた人死にではなかったのか、と……」

「すると、だ……。海淵は、おれたちが、彼女を——と?」

野木が、乾いた笑いに口元をひきつらせた。

「間抜けめが！」

率直かつ明瞭に断じる蟻川だった。間髪を入れず野木が、眼鏡の奥から冷笑を投げながら、

「おや意外だな。『この中で、水松みさとがほしくない奴がいるか?』ってな、誰のセリフだったっけ」

「貴様、それとこいつぁ話が……」

珍しくややひるみながらも、蟻川が声を荒らげた。ここで一喧嘩かと思われたとき、

「まあ待て」

型通りの堂埜のとりなしで、あっけなく不穏な空気は溶け散った。むしろ、それだけの元気すら尽きていたというのが正しかったかもしれない。——彼は森江の方を見、続けた。

「……で、その疑惑ゆえの、あの珍問奇問だったというわけだな。〝誘拐〟というココロにつながる謎かけで、われわれがどんな反応を示すか、と」

「そや」森江はうなずいた。「しかし、大喜利はみごと空振りに終わった。少なくとも表向きはね。よくもまぁと言いたいような怪答に、海淵が失望したか、素直に安堵したかどうかは知らない。しかし、すでに泥濘荘内を死神が三度も駆け抜け、まして錆田の死によって一階にたった一人になったからには、めったなことでは安心できない。掛け金と鍵孔の両方にしっかり施錠をすませ、さらにその上からガムテープか何か、なるべく強力な粘着性のやつで二重三重に密封した。あくまでも敵は内側にあり、来るならそちらからだと信じてね。

そう、これが十沼を驚かせた掛け金の手ざわりの正体だった。むろん、LPの山の下から出てきたという部屋の鍵は、海淵自身が用心にとひそませておいたものだったろう。そして、彼はようやくいくらかの安堵を得て、床についた」

森江はちょっと言葉を休めた——別に意識するでもなく、怪談上手がやるように。

「強い風の夜だった。日疋のところにいた野木を除く誰もが寝入り、錆田の残したメッセージと格闘していた十沼さえもが眠りに陥ちた午前三時少し前。何の障害もなく泥濘荘の敷地内に入りこんだ犯人——水松みさとは、夜闇と風音にまぎれて、海淵の部屋の窓の下に立った。その身のどこかにすでに血ぬられた庖丁を隠し持ち、手には何か鈍器の類を構えながら。

というと大層だが、手口は簡単そのものだった。鈍器といっても大方は布でくるむかして音を殺した石ころを、窓ガラスのなるべく真ん中寄りの個所に打ちつけるだけのこと。ただし破片が中に落ちないよう、何かでガラスを固定しておく必要はある。――そして細腕を差し入れるだけの穴をうがったところで、そこから窓枠のクレッセント錠に手を伸ばし、施錠を解く。ごくありふれた手口だが、ここで気をつけなければならないのは、引き違いの窓の奥に位置する方、つまり向かって左のガラスを選ぶことや。

海淵が目を覚ます危険性？　その可能性なら十分あったやろうね。しかし、それが彼女にとって危険かどうかは疑問だな。もう一度、彼の立場になってみてくれ。夜半の〝ノック〟に目を覚ましたら、何者かに拉致されたはずの美少女がガラスの向こうにいたとしたら？　まさにびっくり仰天のほかなかったろうな。

だが驚きもさることながら、編集局スタッフにまじって働き、自分も記者を志望するものとしては、むらむらと湧きおこる野心もあったのやないか。――だが不幸にも、彼は水松みさと誘拐事件を知り、それと錆田らの死をつなげようとはしていたが、みさとを哀れな被害者以外の立場に置こうなどとは思いもよらなかった。

そう、もし僕が海淵で窓の向こうに彼女の姿を見出そうもんなら、大急ぎで迎え入れたに決まってる。てっきり虎口を脱し、助けを求めてきたのだとでも想像をたくましくしてね。早い話、彼女は侵入する部屋の主に見つかることを、必ずしも恐れる必要はなかったということや。

そう……水松みさとは、誘拐という状況、被害者という立場、そしてあの容姿ゆえに時間と空間以外のアリバイに堅く護られていたんだ。このときも、それから今に至るまでも」

堂埜がふとつぶやいた。「そして、ことによると、これからの人生のあらゆる場面で？」

「かもしれん……ただし、彼女が今と同じかわいさを保つ限りにおいてやが」

森江は自嘲的に、肯定してみせた。

「続けよう。――ともあれ窓は引き開けられ、みさとは部屋の中へと身をしなやかにすべり込ませた。海淵が起きていようと、眠りこけていようと、やることは同じだった。彼女は瀬部殺しに使った柳刃庖丁を取り出すと、手早く彼の広々とした背に刺し通した。

――実にあっけない最期。海淵がそんなはめに追いやられたのは、マスコミの一歩内側にいたおかげで世間一般に少々先んじて得た情報のせいやった。そのことの感慨を質《ただ》してみたい気もするが、今となっては無理な話や。さて……」

森江はやや詠嘆めかして言った。と、そのとき、蟻川が何か不審な点に思い当たったように顔を上げた。森江はしかし、何か言いかけるのを押し切るように声を高めて、

「さて……と。凶行後、廊下に通じる扉に目をやった水松みさとは、そこに貼られた粘着テープに気づいた。これを残しておいては、廊下側からの出入りは不可能やったということになり、窓から侵入したことがいっぺんにバレてしまう。急いでテープを引っぺがし、なお鍵孔の方の施錠も解いておかねばと鍵を探した。だが、見つからない。

動機をぼかす狙いもあって、盛大に室内を荒らし回ったが、まさか山と積まれたレコードジ

ャケットの間とは思いもよらなかった。この小さな誤算を埋め合わせする暇がそれ以上あるはずもなく、行動は次の段階に移らざるを得なかった。

海淵の体は、その時点ではまだ死にきってはいなかったかもしれないが、椅子——スチールと書いてある以上、まず小車付《キャスター》きだろうが——に腰かけさせられ、ゴロゴロと窓際に運ばれた。さっき穴を開けた方で、室内から見れば右の、手前にはまったガラスだ。海淵の背丈を計算に入れながら、侵入時に使った〝鈍器〟でそいつに軽く一撃、二撃……目的は錠を解くために開けた穴を広げることと、窓ガラス自体を適当に弱らせておくこと。そのこと自体の目的はって？　まあ、もう少し聞いてくれ。

ここで海淵の死体は、ちと珍妙なポーズを要求される。椅子の上に台を置き、そこに尻をのっけて半ば立つような体勢をとりながら、上体は後ろへ反らす。——そのまま背後に倒れてしまいそうやが、後頭部にグルリと絡められた、かねて用意の紐が、そうはさせじと支えている。紐は海淵のうなじの辺をめぐって顔の前あたりでクロスし、さらにその先は二筋ともガラスの穴をくぐって外へ垂らされている。ちょっとした操り人形、と言えば不謹慎かな。だとしたら許してくれ。

一方、人形を操る側の犯人はというと、もう一枚、向かって左の無傷な窓板に手を掛け、静かに引き開ける。死体が頭をもたせかけたガラスより外側にあるそれが、自由に開け閉めできるのは断わるまでもないな。そこから庭へ降り立った人形遣いは、まず窓を閉め、窓から腕を差し入れて錠を締める。こうして、殺人現場はたった一つの穴を除いて密閉された。あとは、それにフタをするだけや。何でって、むろん海淵のアタマで……。

犯人は紐の両端を手に取ると気合もろとも、力一杯引き寄せた。ググッと上体を起こした海淵は、初めはゆっくりと、次いで猛スピードで自慢の石頭を振りかぶり、すでに弱りきった窓めがけて最敬礼の形で突入した。CRASH！　海淵の頭は深々とガラスに喰い入り、密室の穴に栓をした。同時に椅子は転げ、その上の台は吹っ飛んで、十沼の言う〈屋内性のサイクロンが駆け抜けたような惨状〉に画竜点睛《がりようてんせい》がなされたという次第や。――ふうっ」

森江は荒く息をついだ。シンと耳にしみるような沈黙をあとに残した大熱演は、しかし十分に報いられたとは言いがたかった。

「いや、ご苦労さまだった」

蟻川はいらだたしげに、卓をコツコツと指先でたたきながら、

「そして、画期的な所説をありがとう。――窓から忍びこみの、海淵の背に刃を突き立てのまでなら許せるが、死体を椅子に移して運んだあげく、バランスをとらせつつ立たせる……？おいおい、じゃ窓を越えて外へ出る間、誰がその紐を支えてるんだ。

お前の推理の根本中の根本である、鋳田は自縊を他殺に偽装されたというのも、検討の余地が出てきたな。なぜって、彼女がそれほどの怪力の主なら、手ずから絞め殺した鋳田を望楼のてっぺんに引っかけたと考えるのも、あながち無理ではなくなってくるからな」

「それよりも、いいかげんきわまるのは」

野木は真剣そのもの、あらわに忿懣をぶちまけるように声を荒らげながら、

「扉の施錠の件は、どうなったんだ。水松みさとはガムテープをはがすことまでしておきながら、どうして掛け金を下ろしたままにしといたんだよ。お前の話だと、外しておかなきゃ工作一切が無意味になるはずだろうが」

「………」

十字砲火を浴びせられるまま、森江はややうつむきかげんに、忍耐強い古武士のような趣《おもむき》で沈黙を守っていた。と、そこへ堂埜が妙にこもった声音で、

「おれたちは別に、お前の揚げ足を取ってるわけじゃない。——むしろ、教えてもらいたいんだ。海淵は、なるほど水松みさとの誘拐をわれわれより早く知っていたかもしれないとして、彼女はどうやって海淵が知っていることを見抜くことができたのかを」

「そうだとも」続けて蟻川がブチ上げた。「だいたい、やがて劇的な生還となりゃあ大々的に報道されることを、ちょっとばかし早く知ったぐらいで、どうして殺されなきゃいけない。第一、海淵の奴は、みさと誘拐に関しては、まるっきり見当外れを考えてたんだろう?」

「どうなんだよ、えッ」

野木は腹立ちまぎれ、追い打ちをかけ、だが急にひるんだように視線をもたげながら、

「どうな……ど、どうかしたか?」

全員の注視の中、すっくと佇立した森江は、ひどく心苦しげに視線をめぐらした。彼は初め独白の如く、ついで思い切ったように、

「やっぱり、あいつのことを避けては通れないか——しかたない、聞いてくれ。海淵殺しにお

いて、密室はみさとの意に反し生まれてしまった。鍵が見つからなかったのはしかたないとしても、侵入者よけの粘着テープを引っぺがしておきながら、なぜ掛け金を外しておかなかったか。しかし、その説明のためには、一人の馬鹿者に登場願わねばならんのや。事件の中で一見忠実、実はむき出しのエゴを存分にみせてくれた人物に。

そう、水松みさとには、そんな恥知らずな手下が入り用だった。とりあえずの役目は狂言誘拐で、自分が拉致されたと見せかけるための最初の脅迫電話をかけること。そのときの声が男のものだったことを思い出してくれよ。……そして、あとあと道具となる男だ。エサはまたもや自分の父親の地位だが、十沼が喰いついたのとは違って、人事担当——社員採用に大きな影響力をもつ人物であること。そしておそらくはカネ、身代金の分配だ。

十分すぎるエサに、馬鹿者はせっせと忠勤を励んだ。最初は電話かけのバイト、次は……みさとが物置にセットした時限装置にわけもわからず火を点じること。かくて、そいつのしっぽはしっかりと彼女の手中に握られた。声だけというても家人の記憶には残ったろうし、〝マッチつけの少年〟をつとめたあとには立て続けに二つの死が起こったんだから。

そう、その人物こそが海淵を窓際まで運んだ。みさとが室外に逃れる間は死体を支える紐を持ち、当然ガラスに頭突きをさせるときにも力を提供した男。いや何より、海淵のかけたカマに引っかかって何かまずいことを口走ってしまい、彼を殺さなければと泣きついた奴。

——そのくせ、そいつは海淵の部屋の扉を完全に密閉されていては、あまりにも容疑が荘内に集中し、自分の身にも及ぶことを恐れて、みさとが外した掛け金をこっそりともとに戻しておくことは忘れなかった。

だがまぁ、裏切りはおあいこというとこだった。そいつがそっと掛け金を下ろし直す一方、水松みさとはおそらくは力仕事の間あずかっていた上衣のポケットから赤いタータンチェックのケースを取り出してたんやから。その中に青酸系毒物をまぎれ込ませるべく、ね」

タータンチェックのケースという単語が出たとたん、手ひどい電撃のようなものが走った。するど、その馬鹿者とは――？

よほどたってから、堂埜がかろうじて言った。

「どうかしとるぞ、お前。須藤が、あの須藤郁哉が……いくら何でもそんな。絶対どうかしとる」

「そうかもしれん。いや、きっとそうやろうとも」森江は平板な声で言った。「だが、その須藤については、もうしばらくおしゃべりを続ける必要がある。それも一番最初、あの二十二日の晩からね。奴は《プランタン》でのパーティーで、水松みさとから今回の仕事のほんのきっかけだけをもちかけられ、後刻の待ち合わせを約して別れた。

彼女はいったん自分の部屋に戻り、むなしく加宮からの連絡を待ち（十沼に送られて帰宅した堀場君が電話したのは、このときだ）……いよいよ計画発動とはなった。そんなことは、むろんあいつの知ったこっちゃない。ただただ金とコネのため、須藤は単身約束の場所へと向かった――みさとが錆田の死を確認するため、あいつの手持ちの玄関の鍵を抜き取っておいたのも知らずに。連れとはぐれたなどはとんでもない。野木、あいつの方が君をまいたんや。

そうとも、須藤だけがパーティーの晩、夜明けまでゆるりと、みさとの謀議に付き合うことができた。むろん鍵はこのとき戻されたわけやが、同時に彼女は誰もが菓子入れと思っていた常備薬ケースの中を隙見してしまった。まさにその瞬間だったろう、この馬鹿者を始末する方法が決定されたのは。――妄想だって？　けっこう！　ならば十沼手記の第三章末尾にある、加宮の死を知った拍子に須藤が『ゴックンとのみ下してしまった』『たまたまくわえていた菓子の包み紙か何かの紙切れ』に、実はみさとの実家の電話番号、そして脅迫のセリフが書いてあったのではないかという推測も、そう呼んでいただくとしよう。

ともあれ須藤が、自分の陥ちた落とし穴の恐ろしさに気づいたのは、海淵殺しのときやった。大方は電話で彼女と連絡を取っていた奴やが、まさか殺すとは思ってなかったのかもしれん。が、結局は密室構成を手伝わされ、せめてものことに掛け金を戻しておいた。上出来の悪知恵ではあったな。知恵といえば、海淵が投げかけた〈融解＝誘拐〉に通じる質問を変にごまかさなかった無作為ぶりもうまいもんだった。ありようは無作為というより無策、ニセの質問を創り出す余裕がなかったのかもしれんけど。

さてこと果てて、みさとは外へ、須藤は外階段から忍び足で自室へ馳せ戻った。むろん、あそこの差し込み錠を下ろすのを忘れずに。だが、ふいに前方のドアが開いたのには肝を冷やしたろう。ガラスの割れるのに目を覚まし、足音をいぶかった蟻川がドアを開ける寸前に、部屋にすべりこむことができた。むろん自分も寝てましたという、翌日の証言は嘘。それが証拠に、須藤は言うてる……『常着のまま突っ立ってたもんでドッと冷えこんで』。あまりパジャマを常着というのも聞かないが、どうかな？

だが、そんな失言に気づくものはなかった。須藤はボロを出さずにすんだことに、ひそかに胸をなでおろした。だが、心より体の方が正直やった。危機を切り抜けたと思ったとたん、持病の発作を——その前兆を感じ、奴はあわててポケットに手をのばした。

ケースの中の薬のうち、毒が仕込まれていたのはどれだけかは記述になかったが、確かなのはつまみ出した一粒がまさに大当たりやったことだった。青酸毒の作用で一気に死出の旅に送り出された須藤は、最後の一瞬、何かを君らに伝えようとした」

「こ、このオレを指さすことで？」

野木が目をみはった。森江はうなずいて、

「そう……。ただし、君を差し示すのが目的ではなかった。君らは疑問に思わへんかったのか——もし真ん前の野木を差すつもりなら、なぜまっすぐ彼を指ささずに、わざわざグルリと腕を大回しにしたりしたのか。そのときの情景を僕なりに思い浮かべてみたが、あれはその場の全員、刑事らの輪をも越えてめぐる弧を描きたかったのやなかったか。そして思い当たった。須藤が伝えたかったのは、庭から海淵の部屋の窓に至る水松みさとの侵入経路——何より殺人者は荘内ではなく、外からやってきたという事実やなかったか、と」

「せめて、その程度の想像力が、あの刑事たちにありゃあ、おれもあんな目には……」

野木はなぜかアワワと口を押さえ、あわてたようすで付け加えた。

「と、とにかく、それで少しはワケがのみこめた」

「ありがとう」森江は軽くお辞儀をした。「してみると、さっきより、少しはマシに受け取ってくれたわけやな。あとの二人は？——お答えなしか。どうやら、ただのお談議はもう潮時のようやな。……来てくれ」

独語めいてつぶやいたかと思うと、やおら一同に背を向けた。スタスタと戸口へ歩を進め、一歩踏み出しかけたところでふりかえると、

「……どうした。責任をもってそれを口にする限り、どんな愚劣な説であれ、とりあえずは耳を貸してくれると思ってたが。それとも、僕の解釈がまちがってたのか？」

4　森江春策、実演に移る

　――建物それ自体が浅海に沈みこんだような薄闇が、一階北東隅、浴室の窓の向こうにたゆとうていた。

　わけのわからないまま連れてこられた堂埜、蟻川、野木の三人組は、いかにもゾッとしないといった顔を見合わせた。

　天井からは灯りが煌々と光をふりまき、足元のタイルも乾いてはいたが、左右の壁にしみついた湿り気ばかりはどうしようもない。そして、ついこの間、ここで誰がどんな最期を遂げたかを思い起こせば、あまりいい気のするはずはなかった。

　分厚いガラスの向こうで、ちょこまかと動く人影があった。三人の視線を集めた人影は、背伸びしたかと思うとグッと身をかがめ、窓の下へフレームアウトしていったかと思うと、そのまま見えなくなってしまった。

（…………?）

　いぶかる彼らの耳に、ややあってカチッという軽い音が響いた。戸外に据えられた風呂釜の種火を点ける音だ。

いったい、これから何が……と冷たい床に突っ立つ三人男が見守るうちに、何やらきらりと動き出す銀色のものがあった。――浴槽と窓の間のタイル壁にはまった火力調節用のガスコックだった。

何のことはない、かがみこんだのは風呂の釜を点火状態にするためだったらしい。窓の外の人物がその抓みを回すにつれ、下方に青く刻印された〝閉〟の字を指していたガスコックが左回りに回転し始め、ちょうど九〇度――時計でいうなら三時の位置で止まった。

ふだんならここでボッと釜の火が全開になるところだが、元栓が締められているとみえ、それ以上の変化はなかった。そのことに何とはなし拍子抜けしながらも、彼らはなおもガスコックを、それが指さす赤い〝開〟の字を見つめ続けた。

と、だしぬけに背後から、

「お待っとおさん」

ひどく飄逸《ひょういつ》な声に振り返るまでもなく、森江春策がズカズカと脱衣室から歩み出てきた。だが、それは無理に装われた不遜さではないかとうかがわせたことに、彼はタイルの目地にしみこんだ日疋佳景の血痕を踏みつけぬよう、細心の注意を払っているようだった。

「さて……ほな、始めようか。ちょっとごめんよ」

何やらハンカチにくるんだものを隠すように前かがみになりながら、森江は三人を押しのけるように前へ出ると、そのまま空っぽの浴槽に足を踏み入れた。

あきれたような視線をものともせず、縁に足を掛けると、窓の上方―― ULCERA MALI-

GNAの十三文字をとどめた通気栈の抓みに指を伸ばした。固くなっているのに少し手こずって開き終えると、今度は栈の間をまさぐる。

「あぁン?」

野木が思わず声をあげたのも無理はない。まるで手品のように、その間から一筋の黒い糸がスルスルと抜き出されたからだ。さっき背伸びしたのは、これを仕込むためだったらしい。

森江はその糸をたぐり寄せると、まずは跳ね上げ窓の下端にある取っ手状の掛け金にクルリと巻きつけた。さらに下へとのびた分を、今度はガスコックに同じく一巻き引っかけると、なぜか窓ガラスをピンと弾いた。

「さて、今やってみせた通り、このコックは風呂釜のスイッチとつながっていて、壁を隔てたどちらからでも連動するようになっている。これが手品の種の第一、二番目は——」

しゃべりながら、おもむろにハンカチを解く。現われたのは、ひどくデコボコした氷の塊で、どうやら冷蔵庫の角氷を固めたものらしかった。

意外に器用な手つきで糸の端に氷を縛りつけると、とどめにとんでもないものをポケットから取り出した。あろうことか食卓塩の容器を。

「そういえば」

森江は塩を氷と糸に振りかけながら、ふと思い出したように、

「十沼は、日疋の死体発見のくだりで、小学生用の理科読物がどうとか書いてるが、これも昔そんな本に載ってた覚えがあるな。ほら、塩を使って氷を固めたり、釣ったりする実験がね。

もっとも、この塩だけは僕の非常手段、何せ大きめの氷を用意する暇がなかったからで、犯人がこうしたとは断言しないよ」

「てことは、ほかの一切については断言するつもりなわけだ」

「そう、そのふざけた糸づり細工も何もかも……」

蟻川がせいいっぱい皮肉を利かせ、野木が続けた、そのときだった。

「そうとも」

深くうなずいたかと思うと、森江は固めた拳で窓ガラスを殴りつけた。

ふひゃあ、と頓狂な声があがる。と同時に、誰も手を触れぬはずのガスコックが一気に下を――時計なら六時の〝閉〟の方へと、右に九〇度急転した。

当然、軽く一巻きしただけの黒糸はガスコックからすべり落ちるように抜け、これまで氷の重みを途中で支えていたものが、ふいに消え失せたのと同じことになった。氷塊はググッと下がり、糸を介して伝わった力は、第二の支点――窓の取っ手にのしかかる。

――かちり。取っ手は水平に近く引き下げられ、窓枠の受け金にはまりこんだ。何の言葉をはさむ暇もないほどの早業だった。

振子のように揺れる氷。だが、糸はまだかろうじて取っ手に引っかかったままだ。

と、ふいに緊張がゆるんだかと思うと糸は取っ手を離れ、氷はまたも降下を開始した。言うまでもない、通気桟から糸の残りが繰り出されたのだ。

（――！）

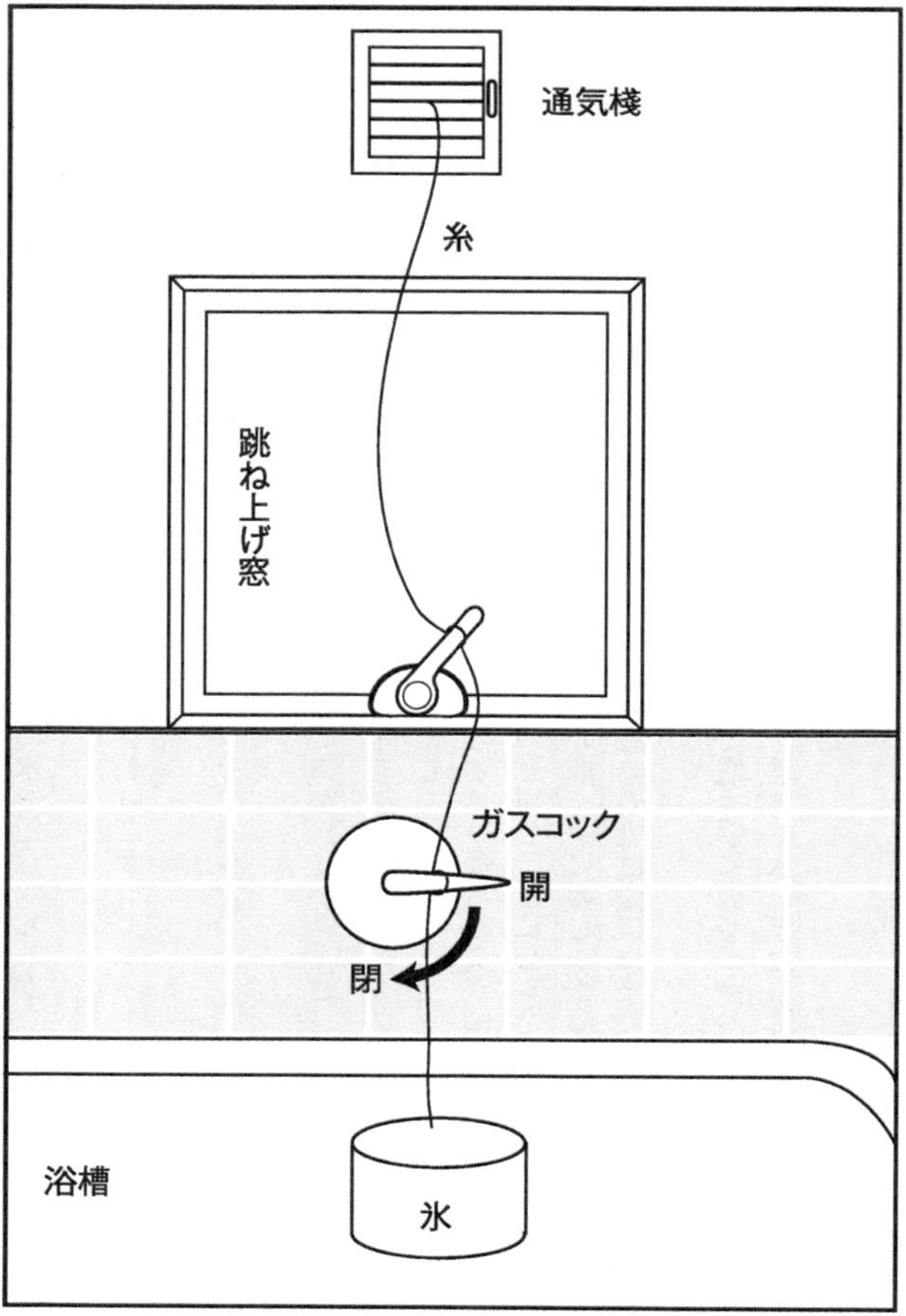
通気機
糸
跳ね上げ窓
ガスコック
開
閉
浴槽
氷

何か巨大なカタストロフィにでも立ち会っているような凝視の中、氷は浴槽の底に当たってバラバラとはじけた。

「むろん」森江がぽつりと口をはさんだ。「あのときは、湯が満タンになってたわけやが……」

氷は繫留から解放され、重しをとかれた糸は、引かれるまま通気栈へ上昇を始め……やがて吸い込まれるように姿を消した。

奇妙とも何とも言いがたい沈黙。それを破ったのは誰の言葉でもなく、跳ね上げ窓に今度は外から加えられたノックだった。

おっとと、とか何とかつぶやきながら、森江はせっかくの労作である施錠を解いてしまうと、窓を押し上げた。

「あれで、よかったの？」

開いた窓の向こうには、さもつまらなさそうな乾美樹の顔があった。森江はうなずき、手ぶりよろしく謝意を表するのに余念がなかった。

「いや、けっこうでした。寒かったでしょう。いろいろとお手伝いをどうも……」

だが彼女は、軽い微笑みを、それも一瞬ふりまいただけで窓際を離れていってしまい、残された男どもが言葉を取り戻すまでには、なお一分近い時間が必要だった。

「なるほど」

やがて口を切った堂埜の声は、遠雷のようだった。

「これで、どうやって浴室の窓を外から密閉することができるかはわかった。だが忘れていることがある。どうやって犯人……水松みさとが通気栈を閉め、しかもその上に血の文字を書くことができたかだ。お前の実演では、それはまさに不可能だったということに、なってしまいはしないか」

「もっともや」

森江はやや顔をこわばらせ、しかし相手の視線にあらがうように大きく息を吸い込んだ。

「で……いつ僕が不可能でないと言った、ただの一度でも?」


「また、みんなに頭痛のタネを提供してしまったようやね」

浴室から引きあげ、誰もが椅子にへたりこんだ食堂で、森江はすまなそうに言った。だが、後半は打って変わり、どこか意を決したような調子で、

「しかし、こっちも何の痛みもなしでいるわけやないからな。さて、後先になったかもしれんが、あの窓がああやって閉じられる以前のこと――どうして日疋が、あそこであんな死を遂げるに至ったかを考えてみようやないか。

水松みさとにとってのターゲットが、あのミスカトニック・オープンハウスの日、自分や加宮とともに同乗していた三人に限られていた以上、それ以外の殺しは何らかの形で彼女の秘密、あるいは犯罪プランにかかわりをもってしまったためと見るのが自然だろう。そう、海淵のようにね。しかし日疋は、彼のように誘拐を世間に先んじて知ってたわけやない。そんなルートも手段も、日疋にはなかった。

ここで着目してほしいことがある。その一つめは、奴が自らここへ押しかけてきたことで、それも自分一人では名目が立たんとばかりに、女の子二人を掃除・洗濯ボランティアとして引き連れることまでした。二番目は、その来訪が水松みさと誘拐の報道がテレビ・ラジオ・新聞で解禁になったとたん唐突に行なわれた、という感があることだ。〝検屍法廷〟以後、一連の殺しの最中は寄りつきもしなかったくせに。

どうやら日疋についても、その立場に立って考えることが必要なようや。それも、僕ら一人ひとりと引き比べながら……。君らはいくつもの死を間近にしたが、その背後事情――轢き逃げのことは知らなかった。むろん誘拐についても。海淵はまず誘拐、ついで殺しを知り、二つを結びつけようとはしたが、後者の背後事情については君ら同様に白紙やった。そして日疋はといえば、奴は誘拐発生なんて夢にも知らなかった。しかし、轢き逃げについてもそうだったと断言できるやろか?」

堂埜が口を入れた。「つまり、日疋は轢き逃げのことを知っていた……と」

「いや、これは仮定や、あくまでもな」

森江はどこまでも律義に断わった。

「あ、そう言えば」唐突に、野木がひざをたたいた。「十沼は《濫觴録》で、今出川通を東進中に日疋に出くわしかけたと書いてるが、すると日疋はそれ以前、どっかの交差点あたりで信号待ちの加宮たちのクルマと遭遇したんじゃないか?」

「さ、さあ……そこまではどうかな」

さすがに、その先走りには乗りかねたようすで、森江は言葉を続けた。

「もし日疋が、みさとの起こした事故を知っていたなら、ここの誰よりも明快に殺しの構図を見わたせたことだろう。まず同乗者の一人が首を吊り、核心の人物といえる加宮が死に、そして立て続けに残る同乗者二人が消されたとなれば、詳細はわからないにしても、犯人の名だけは簡単に見当がつく。で、ついたとしたら奴はどうしたか。自分が見抜いただけの真相を告げて、君らを恐怖から解放したか？　それとも法治国家の国民の義務として、警察に知らせたやろうか？」

「まず考えられんな。懸賞金でもかかってれば、ポリ公どもに売るぐらいやりかねんが……」

ふっと噴き出しかけさえしながら、蟻川が言った。

「ひどい言いざまだな、いくら何でも。日疋はそんな男じゃないぞ」

反発した野木だったが、蟻川の痛烈な言葉に何か触発されたか、あわてて眼鏡を掛け直すと、

「おい、するとみんな、まさか日疋が……？」

「否定はできんな」

堂埜が静かに、しかしかすかに苦い表情で答えた。

「おい、あんな死に方をした人間のことを、何もそこまで……」

「まだ、わからんのか」

なおも異議を申し立てる野木に、堂埜はついに怒気をあらわにした。

「どうして、奴が、お前に不利なアリバイ証言をしたのかが」

「そうだ。そう考えてみればナットクだよな、ずっとわからなかったことが……」

蟻川がポンと手を打った。白くむき出した歯を食いしばるようにしながら、

「いいか野木、貴様が自分の下宿を出た時刻を、奴は一時間も繰り上げて証言した。ということはだ、奴も一時間分、自分のアリバイを目減りさせることになる。貴様もまた奴に対してはアリバイの証人になるんだからな。それをあえてしたということは――つまり奴は貴様を売り渡したのさ、みさとからゆすり取る値をつり上げるための身代わり犯人としてな」

野木の顔は瞬時に朱を注ぎ、ついで死人並みに蒼ざめた。いま彼の前に鴨川を出したなら、何往復でも寒中水泳を披露してくれたろう。

「日疋の人柄について、こうもあっさり意見の一致を見るとはな」

半ばあきれ顔で独りごちる森江だった。だが、じきに気を取り直すと、

「ともかく、そんな愚挙に出ていたとすれば、いざ協定解除となり、各紙各局が大々的に報道を開始したときの日疋の驚きは、常人の十倍、いや倍は超えてたことやろう。みさとが誘拐されていた――。犯人と信じた相手が、まさに一〇〇%の鉄壁アリバイに守られていたわけやからな。かくて、奴は自分が放った恐喝の矢に脅えねばならなくなった。

……そうそう、その矢がどんな形で放たれたかについても述べないとな。まず日疋が考えたであろうことは、大阪に自宅を持つ水松みさとは、京都市内のどこかに殺人の計画と準備、そして休息のためのアジトを設定しているに違いないということだ。といって女の子一人、仮名でホテルに泊まるのも目立ちすぎる。女子学生マンションの自分の部屋では管理の眼がきびし

いし、顔見知りに見られでもしたら大変や。

残るは加宮のマンションだが、せっかく金をはたいた愛の巣には、その金ゆえに××派の連中が始終押しかけていたらしいし、主が死んだ今は何どき管理人や彼の遺族がやって来るかもしれない。では、どこだ。日疋の立場になって考えると、奴は加宮とみさとの立場になって考えたに違いない」

「ややこしいな」堂埜が苦笑した。「ほいで、その結果は——?」

「またしても十沼の《濫蘆録》のお世話になることになるが、『バス・トイレ・駐車場完備のマンションに引っ越』す前の加宮の下宿。もしも、そこが引き続き二人のメイクラヴに使われてたとしたら——いや」

再度その律義さを発揮し、森江は静かにかぶりを振るのだった。

「いや、全く別の場所であるとも考えられるわけやし、軽々しく結論は……」

「留守番電話だ!」

そのときだった。野木が突如沈黙を、それも絶叫と言いたい声で打ち破ったのは。

「留守番、何だって?」

眉を上げる蟻川に、野木は激しくうなずくと、憑かれたように話し始めた。

「いつだったか、オレが加宮にちょっとしたこと——確か講義用のバカ高いテキストかの件で電話をかけたときのことだ。それとは別の考えごとをしてたもんで、呼び出し音が切れたとたん、先方が出たかも確かめず、もしもし……と声をかけた。だが反応がない。アレと思ったとき、『これは留守番電話です』そう告げる、どこかいたずらっぽい笑みを含んだような女の声がした。何だこりゃってんですぐに切っちまったが、そのとき初めて、ついまちがえて以前のアパートの部屋の番号を回してしまったことに気がついたんだ」

野木は手で首筋をぬぐうと、続けた。

「そのときはそれっきり……そして、それからよっぽどたってからだった、そのとき受話器の底から響いてきた声が聞き覚えがあるものじゃなかったかと思えてきたのは。――だってしかたないだろう? オレは、みさとの声が電話線に乗ったのをあんまり聞いたことがない。知っての通り、彼女のマンションにかければ管理人、自宅ではお袋さんと、いかにもうるさそうなのが出るもんで、みんなも彼女への電話連絡は敬遠して、もっぱら……」

「そんなことはいい」

堂埜は手のひらをかざし、息せききったような饒舌の続きをさえぎった。

「だが、これだけはハッキリ頼む。それで、お前は、その話を日疋にしたんだな?」

「ああ」

野木は、疲れ切ったように頭を垂れた。

「そして……その聞き覚えなるものが、水松みさとの声だったことも?」

「いや、そこまでは……それに、けっこう前の話だし、必ずしも奴がオレの話から知ったとも断言できないし」

むやみに詰め寄られたためか、妙に逃げ腰になった。と、その襟首を引っつかむように蟻川

が、

「留守番電話ねぇ、なぁるほど」

歯をむき、さもおかしくてたまらんと言いたげな声をしぼり出した。

「日疋のこった、たぶん話を聞いて試しにかけてみたんだろう。二人の愛の巣をのぞきたい一心でな。で、今回それを思い出したってわけだ。……ふん、留守番電話か。これなら脅迫にも便利だよな。出向く必要もなけりゃ受け取りは確実。まあ、こんな図を想像してみろ。アジトに身をひそめる、みさと。そこへけたたましく鳴る電話、これが録音モードのままだったもんだから、ピーって発信音を号砲にあの野郎が得々として始める恫喝と要求が生中継で彼女の耳に入ってしまった——てな図を」

「お、恐れ入りました」

森江は、アングリ開いた口から讃嘆の言葉を放つのだった。

「さ、さすがに僕も、そ、そこまでは想像できなかったよ。で、そのう——ぼちぼち、こっちの続きを始めさせてもらってもいいのかな？　何というか若干、自信が……」

「いつでも！」

彼らは、従順な聴衆の顔に戻ると、いっせいに言った。

「とにかく、今度は恐喝者だった日疋が、君らの説に従うなら、留守番電話のテープをネタに揺さぶりをかけられる番になった。僕も蟻川にならって、下宿の電話口あたりで、野木のアリバイを偽証したことのほのめかしも含めた自分の脅迫電話をプレイバックされて狼狽してる図でも想像するとしようか。

そのあと相手側から恥ずべき証拠品の返却場所に充てられたのは、もちろんここ泥濘荘だ。かくて、突然の訪問をごまかすために、堀場・乾両嬢に声をかけ、それでも足りずにせいいっぱい愛想をふりまいたつもりが……」

「愛想って、あれがか！」

蟻川があきれたように叫んだが、森江はかまわずに続けた。

「……ふりまいたつもりが、逆に袋だたきにあってしまった。むろん犯人としては浴室に誘いこむ必要があったわけやが、当初から日疋がそこを〝脅迫メッセージ〟の返還場所に指定されてたかどうかは疑問や。いくら何でも警戒するやろうからね。

結果的には自分から雑炊をかぶったにせよ、標的はさほどの警戒もなく風呂場へと向かった。十沼も書いてる通り、ここへ来れば必ずメシとフロをせしめていく通例にのっとってな。日疋の腹づもりでは、取引はもっとあとだったのかもしれん。ともあれ窓の外には、みさとが待ち受けていた」

「はるばると、施錠トリック用の氷持参でか？」納得しかねるように堂埜が訊く。「それとも、肉切りナイフのついでに、氷までここの冷蔵庫のを当てにしてた、とでも——」

「いやいや」森江は手を振ってさえぎった。「彼女には格好の氷入れがあるやないか。愛する加宮にホカホカのスープと手料理を毎日届けた弁当箱ね。まさか、十沼が何の意図もなく、わざわざそいつに言及したとは思わへんよね？　さて今回も、殺しは窓へのノックで始まった。いや、あらかじめ窓の解錠を行なっておけば、それさえ無用だったろう。いきなり斬りかかってもいいが、みさと自ら裸身になって入りこむ手だってある。そうすれば返り血を心配しなくてもいいわけだし、標的の好色心を刺激しておいて、背中に貼りつけでもした凶器に手を伸ばし――」

森江はそこで急に言葉を断ち切ったが、血みどろ描写を避けたつもりなら無駄というものだった。かえって誰もがその空隙に、振り下ろされる刃の音を聞いたからだ。

「さて、あとはさっきの実演と同じだ。あのときと違って、発見時に風呂釜が〝開〟になってたのは、むろん用済みの氷を速やかに解かすためだ。そして、さっき抜かしたところを補えば、胸に凶刃を受けた日疋は、脱衣室へと必死に床を這いずっていった。当初は外へ助けを求めに行ったのだろうか。しかし助からないと自覚すると、ノブに差しのべた手を閂に伸ばした。――何のために？　犯人が来たのが、そっちの扉からではあり得ないこと、すなわち窓、外部からであることを示すために」

「なるほど」野木は下を向き、くすりと憫笑した。「だが、それも徒労だったわけさ」

「少なくとも、今日ただ今までは」堂埜が付け加えた。

「カチッ、最後の力を振り絞って閂を掛け終えると、彼はこと切れた。まもなく、十沼と堀場君が異状を感じて駆けつけてきた。ドアを破り、日疋の死骸を見せまいと彼女を遠ざけたあと、釜の過熱を心配して湯気の向こうへ足を踏み入れた。そして、浴槽と跳ね上げ窓に歩み寄ったあいつはそこに何かを見た、はずだ。湯の中に解け残った氷のカケラ……あるいは、開いたままの通気栈に引っかかった糸の切れ端を」

「開いたままの?」野木が顔を上げた。

「そう。開いたままの、や」森江はくりかえした。「あいつの中で、ある考えが猛烈に回転した。これまで破片となって散らばっていたものが、一つの形に集まった。そして、あいつは手早く決心を固めると、おのが指先を血だまりにひたした。浴槽の縁に足をかけると、開閉抓みに指紋を残さないよう注意しながら、閉じた通気栈の上を渡るようにして壁に血の文字を書いた——ULCERA MALIGNA、と。大方は自作の探偵小説に使うつもりでストックしてあった、せいぜいオドロオドロしい単語をとっさに頭の中から引き出してね」

「お、おい……」

野木がレンズの奥で目を細める。同時に蟻川が、眉間に険悪な刻みを入れながら、

「貴様、とんだところでオレ以上に出放題の臆測を並べてくれるじゃないか。それも、根拠のひとっかけもない妄想を……」

「とんでもない」森江は火の粉でも払うように、手を振った。「妄想とは心外の極みやな。これは十沼自身が、はっきりと書き残してることやないか。チノモジヲカイタノハオレダ——**血の文字を書いたのはおれだ**、と……ほらこの通り、全部で十三ある章題にからませてね」

その終わりの方は、しかし突如まき起こった音響にかき消された。驚愕の叫びでもブーイングでもなく、椅子やら何やの引っくりかえる音によって、まるでコントの落ちのように。あい

にく、この史上最悪の殺人入りファースの終幕は、いま少し先の話だった。

サ……殺人談議レッスン一………チ　（第八章）
ク……暗がりに影を落とすもの……ノ　（第三章）
シ……死者に捧げる捜査メモ………モ　（第七章）
ヤ……家捜しガサ入れ大掃除………ジ　（第六章）
ハ……箸と鍋とでクリスマスを……ヲ　（第十章）
ト……遠く時刻表の遙か……………カ　（第四章）
ヌ……泥濘荘検屍法廷………………イ　（第二章）
マ……枕に中毒って殺された………タ　（第五章）
キ……奇人が集った愛の園…………ノ　（序章）
ヨ……翼手竜の鳴く夜には…………ハ　（第一章）
ウ……虚ろなものは死体の顔………オ　（第九章）
イ……密偵には鞭を惜しむなかれ…レ　（第十一章）
チ……血の文字を書いたのは誰だ…ダ　（終章）

「まず、こんなもんやな。ついでながら、どれも仮名書きで十三字になるという凝りようだが、暗号としては幼稚きわまるものといっていい」

あまりのあっけなさゆえか、誰もがしばらくは口を利かなかった。――森江はもう一度、手早く書き終えた紙きれを示して回りながら、話を続けた。

「まず考えてほしいのは、13という数字にこだわり、一連の事件を13尽くしで塗りたくろうとしていたのは、作者である十沼自身であって犯人ではないということだ。そして、バカげたことだらけの今度の事件の中でも、あの古風な怪奇趣味は妙に浮き上がってはいなかったか？

見ての通りキーワードは、あの自費出版短篇集と同じ『作者は十沼京一』――。収録短篇のタイトルのかわりに、十三ある章題の頭字がそう並ぶように順番を入れ換え、その上で末尾の字を拾ってゆくだけのこと。で、今度『本格探偵小説』のかわりに浮かび上がったのは、ごらんの通り……『血・の・文・字・を・書・い・た・の・は・お・れ・だ』。まさに初歩の初歩、それも正解のほんの門口まで、君らが連れて行ってくれたようなもんだ」

「それも、お得意の消去法でなあ」蟻川が吐き棄てた。「おバカなわれわれが引っかけられたところを避けてったら、自然に正解に行き着いたわけだ」

「くそっ、これが素直に第一章から十三章まで並んでりゃ、簡単にネタは割れてたもんを」

悔しげに舌打ちする野木に続いて、蟻川が、

「そうだ。それに本文の隅っこじゃなく、なまじ堂々と……そう、大きすぎたのにかえって引っかけられたわけさね」

「大きすぎた、か」

森江は、ふとハリウッド映画に出てくる東洋の賢者みたいに独語した。「確かに大きすぎた

ために目をくらましたものがあったな」

「で……この十三文字が」

それに対抗したわけでもあるまいが、堂埜は欧米作家ならさしずめ〝仏陀のように無表情に〟とでも形容しそうに眼を細めた。

「どういうことを、意味すると言いたいんだ」

「まさに、読んで字の通りや」森江は即座に答えた。「終章のタイトルを借りて十沼は問いかける——血の文字を書いたのは誰だ?　その答えをあいつは暗号に託した。血の文字を書いたのはおれだ……密室をより完全に、外部からの出入りを否定するために」

「だが何でまた、あいつが?」野木が髪をかき上げた。「何でそんな、犯人をかばうような真似を。推理作家になるという高望みを除けば、何の欲もない奴がユスリを働くとは思えん。それに奴には堀場君がいた。水松みさとに対する目論見が何かあったとは……」

「それこそ探偵気取りで、犯人を罠にでもはめようってつもりだったのかね。バカな話だが。いや、もっと、わからないのはだ」

蟻川はいらだたしげにドンとテーブルを殴りつけた。

「こんな危ない橋を渡る以上、奴にも成算があったはずだが、いつのまに、そしてどうやって十沼が真相やら犯人に肉薄できたのかだ。いくら自称未来の大推理作家だって、殺しの背後関係についちゃオレたち同様、いやそれ以上に知らなかったはずだ。それとも海淵や日疋のように、何か特別な……」

「興味深いことがある」

森江は淡々と、原稿束を手にしながら、

「第九章の冒頭、海淵が自分の頭で密室のフタをさせられた音で目を覚ますまで、暗号文の悪夢に悩まされていたと書いている。一見して原文とは別個のデタラメのようだが、これを例の〈シフト逆打ち〉で解読してみると、こうなる。『おれに　これぐらいの　あんごうが』『とけないと　おもつているのか』『ばかものどもめが』……まぁ、まぁ続けさせてくれ。君らだって、十沼と同じ条件なら、解読は案外簡単やったはずだよ。

十沼は割符法、表形法、寓意法、置換法、代用法と江戸川乱歩が分類した暗号記法を並べたて、どれもダメだったと言いたげだ。ところが妙なことに、ここには探偵小説では一番ポピュラーな〈媒介法〉――書物のページやとか乱歩の作例でなら点字とか、いろんなモノを媒介手段に情報を伝達する方法が抜けている。ちなみに、乱歩が媒介法の例として真っ先に挙げているのが、まさにタイプライターなんやな。そう、暗号の専門家でもない十沼が、その夜のうちにタネがタイプのキー配置にあるのを見破り、解読に成功していたというのは十分にありえることだ。暗号文がタイプ打ちされたものであることさえわかっていればね。

十沼は手記の中で、ことさらに『手書きで写してみる』と書いている。という以上、原文は手書きでなかったことになりはしないか。鋳田の遺書について、僕は一言も手書きしたとは言わなかったし、第一、彼にはそんな余裕はなかった。もし手記中に掲げられたのが現物そのままやったとしたら、君らも解読できてたんやないかな。とにかく十沼は、鋳田、加宮、それに続く一群の死の背後にあるものを知った。そして脳みそを搾り、真実に相当程度まで迫るに至った。

……並行して、十沼は事件の記録を書き始めた。多くの古典的ミステリの中で誰かがそうするように。蟻川、君がこの最中に小説なんか書きやがってと非難したときの原稿こそ、この手記だが、その中に、あいつは今言ったような真実をこっそりとちりばめていったんや。

たとえば、自身の死の直前に書いたらしい一節に、あすは供養三昧、加宮のためには京都駅十何番ホームだかに花束を投げに、なんて書いてるが、京都駅で二桁の番号がついてるのは確か新幹線のホームやなかったか。つまり、あいつは加宮が〈彗星3号〉でなく新幹線で京都を発ったことを見抜いてたんだ。

そして、錆田の死が自殺やったことにも気づいてたらしいと思わせるのは、第十一章の最後、第七の殺人発生だぁ！　との心中の叫びを、わざわざ〝〟で囲んでいること。この前の章の蟻川vs十沼の喧嘩場でも〈〝第七の殺人〟発生〉という書き方をしてるが、こんな風に一つの単語をツメカギで挟むのは、実際にはその字義通りじゃないときの常套表現じゃないか。

もっと念の入ってるのは、供養うんぬんの前、疑問点を①から⑬まで挙げる途中、⑤⑥にさしかかった個所や。新しい煙草の封を切りながら瀬部殺しを論じ、一本吸ったと思ったら、小藤田殺し論議で空函を捨てている。

何だかここは、順番を入れ換えてみたい誘惑にかられるな。つまり、勢いよく煙草を吸いつけながらの小藤田殺しに関する疑問が⑤と⑥、それを最後に空になった函を屑籠へ投げ、ポケットから出した新しいやつから一本くわえての瀬部殺し談議が⑦、という具合にね。つまり、いつの時点か、十沼は殺人順序の逆転はなく、小藤田の死はやはり瀬部殺しの前に来ることを知ったのやないかな。そして、それは水松みさとへの疑問につながってゆく。

なら、十沼はそれらをストレートに書かなかったのか。ここに実は鋳田以上の屈折があったと僕は考える。この手記の最も奇怪な点は、最後の章が『終章』と銘打たれていることだ。何一つ終わってもいず、何にも解決してないのに終章とはどういうことや。これだけ猛然と、さまざまな思いを込めてきたペンをオヤスミナサイの一言で置くなんて、およそ信じられないことだ」

「……で、どういうことなら信じられるってんだ」

水をさすように、蟻川がうながした。それは、と森江は言葉に詰まったが、やがて苦い思いをこらえるように、

「そう……さっき誰かも言った通り、十沼は万事に無欲やった。ただ一つ、推理作家としてのデビューという、この手記でもさんざんくりかえしてる夢を除いてはね。たとえ、わずかでもそれにつながるとなれば、魂でも売り渡しかねなかったことを僕は知ってる。おそらくは堀場君もな。そして水松みさとの父なる人が、新聞報道なんかでは、さりげなく〈会社役員〉とだけなっているけれど、どんな方面のお偉方やったかは今さら言うまでもないだろう。

いや、この期に及んで出し惜しみはやめておこう。ありていに言えば、あいつは自分のたどり着いた真実を推理作家としてのスタートと引き換えにしようとした。その瞬間から、あいつ

はこの手記を自分自身が主人公でもある一篇の本格探偵小説として完成させる資格を喪《うしな》っていたんや」

森江は原稿を取り上げると、その末尾近くのページを探しあてた。

「その、大げさに言うなら魂の取引の場を、あいつはむしろ誇らしげに書いている——。

そして去りぎわ、やや翳りかけた光の中で、おれはふと彼女を振り返ると、『話はガラリと変わるけど、ご両親、とりわけお父さんに一度、お目にかからんとね。ま、探偵作家志望やなんて、紹介しにくいとは思うけれども』

『わかったわ、ライターとして、とても将来性のある人だって紹介しておきますから。それに、とても野心的な……』

思えば、いとも明快なその答えが、この場の唯一の収穫と言えばいえた。……

こうして十沼は、彼女——水松みさとと密約を交わした。彼女が入院した大阪北郊の瀟洒なクリニックの、僕も訪ねた広々とした個室でね。……おや、どないした。彼女——その前の①から⑬の殺人談議のお相手が、みさと以外の誰かとでも思ってたのか?」

さも意外そうな声に、あわてたようすでコピーをかき回していた手がピタリと止まった。

「その密約の妥結内容は、まさに右のようなものだった。——ときに、さっき野木が言いかけた、電話連絡を押しつけられてたというのは十沼やないか? 入会の際最初に会ったのも奴やし、何やかやでウルサ型の母上様とおなじみになってたとみえる。

　僕にみさとの入院先を教えてくれた子も言ってたが、そういう親は子供の友達でもなじみのあるのとそれ以外でガラリと待遇を変えるらしい。ともあれ、特権を利用してクリニックを聞き出した十沼は、そこを訪ね……おそらくは当たりさわりのない話題のあと、彼女がその部屋の抜け出し具合――ことに日疋殺し当時のそれについてコメントを求めた。当然知らぬふりの彼女に、すかさず手持ちのカードを開陳して――というところかな。

　かくて交渉は始まり……妥結した。十沼は、彼女が創り出した死につき知り得た一切に沈黙を守るかわり、その父のコネクションを通じて作家人生のスタートを切る……いまわしい就職戦線から、堂々離脱を許されてね。

　だが、十沼はそこから『机の前に舞い戻』ったあとも、もう発表しようのなくなった原稿の筆を置くことはできなかった。恥知らずな顚末を記す度胸はなく、目をつぶって書き継ぐことなどできはしない。そこで彼は、表面あくまでイノセントな記録者であり続けながら、行間に本当はそうでない証拠、真相へ至る飛び石をばらまこうとした。いもしない、いや、いてはならない読者に向けて。けど、それにも限界はあった。解決篇を書くことが絶対に許されない事実に耐え切れなくなったあいつは、ついに十三番目の章に〈終章〉と冠せざるを得なくなった……」

「そして、それからまもなく」蟻川がボソリとつぶやいた。「みさとが〈終章〉の二文字を書きつけたわけだな、十沼のオデコに」

「で……どうなんだ」ややあって堂埜が口を開いた。「十沼の煙草に毒物を仕込んだのは、当然その〝取引〟のときということになるんだろうな」

「いや」

森江はせき払いしつつ、かぶりを振った。

「もし、みさとがここで調達した薬物類を隠し持ってきてたとしても、前ぶれなしに現われた十沼の目前でそんな早業はできないだろう。いや、できたとしても、『白茶けた太陽の光が』『やや翳りかけ』るまでいた以上、訪問はせいぜい午後おそく。すると二十七、八日のどっちかになるが、後者としても、昼にまぎれ込ませた毒入り煙草が死亡推定時刻の夜半まで残るとは、とても思えん。あのヘビースモーカーが、しかも執筆中にな」

「――ってぇと」と蟻川が眉をヒクつかせ、

「彼女は、またもここへ、と?」野木が続けた。「しかし、あの晩ここは一種の密……」

「そう」

後半をさえぎるように、森江は渋面をうなずかせた。

「みさとはやってきた……おそらくは、契約に決着をつけるために。もっとも十沼にとっては一方的な破棄通告であり、実力行使ということになったろうけどね。――会長、君が荘の戸締まりを確認して回ったのはいつ?」

「あぁ?　むろん二十八日深夜のことだな」

堂埜は、いくぶんとまどいを見せながらも、

「あれは午前零時ごろ——十沼の死体発見の数時間前にさかのぼるわけだが、玄関扉はオレが内側から確かに施錠した。裏木戸は日疋の件以来ますます、というか全く風呂を使わなくなったせいもあって締まりが下りっぱなしだったな」

「ほな二階の、外階段に通じるドアは？」

「てぇと、あそこを脱出口と見るわけだな」

堂埜が答えるより先に、蟻川が訳知り顔でうなずいた。「侵入時以上に、ひと仕事終えたあとは、最短距離で外へ逃れたいだろうからな」

堂埜はしかし、そんな雑音を意に介した風もなく、あくまで考え深げに、

「二階のドアは——うん、差し込み錠が下りていた。そのあと就寝前にも確認したが、そのときも変わりはなかった」

「て、ことは」野木が乗り出した。「それ以前ってことになるわけだ。みさとが入り込んだのも、それから出ていったのも」

「いや……」森江は手を振った。「必ずしも、そうとは考えてない」

「そうとは考えてないって、まさか」蟻川が眉を上げた。「当の十沼が施錠を解き、てめぇを殺りに来た女を迎え入れたってのかよ」

「あるいは……。二十八日夜、白い個室をあとにした彼女は、大方は阪急京都線で二十数分、さらに交通を乗り継いでここへやってきた。十沼が『われながら鮮やかなフォームで屑籠に投げ入れ』た空函をリサイクルしたかまでは知らないが、吸入毒を仕込んだセブンスターを忍ば

せて、みさとは彼の部屋を訪れた。――残念ながら、再度の会見について十沼は何も書き記してはいない。だから、みさとが彼の不在時に一本だけ毒入り煙草を残してきたのか、それとも対峙のさなかスリ替えられた函に手を伸ばし、彼女の面前で苦悶しつつ倒れるはめになったのかはわからない。むしろ、それに感謝したい気がせんでもないがね」

「どっちにせよ、毒入り煙草なんて手を選んだ理由は？」と野木。「あとの方ならなおさら、あっさりバッサリやりゃあいいものを」

「場所を考えてくれ。屋根裏や階下とは違い、みんなの部屋のある二階だぞ。しかも在室の可能性の高い時間ときてる。それに荘内に忍び入ってから、あらためて庖丁なりなんなり凶器を調達してるわけにもゆくまい？」

森江は、反論が出ないのを確かめると語を継いだ。

「さて、むろん十沼としても、仲間たちをいともあっさり屠ってきた相手だけに、おさおさ警戒は怠らなかった――あくまで本人のつもり、唯一の夢のため危険な賭けに出た男の自負としてはね。だが実際は違った。〝執行猶予期間《モラトリアム》〟中に作家への横滑りがかないそうだと踏んだとたん、あいつは冷徹なギャンブラーから、最悪の大甘な素人に返ってしまっていたんだ。そうとしか考えられん」

しばらくは、誰の口からも言葉は続かなかった。そんな十沼に共感すべきか一笑に付したものか、迷ったあげくのような沈黙がその場を支配した。と、そのときだ。しなやかな猫のような人影が、そんな気だるい静寂にすべりこんできた。

人影はむろん乾美樹。そして手にした二昔ほど前の週刊誌から察せられたのは、彼女が男たちの論議の間、待合室あたりでより有効に時間をつぶしていたらしいことだ。軽い驚きとともに集まる視線をよそに、美樹は森江に歩み寄り、ささやきかけた。

彼は鷹揚な重役のような手ぶりとつぶやきで応えると、変わらぬつまらなさそうな表情で立ち去る彼女を見送った。と、だしぬけに、

「さて、と!」

森江春策は、たたきつけるように手記を閉じた。原稿束がぶつかり合う響きが、耳という耳をそばだてさせた。そう、まるで突然の風にあおられ、閉じられるドアのような音……。

——古びたドアが軽く歯軋りをたてながら、ゆっくりと閉じられようとしていた。

やがて扉が閉まりきると、奇妙な仕掛けが彼らの前にさらけ出された。扉の下端のすき間から伸び上がり、またそこへ戻ってゆく一筋の糸。それが、この手品の主役であった。

くすんだ真鍮のドアノブの上には閂というか、横にすべらせる差しこみ錠があり、さらに上方には赤錆びた画鋲が止められていた。

下端から右斜め上の画鋲に伸びた糸は、そこで下向きに方向転換し、閂の抓みをちっぽけな輪差で引っかけ、さらにノブの根元を伝って再びドアの下に向かう。そう、それはまさに、ミ

四人の若者が、その動きを見守っていた。とてつもなく重大な瞬間の立会人に、任命されたような真剣さだった。

ステリ黄金期をしのばせる〝糸とピンの密室〟トリックそのものだった。

「いいか？　始めるぞ」

ドアの向こうで、くぐもったような声がした。

「いいとも」

四人は、異口同音に答えた。ややあって糸の両端が引かれ始めると、画鋲と閂、それにノブを結ぶ「く」の字がしだいに扁平になってゆき、それに押されて抓みが右へ移動し始めた。

くの字が直線に伸びきってしまうかしまわないうちに、閂は脇柱の穴にゆるゆると差し入れ

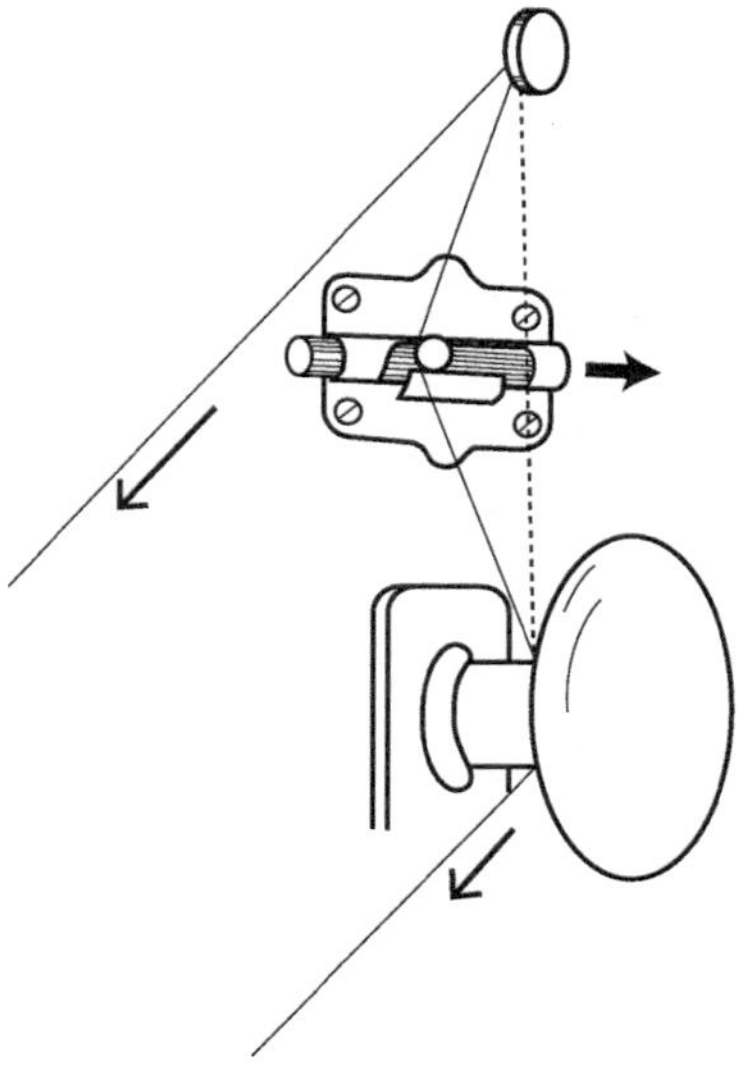

られ、やがて静止した。

と、ノブを通っている方の糸がより強く引かれ、抓みが錠前の切り欠きにはまり込んだ。

画鋲の方の糸が急にゆるみ、抓みの輪差が外れたかと思うと、そのままグイグイ引っ張られ始めた。扉の下から一方の端が顔を出し、画鋲とノブを通って扉の下に吸い込まれていってしまった……。

しばらくは、誰もが無言だった。ふいに、扉のこちら側の一人が乾いた笑い声をたてた。

「築何十年のボロ家ならではの芸当だな。ええ、堂埜？」

「蟻川の言う通り、あんまり建てつけがよすぎて一分のすき間もなかったら、こううまくいかんかもしれんな。が、とにかくこれが」

声をかけられた方はあごをなで、言葉を続けた。

「……これが第七の殺人のからくりというわけだ。で、残った画鋲の始末は——」

「第七の殺人、ね」

蟻川はグロテスクな滑稽さで、くりかえしてみせた。と、ドアの向こうからいらだたしげなノックの音が立て続けに響いた。

「おい、いいかげんに開けてくれよ。おれだけ締め出しをくわせるつもりか？　お前らが知恵を貸してくれというから……閂を外してくれよ。おい、野木！」

「締め出された方が幸いかもね、実際……」

第三の若者——乾美樹の声が、半ばは本気でうらやましそうに扉の向こうにかけられた。

そして美樹は、せかせかと踵を返した。森江に手招きされるまま、男どもについてきて、ただ今の〝糸とピンの密室〟構成の後見まで務めたにしては、あわただしい去り方だった。

「で、画鋲の始末は……」

一方、堂埜はそんな彼女に頓着なく、辛抱強く要確認事項を繰り返すのだった。

「いらなかったわけだ。始末はおろか、画鋲を準備することすらな。そう、ここにずっと以前から居座ったきりの、これのことは十沼自身がはっきり言及してる。むろん、ちょっとした暗合だろうが。どこだったたか……」

「ほら、あそこだよ。瀬部の屋根裏映画会から叩き出されたあいつが、二階に下りるくだり――あそこさ」

蟻川は妙に愉快そうに、はじくような指先で扉板の上を次々さし示した。

まずは〈一時代前の令嬢風の美女〉が微笑みかける〈保健ニュースか何かの〉ポスター。そして、その片隅を〈円い赤錆〉の跡もろとも色あせたラシャに刺し留めた、古びた画鋲の一本を。

「かくて」蟻川は続けた。「第八の死は幕となりぬ、か。さぞかし十沼も本望だったろうぜ。自ら〝抜き、まがいものじゃない第七の殺人を演じることができてさ」

感慨めかしたセリフに、一様にうなずきが交わされた――古びたポスターの裏側からの、こんな哀願などはてんから無視したようすで。

「おい、こら……ええかげんにせぇ、開けろっ、開けてくれよ！」

一方、外階段の狭苦しい踊り場に閉め出されたきりの森江春策。目前のドアを隔てては自分抜きで進行する問答を聞かされ、背後からは寒風に吹きさらされて、彼は固めた拳を扉板めがけ振り下ろそうとした。

だが、その五ミリ手前で寸止めをかけたかと思うと、視線を下方に転じた。一階廊下を経て階段の下に姿を現わした乾美樹に向け、何やら口をパクつかせ、腕を振り回してみせると、彼はあらためて扉に向き直った。

「まぁ、これも一趣向か。決して感謝されざる仕事やというのは、むろん僕も承知のうえだ。珍趣向ついでに、話を続けさせてもらおうか。多少聞きづらいのはがまん願うとして——声も、それから話の中身もね」

向こう側の話し声が、ふっと消え失せた。森江は見えぬ聴衆に軽くお辞儀すると、

「ご静聴、どうも……。それにしても、ちょっと面白い状況だな。外部者の僕が外に、君らが内側にいる——僕がたった今こしらえたばかりの大きすぎた密室の中に」

——〝大きすぎた密室〟？　内側から聞き返す声に、森江は彼らからは見えないうなずきで答えると、

「そう、さっき十三の章題に隠されたメッセージについて説明したとき、誰かが口走った言葉を借りればね。大きすぎて、意識されなかった密閉空間——つまりこの建物全体のことや。だがまず、より視野に入りやすかった〝小さい密室〟から考えてみよう。

小藤田、海淵、日疋……彼ら死者と君ら生者の間は同じ建物の中ながら、いつも鍵のかかっ

たドアで隔てられていた。密室とは言うものの、そのうち犯人の意思によるものは一つもなかった。なぜって、みさとにとって建物の内側に開いた出入り口を閉じることは、外部からの侵入を暴露することにしかならないからだ。彼女が知恵を絞ったのは、ただ自分が入り込んだ外部との〝窓〟を封じること。小藤田が自室の扉を施錠したのは、ごく私的な目的のためやったし、日疋に至ってはハッキリ彼女の意図を砕こうと匍匐前進してまで浴室の閂を下ろした。

ところが、そうして犯人の意に反して構成された密室が、全く予期せぬ効果を生みはしなかったか？　どないして、またなぜ犯人はあの部屋この部屋を密閉したのか……そんな個々の〝小さな〟密室への出入りに頭を悩ますあまり、泥濘荘という建物自体の密室性を疑うことが忘れられてはいなかったか」

——つまり、〝大きすぎた〟と。

「その通り」

まさにその密室の中からかかった声に、森江は答えてみせた。そして、またしても階段の下方に視線を投げると、

「で……どや、まだ懲りんのかな」

彼は階段をゆっくりと上りくる彼女の足音を意識の片隅で聞きながら、語を継いだ。

「大きいことは大きいが、まがいものの密室に立てこもって、息をひそめあうことに……」

こいつめ、言わせておけば……歯噛みするような声が扉越しにもれ出た。——畜生、何もかもわかったような口を利きやがって。

「と、とんでもない」

森江は寒風のためばかりではなくこわばった頬を震わせた。

「また、買いかぶられたもんやな。口説《くぜつ》は尽くしたようでも、わからんことはまだまだある。そう、たとえば、やね」

言いながら、そろそろと右足を上げる。彼女の気配を近くに感じながら、全身の力を込め扉を蹴りつけた——いや、蹴ろうとした。

靴先のほんの一触れ。たったそれだけで扉は開き始めた。ゆっくりと、かすかな軋みをたて……そして射しこむ外光とともに立像群を、まるでワイプ画面のように現わしてゆく。と、ひときわ荒い風が、その間を駆け抜けた。

森江はかたわらの彼女をかえりみると、その背中に手を添え、戸口に立たせた。そして驚く彼らをしりめに、

「彼女とは、そこの〝法廷〟から二度目に抜け出したときに会った。どこでって、あの診察室奥の小部屋で。いやむしろ、見つけたと言うべきかな。で……君」

なぜかひどく疲れ切り、憔悴《しょうすい》したようすの相手——森江はすまなそうに、しかし決然として問いかけた。

「ひどい目にあわされたあと申し訳ないんやけど、どうしても訊かなあかんことがあるんです。——君は何者かに十沼の手記を読まされたあげく、いきなり昏倒させられ、処置室に監禁されたんですね？」

彼女——死んだ十沼京一の恋人、堀場省子は蒼ざめた顔のまま、こっくりとうなずいた。

首筋への容赦ない一撃、口へ鼻へと押し当てられた甘ったるい薬品の匂い……そして闇。

助けて！　暗くよどんだ空気の底、冷え切った床に横たわりながら、彼女はまぶたを開いた。だが叫びは猿轡の内に封じられ、しびれた体をいかによじろうと、きつく絡んだ縄は一センチの自由も許そうとはしなかった。

と、かすかに耳を打つリズムに彼女は遠のきかけた意識を取り戻した。足音が遠く、いや、近く——ふいに、床の高さに白い輝線が走った。隣室の灯りがついたのだ。やがて扉を叩き、揺すぶる音が大きく、そして強く……。

×　　　　×

「〝傍聴席〟にいる間、気になってたのは」森江春策は続けた。「堀場君なら、手記をどう解読するか……そもそも彼女が何でここにいないのか、だった。コピーは荘内の分しかないとか言ってたが、省子君なら十沼と①〜⑬の疑問を話し合った〝彼女〟が自分でないのは一読瞭然だし、そこから犯人像までは数歩や。そして現に手記は彼女の目に触れ、十沼のメッセージを読み取った。だが自分を呼び出し、いち早く恋人の遺稿を読ませてくれた男にグルグルに縛り上げられ、始末に窮した果てに処置室に投げこまれようとは、まさか、ね」

省子の腕に介添えしつつ、森江はゆらゆらと戸口をくぐった。

「そいつには、あっさり彼女が見つかったのが予想外だろうが、苦情なら十沼に言ってくれ。あの小部屋の描写が妙に印象的で、実見する気になったんやから。——で、乾君に介抱を頼み、やっと意識を取り戻したというので、来てもらったわけだ。何のためにって、もちろん告発のために。堀場君、今までのところで、何か違った点がありますか？」

省子は身を震わせた。痛いような注視の中、やがて細く、かすれた声が沈黙を破った。

「……ありません。どこからどこまでも」

「で、その人物はこの中にいるわけですね。進んで手を汚し、真相を遠のけようとした……」

苦々しく吐き棄てながら、彼女の顔をうかがう。だが、省子はいぶかしげに目を細めながら、

「——いいえ」

彼女は弱々しく首を振った。

「いません……あのう、その人は、今ここには」

「な、何やて」

森江は目をみはった。そしてあわてて省子の視線をたどったとたん、それはさらに大きく引きむかれた。まもなく上がってきた美樹に彼女をゆだねると、怒鳴った。

「会長は——堂埜はどこ行ったんや？」

あわてて蟻川、野木が振り向いた廊下の奥を、ペタペタと足音が遠ざかってゆく。

「堂埜！」

異口同音にその名が叫ばれ、次の刹那、誰もがそのあとを追って床を蹴っていた。追跡？いやむしろ、肝試しの夜、前菜の怪談に耐えきれず逃げ出した仲間をいっせいに追う子供らの姿に、それは似ていた。

階段を駆け下りる足音が、ティンパニの連打のように轟く。自分たちの周りで建物がぐるりと旋回したかと思ったときには、彼らはわれ先にと一階へ下り立っていた。

そのとき、玄関扉が勢いよく蹴り開けられたかと思うと、屈強な男たちがなだれこんできた。彼らがそれに目を奪われ、立ちすくむのと、診察室の扉が閉まるのが同時だった。それに続くカサコソと虫の這い回るような響きは……そう、内から締まりを下ろす音だ。

かくて閉じられたドアを前に、奇妙なご対面が行なわれた。

「あんたらいつの間に……しかもどうやって」

唖然とつぶやく蟻川。そして、あっけにとられて立ちつくすその他大勢をしりめに、屈強そうな一団は扉前に配置を終えた。その中でもひときわの巨漢に、森江はふと気づいたかのように、

「あの……あなたが《ヒース部長刑事》で？」

「だ、誰やて」

巨漢は目を白黒させた。

「あ、いや、賀名生警部さんですか、と」

森江は言い直し、巨漢は鷹揚にうなずいた。その最中も、扉の向こうからはドッタンバッタ

ン、調度類を引きずってはバリケード用に積み上げるらしい音がひとしきり続いた。
「雪隠《せっちん》づめやな」

麾下の刑事たちの中から、むしろ愉快そうな声があがった。

「中で自殺しようにも、そんなものはもうないはずや。もっとも一番不足なのは、死ぬだけの度胸だろうがな」

「いったい、こりゃあ……」

半ば茫然、しかし半ばは憤然と蟻川が振り返り、そのまま目を闖入者の手元に釘づけにした。無線受信機やら録音機、レシーバー……。と一瞬、それらを抱えた刑事らの視線が蔑んだように若者たちに向けられる。

同時に、おびえたようにビクッと震える一つの人影があった。

「まさか」

森江は目をしばたたき、のろのろと人影――刑事たちの視線の先へと目を転じた。

「ちょ、ちょいと御免よ……野木」

信じられぬようにつぶやきながら、森江は野木に歩み寄り、その胸ポケットや襟元に手を伸ばした。野木は顔と四肢をこわばらせ、だが別に逆らいもせず、彼の探るままに任せた。

森江の指先は、するするとコードらしいものを抜き出してきた。やがて現われた先端には、小っぽけな円形の機器――そう、マイクとおぼしい代物がブラ下がっていたのだった。

「なるほどな」ややあって、蟻川が吐き棄てた。「盗聴器、ってわけかい」

「盗聴とは、人聞きが悪いやないかい」

賀名生警部が、ガラガラ声で割って入った。

「わしらの方では〈秘聴器〉と言うんや。かわいい後輩諸君の、それも命運をかけた推理談ときては、〝傍聴〟さしてもらわんわけにはいかんやろがな」

そこへ、蟻川が極太眉をヒクつかせ、怒りに歯を軋らせながら、

「いっぱしポリどもに意趣返しでもしそうな口をたたいときながら、その実、密告屋を開業してた、たぁな」

「お、お、お前にわかるもんか」野木はオドオドと反駁を試みた。「いっぺんでも取り調べを受けてみろ。釈放のときもおどされて、それからもあとを尾け回されて、逐一報告するよう強要されたんだ。あげく無理やり秘聴器《こいつ》を……」

哀訴の末尾は、しかし鈍い音とともに断ち切られた。蟻川の拳骨が眼鏡もろとも顔面にめりこんだのだった。

そんなことに頓着なく賀名生警部は、ふと森江の方に猪首を向けると、

「森江君やったかいな。署の方で見かけたような気もするが、ともあれ待機しながら面白う聞かせてもろたぜ、おまはんのお説」

「それは、どうも」

そっけなく答えておいて、森江は床に膝をついた野木に向き直ろうとした。だがそれより、蟻川が彼の胸倉をつかむ方が早かった。

「いったい、どういうことなんだよ！　須藤も日疋も十沼も、むろん野木も仲間を売ったゲス野郎——だが堂埜までが、何でまたこんなバカを？」

「う、う、それは」

森江はかろうじて声を搾った。ようやく蟻川の腕を振り払うと、

「君自身、ずばりと喝破してたやないか——『この中で、水松みさとがほしくない奴がいるか？』。それとも会長だけは例外だと？」

——むろん堂埜は、ついさっきまで真相を知りはしなかった。だが、犯人は荘外と確言しておきながら戸締まりと〝凶器管理〟に目を光らせるなど、彼の行動は矛盾に満ちていた。

まるで、内部犯行説に望みを託すかのように……。

と、一瞬絶句していた蟻川が、われに返ったように、

「おい、すると堂埜は、今——」

「しッ、静かに」

何イっ……と声を荒らげかけるのを制して、森江は刑事たちにお構いなくドアの前へ出、そのままぴったりと扉板に耳をつけた。いつしかバリケード作りの音はやんでいた。

ジーッ、ジーッと断続的な回転音がかすかに聞こえる。森江がつとその場を離れた、そのときだった。診察室の内側から、ひときわ高い声が響きわたった。

——いいですか、これから僕の言うことをよく……そうです、僕です。あなたは今すぐにそこを……もしもし、もしもしッ！

それを背に食堂に駆け込んだ森江は、そこで休息していた省子と美樹に説明する暇もなく、片隅の電話機に手を伸ばした。

堂埜は診察室の受話器を取り、ダイヤルを回した。誰に？　知れたこと、須藤郁哉が同じ電話機から連絡をとっていたのと同じ相手に。

（なるほど、彼はサークルの会長。秘かに好意を抱いてた相手の療養先を知ることは容易やったはずだ。少なくともおれや十沼より）

ほぞを噛みながら受話器をつかみ取ると、一瞬の躊躇ののち、かたわらの壁にある切り替えスイッチを倒す。錆田の首吊り騒ぎのところで十沼が書いている通り、これで診察室への電話回線がこちらにつながるはずだった。

ふとふりかえった間近に《ヒース部長刑事》――なぜか森江は十沼がつけたそのあだ名で呼びたい気がした――の姿があった。

どうぞ……と口にこそしなかったが、受話器を示してみせ、お互いの顔の中間にかざす。二つの耳が、いずれ劣らぬ刃のように研《と》ぎすまされた。だが――。

無音、無音……聞こえるのはただ、さざ波のようなノイズばかり。しかし切れてはいないらしい。

ほんの数秒がまるで永劫《えいごう》のようで、森江は電話線の彼方にいるだろう相手の名を呼びたい衝動をこらえねばならなかった。

「おまはんの説で、一か所だけ気に食わんとこがある」

生傷のように鋭敏になった森江の耳に、地鳴りのようなダミ声が響いた。

「みさとが、日疋殺しの凶器を入手するために、荘内に入りこまないかん点や。むろん可能ではある。だがこうは疑わへんかったか。あの洋庖丁がここのものやという、堂埜の証言はほんまやったのか、と?」

まさかそんな!　いまわしい指摘に仰天した森江がふりかえった――そのとき。

ガラスの打ち破られる音が、長く暗い回線を駆け抜けてきた。そして森江の脳裡に、あのクリニックの白い部屋に吹き込む風、飛び散る銀色の破片が映じたその瞬間、奇妙に明るい絶叫が短く尾を引いて響いたのだった。

森江春策と《ヒース部長刑事》とは、このうえなくグロテスクな表情を見交わしあった。そして、そのあとは……無言、無言。

綴じ忘れの最終章

――新春。

――D＊＊大学、鷃鸝館《ひょうそ》21番教室。

階段式の大教室に、正月ボケさめやらぬ学生たちが、いずれ劣らぬ不景気面をあふれ返させようとしていた。

年度初めでもなければ、試験直前でもないのに、この大盛況とは珍しい。しかも、集まったのが来る四月にはぶじ四年生を迎える者ばかりときては、答えは明白だった。

さよう、《プランタン》でのパーティーで、須藤郁哉がいとも無邪気に――いや、おそらくは自分の持病への自嘲まじりに名を挙げ、男たちのホロ酔い気分を吹き飛ばした「年明け早々にある、第一回就職ガイダンス」がついに挙行される日とはなったのだ。

――むろんその中に、森江春策の姿もあった。ひときわ姦《かしま》しい女子学生たちのあとから教室に入ってきた彼は、ひどくウンザリした表情で演壇のかたわらを通り抜けた。

そして段々を上り、中ほどの列の中ほどの席に腰掛けると、だだっ広い空間の中、きょろきょろと落ち着かない視線をめぐらせた。

見知った顔はいくつもあったが、そちらへ行って雑談にふける気にはなれなかった。そう、探しているのは、それとは別の顔ぶれだった。蟻川や野木、それにひょっとして堂埜も。たぶん、彼の警察官志望は断たれたろうから。

痛くなるほど首を伸ばし、目を凝らしたが見当たらない。これとは別の日のガイダンスに出るつもりかもしれない。

あの大晦日以来、〈オンザロック〉の面々とは、ほとんど顔をあわせる機会がなかった。もっとも、会うことがあったにしても、交わす言葉に困るのが関の山だったかもしれない。

そう、あのことさえなければ。あのとき、彼らがぶじ解放され、蟻川や野木が遠すぎる帰省列車に駆けこむためには、診察室突入の騒ぎに続いて、胸のむかつくようなあと一幕を辛抱しなくてはならなかった。

蟻川の推理では、十沼が海淵の死体発見のくだりで花壇に言及したのは、暗号のため『黒死館殺人事件』を挙げたかったからだった。

まさに珍説、しかし完全な的外れでもなかった。――あの唐突な花壇の登場には、やはり意味が込められていたのだ。

十沼は、どうしても花壇を登場させたかった。何のためにと問う前に、思い出してほしいことがある。

加宮たちのクルマが跳ね飛ばした〈幼い命〉は錆田に抱き取られ、いずこかへ運び去られたということ。そして、それは恐らく瀬部や小藤田立ち会いのもと、どこか、手近な土の下へと葬られたであろうということだ。

息苦しい思いにたえかねて、森江はわれ知らず立ち上がっていた。今いるのがその現場ではなく、あくまで明るい身売り志願者の集荷場だと、いくら自分に言い聞かせても、いやな感覚はなかなか去ってくれなかった。

ガイダンスの始まるまでには、まだ時間がある。それまで、固く狭苦しい席でジッとしているのも億劫だ。彼は荷物をそのままに席を離れると、冬のせいいっぱいの陽光が射し込む窓際へと歩み寄った。

窓から見下ろせるのは、キャンパスのメインストリート。つい一年前の自分たちと同じように、執行猶予期間がまだまだ永遠に続くと信じ込もうとしている学生たちが、このうえなく能天気に闊歩しているのが見えた。

思えば、あの殺人喜劇の役者たちには等しく〝執行〟の影が落ちていた。それから逃げるか、より有利なカードを手にしようとしたかは違っても、奴らはせっかくの自由を捨て値でたたき売るのにがまんがならなかった。

ここに集まった自分たちのようにやすやすとは……だが、それが破滅のもとになったのだ。

(おや……?)

森江はふと、眼下の風景に眼を凝らした。通りを隔てた赤レンガの学舎前の掲示板、そこに佇む一人の少女の姿があった。あれは、そう間違いなく――省子。

「お久しぶりで、堀場君」

そうつぶやき、軽く会釈した。先方が気づくはずもないが、それでよかった。彼女ほど、話す内容に詰まりそうな相手はなかったからだ。十沼のこと？　いや、とんでもない！

「そう、いくら僕が傍若無人でも……。だが、十沼については君に言い忘れたことが一つあった。どうして、奴が『殺人喜劇の13人』なんて題をつけたのか、知ってますか？」

森江は渦巻く言葉の群れを、ただ固く結んだ唇の奥でだけ、語り始めるのだった。

「十沼は、君が提案した『13の殺人喜劇』に敬意を表して、あのタイトルをつけた。それは明白やよね。けどまあ数えてごらんなさい。あの手記に登場する人間の数を」

——堀場省子は、ちらと腕時計に目を走らせ、ややあってため息をつくかのように軽く身をかしげたかと思うと、掲示板を離れた。森江はその姿を目で追いつつ、

「まずは加宮、錆田、瀬部、小藤田、海淵、須藤、日疋、十沼の八死人。生き残り組の堂埜、野木、蟻川——そして僕。女性では君、乾美樹君……水松みさと。《ヒース部長》ら警察関係をのけても十五人。もし、あの題名を虚心に解し、余分な二人を除くとすれば、早々に舞台から消えてしまう僕、次いで退場のみさと、ということになるやろうね」

今や省子は、すっかり待ち人をあきらめたようすで、とぼとぼとキャンパスの人の流れに逆らうように歩き始めた。森江はそれにつれて窓側の通路を移動しながら、

「そして、それがたぶん、十沼があの題名にこめた表の意味やった。しかし実際ふりかえってみれば、喜劇役者は彼女と加宮以外の十三人……あの一組の恋人たちの間で踊らされた、僕らデク人形をさすような気がしませんか？　むろん、それは十沼の意図したものやなかった。で

は彼がひそめた『殺人喜劇の13人』の真の意味とは……」

いつしか森江は駆け出していた。階段教室を足音を響かせて小走りに下りると、外へ、キャンパスの大通りへと飛び出す。

「十五人マイナス自分、そして堀場省子——彼が考えたのは、殺し殺され、右往左往する者どもを安全な場所から君とともに眺める図やった。犯人ですらが二人の踏み台……未来の大推理作家夫妻にその〝未来〟を提供してくれる、ね。知ってましたか、省子君、そのことを！」

彼は雑踏の中を駆け、せわしなく視線を走らせ続けた。だが、彼女の姿はもうどこにもなく、森江はすごすごと引き返すほかなかった——もとの巨大な監房へと、伝えそこねたメッセージをほろ苦く嚙みしめながら。

教室裏の階段をせっせと上り、そっちの入り口からそっと戻ってみると、下方の演壇では就職担当教授が、成績表の〝優・良・可〟をタネにした十年一日の駄洒落で、学生たちの力ない笑いを誘っているところだった。

教室はもう一二〇％の入り。だが筆入れや例のフィールドノートを置いたままだったのが幸いして、もとの席は空いたままだった。おかげで、並び椅子に掛けた連中にゴメン、スマンを連発しながらも、席につくことができた。

だが数秒後、森江は妙な顔で、いったん着地させた尻を持ち上げていた。その手に、椅子の上に置かれていた奇妙な箱をつかみ取りながら。一瞬、誰かの忘れ物かとも思ったが、そうでない何よりの証拠は、その表面にあった。そこに施されたShunsaku MORIEなる刻印に。

「……………？」

案外たやすく、しかし思わず周りを見回したくなるような音とともに、箱は内側をさらけ出した。だが、そのおもちゃ箱めく中身は、彼をいっそう混乱に導くものだった。

曰く大小二つの拡大鏡、曰く金属製巻き尺、クレヨンが赤青黒の三色に鉛筆、リトマス試験紙、透明な封筒一束に試験管が二本、白と黒の粉末入り小壜各一、鋼鉄製ピンと針各種、スタンプ用印肉、測径器に製図用コンパス、折り畳み式探り針、機能いろいろの万能ナイフ、ピンセット、方位磁石、赤白緑の撚《よ》り紐、封蠟、柔らかそうな毛のブラシ、えらく旧式なライターにストップ・ウォッチ……。

そう、かの偉大な名探偵をたたえ、どこかの署長だか市長閣下が贈った捜査道具。その一式が、安物・まがい物をまじえながら忠実に再現され、ぎっしりと収まっていたのだった。そればかりかEQ氏とは違って、特に贈り主からのメッセージ・カードまでを添えて。

教授の駄洒落に、どっとヤケ半分の笑いがはじける。だがそんな中で、それを握りしめた森江だけが身動きできずにいた。

憤りともう一つ何かに顔を赤らめ、やがて急に思い立ったように手荒く持ち物をかき集めると、笑いの余波のなか、独り立ち上がった。

ふいに背中をたたかれ、振り返ると、隣にいた学生がけげん顔で、彼が残していきかけたものを差し出していた。

森江春策は一、二秒の躊躇ののち、それ――上端に破れ目の入ったカードを受け取ると、胸ポケットに挿し入れた。そして、またもゴメン、スマンを連発しながら膝頭の列をすり抜けて行ったのだった。

（なんだ、ありゃあ……）

学生はあきれたようにつぶやき、しばし首をかしげていた。だがそれも一時のことで、すぐに会社訪問の心得について熱心に耳を傾け始めた。後方の出口に消えた隣席の奇妙な学生のこと、そして彼が置いていくところだったカードの奇妙な文面のことなど、すっかり忘れて。

〈——一関係者より、名探偵殿へ。その頭脳とお節介に、感謝と、そして心からの侮蔑を込めて〉

創元推理文庫版のためのあとがき

——素人探偵（学生のち新聞記者のち弁護士）森江春策《もりえしゆんさく》君の登場第一作をお目にかけます。

そのころ——というのは物語の中での話ですが、インターネットなんてものは影も形もなく、個人が8ビットのコンピューターを持つことが始まったばかりでした。電話はコードで壁につながれて持ち出せず、ファックスさえ一般家庭では使われていませんでした。ホームビデオが購入リストに入るまで、あと少しといったところでしょうか。

コミケはすでに開かれていましたが、登場人物たちはその存在を知らないようです。ワープロ専用機はあったものの、とても若い創作者の手の届くものではなく、何かを表現し発表するすべは商業メディアに握られていました。人によっては、登場人物がやたら煙草を吸うこと、大学三年も終わりというのに就職活動を始めていないのが奇異に映るかもしれません。

何より今と違うのは、いわゆる本格ミステリが同時代の作品としては、ほぼ絶えていたこと。少なくとも、鮎川哲也先生の作品に接して、こんな作品がもっと読みたい、自分でも書いて世に出したい——という望みはかなうべくもありませんでした。

『殺人喜劇の13人』は、つまりそうした時代の産物なのです。

この作品が世に出るまでの、鮎川先生に読んでいただくことだけをめざし、架空の「鮎川哲也賞」を勝手に制定して執筆にいそしんでいたら、本当に鮎川賞が制定され――という経緯は、すでに語っているので略しますが、再読して痛感したのは、世の激変とともに自分のあきれるばかりの変わらなさでした。あのころも今も書きたいものはずっと同じだったのだ、と。

実を言うと、この作品には毀誉《きよ》褒貶《ほうへん》があり、初刊のまま時を過ごす間に作中の要素が陳腐化するなどの不運も重なって、読み返すのがつらい時期もあったのですが、今回ゲラに目を通して、つい「けっこうがんばってるじゃないか、昔のおれ」とつぶやいてしまったことを告白しておきます。それがあながち自惚《うぬぼ》れでないか確かめる意味でも、ご一読いただければ幸いです。

今回の文庫化に当たっては、またしても編集部Ｆ嬢こと古市怜子さんに尽瘁《じんすい》願ったほかに、新人泉元彩希さんにチェックを担当していただきました。そして、拙作を最もよく知る一人である千街晶之氏に解説をお願いできたこと、若き日の森江探偵を描いてくださった装画の六七《むな》質《しち》画伯には、この物語に新たな生命と、新しい読者へ架け橋をつくっていただいたことに感謝いたします。その成果である本書が、読者《あなた》にとってよき入り口となりますように！

二〇一四年十二月

芦辺　拓

解説

千街晶之

作家個人の名を冠したミステリの賞のうち、最も古いものは一九五四年創設の江戸川乱歩賞である。次に古いのが、一九八〇年創設の横溝正史賞（現・横溝正史ミステリ大賞）。そして三番目が、本書『殺人喜劇の13人』を第一回受賞作とする鮎川哲也賞（一九八九年創設）ということになる。

作家名がついたミステリの賞はその後幾つも誕生しており、いずれも一時代を画した大家の名を冠している。それらの中、本格ミステリに対象を絞っているのが鮎川哲也賞の特色だ。これは、先発の乱歩賞や横溝賞が、本格ミステリのみの賞ではないのと区別をつける必要が生じたことを示している。乱歩・横溝以外で本格の賞に相応《ふさわ》しく、しかも当時健在だった大家ということで、鮎川の名が選ばれたのは自然な流れと言えるだろう。

東京創元社から刊行されていた国産ミステリの叢書「鮎川哲也と十三の謎」の最後の一冊を決める公募企画「十三番目の椅子」に、今邑彩《いまむらあや》の『卍の殺人』（一九八九年）が入選したのが、この賞の「第ゼロ回」とも言うべき原型であり、翌年から正式に鮎川哲也賞としてスタートした。そして、選考委員（鮎川哲也、紀田順一郎、中島河太郎）の満場一致で第一回受賞作に決定したのが、芦辺拓の『殺人喜劇の13人』である。本書は一九九〇年十一月に東京創元社から単行本として上梓され、一九九八年十月には講談社文庫版が刊行。今回の創元推理文庫版が二度目の文庫化であり、四半世紀ぶりに当初の版元に里帰りしたことになる。講談社文庫版を更に改稿した決定版『殺人喜劇の13人』を楽しんでいただきたい。

本書は著者の芦辺拓名義でのデビュー作であり（それ以前に一九八六年、本名の小畠逸介名義の短篇「異類五種」が第二回幻想文学新人賞佳作に入選、《小説幻妖　弐》に掲載されている。今回カットされたが、単行本版・講談社文庫版『殺人喜劇の13人』において第二の事件の発見者となる車掌の名前が日樫真砂雄《ひがしまさお》となっているのは、幻想文学新人賞の主催誌《幻想文学》の編集長で、現在はホラー評論家・アンソロジストとして活躍中の東雅夫をもじったものだろう）、名探偵・森江春策《もりえしゅんさく》の初登場作品でもある。中村梅雀《なかむらばいじゃく》主演でドラマ化されるなど森江春策の知名度が上がった最近になって著者の作品を読みはじめた方は、もしかすると森江が最初から弁護士探偵だったようなイメージを抱いているかも知れないが、デビュー長篇の本書の時点では大学生であり、後に新聞記者、そして弁護士へと転身することになる。

本書の主な登場人物たちは、京都のD＊＊大学ミニコミ誌サークルのメンバーだ。彼らは〝泥濘荘《ぬかるみ》〟と命名した古びた元医院を共同下宿の場としつつ、「オンザロック」というミニコミ誌を出している。主人公の十沼京一《とぬまきょういち》（おれ）は、探偵小説家を目指して執筆を続けている学生だが、「オンザロック」の客員執筆者である森江春策から、今までに発表した作品の趣向やトリックをすべて見破られてきた。メンバーが集った忘年会の翌朝、その参加者の一人が、泥濘荘の望楼で縊死《いし》体となって発見される。やがて、別のメンバーが列車内で刺殺されたという報せが入り、泥濘荘内でも矢継ぎ早に殺人事件が発生する。十沼は他のメンバーと推理合戦を繰り返しつつ、真犯人に迫ろうとするのだが……。

　今の時点で読み返してみると、本書にはその後の著者の作風と共通する点と、大きく異なる点とがある。まず共通点から触れるなら、本書の冒頭には、「綴じ違いの断章」と称された五つの断片的な場面がある（ここは神の視点で描かれている）。これは、十沼の視点だけでは推理が難しいと思われる部分の手掛かりであり、同時にミスリードの役割も果たしており、更に情報を小出しにすることで読者の興味を惹きつけるテクニックでもあるが、著者はこの断章という手法をその後の作品でも繰り返し用いている。

　先行作品へのオマージュの多さも、著者の作風の大きな特徴だ。本書は〝吹雪の山荘〟や〝嵐の孤島〟といったクローズド・サークルものではなく、警察が早い時点で介入しているにもかかわらず大量の殺人事件がひとつの建物で起きるパターンの物語である（厳密には、泥濘荘以外でも事件が起きているけれども）。このパターンの先駆としては、坂口安吾《あんご》の『不連続殺人事件』（一九四九年）や鮎川哲也の『りら荘事件』（一九五八年）が有名だ。著者自身が講談社文庫版の「文庫版あとがき——あるいは好事家のためのノート」で、鮎川の『りら荘事件』と『黒い白鳥』（一九六〇年）が自分の進路を決めたと記しており、『りら荘事件』が本書を執筆する上で目標だったことが窺える。ただし、狂騒的とすら言えるブラック・コメディ仕立てにした点は、むしろ『不連続殺人事件』に近い。また、密室トリック、アリバイ・トリックなどの幾つもの巧妙なトリックを編み出しつつ、作品のメインに据えて殊更《ことさら》に強調するのではなく、むしろ全体の構図に奉仕させるというミステリ作法も、著者のその後の作品群と共通している。

一方、後年の作風と異なるのは、青臭いほどに青春というものを描ききった点だ。

綾辻行人の『十角館の殺人』（一九八七年）、歌野晶午の『長い家の殺人』（一九八八年）、法月綸太郎の『密閉教室』（一九八八年）、有栖川有栖《ありすがわありす》の『月光ゲーム』（一九八九年）……等々、「新本格」初期に登場した作家のデビュー作には、青春ミステリ仕立てになっているものが多い。「新本格」が若い世代の読者層に支持された理由のひとつはそこにあったと考えられるが、本書もまたその傾向に連なっている。講談社文庫版の「文庫版あとがき」には、著者が十七歳の頃、探偵小説専門誌《幻影城》での呼びかけから結成された《13人の会》という集まりに参加していた思い出も記されており、本書のタイトルの由来が窺える。また本書のミニコミサークルの設定は、同志社大学の学生だった頃にミニコミ誌を作っていたという著者の経歴が背後にあるのだろう。

著者自身の過去が重ねられているのは、恐らく設定面だけではない。本書の場合、十沼京一という探偵小説家志望の学生の内面描写に、若き日の著者の思いがある程度重ねられているものと想像される。著者のマニア気質は後年の作品群からも窺えるけれども、本書では設定面での考証に凝《こ》るというより、十沼による先行作品への過剰なまでの言及というかたちでその側面が表れている。森江を含む登場人物たちが共通して置かれたモラトリアムの立場とその崩壊が、物語に独特の苦い余韻を与えているのみならず、各人物と事件との関わり方に心理的必然性を付与している点も読み逃せないところだ。

　事件の謎に挑む主人公・十沼のライヴァルとしての森江春策のキャラクター設定も巧い。森江は、十沼が今まで発表してきたミステリの趣向を見破ってきた強敵として序盤に登場するものの、第一の事件発生の直前に旅に出るため後半まで出番がない。これは、森江が事件の進行に直接立ち会っていた場合、これほどの大量殺人の進行を食いとめられない彼が優秀な探偵役に見えなくなってしまうからでもあろうし、『りら荘事件』などに登場する名探偵・星影龍三《ほしかげりゅうぞう》に倣ったとも考えられる。『りら荘事件』の場合、〝真打ち〟たる星影登場の前に推理を披露しようとする〝前座〟の探偵役・二条義房《にじょうよしふさ》の登場と退場が些《いささ》か慌ただしいのに対し、本書では十沼の〝前座〟としての役割をより重要かつ抜き差しならぬものとする工夫がなされている。また、二人の探偵役それぞれの役割に秘められた心理的ミスディレクションに注目するなら、イーデン・フィルポッツの『赤毛のレドメイン家』（一九二二年）を意識した面があるとも解釈し得るだろう。そして十沼の手記の体裁を取っている本書前半は、名探偵への挑戦の色合いを帯びているけれども、そこでは森江の存在が、野心的な作家志望者の前に立ちはだかる〝もっと才能のある同世代の人間〟という壁として描かれているため、青年期の痛々しいほどの対抗意識や意地が物語を覆うことになった。

ただし、その後の著者の作品には、本書で濃厚だった青春小説の要素はあまり出てこない。若き日の自らの夢や野心や鬱屈《うっくつ》のありったけを本書一冊に封じ込め、あとは大人として振る舞おうと著者はどこかで決心したのかも知れない。

そういった著者の情熱と思い入れがたっぷりと詰まっていればいるほど、それが長所とも弱点ともなってしまうのはやむを得まい。今回の創元推理文庫版のあとがきで著者が「この作品には毀誉《きよ》褒貶《ほうへん》があり」と述べているのは主に文章面についてだろうが、改めて単行本版を再読したところ、一九八〇年代の学生がそんな表現はしないだろうと思える箇所が散見された。しかし、講談社文庫版ではトリックと犯人の結びつきの修正を含めて改稿されており、今回更に文章に手が加えられたため、かなり読みやすくなっている。単行本版が濃縮原液だったとすれば（その意味で単行本版にもデビュー作としての意義がある）、文庫版は口当たりを良くした美味しいジュースなのだ。若き日の情熱の産物を、作家として経験を積んだ現在の著者が巧みにアレンジした結果として、本書は改めて読み返されるべき作品になり得たと言えるだろう。

本書は一九九〇年、小社より刊行され、一九九八年講談社文庫に収録された。

著者紹介　1958年大阪府生まれ。同志社大学卒。86年「異類五種」で第2回幻想文学新人賞に佳作入選。90年『殺人喜劇の13人』で第1回鮎川哲也賞を受賞し、デビュー。著作は『綺想宮殺人事件』『スチームオペラ』『奇譚を売る店』『時の審廷』『異次元の館の殺人』『金田一耕助VS明智小五郎　ふたたび』など多数。

殺人喜劇の13人

2015年1月30日　初版
2025年1月10日　再版

著者　芦《あし》辺《べ》　拓《たく》

発行所　(株)東京創元社
代表者　渋谷健太郎

162-0814 東京都新宿区新小川町1-5
電話　03・3268・8231-営業部
　　　03・3268・8201-代表
URL　https://www.tsogen.co.jp
組版　工友会印刷
印刷・製本　大日本印刷

乱丁・落丁本は、ご面倒ですが小社までご送付ください。送料小社負担にてお取替えいたします。

ISBN978-4-488-45605-4　C0193

黒岩涙香から横溝正史まで、戦前派作家による探偵小説の精粋！

日本探偵小説全集

全12巻

監修＝中島河太郎

刊行に際して

現代ミステリ出版の盛況は、まことに目ざましい。創作はもとより、海外作品の夥しい生産と紹介は、店頭にあってどれを手に取るか、戸惑い、躊躇すら覚える。

しかし、この盛況の蔭に、明治以来の探偵小説の伸展が果たした役割を忘れてはなるまい。これら先駆者、先人たちは、浪漫伝奇の炬火を掲げ、論理分析の妙味を会得して、従来の日本文学に欠如していた領域を開拓した。その足跡はきわめて大きい。

いま新たに戦前派作家による探偵小説の精粋を集めて、新しい世代に贈ろうとする。

少年の日に乱歩の紡ぎ出す妖しい夢に陶酔しなかったものはないだろうし、ひと度夢野や小栗を垣間見たら、狂気と絢爛におののかないものはないだろう。やがて十蘭の巧緻に魅せられ、正史の耽美推理に眩惑されて、探偵小説の鬼にとり憑かれた思い出が濃い。

いまあらためて探偵小説の原点に戻って、新文学を生んだ浪漫世界に、こころゆくまで遊んで欲しいと念願している。

中島河太郎

1 黒岩涙香 小酒井不木 甲賀三郎集
2 江戸川乱歩集
3 大下宇陀児 角田喜久雄集
4 夢野久作集
5 浜尾四郎集
6 小栗虫太郎集
7 木々高太郎集
8 久生十蘭集
9 横溝正史集
10 坂口安吾集
11 名作集1
12 名作集2 付 日本探偵小説史